L'INFILTRÉE

De la même autrice :

Can You Keep a Secret ?, Luv et Addictives Poche
Foutu Coloc !, Luv
Royal Bodyguard, avec sa sœur, sous le pseudonyme commun d'Aimée Lou, Addictives Poche

LOU GARANCE

L'INFILTRÉE

Luv

La ville de ce récit, son réseau de prostitution
ainsi que le système politique et juridique évoqué
ne sont que pure fiction.

Avertissement
Certaines scènes peuvent heurter la sensibilité des lecteurs.

PROLOGUE

J –7 avant l'ordre de mission
Elena

Les bras croisés contre la poitrine, je tente désespérément d'empêcher le froid de ce début mars de s'infiltrer sous les pans de mon manteau en laine. Mes talons aiguilles claquent contre le bitume et je traverse Bay Garden sous les rayons timides du soleil. Il ne doit pas être plus de sept heures du matin, à en croire la couleur sombre du ciel. Peut-être un peu moins, car les rues sont encore silencieuses. Après la soirée agitée que j'ai passée à Nude, j'ai du mal à imaginer qu'il y ait des endroits qui ne soient pas éveillés. Comme si Sokal avait deux visages et qu'il suffisait de marcher quelques kilomètres pour se retrouver dans les pires affres de la ville où le calme n'existe pas. Dans mon Sokal à moi, il n'y a que bruit, violence et sexe.

Sur ma route, je surprends les coups d'œil appréciateurs de quelques hommes qui partent travailler, loin d'être déstabilisés de me voir traverser leur quartier d'affaires à une heure aussi matinale. Si ce sont les bruits de mes pas qui les interpellent, le reste suffit à emprisonner leur attention. C'est exactement ce que je cherche, cette lueur de désir incontrôlable que je décèle dans leur regard dès qu'ils posent les yeux sur moi. Les flashs qu'ils tentent de chasser de leurs esprits alors qu'ils continuent de me détailler avec avidité, comme si j'allais me dévoiler à eux pour leur simple plaisir. Ils lorgnent mes jambes dénudées, à peine camouflées par mon manteau d'hiver et ma silhouette mise en valeur par mes escarpins. Essayant d'apercevoir vainement les sous-vêtements que j'ai enfilés en dessous. En cuir, cette fois-ci, et à peine couvrants. Si bien que, à chaque courant d'air, ça me glace les os. Je sais exactement le moment où ils comprennent d'où je viens et je jubile face à la teinte que prennent leurs joues quand ils se représentent mentalement ce qui a occupé ma nuit. De temps en temps, je suis encore dans mon personnage et il m'arrive de jouer avec eux. Quelques regards suggestifs, des sourires aguicheurs, un mouvement d'épaules pour faire sauter le premier bouton de ma veste... Il m'est même arrivé de reprendre du service une quinzaine de minutes, pour satisfaire l'appétit féroce de l'un d'entre eux, pas très soucieux d'arriver à l'heure à son boulot bien rangé. Mais ce matin, je n'ai envie de rien, mis à part rentrer chez moi. Mon heure est passée et j'ai besoin d'une douche.

Je glisse mes doigts gelés dans mes cheveux et quelques mèches sont collées par une substance devenue poisseuse que je préfère ignorer. Il y a des clients qui sont moins méticuleux que d'autres. Je passe facilement outre ce genre de détails, parce que l'objectif est qu'ils paient. C'est tout ce que je leur demande. En échange de quoi, je m'arrange pour leur faire passer le meilleur moment de leur vie. Si je me débrouille bien, il se peut que j'en fasse des clients réguliers, mais, pour la plupart, ils ne sont que de passage et j'aime n'appartenir à personne. La première fois que j'ai eu à répondre aux désirs d'un homme contre de l'argent, je n'avais que 16 ans et je venais tout juste de quitter Covent Corner. Pour d'autres, ça aurait pu être une expérience traumatisante, pour moi ça a scellé mon destin. Quand on a vécu toute sa vie dans un orphelinat, on n'a aucun espoir d'avenir meilleur. Je rêvais d'aller à l'école et de passer un diplôme, sauf qu'à Sokal, ce n'est qu'une chimère aussi irréelle qu'une famille idéale. Mes illusions de gamine se sont évaporées à la seconde où j'ai compris qu'aucun foyer ne voudrait de moi. Une enfant à problèmes et mal dans sa peau, ça ne fait rêver personne. Quoi que les gens croient faire comme bonne action, ils ne sont pas mieux que ceux qui nous abandonnent. Parce qu'ils ont des exigences trop élevées, ils ont des attentes trop grandes et la plupart d'entre nous finissons avec des rêves brisés. À partir de 5 ans, on est déjà trop âgés pour être considérés comme mignons, alors plus personne ne nous veut et l'image idyllique de la famille parfaite nous éclate à la gueule.

Encore aujourd'hui, je serais incapable de dire ce qui m'a poussée, à peine âgée de plus de 16 ans, à errer dans les rues pendant des heures jusqu'à atterrir à Nudhills Avenue. Je connaissais déjà ce quartier que tout le monde appelle Nude en raison des activités qu'on y trouve. Cette grande artère de la ville vivante et dans laquelle je suis restée jusqu'à ce que le soleil se lève. J'étais fascinée, obnubilée par le nombre de filles qui y bossaient, le nombre d'hommes qui s'y arrêtaient. Tous ces billets qui circulaient, toute cette décadence… Puis, je me suis mise à compter. Le nombre de passes. Les secondes, les minutes, les heures qu'il fallait aux nanas pour racoler, ramasser et être payées. Je connaissais quelques trucs sur le sexe, je n'étais plus vierge depuis un paquet de temps. Ce que j'avais sous les yeux? C'était de l'argent simple et facile. Qu'il soit sale, je n'en avais rien à foutre. J'ai maintenant 21 ans et Nude est mon quartier. Je ne regrette rien. Ma vie est ainsi et elle n'aurait jamais pu être autrement. Je ne suis qu'une orpheline de Covent Corner et j'ai dû apprendre à survivre. Point final.

Je n'ai pas le temps de tourner à l'intersection, une énorme berline ralentit à ma droite. Un instant, j'hésite à l'ignorer et à passer mon chemin, mais le bruit d'une vitre qui se baisse me fait tourner la tête. Je m'arrête net, dévisageant le sourire goguenard d'Oscar Simard. *Forcément.*

– Je vais finir par croire que tu me suis, Oscar.

– Crois ce que tu veux, Bonnie. Je viens réitérer notre offre.

D'un pas raide, je m'approche pour me pencher vers lui, les doigts manucurés crispés sur la vitre teintée impeccable. Il observe mon geste d'un œil morne avant de reporter toute son attention sur moi.

– Et si tu montais, pour qu'on discute?

– Non merci, mon chou. Si j'avais demandé un taxi, j'aurais sonné Marius.

Mon visage se tord dans une moue coquine.

– D'ailleurs, je suis étonnée de voir que le grand patron ne prend même plus la peine de se déplacer pour moi. Il préfère envoyer son sbire, dis-je d'une voix faussement mielleuse. Je suis déçue…

La vitre côté passager se baisse juste, faisant cesser les battements dans ma poitrine et serrer ma gorge. Je me recule instinctivement. Marius Baulieu m'observe en ricanant, les cheveux encore plus grisonnants que la dernière fois que je l'ai vu. Ça ne remonte qu'à quelques semaines pourtant. Si Sokal avait une image, ce serait celle de Baulieu. Ce proxénète à la tête de la Niche, le réseau de prostitution qui domine la ville depuis plusieurs années. Les traits secs, une mâchoire anguleuse, une bouche sévère surmontée d'un nez droit. Ses yeux noir corbeau me sondent et je m'oblige à ne pas déglutir. Ce n'est pas le moment de lui montrer qu'il me fout la trouille. Je plonge mes mains dans les poches de mon manteau et il ouvre la porte pour sortir sur le trottoir. Sa haute stature me surplombe d'au moins trente centimètres. Je me ratatine sur mes talons aiguilles, non sans le défier avec suffisance. Dans la rue, on apprend à ne pas montrer de faiblesse, même si on fait face à la plus grosse tête de la ville.

– Je suis prêt à tout pour toi, ma Bonnie. Comme tu peux le constater.

Oscar quitte à son tour la berline pour m'empêcher de faire marche arrière. Je jurerais voir une ride agacée déformer son front, mais elle disparaît rapidement et je reste plantée devant leur voiture hors de prix. La porte est restée ouverte derrière Baulieu et la chaleur de l'habitacle vient caresser mes jambes rougies par le froid.

– Une merveille comme toi ne devrait pas rentrer seule. Sokal est dangereuse.

Il accompagne ses mots en tirant sur une mèche de mes cheveux sombres, qu'il coince derrière mon oreille.

– Je n'ai pas peur.

Il rit. Un son irritant qui me donne une sueur froide.

– Monte. On te dépose.

Il glisse un bras sur mes reins et me pousse fermement, ne m'offrant pas d'autre choix que de me rattraper à la banquette arrière sur laquelle je m'affale. Oscar ne se retient pas de pouffer de rire et il contourne le véhicule pour s'installer de l'autre côté. Je le regarde froidement. La porte dans mon dos se referme, Baulieu sur mes talons. L'odeur du cuir et du tabac froid me pique les narines. Je savais qu'elle puait le luxe, vue de l'extérieur, mais pas à ce point. Les longs membres du sbire de la Niche ont amplement la place de s'étendre et, malgré sa carrure, son chef s'installe près de moi. Son épaule ne frôle même pas la mienne, mais je sens la lourdeur de sa présence. D'un geste habile, il ouvre une bouteille d'eau qu'il me tend. Je la réceptionne sans broncher, mais n'y touche pas.

– Alors, cette proposition.

– J'apprécie ton obstination, Marius, mais je ne suis pas plus intéressée aujourd'hui que je ne l'étais au début du mois.

Je bats des cils, consciente que mon seul atout devant le loup, c'est de faire l'agneau. Certains diraient que c'est une erreur, car il lui suffirait d'un claquement de doigts pour me tordre le cou, mais Marius a un faible pour les femmes. C'est bien pour ça qu'il en a fait son fonds de commerce.

– Je peux t'offrir stabilité, sécurité et confort. Bonnie, tu mérites mieux que de te geler le cul sur les trottoirs miteux de Nude.

– Je ne suis pas une petite chose fragile.

Il m'analyse attentivement et, loin de me défiler, je ne lâche pas ses yeux. Une moue amusée recourbe ses lèvres.

– Non, mais bientôt les souteneurs vont envahir le quartier et tu n'auras d'autre choix que de te soumettre à l'un d'eux.

Je secoue la tête en souriant de dédain. Ça fait cinq ans que je me prostitue et pour l'heure, je fais encore partie de celles qui n'ont de compte à rendre à personne. Je suis mon propre mac et c'est on ne peut plus satisfaisant. Dépendre du bon vouloir d'un homme qui ne connaît pas la réalité du terrain, ça ne m'intéresse pas. Qu'il se prenne une commission sur mes passes, encore moins. Ils peuvent toujours tenter, je ne céderai pour rien au monde. Pour l'heure, j'ai la chance qu'ils ne fassent que ça : me proposer. Mais Marius Baulieu est un maniaque du contrôle, ça l'amuse de me voir lui résister. Il arrivera un jour où je ne serai plus en mesure de refuser et où ma rébellion le lassera. Il se fera un plaisir de me dompter, de m'apprivoiser comme il le fait avec les filles qu'il dirige.

– Ça n'arrivera pas. Personne ne dictera ma conduite, Marius. Ni un mec de la ville, ni toi. Tu as suffisamment de *chiennes* à ton service pour m'oublier.

Il pose sa paume sur ma cuisse nue. L'habitude de me faire toucher de manière aléatoire et inattendue ne devrait pas me faire réagir. Mais c'est Baulieu et je ne peux retenir le sentiment d'inconfort qui m'étreint. Il y a quelque chose dans sa façon d'agir avec moi qui a changé et ça me met d'autant plus sur la défensive.

– Je suis têtu, ma jolie, et j'obtiens toujours ce que je désire.

Il donne trois coups à la vitre devant nous, séparant l'endroit où nous sommes du chauffeur. Ce dernier immobilise la voiture et Oscar sort en me tenant la porte. Sans me faire prier, je quitte la berline en vitesse. Le souffle court. Marius n'a pas bougé de sa place et sans élever la voix, il rétorque froidement :

– Tu finiras par changer d'avis, *Elena*.

Puis la voiture disparaît et la panique me submerge à l'entente de mon prénom.

Marius Baulieu connaît ma vraie identité.

Ce n'est pas une proposition, c'est une mise en garde. Il vient me chercher.

1

Elena

– Ce serait quand même plus simple si vous numérisiez tout ça.

Je fais un signe de main vers les feuilles étalées devant moi et Dixie glousse en passant dans mon dos.

– Pourquoi numériser, quand on a la meilleure comptable de la Terre?

Elle enroule ses bras autour de mon cou, calant sa joue contre la mienne pour fixer les dizaines de factures et bons de commande. Son odeur familière m'enivre et je cale une main sur son poignet.

J'ai rencontré Dixie à l'orphelinat, avec son petit frère qui venait de naître. Dans une structure classique, les nouveau-nés sont les premiers à entrer dans les rails pour l'adoption. Ça n'a pas été le cas d'Alan. Les services sociaux ne tenaient pas à séparer la fratrie. Dans un sens, ça a été une aubaine, car ils sont restés ensemble, mais ça a aussi causé leur perte, car personne n'a voulu s'engager auprès de deux enfants. Les circonstances de leur abandon sont tout aussi floues que les miennes, mais on a grandi ensemble. Soudés. À 16 ans, quand elle a eu l'âge légal de partir, Dixie a réussi à emmener Alan avec elle et ils se sont construit un foyer. Elle a trouvé un travail et a rencontré Tobias. J'enviais sa vie, son indépendance, son bonheur durement acquis. Puis je les ai rejoints quand, à mon tour, j'ai pu quitter Covent Corner.

Prenez trois mômes paumés et enfermez-les entre les murs austères d'un établissement pour mineurs. Vous les rendez inséparables. Il ne se passe pas une semaine sans que je vienne chez eux, pour une journée ou plus.

En général, j'y suis les matins, lorsque je rentre de mes nuits à Nude et que je n'ai pas la force d'être seule dans mon appartement. On a une sorte de règle tacite avec Dixie, la porte de l'arrière-cour est toujours ouverte si je promets de ne jamais avoir honte de venir telle que je suis. On pourrait penser que ça ressemble à un vieux slogan de publicité, mais c'est notre vie, notre façon de faire attention les uns aux autres. Alors, ce matin, j'ai débarqué sans prévenir avec mon trench en laine et mon string en cuir. J'ai pris une douche, piqué des fringues dans le tiroir de sa chambre et je me suis attelée à la comptabilité du garage en arrivant dans la cuisine.

– Le chantage affectif ne fonctionne pas sur moi, Dix.

Sa prise se relâche et elle m'embrasse en se décalant, récupérant en même temps sa spatule pour retourner les pancakes qui chauffent dans une poêle.

– Je ne perds pas espoir, glousse-t-elle.

Comme elle est de dos, je n'arrive pas à distinguer l'énorme ventre qui ne cesse de gonfler depuis bientôt sept mois. Quand elle m'a annoncé être enceinte, j'ai fondu en larmes. De là où on vient, la famille est un mirage. En l'espace de quelques années, Dixie a fondé sa propre conception d'un foyer. Même si Tobias, son mari, ne sera pas là pour la naissance de son fils. Il a pris trois ans de prison, dont deux avec sursis, pour trafic de voitures et il en a encore pour neuf mois. Ça a bien failli foutre en l'air son entreprise. Le garage automobile qu'il s'est saigné à monter avec ses deux frères et ma meilleure amie. Mais apparemment, l'enquête n'a pas révélé de lien direct entre le trafic et le garage ; il continue donc de tourner grâce aux autres membres de la famille Green, pendant que Tobias purge sa peine. Les raisons qui l'ont poussé à faire ça sont encore floues, peut-être que Dixie n'a pas voulu m'inquiéter avec toute cette histoire, alors je n'en parle pas. Après tout, on a tous des secrets et il y a des choses que je ne lui dis pas non plus. Tout n'est pas bon à entendre. Mon entrevue avec Baulieu me revient en pleine face. Je la chasse tant bien que mal.

– Déjà là, Lena?

Je relève les yeux vers Harvey, le plus jeune frère de Tobias, de quatre ans mon aîné, qui vole un pancake dans l'assiette que sa belle-sœur tente de remplir. Elle lui tape le haut de la main, ce qui le fait rigoler comme un zouave. Il cogne délicatement son poing contre le ventre de Dixie, en chuchotant des mots incompréhensibles au bébé, puis s'approche pour tapoter mon épaule. Les marques d'affection, il les distribue au compte-gouttes, alors autant dire que là, j'ai le droit au tapis rouge. Mon cœur s'emballe à la seconde où Bruce pénètre à sa suite. Ses yeux chocolat, si similaires à ceux de ses frères, me percutent et un sourire ravageur mange son visage en me voyant là.

– Tu as fini tôt, reprend Harvey. T'as fait chou blanc?

– Ce n'est pas son genre, ricane son grand frère.

– Ouais, enfin d'habitude on a déjà pris un café avant qu'elle arrive.

– Dix avait besoin de moi, signalé-je.

Ils regardent tour à tour les feuilles sur la table et la calculatrice sur laquelle j'essaie de faire apparaître les bons chiffres.

– Fais gaffe, elle va chercher à t'embaucher dans la boîte, se marre Harvey.

– Je cherche *toujours* à l'embaucher.

– Et tu peux toujours essayer, répliqué-je à l'attention de ma meilleure amie. Je gagne beaucoup trop bien à écarter les cuisses pour me terrer derrière un bureau.

Je jette un coup d'œil vers Bruce, ses longues mèches brunes attachées dans un chignon désordonné lui donnent dix ans de moins. Il m'observe en souriant, loin d'être surpris par ma franchise. Entre nous, il n'y a aucun tabou. Et même si Dixie cherche toujours à me faire venir travailler avec elle au garage, je ne veux pas changer de boulot. C'est ce que je suis et personne ne me juge.

– Tu finiras par être vieille et fripée, Lena. Bientôt, tu ne vas plus exciter personne.

– Je t'emmerde, Harvey. Pour l'instant, je me porte à merveille.

– Elle n'a que 21 ans, H, réplique Dixie. Tu es sévère.

– Réaliste.

– J'aurais dit con, précisé-je.

Il se marre, faisant glisser vers moi une tasse de café fumant. De mon côté, je ramasse toutes les feuilles que je range soigneusement dans un dossier, libérant la place sur la table de la cuisine, pour que Dixie y dépose ses pancakes.

– Alan n'est pas encore debout? s'étonne Bruce.

– Il est rentré tard.

Il fronce les sourcils devant la remarque de sa belle-sœur et nos regards se croisent. Alan n'a que 17 ans et à une époque, c'était un gamin timide et froussard. Il passait son temps à se cacher derrière sa sœur ou moi, à l'orphelinat, à craindre le moindre haussement de voix ou début de violence. Aujourd'hui, il est devenu téméraire et intrépide. Trop. À tel point que les frères Green craignent qu'il finisse dans de sales coups. Ce ne serait pas le seul de la famille, vu la posture de Tobias. 35 ans, troisième séjour en prison et une liste longue comme le bras de frasques en tout genre. À commencer par baiser avec la terre entière dès qu'il est dehors, et qu'il ait un gosse à naître ne change rien. Bruce et Harvey ne sont pas non plus des enfants de chœur, mais les années les ont assagis. Alan, lui, a sans cesse besoin de repousser ses limites. Comme s'il avait des choses à prouver ou une revanche à prendre sur la vie. Pour un orphelin qui n'a connu que la misère, ça n'a rien d'étonnant. Mais peut-être que j'espérais mieux pour lui, et Dixie aussi. Sans aucun doute.

– Il travaille toujours dans l'épicerie à l'angle du boulevard? interrogé-je.

– C'est ce qu'il dit.

– Laissez-lui de l'espace, grimace Harvey. Qu'il fasse des bêtises et qu'il apprenne de ses erreurs. Ça n'a jamais tué personne de se prendre quelques coups.

– Il a 17 ans!

– Et alors? enchaîne-t-il. À 17 ans, tu avais déjà une maison et tu allais te marier avec Tobi. À 17 ans, Lena était déjà sur le trottoir à faire ses passes. Moi, à son âge, je sortais de taule et Bruce avait déjà mis la voisine enceinte.

– Ne mêle pas mon gamin à cette conversation, le réprimande Bruce.

– Je dis simplement que ce n'est plus un môme. Il fait ce qu'il veut.

– On n'est pas des modèles de sainteté, signalé-je. Tu dis ça comme si ça pouvait tout justifier. Mais à 17 ans, peut-être qu'on aurait préféré ne pas se marier, faire la pute ou sortir de taule.

– T'es à Sokal, Elena, somme-t-il sèchement. Tu t'attends à quoi au juste? Faut arrêter de couver ce gosse.

– Pour qu'il finisse comme toi à son âge? le contredis-je.

– J'en suis pas mort.

– Ça suffit vous deux, s'agace Dixie. Vous êtes insupportables. Alan va bien!

Harvey et moi nous dévisageons. Affalé contre le dossier de sa chaise, il place une cheville sur son genou d'un air nonchalant, loin d'être atteint par ce début de dispute. Ce n'est ni la première ni la dernière. J'adore Bruce et sa force tranquille, mais avec Harvey… le courant passe en dents de scie. Apparemment, on est dans un mauvais jour, mais ça ne va pas m'empêcher de passer un bon moment avec eux. Surtout depuis que Tobias nous donne du répit et qu'on est loin de ses sautes d'humeur. Il ne faut pas se méprendre, je lui dois de ne pas avoir été à la rue en sortant de Covent Corner. Mais plus il est absent, mieux je me porte. Je n'aime pas l'emprise qu'il a sur ses proches et encore moins la façon dont il se comporte avec Dixie. Pour lui, elle est suffisante pour porter son gamin, mais pas assez bien pour qu'il la traite comme sa femme. Je n'ai toujours pas compris ce qui la retenait à lui. Le savoir en taule n'a pas l'air de la perturber plus que ça. Encore moins le fait d'être à deux doigts d'accoucher sans lui.

– Je peux savoir c'est quoi votre problème?

Alan s'infiltre dans la cuisine, le visage encore endormi et les cheveux en bataille. Il marmonne en contournant la table pour déposer un baiser sur ma joue, puis s'assoit sur une chaise libre. Il engloutit deux pancakes d'un coup.

– Ta *tante* et moi discutons.

– Arrête de dire ça comme si tu allais dégueuler, H, maugréé-je.

– C'est reparti, soupire Dixie.

Ouais. Très mauvais jour.

***

Bruce se retire, enlevant son préservatif pour se libérer dans un râle sourd sur ma poitrine nue. Il s'effondre sur le matelas, les cheveux collants le long de sa nuque. Il passe une main sur son front humide, puis attrape un mouchoir sur la table de chevet qu'il me donne pour me permettre d'essuyer sa semence. Ma respiration est toujours aussi erratique et je peine à reprendre mon souffle.

– Tu devrais venir déposer plus souvent de la bouffe chez moi.

Il rigole, coince une cigarette entre ses lèvres fines et l'allume. Un bras passé sous sa tête, il fume tout en fixant le plafond.

– Tu as fait exprès d'oublier.

– Peut-être.

Je passe une main sur son torse, touchant les quelques poils que j'y trouve et humant son odeur musquée alors que la nicotine embaume de plus en plus la pièce. Avec Dixie, on a un arrangement. Depuis que j'ai commencé mes passes, j'ai pris l'habitude de lui donner de l'argent. Avant, c'était surtout parce que Tobias et elle m'hébergeaient et je ne voulais pas être un poids. Maintenant, c'est parce que je veux être présente – et aussi rembourser les heures passées sous la douche. En échange, et pour qu'elle arrête de refuser mes enveloppes, elle a décidé de me faire mes repas. C'est notre façon de faire attention l'une à l'autre, tel qu'on l'a toujours fait.

– Tu dirais quoi si je te proposais un resto, un de ces quatre?

Je me décale, pivotant la tête pour regarder son visage. Il n'a pas bougé, les yeux toujours braqués droit devant lui, comme s'il essayait de ne pas me fixer pour ne pas ravaler sa demande. Sous mes doigts, je sens son cœur battre un peu plus vite.

– C'est un rencard, monsieur Green?

– Et ce serait mal si c'était le cas?

Ma poitrine se serre. Pas de bonheur, mais de stress. Une panique qui gonfle entre mes côtes et qui est en train de me couper la respiration. Je sors du lit, laissant le drap glisser sur mon corps nu. J'attrape la première culotte que je trouve pour l'enfiler et ramasse les affaires qui traînent sur le sol. Pour chercher à m'occuper l'esprit, les mains. Peut-être même que je veux qu'il oublie ce qu'il a dit pour qu'on revienne au moment où il me baisait juste. Sans attache. Sans attentes. Sans rencard.

– Je croyais qu'on était sur la même longueur d'onde.

– Lena, bon sang, ce n'est pas une demande en mariage.

Il attrape mon poignet dès que je passe au pied du lit, s'asseyant sur le rebord pour me caler entre ses jambes.

– Regarde-moi.

Je garde la tête haute, sans baisser le menton, de peur de ce que je vais lire dans son regard. De l'affection. De la douleur. Tout ce que je ne veux pas y trouver.

– Tu te braques pour rien. Ce n'était pas l'idée, même si je me doutais que ça n'allait pas te plaire.

Il tire sur mon bras et je finis par céder, plongeant mes yeux dans les siens. Il se mord la lèvre inférieure.

– Oublie ce que j'ai dit, d'accord?

– Ouais, mais tu l'as dit, Bruce! Et je ne vais penser qu'à ça la prochaine fois qu'on va baiser.

– Je suis désolé, soupire-t-il. OK? Mais... Écoute, je t'adore! J'aime être avec toi. J'aime coucher avec toi. J'aime tout de toi.

– Même l'idée que la moitié de la ville me passe dessus?

Il grimace.

Je sais qu'il n'a jamais été d'humeur possessive ou jalouse. Dès qu'il a été question de sexe entre nous, il savait ce que je faisais et ça ne l'a jamais rebuté. On s'éclatait, c'est tout. Mais maintenant, j'ai l'impression de m'être fait prendre au piège. Il a dix ans de plus que moi, autant dire une génération, et notre différence me saute à la tronche. Il veut se poser, fonder une famille et il s'imagine peut-être faire tout ça avec moi. Alors que je suis à mille lieues de là.

– J'aime ce qu'on a, toi et moi. Je pensais juste que...

– Qu'on pourrait avoir plus, dis-je à sa place. Mais je ne t'ai jamais rien caché, Bruce. Une relation amoureuse n'est pas compatible avec mon taf et c'est loin de ce que je recherche.

– Je sais.

– Non, tu ne sais pas, grogné-je. Admettons que j'accepte. On sort ensemble et après quoi ? Tout de suite, ça ne te dérange pas que je continue de me prostituer, parce qu'on s'accorde juste du bon temps quelques fois par mois, pour le fun. Mais si on sort ensemble, tu vas péter un câble de savoir que chaque nuit je quitte notre lit pour aller me faire tringler par des inconnus. C'est ce que tu veux pour ton gosse ? Une mère qui fait le trottoir ?

– Lena… Ce n'est pas ce que je te demande. Calme-toi, s'il te plaît.

Je secoue la tête et le repousse.

– Tu fais chier.

Je récupère un tee-shirt pour l'enfiler sur ma poitrine encore nue. Il passe une main lasse sur sa nuque, attachant ses cheveux dans des gestes un peu fébriles. Il a l'air abattu et ça me rend encore plus froide et détachée.

Putain. On s'était promis de ne pas s'attacher ! J'ai envie de lui hurler à la figure, de le détester, de le frapper, pour avoir osé changer notre relation. C'était trop beau pour être vrai, trop simple pour que ça fonctionne vraiment !

– Laisse tomber. Je vais y aller, soupire-t-il.

Il se relève, enfilant rapidement son jean. Je reste en retrait, les bras croisés à l'observer se rhabiller en silence. Mon pouls n'a pas cessé de s'emballer et je me sens de plus en plus sur la défensive. Bruce est l'une des seules constantes de ma vie. Il fait partie de ma famille, il ne me promettait rien, n'attendait rien de moi et j'ai la sensation qu'il a tout foutu en l'air pour une idée à la con de restaurant.

– Je t'appelle.

Il dépose un baiser sur ma bouche et quitte mon appartement dans un courant d'air.

Cette journée me fait chier !

2

Dax

J'immobilise le SUV devant l'entrepôt. Des dizaines d'agents du Sokal Police Department sont déjà sur place et la voiture de Yanis et Ezra se gare juste à côté de la mienne. On sort en même temps, l'air grave et concentré, observant tout ce qui nous entoure. Les premières impressions sur une scène de crime sont primordiales. Je récupère mon badge dans la poche de ma veste pour le montrer au flic qui nous barre l'accès au bâtiment.

– Lieutenants, nous salue-t-il. Sergent.

Il hoche la tête vers Ezra et on soulève nous-mêmes la Rubalise pour passer dans l'espace délimité. Tout le monde est tendu. Les gyrophares allumés se reflètent sur les vitres encore présentes sur la vieille bâtisse abandonnée. Belwink n'est pas un quartier très réputé et il est courant qu'on retrouve des corps, des armes de crime abandonnées ou encore des drogués dans des recoins dégueulasses. Ce soir, on est là pour une suspicion d'assassinat. J'arrive le premier à l'intérieur. Les murs sales et le peu de luminosité nous empêchent de bien nous repérer, mais vu l'attroupement dans le fond, je comprends vite que le cadavre est là-bas.

– Putain, marmonne Yanis. Ça a l'air d'être Rudolf Blaise.

Connu comme étant un indic du SPD depuis plusieurs mois.

– T'es sûr? demande notre collègue.

– Ouais, confirmé-je à sa place. Évidemment qu'ils l'ont buté, ces enculés.

On se plante tous les trois face à l'homme étendu sur le sol miteux, une seringue plantée dans le bras. À première vue, aucune trace de lutte. Alison, notre médecin légiste, est accroupie devant lui et discute avec l'un de ses experts.

– Déjà là, Meller! lancé-je pour qu'elle nous remarque.

– Aleksev, dit-elle en se redressant avant de se tourner vers les deux agents qui m'accompagnent. La victime se prénomme Rudolf Blaise. 45 ans, un mètre soixante-quinze et résidant au 3458, rue Grove. On a récupéré ses papiers d'identité.

Elle me tend un scellé transparent avec les effets personnels appartenant à notre indic.

– Vous le connaissez? continue-t-elle.

– Oui. Il bossait pour nous, lâche Yanis. On sait comment il est mort?

– Certainement pas d'une overdose.

– Mise en scène? spécifié-je en me penchant vers le corps.

Sa peau a terni et les cernes sous ses yeux donnent l'impression que ses globes oculaires se sont enfoncés dans son crâne. Le voir ici, sans vie, alors qu'il y a encore dix jours, je le croisais pas loin de la Niche, me fout un coup. Bien sûr qu'on savait ce qu'il risquait en le faisant bosser pour nous, mais on espère toujours bêtement que rien de grave n'arrivera. Et voir son cadavre ranime la crainte de découvrir l'agent Kelman, en infiltration, dans le même état. On n'a pas de nouvelles d'elle depuis une semaine. Autant dire une éternité, maintenant qu'on a le corps de notre indic sur les bras. Ça renforce mon pressentiment qu'il y a un truc pas net dans cette affaire. Ces mecs ont toujours un coup d'avance sur nous…

– On a retrouvé ça près du corps, ajoute le médecin.

Elle me donne un second scellé transparent dans lequel se trouvent des boucles d'oreilles.

– Ça veut dire quoi? demande Ezra, confus.

Je fixe plus attentivement les perles.

– J'en sais rien, et j'aime pas ça.

Je refile le sachet à un agent et pivote vers le lieutenant Meller.

– Dès que vous avez fini votre rapport, vous nous le faites parvenir.

– Sans faute.

Je m'apprête à faire demi-tour, mais Alison me retient.

– Juste pour que vous le sachiez, sa langue a été coupée.

Je grimace malgré moi, en faisant bouger la mienne contre mon palais.

– C'est un vrai règlement de compte, marmonne Ezra.

– C'est ce que je pense aussi, répond-elle. On a essayé de faire passer un message.

Il est clair comme de l'eau de roche. On vient de mettre les pieds dans la fourmilière et ils nous attendent de pied ferme. Jodie Kelman est en danger de mort.

***

On a à peine déposé nos affaires dans nos box respectifs que la voix de notre chef s'élève depuis le couloir.

– Aleksev. Marwan. Lavoie. Dans mon bureau, tout de suite.

Avec les gars, on se lance une œillade en biais avant de se diriger sans broncher vers lui. Il est installé sur son fauteuil, une pile monstrueuse de paperasse sous le nez. Ses lunettes sont coincées sur le devant de sa chemise et je me retiens de lever les yeux au ciel. Si on lui a prescrit une paire, ce n'est pas pour que ça lui serve de cravate.

– Il y a eu un petit changement à la suite de la découverte de tout à l'heure.

Je fronce les sourcils, sachant pertinemment, sans que Livio Aleksev n'ait besoin de le dire, quelle direction prend cette conversation. J'ai passé toute ma vie sous son autorité, je le connais par cœur et je n'aime pas la lueur que je perçois dans son regard quand il le braque sur moi.

– La criminelle a repris le dossier sur Rudolf Blaise. Désormais, ça ne relève plus de vos compétences.

– Fait chier, grogne Yanis. Je croyais qu'on était prioritaires étant donné qu'on a monté l'affaire !

Je serre les dents en attendant le couperet de mon paternel. On se lève Niche, on bouffe Niche, on se couche Niche. Je trouve injuste qu'après tout le travail fourni, on nous retire le bébé.

– J'ai changé d'avis. On a besoin de l'aide du service. Les agents y sont formés pour ça.

– Nous aussi, rétorqué-je. Et on s'est très bien débrouillés sans eux.

– C'est pas le moment de faire un concours. On a un cadavre sur les bras, alors c'est une affaire pour la brigade criminelle. Point final.

Il me sonde froidement et je me renfrogne.

– Marwan et Lavoie, vous passez sur l'enquête au sujet de l'agent Kelman. Il va falloir mettre les bouchées doubles et redoubler d'intensité ! Sa disparition est d'autant plus préoccupante avec ce qu'il vient d'arriver. Je veux qu'on sache où elle est, et vite.

Il me réduit au silence d'un seul coup d'œil avant même que je ne puisse ouvrir la bouche pour protester. Il se redresse et récupère les dossiers sur son bureau pour les porter jusqu'à moi. Mon corps se tend.

Pas ça.

– Aleksev, tu es sur les infractions et vols divers.

– C'est une blague ? éructé-je. Tu me retires de l'enquête ?

S'il y a bien une chose avec laquelle mon père est familier, c'est me mettre sur la touche. Il suffit d'un rien pour qu'il lui prenne la lubie de m'écarter. Juste pour le plaisir de me montrer que c'est *lui* le boss. Et le meilleur moyen de punir un agent, c'est lui donner des délits mineurs. Chez nous, il s'agit de simples affaires de trottoirs. En somme, le racolage qui ne cesse de gonfler à Nudhills Avenue. En temps normal, ce sont des missions pour les jeunes recrues qu'on a envie de former au terrain. J'ai passé l'âge de perdre du temps à m'occuper de ça, j'ai pris du galon, mais c'est toujours ma punition.

– Non, je te propose de faire une pause. Tu as perdu la trace du lieutenant Kelman et ton indic s'est fait buter. T'as besoin de te reprendre ! Peut-être que t'éloigner un peu te permettra d'avoir les idées plus claires.

– J'ai les idées très claires, m'agacé-je. Ça rime à rien de me coller sur les infractions alors que la priorité est de retrouver Kelman ! Soyons sérieux une minute !

– Darcy.

Depuis aussi loin que je me souvienne, tout le monde m'appelle Dax.

Je ne saurais même pas dire d'où ça sort, qui s'est levé un matin et a commencé à m'appeler comme ça. Mais c'est resté. À tel point que je ne suis même pas sûr que tous mes collègues sachent que je m'appelle en réalité Darcy. Quand mon père commence à laisser tomber les convenances pour m'appeler par mon prénom, c'est que je le chauffe vraiment. Mais je n'en ai rien à foutre. C'est grâce à moi qu'elle a réussi à infiltrer la Niche. Parce qu'elle venait d'arriver à Sokal depuis peu, son visage était inconnu de tous et elle avait envie de faire ses preuves dans la brigade. Alors je mérite de continuer !

– La priorité est de mettre un coup d'arrêt au réseau de prostitution qui sévit dans la ville, s'exclame-t-il. La Niche est un fléau, mais elle n'existerait pas si nous étions plus fermes en matière de racolage. Ce sont les dossiers des filles que nous avons dans le collimateur et qui nous mènent la vie dure, occupe-t'en.

Il me fourre la pile dans les bras ; je ne bronche même pas sous son poids.

– Tu sais aussi bien que moi que ça ne sert à rien, répliqué-je, acerbe. Hormis nous faire perdre notre temps avec de la paperasse. En sortant de garde à vue, elles repartent toujours vers Nude et continuent de se prostituer. Qu'on leur file une amende ou qu'on les colle en prison quelques mois.

La bouche de mon père se pince sévèrement.

– Si tu pars du constat que ton travail est *inutile*, alors tu n'as rien à faire au SPD.

Tout mon corps se contracte et je le dévisage, la lèvre inférieure frémissant de rage. Il n'a jamais loupé une occasion pour me pousser à bout, ça a toujours été sa façon de me rendre meilleur. Mais je ne vois pas en quoi *ça*, me fera évoluer. Mes doigts se resserrent sur les documents que je porte à bout de bras, de plus en plus furieux.

– Je ne veux pas abandonner l'enquête, insisté-je. Ce que tu me files, c'est pour les mecs qui sortent d'école, pas pour moi.

– Tu n'abandonnes rien. Tu prends du recul. C'est un ordre.

Je fulmine, les narines dilatées et le souffle court. Je serais bien tenté de passer outre ses directives, mais il risque de me mettre un blâme, fils ou pas fils. Je n'ai pas envie d'être mis à pied maintenant.

– Entendu. *Chef*, grincé-je.

– Bien. Vous pouvez disposer, messieurs.

Sans plus un regard, il retourne s'asseoir et on quitte son bureau. Mes mains sont crispées sur les dossiers alors que je bous par tous les pores. C'est une mise au placard. Ni plus. Ni moins.

– On est désolés, mec. On s'attendait pas à ce qu'il propose ça.

Il me l'a surtout *imposé*. Je n'ai même pas eu la possibilité d'échanger avec lui, de le convaincre qu'il faisait une erreur, il a juste claqué des doigts et il n'y avait plus de discussion possible.

– C'est pas votre faute.

Je soupire en m'avachissant sur mon siège, laissant tomber les dizaines d'infractions non traitées sur mon bureau. Autour de moi, les conversations se font plus présentes. Il y a souvent une ambiance animée et fiévreuse dans les locaux, comme si les équipes s'attendaient à tout moment à recevoir un appel, une alerte, quelque chose qui nous mettrait en branle-bas de combat. Et là, j'avoue que je rêverais qu'il y ait un règlement de compte, quelque part dans Sokal, pour éviter de me coltiner cette paperasse. Je lance un coup d'œil dédaigneux vers le premier dossier de la pile. Mes doigts l'attrapent rageusement. La photo d'une brune que je ne reconnais que trop bien y est épinglée. Comme à son habitude, elle a l'air d'avoir envie d'en découdre avec la personne derrière l'objectif et ça me fait presque sourire. Il n'y a pourtant aucune naïveté dans les traits de son visage, plutôt une hargne à peine dissimulée et beaucoup de tempérament.

– Ezra, tu peux appeler Morlan? Il devait nous envoyer les derniers endroits où le téléphone de Jodie a émis des signaux et on n'a rien depuis deux jours.

Je redresse la tête vers mes collègues, relâchant la chemise cartonnée.

– On ne les a toujours pas récupérés? m'étonné-je. Mais ils foutent quoi là-haut?

– J'en sais rien. Ça fait un peu long pour quelques données. Je vais aller les voir.

– Dax, lâche Yanis en m'avisant. T'es censé bosser sur *ça*, toi.

Il me montre du doigt ce que j'ai sous les yeux et je lui sors mon majeur.

– Va te faire foutre.

Il éclate de rire. Moi, j'ai la haine d'avoir été mis sur la touche. Les gars *et moi*, on est sur le coup depuis plus d'un an. On aurait tous besoin de vacances, mais on ne peut s'arrêter. On a suivi les membres du réseau, on les a pistés, on n'a pas dormi pendant des nuits entières juste pour monter un dossier en béton. Jusqu'à mettre la main sur le maillon faible de la chaîne bien huilée : le comptable en personne. Rudolf Blaise a été facile à convaincre. Sa femme n'avait aucune idée de son implication dans la Niche et après quelques négociations en bonne et due forme, il a plongé. Aussi simple que ça. Ça aurait pu nous inquiéter qu'il ne soit pas plus réticent, mais on n'avait pas d'autres pistes probantes alors on a foncé.

Au point d'oublier qu'on mettait aussi sa vie en danger, parce que le démantèlement du réseau a toujours été notre urgence absolue. La Niche, c'est une belle saloperie. Même le nom du réseau est à gerber. Baulieu y emploie des prostituées plus ou moins consentantes à l'âge assez varié. Il les appelle ses *chiennes*. Un vrai poète.

Si ça s'arrêtait là, ça ne serait pas trop dramatique. À Sokal, ce n'est pas interdit de tenir une maison close. Mais on a des lois assez sévères pour le racolage sur la voie publique. Sauf que la Niche, c'est aussi une couverture pour un trafic plus immonde. Le job de Jodie Kelman, c'était de récupérer un maximum d'informations sur ce qui ne tournait pas rond là-bas. Qui finançait quoi. Où étaient emmenées les filles qui disparaissaient dans ce qu'ils appellent les « veines » et qui étaient impliquées dans toute cette merde. Rudolf Blaise nous a proposé de faire entrer l'une de nos flics comme prostituée, ce qui était tout bonnement hors de question. Donc on a trouvé une autre façon de s'infiltrer. Apparemment, ils se méfient moins des femmes dans la Niche, que des hommes. La facilité avec laquelle ils ont toléré la présence de cette nouvelle « aide comptable » aux côtés de Blaise nous a tous déconcertés. Lui le premier. On a tenu deux mois, avec Jodie en première ligne. Ça a été fastidieux, long et compliqué. Parce que, même si elle y était entrée, elle devait faire son trou. Elle n'avait pas accès à beaucoup de données et tout était contrôlé. Puis un jour, ça s'est accéléré sans qu'on sache trop comment, et alors qu'elle devait nous fournir une clé USB avec des preuves matérielles, achats, ventes, transports, entreprises concernées... elle n'a plus donné signe de vie.

Le deal, c'était un message toutes les vingt-quatre heures. Ça fait sept jours. Et avec le corps sans vie de Blaise, autant dire que le compte à rebours est lancé.

Je soupire lourdement, fixant d'un œil morne la pile qui me fait face. L'écran de mon portable affiche huit heures vingt. J'ai bien envie de me barrer d'ici. Je masse énergiquement mon cuir chevelu, roulant des épaules tout en observant les agents encore présents dans les locaux. Puis, à bout de nerfs, je récupère le premier dossier de la pile, mon arme et ma veste tout en quittant ma chaise.

– Je vais patrouiller.

Les gars lèvent le regard vers moi.

– Tout seul?

D'un geste agacé, je secoue la pochette en carton entre mes mains.

– Apparemment, c'est la priorité, raillé-je à l'intention de Marwan. Et je n'ai rien d'autre à faire.

Son front se plisse de dépit et il échange une œillade avec Ezra qui en dit long sur ce qu'il pense de mon sale caractère. Ce n'est pas lui qui a été écarté d'une enquête qu'il a montée. Ce n'est pas lui qui doit subir les humeurs du chef. Ce n'est pas lui qui doit toujours faire ses preuves devant son insatisfait de père.

– Tu ferais bien de rentrer chez toi et de te reposer, plutôt. La journée a été longue. Ça peut attendre demain.

– Je dormirai quand je serai mort.

Sur ces paroles délicates, je leur fais un salut bref et disparais par l'entrée principale. Sur mon chemin, je fais quelques signes de tête à des collègues qui quittent les locaux et m'engouffre dans la cage d'escalier qui mène au garage souterrain de la police.

3

Dax

Après une patrouille furtive dans Sokal et un arrêt par l'un des *diners* encore ouverts pour me prendre un café, j'ai terminé ma course sur Nudhills Avenue. L'unique dossier avec lequel je suis parti est ouvert sur le siège passager. J'inspecte le cliché de *Bonnie*, plus par automatisme que par réel besoin. Je connais cette fille. La première fois que j'ai eu affaire à elle, je venais d'intégrer le SPD et comptais marcher sur les traces de mon père, parce que je ne savais pas quoi faire d'autre. Elle aurait pu être la petite sœur de n'importe qui, pour le peu que j'en savais, mais ça ne m'a fait ni chaud ni froid. C'est Sokal. J'avais 25 ans, elle huit de moins. C'était une gamine revêche qui ne se laissait pas marcher sur les pieds. Par la suite, les seules fois où il nous est arrivé de nous recroiser, c'était parce que nous avions tous les deux, d'une certaine façon, merdé. Coïncidence ou pas, c'était souvent à elle que j'avais affaire. J'incarnais l'autorité qui l'embarquait pour racolage, elle me rappelait sans cesse que mon père me punissait pour des raisons pas toujours évidentes. Disons que nos relations ne se sont pas développées de manière très amicale et ce soir ne risque pas de déroger à la règle.

La plupart des prostituées ont commencé leurs passes, et si beaucoup sont en train de racoler sous mes yeux, je reste concentré sur celle qui a tiré son ticket gagnant pour la soirée. Sur la dizaine de chemises que mon père m'a remises, elle était la première. Bonne ou mauvaise pioche, si je la trouve sur le trottoir dans les minutes qui suivent, ce sera un aller simple en garde à vue, le temps de décider ce qu'on fait de son cas. Avec trois arrestations rien que pour ces huit dernières semaines, elle va devoir se trouver une défense en béton parce qu'il est clair qu'elle n'en a rien à faire de payer des amendes. C'est la prison qui lui pend au nez, maintenant. La plupart des filles sont déjà là et certaines s'amusent à me faire un signe lorsqu'elles passent près de ma voiture garée. Elles nous connaissent. Les équipes patrouillent souvent pour surveiller et contrôler leur business. Si elles s'arrangent pour ne pas être prises en flagrant délit de racolage, et puisqu'on ne peut pas les arrêter pour être sur la voie publique, il est de notre devoir d'assurer leur sécurité. Parfois, on se fait prendre à partie par leurs souteneurs qui se prennent pour les rois du quartier. Ils n'apprécient pas qu'on se pointe sur leur secteur pour observer sans les payer et faire fuir leurs clients. En général, ils ne sont pas inquiétés. Qu'ils emploient des filles pour vendre leur corps n'est pas interdit. Ils savent que les lois sont de leur côté et tant qu'elles ne parlent pas, on n'a rien contre eux. Alors s'ils nous arrivent d'en coffrer quelques-uns pour outrage, ils sont rapidement relâchés, faute de preuves tangibles.

Un bref coup d'œil sur mon tableau de bord annonce que la température avoisine les huit degrés. Pas un temps à se découvrir, pourtant je n'en vois pas une seule avec un pull. Je grimace, récupérant mon gobelet pour boire une gorgée de café. Je le recrache dans la foulée, car il est tiède et je déteste ça. Il est peut-être temps que je me barre. J'ouvre la portière pour le balancer dans la poubelle juste en face. Il est évident que je fais chou blanc et je n'ai pas l'intention de compter les moutons toute la nuit juste pour faire plaisir à mon père. Quand je retourne derrière le volant, mes yeux percutent une voiture qui se gare et une silhouette qui sort du motel en bas de l'avenue. À Nude, il y a deux secteurs, celui des proxénètes et celui des *autres*. Ces prostituées suffisamment intégrées et douées dans ce qu'elles font pour n'avoir besoin d'être sous la coupe de personne. Le gérant leur loue des chambres à des prix dérisoires. Aucun touriste sain d'esprit ne s'aventure jamais par ici et son seul chiffre d'affaires provient des passes qui ont lieu sous son toit. Ma mâchoire se contracte d'amertume, parce que c'est *elle* qui va à la rencontre de ce type. Je démarre sans plus de cérémonie, remontant la rue avec mon gyrophare qui clignote. Penché à la fenêtre de son futur client, mon ticket gagnant se redresse en fronçant les sourcils. Elle sait tout à fait ce que je suis en train de faire et une ride d'agacement barre son front. Je sors, laissant mes clés sur le contact tout en ajustant mon arme de service à mes hanches.

– Les papiers du véhicule et mains visibles, lâché-je en m'arrêtant devant le conducteur. Toi, tu bouges pas.

Je pointe un doigt vers la prostituée qui soupire. L'homme me file ses quelques documents que j'inspecte attentivement. Les paumes sur le volant, il n'ose pas un regard vers moi. Je suis froid, méthodique, professionnel. Il n'est pourtant pas celui qui risque quoi que ce soit ce soir.

– Tout est en règle, remarqué-je en les lui refilant. Vous pouvez circuler.

D'un coup sec, je tape sur le capot du véhicule et après des remerciements maladroits, le gars se carapate la queue entre les jambes. Je me retrouve au milieu de la route, les bras croisés contre la poitrine et les yeux braqués sur la prostituée. De près, je remarque le maquillage charbonneux qu'elle a dessiné sur ses paupières, accentuant la noirceur de ses iris.

Mes yeux parcourent les courbes dénudées de son corps. Elle porte un simple corset en dentelle noire sur un short en cuir. Ses cuissardes couvrent ses jambes, mais ça lui donne un côté un peu sauvage qui doit mettre au garde-à-vous ses clients. Ses longues mèches brunes volent autour de son visage et je contemple ses formes offertes. Je sais reconnaître une belle femme quand j'en vois une. Le cliché dans le dossier ne lui rend absolument pas justice et j'ai un reniflement des plus méprisants face à la réaction de mon propre corps en le constatant.

– T'es toujours là.

– Comme tu peux le voir, raille-t-elle. Et toi, qu'est-ce qui t'amène? Ça faisait un moment qu'on ne t'avait pas vu dans le quartier. Je t'avais presque oublié!

Elle bat des cils de manière subtile et tout à fait délibérée, ce qui me fait tiquer. Je sais très bien à qui j'ai affaire. C'est une manipulatrice et les années l'ont rendue meilleure à ce petit jeu. L'expérience de la rue, j'imagine.

– À ton avis? Je pensais que tes trois dernières arrestations avaient été un avertissement assez clair quant au fait qu'on ne voulait plus te voir là.

– Que veux-tu, je suis têtue.

Elle glousse, pas du tout intimidée par ma posture.

– Ça se passe comment, tu me suis sans broncher ou on sort l'artillerie? répliqué-je, las.

Je déloge les menottes de la poche intérieure de mon blouson et les laisse pendouiller au bout de mon index. Bonnie pousse un soupir irrité en me fixant attentivement, avant de jeter un coup d'œil circulaire. Quand son attention revient sur moi, elle a retrouvé son air aguicheur et fait un pas dans ma direction.

– Sinon, tu peux aussi faire comme si tu ne m'avais pas vue, propose-t-elle d'une voix suave. Et pour te remercier de ta discrétion, je peux t'inviter à monter.

J'ai beau ne plus traiter régulièrement avec les prostituées de la ville, je connais parfaitement leurs petites combines. Elles croient toujours pouvoir se défaire de leur pétrin par le flirt, mais, sur ce coup-là, elle n'a pas tiré le gros lot. Je suis imperturbable en service et, moi aussi, les années m'ont endurci. J'attrape son poignet, empêchant sa main de me toucher le torse. Elle sursaute devant mon geste et on se dévisage. Ma respiration se fait sifflante et elle donne un coup brusque pour se défaire. Ma patience est en train de s'effriter. La journée a été compliquée et je n'avais pas besoin de ça : qu'elle me défie.

– Je crois que tu n'as pas bien compris la situation dans laquelle tu t'es mise, ma petite, m'agacé-je. Maintenant, c'est toi qui vois. Soit tu m'obliges à user de la manière forte, et ça ne risque pas de te plaire, soit tu me suis sans rechigner et tout se passera bien.

– C'est bon, grogne-t-elle, la mine renfrognée. Je te suis.

J'ouvre la porte du côté passager, virant les feuilles de son dossier sur la banquette arrière et elle monte. Ce qui m'étonne, car dans mes souvenirs, elle est plutôt du genre à ne pas se laisser démonter. Je claque la porte sur elle, ignorant le coup d'œil assassin qu'elle me lance. Je contourne le véhicule et y pénètre à mon tour, me faisant surprendre par le parfum qui inonde l'habitacle au point de me faire retrousser les narines.

Je démarre en trombe. Nude n'est qu'à quelques minutes des locaux du SPD, il est presque onze heures et je devrais déjà être chez moi. Je masse ma nuque, nouée par la fatigue, l'attention rivée sur la circulation.

– Tu vas vraiment me garder pour la nuit?

Je suis surpris d'entendre l'incertitude faire trembler le son de sa voix. Il y a encore quelques minutes, elle était sûre d'elle, pensant bêtement que quelques courbettes suffiraient à me faire céder. Si ça marche avec les hommes qu'elle côtoie, tant mieux pour elle. Moi, ça n'a fait que m'agacer davantage et, avec la journée que je viens de passer, elle part avec un beau handicap. Je lui jette une œillade, le coude calé contre le rebord de ma fenêtre.

– Fallait y penser avant, tu ne crois pas?

– Je vais surtout commencer à croire que vous vous acharnez sur moi.

– Après avoir tenté de me faire monter dans une chambre, tu vas me la jouer victime? Tu te crois au bureau des plaintes? soupiré-je. Tais-toi plutôt, tu n'es pas dans un Uber, mais en aller direct vers une nuit au poste.

Elle me lorgne avec suffisance et je tapote mon index sur le volant d'un air impassible, comme si la situation n'avait aucun impact sur le déroulé de ma soirée. En définitive, c'est le cas. Dès qu'on arrive, je l'enferme dans une cellule, remplis quelques papiers et me barre prendre une douche chez moi avant de m'affaler sur mon lit.

Je ne l'entends pas du reste du trajet et quand j'entre dans le garage souterrain des locaux de la SPD, je constate que la majorité des véhicules de mes collègues ont disparu pour laisser place à ceux des services de nuit. Le SUV s'immobilise à peine qu'une main effrontée se plaque contre ma braguette en me faisant bondir. J'ai le réflexe d'encercler son bras.

– Qu'est-ce que tu crois faire? proféré-je.

– Je veux passer un marché, m'aguiche-t-elle.

Elle exerce une pression plus dure sur mon membre, qui s'éveille bien malgré moi. Dérouté par son insolence, sa proximité et la chaleur de sa poitrine contre mon épaule, je mets un moment à réagir. Je devrais la repousser, j'en ai parfaitement conscience. Il faudrait que je lui intime de se reculer. C'est de l'abus de pouvoir, si je ne l'arrête pas. La réaction flagrante de mon corps n'est qu'un consentement silencieux.

– Tu as peut-être l'habitude d'obtenir des trucs par le sexe, articulé-je en raffermissant ma poigne pour la retenir d'aller plus loin. Mais avec moi, ça ne marchera pas.

Elle hausse un sourcil, passant sa langue sur ses lèvres de manière provocante.

– Pourtant, je ne te vois pas me repousser, chuchote-t-elle.

Son souffle chatouille ma joue et son ongle manucuré se balade sur la bosse visible de mon désir, faisant tressaillir ma longueur de plaisir. Quand mes yeux percutent les siens, j'y lis de la provocation. Elle savoure ce qu'elle croit être une victoire. Et pendant un moment, je me dis que je suis capable de craquer, juste cette fois. Même si je hais ce genre de filles, même si j'exècre baiser pour de l'argent, forcer une femme en échange d'un service, d'une faveur.

– Alors, on oublie la garde à vue?

– Contre une branlette? persiflé-je, la voix rauque. Tu n'as aucune estime de toi.

– C'est mon métier, mon cœur. Jouer avec le plaisir des hommes, j'adore ça!

Je dégage sa main d'un geste brusque, avant qu'elle ne s'aventure à l'intérieur de mon pantalon. Son sourire fier disparaît et je la fusille du regard.

– On ne marchande pas avec moi, Bonnie. Si tu me touches encore, je t'assure que ça va mal se passer. Tu piges?

Je détache ma ceinture de sécurité et sors de la voiture, faisant le tour d'un pas raide pour ouvrir sa portière. Je l'attrape par les épaules et la force à descendre. Ma queue n'a pas débandé, et je ressens une profonde rage contre moi-même. Et surtout contre elle, pour tout ce qu'elle a réussi à provoquer avec un pauvre battement de cils.

– Tu n'es vraiment pas amusant, fait-elle mine de pleurnicher.

– Et la suite va être encore moins amusante, car, au cas où tu ne l'aurais pas compris, la garde à vue est non négociable, *mon cœur*.

Elle grimace et je rigole en montant dans l'ascenseur.

4

Elena

Allongée sur le banc miteux de la cellule, je lorgne les murs grisâtres. La rage a laissé place à une profonde rancœur, à du dégoût et à beaucoup de résignation. C'est la quatrième fois en moins de deux mois que je me trouve ici, perdant une nuit de passes au profit d'une garde à vue, et avec le flic qu'on m'a assigné, je risque de devoir marchander plus que d'habitude pour m'en tirer. C'est officiel, je suis dans la merde. Je n'ai pas récupéré mon manteau, laissé derrière moi dans la chambre du motel que je loue pour la semaine, et la froideur de l'endroit où je suis enfermée depuis des heures me fait grelotter. Aleksev a pris mes effets personnels, du moins le peu que j'avais sur moi, et il m'est impossible de savoir quelle heure il est ou jusqu'à quand je vais poireauter. Les téléphones à l'autre bout du couloir ont repris du service et je soupire d'exaspération. J'ai envie de le tuer. L'étouffer, lui et son sourire en coin, pour lui faire payer de m'avoir gardée aussi longtemps. On était une vingtaine dans cette putain de rue. Et plus de la moitié était déjà penchée à la fenêtre d'un futur client en train de *racoler*. J'allais avoir une bonne nuit. J'avais fait exprès d'arriver plus tôt pour me libérer un peu avant le lever du soleil. J'avais prévu de voir pas mal de réguliers, qui réservent toujours la semaine en avance. Et à cause de lui, il va falloir que je me fasse *pardonner* de cette déconvenue. La porte du fond claque et des pas résonnent contre les murs en béton pour s'arrêter juste devant les barreaux de ma cellule.

– Debout, Bonnie. T'es pas à l'hôtel.

Je dévisage Aleksev, me redressant le plus lentement possible pour avancer dans sa direction. Il ne semble pas s'être changé depuis la veille et porte toujours la même chemise blanche froissée, retroussée au niveau des coudes. Je dévie sur ses avant-bras aux veines bombées, avant de me perdre sur son pantalon de service. Son flingue est pendu à ses hanches étroites et les lacets de ses rangers sont desserrés. Impossible de retenir le souvenir de ce qu'il cache entre ses cuisses. Je ne l'ai peut-être pas vue de mes propres yeux, mais elle était bien là. Excitée à l'idée que je la touche. Comme celle de tous les mecs qui croisent mon chemin, incapables de la tenir au repos plus d'une seconde en ma présence. Pitoyable.

– J'en connais un qui a l'air d'avoir aussi passé la nuit ici, remarqué-je avec sarcasme. Un peu culotté, lieutenant. Ce n'est pas un hôtel !

Il se pince les lèvres face à mon insolence et je ne peux m'empêcher d'admirer ses deux yeux clairs, les plus bleus que j'ai jamais vus. Lorsque je l'ai rencontré, à l'époque où je commençais à me faire une place dans la rue, j'avais déjà été saisie par leur limpidité. Il n'avait pourtant pas cette aura aussi sauvage. Ce charisme brut. Ses épaules étaient moins carrées, ses bras plus secs et son corps loin d'être aussi musclé. Ça n'a jamais été un homme qui respecte les canons de beauté classiques. Il a les traits du visage grossiers, une bouche épaisse et la mâchoire large et saillante sans un seul poil de barbe. Mais son regard... Ça lui donne un côté guerrier scandinave, avec ses cheveux blonds coupés plus court sur le dessus des oreilles. Il est séduisant. C'est le mot le plus adéquat pour lui. Pas beau. *Séduisant.*

Et arrogant. Cynique.

Détestable.

– La faute à qui.

– Moi? minaudé-je faussement, la main sur ma poitrine. Je suis flattée.

– Tu ne devrais pas, grogne-t-il. Parce que la nuit a été mauvaise et je suis d'une humeur de chien.

Il me sonde, buvant une gorgée dans son gobelet en carton. Je tuerais pour un café, mais ça m'étonnerait qu'il m'offre plus que ce qui m'a été donné plus tôt. Et je ne suis même pas étonnée de le retrouver là, à une heure aussi matinale. Bien sûr qu'il a préféré garder un œil sur moi en restant. Vu ma tentative de manipulation de la veille, il n'a pas dû se sentir très confiant à l'idée que quelqu'un d'autre me surveille. Il a raison de se méfier. Je ne compte pas le nombre de ses jeunes collègues que j'ai réussi à amadouer durant mes précédentes gardes à vue. Quelques fois, j'arrivais même à les persuader de me laisser partir sans même baisser la braguette de leur pantalon. Certains hommes sont plus faciles en affaires que d'autres…

– Tu sais ce qui aurait pu te faire plaisir, mon cœur?

Je me penche vers les barreaux, enroulant mes doigts autour de l'un d'eux pour mimer une branlette lente. Je ne quitte pas ses yeux et je sais très bien qu'il s'oblige à ne pas loucher sur mes gestes.

– Que tu me rejoignes dans cette grande cellule. Je t'aurais tenu compagnie.

– Quand est-ce que tu vas apprendre à te taire? rétorque-t-il sèchement en faisant un pas vers moi. T'es enfermée à cause de ta putain de langue, alors tu devrais apprendre à la ranger de temps en temps.

Il sort un trousseau de clés et enfonce de manière brusque l'une d'elles dans le trou de la serrure, ouvrant la porte dans un bruit métallique. Il ne bouge pas de l'entrée, me barrant la route vers la liberté et me toise. Je le reluque sans vergogne et ça le fait fulminer davantage.

– Sors de là.

Il me fait passer devant lui, mais je ne fais pas un mètre et récupère effrontément le gobelet qu'il a dans la main pour en boire une gorgée. Le liquide chaud me fait frissonner de la tête aux pieds. Mes muscles sont endoloris à cause du peu de sommeil et de la dureté du banc, j'ai mal aux pieds dans mes talons et j'ai envie d'une douche et d'un petit déjeuner. Pas forcément dans cet ordre. Dax me lorgne sans me reprendre le café des mains et attrape mon biceps à la seconde où on pénètre dans l'open space, comme si j'allais m'échapper. Il y a deux fois plus d'agents que la veille au soir et personne ne fait attention à nous, tandis qu'on traverse la pièce pour rejoindre son bureau en plein milieu. Il me fait m'asseoir sur une chaise et récupère une paire de menottes.

– C'est bon, dis-je. Il y a trois flics au mètre carré, je ne vais pas m'enfuir !

Il m'étudie, semblant réfléchir à la question, puis contourne son bureau pour s'asseoir à sa place. J'ai toujours son café entre les mains et profite de la chaleur que ça procure à mes paumes.

– Nom. Prénom. Âge. Profession.

– Tu déconnes ? réponds-je.

Il me lance une œillade très sérieuse par-dessus son écran d'ordinateur, et je soupire en ricanant.

– Toi d'abord, mon cœur.

– *Elena*, m'avertit-il.

– C'est n'importe quoi.

– C'est la procédure, rectifie-t-il. Tu veux que je te relise la loi et ce qui t'attend ? Ça te rendra sûrement très coopérative.

– Le racolage est passible de quatre mois d'emprisonnement et d'une amende, récité-je laconiquement. Bla-bla-bla. Mais je ne racolais pas, je parlais avec un ami.

– Un ami cette fois ? se gausse-t-il. Tu m'en diras tant. Je veux son nom, son prénom, son âge et sa profession dans ce cas.

– Aleksev Dax. La trentaine. Lieutenant de police.

Il redresse le visage et je lui fais le sourire le plus faux cul que j'ai en stock. Il s'adosse au dossier de sa chaise en croisant les bras contre sa poitrine, ce qui a pour effet de gonfler les muscles sous le tissu de sa chemise et de faire gondoler davantage ses veines. Ça ne devrait pas me plaire autant, mais j'ai toujours eu un faible pour les connards suffisants et sans cœur. Encore plus lorsqu'ils sont lieutenants et que je n'arrive pas à les avoir entre mes cuisses. Faut croire que j'aime tendre le bâton pour me faire battre. Et ça fait un petit moment que je rêve de le voir plier sous mes caresses. Une gueule comme ça, on n'en a pas tous les jours.

– Tu ne m'as jamais dit s'il s'agissait de ton vrai prénom, d'ailleurs.

Dax. Que je sache quoi crier quand tu auras envie de me prendre violemment contre le capot de ta voiture.

J'ai chuchoté ces derniers mots, mais suffisamment fort pour qu'il en capte chaque syllabe. Et, vu le tic nerveux qui déforme sa mâchoire, ça a fait mouche.

– Tu n'as pas besoin de le savoir.

– Tu es sûr?

– Nom. Prénom. Âge et profession.

J'expire devant son acharnement et abdique. De toute façon, si je ne fais pas ce qu'il demande, ça ne sera pas à mon avantage.

– Maslo Elena, 21 ans. Prostituée.

– Que faisais-tu, à Nudhills Avenue?

– Je travaillais.

– Reconnais-tu avoir attiré, accosté, sollicité l'attention des passants en échange d'un service sexuel?

– Non.

Sa bouche s'étire de manière condescendante.

– La voiture s'est arrêtée sans que j'aie eu besoin de lever le petit doigt. Je n'ai rien *attiré*, *accosté* ou *sollicité*. Lieutenant.

– Au regard de la loi en vigueur…

Il ne termine pas sa phrase, car les portes battantes des locaux de police s'ouvrent avec fracas et des voix graves s'élèvent, attirant notre attention et celle des autres. Mon corps se tend en reconnaissant le gamin encadré par deux agents.

Le petit frère de Dixie.

– Tu restes là, m'ordonne-t-il en se levant.

Il fait le tour pour rejoindre ses collègues et je continue de fixer Alan, désemparée. De là où je me trouve, je n'entends pas ce que raconte Aleksev et n'ai aucune idée de ce qu'il se passe. Mes jambes me démangent, mais je suis déjà dans une sale posture et ce n'est pas une bonne idée de faire encore plus n'importe quoi. Mon cœur bat vite, parce que si j'arrive à me détacher complètement des problèmes dans lesquels je peux me fourrer, ce n'est pas le cas lorsque ça concerne un proche à moi. Encore moins Alan, bon sang! Dax se réinstalle au bout de plusieurs minutes, tirant vers lui son clavier comme si de rien n'était.

– Pourquoi l'ont-ils arrêté?

Il ne répond pas, tapant sur les touches dans un silence de plomb alors que je bous de l'intérieur.

– Je connais ce gosse, Aleksev. Dis-moi ce qu'il a fait et en échange, je ferai tout ce que tu veux.

Ça a pour effet de lui faire cesser toute activité et après une brève surprise, il me reluque avec dédain.

– La manipulatrice dans toute sa splendeur.

Il renifle en se penchant vers moi, le regard glacial. Pourtant, il semble réfléchir à ce que je dis, car il garde le silence en m'observant avant de finalement cracher le morceau :

– Il a été arrêté au volant d'une voiture volée. Ça faisait plus de dix jours qu'on la cherchait. Elle est impliquée dans un délit de fuite qui a causé la mort d'une femme sur la douzième avenue. Contente?

– Il doit y avoir une erreur, m'étranglé-je.

Mais le doute s'infiltre en moi. Même si je connais Alan, je suis aussi lucide quant aux modèles qu'il a eus toute sa vie. Il n'y a pas un seul Green clean. Ils ont tous, un jour ou l'autre, trempé dans des trucs pas nets. Mon sang pulse dans mes veines et tout mon corps se met à trembler.

– Le même genre d'erreur qui t'a menée ici?

Il renifle de mépris. Mon nez se retrousse, la panique a laissé place à une profonde hostilité envers l'homme assis devant moi.

– Vous n'avez pas le droit de l'interroger sans la présence d'un adulte. Et tu le sais aussi bien que moi, puisque tu défends la loi.

– Ils vont appeler sa sœur.

– Dixie? Mais elle est enceinte jusqu'au cou et habite à l'autre bout de la ville! Laisse-moi être là à sa place.

Ses sourcils se froncent.

– On n'a pas fini ici.

– *S'il te plaît*, le supplié-je.

Et la surprise de m'entendre prononcer ces mots vaut le détour. Il me toise une longue minute, puis soupire en passant une main rageuse dans ses cheveux courts. Je suis étonnée de le voir réellement envisager ma requête. Dans d'autres circonstances, j'aurais pu lui faire une réflexion, mais je suis trop désespérée pour gâcher ma seule chance. S'il me suffit de lui dire deux ou trois mots magiques pour lui faire courber l'échine, je vais en abuser avec plaisir.

– Très bien.

Je hausse un sourcil, étonnée.

– Vraiment ?

– Mais après je m'occupe de ton cas, Maslo, me menace-t-il.

– Je serai à toi autant de temps que tu le voudras, déclaré-je joyeusement en levant les mains en l'air. Et sans arrière-pensée.

Il marmonne avant de se lever et de disparaître derrière une porte. Quand il revient, il est avec Alan et les mecs qui l'ont arrêté ont été remplacés par deux autres flics qui me sont familiers. J'ai passé un bout de temps ici, je commence à connaître du monde. Pourtant, je ne m'attendais pas à ce qu'ils soient surpris de me voir et, vu le coup d'œil de Marwan, c'est le cas.

– Bonnie, ça faisait longtemps, dit-il. On commençait à croire que tu avais disparu.

– Ne t'en fais pas mon chou, si tu me cherches, je suis à Nude tous les soirs.

Il se marre avec son collègue et Dax se contente d'installer Alan sur une chaise près de moi.

– Je n'ai pas le droit de me faire retirer ça ?

Alan montre ses poignets entravés avant de faire un signe vers les miens, libres de tous mouvements.

– Tu vas rester sur cette chaise et ne pas causer de problème ? l'interroge Aleksev, sceptique.

Le frère de Dixie hoche la tête et le lieutenant le libère avant de retourner s'asseoir.

– Alan ! C'est quoi cette connerie de voiture ? m'agacé-je. Tu crois que ça va faire plaisir à Tobias et à ta sœur ?

Il se mord l'intérieur de la joue, continuant de dévisager le lieutenant.

– Regarde-moi, ordonné-je. T'as foutu quoi ?

– Rien. J'étais au volant d'une caisse et les flics m'ont arrêté pas loin du quartier Baker. C'est tout. Je n'ai rien à voir avec cette histoire de délit de fuite. Je l'avais même pas volée, putain. C'est un pote qui me l'a prêtée.

Il donne un coup de pied dans le vide, jurant entre ses dents.

– On va reprendre les choses depuis le début et clarifier cette histoire, rétorque Dax. Puisque tu es mineur, tu dois être accompagné par un adulte. Es-tu d'accord pour qu'elle assiste à l'interrogatoire ?

Il hausse mollement les épaules devant le signe de tête de Dax dans ma direction, comme si ça lui était égal. En le voyant ainsi entravé, je me demande où a bien pu passer le petit bonhomme que j'ai connu. Celui pour qui j'avais tant d'espoir de réussite, d'avenir meilleur. Ça a toujours été notre petit soleil, curieux et plein de vie, qu'on a tenté de préserver, Dixie et moi, le plus longtemps possible. Même si la réalité nous a vite rattrapés. Je ne suis pas aveugle au point de ne m'être jamais rendu compte qu'il était en train de mal tourner. Je savais qu'il testait ses limites, même si Harvey avait tendance à minimiser les choses. Mais désormais, c'est si concret que je me sens honteuse de ne pas avoir insisté pour l'éloigner de tout ça… C'était à nous de le faire, pas vrai ? Sa famille.

– C'est qui, ce pote, qui t'a soi-disant prêté cette voiture ?

– Je ne suis pas une balance.

– Il va me falloir plus que ça, si tu veux que je te croie.

– J'en ai rien à faire si vous ne me croyez pas.

Aleksev ne bronche même pas, tapant sans discontinuer sur son clavier. Il doit voir tellement de gens passer ces portes, des délinquants qui jurent n'être coupables de rien, des personnes violentes, incontrôlables, des victimes. Je sais pourtant que, sous ce calme apparent, se cache de la colère et très peu de patience.

– Où as-tu eu cette voiture ? répète-t-il calmement.

– Un garage.

– Le garage de ton père?

Je dévisage Aleksev, me demandant ce qu'il est en train de foutre à porter des accusations infondées, mais il garde les yeux rivés sur son ordinateur, loin de se sentir gêné par son insinuation calomnieuse.

– Non. Entre les cuisses de ta pouffiasse de m…

Ma main se plaque vivement sur la bouche d'Alan, étouffant la dernière partie de sa phrase dans une tentative vaine. Dax a très bien compris ce qu'a essayé de dire le gosse et sa mâchoire se contracte tellement que je jurerais qu'elle pourrait se déchirer sous la force. Personne n'aime qu'on insulte sa mère et je suis sûre que le lieutenant est couvé par la sienne, vu la façon dont son corps réagit à l'insulte. Un vrai *dur à cuire* et ça me donne envie de glousser. Il toise Alan avec suffisance, laissant ses mains en suspens au-dessus des touches de son ordinateur.

– Tu parles à un officier de police. Tu le sais, ça? crache-t-il.

Sa voix grave est étrangement posée, comme s'il se retenait de lui hurler au visage en gardant un sang-froid de façade.

– Je vais être franc, gamin, lâche-t-il. Ça m'est égal de savoir d'où sort cette voiture, parce que ce n'est pas moi qui suis assis de l'autre côté de ce bureau. Tout ce que je sais, c'est qu'elle a été volée et que c'est *toi* qu'on a retrouvé au volant. Point final. Si tu ne veux pas me donner ta version des faits, très bien, je vais arrêter de perdre mon temps avec toi. On verra si tu feras autant le malin devant le juge.

– Je n'ai rien fait de mal, rugit Alan.

– Alors parle! s'énerve Dax.

– Aleksev, Marwan et Lavoie, on vous attend pour la réunion, l'interrompt une voix dans mon dos. Tout de suite.

– On est au milieu de quelque chose, chef.

– Vous y mettez fin. Parce que j'ai dit *tout de suite*, Darcy.

Le corps du lieutenant se contracte, des épaules au bout des doigts. Je me tourne vers son supérieur, que je sais être son paternel, l'observant faire demi-tour sans un mot de plus. Aussi froid et condescendant que son rejeton, dont le regard intercepte le mien une seconde. Il semble agacé et un sourire fend mes lèvres sans retenue alors que je prends conscience du cadeau qui vient de m'être offert sur un plateau d'argent. *Darcy*. Autant, j'ai cherché tout un tas de prénoms qui auraient été susceptibles de lui convenir, autant celui-ci était loin d'être mon premier choix.

– Darcy…, ironisé-je en même temps qu'il se redresse pour contourner le bureau. Charmant prénom.

– Tais-toi.

Il se penche vers moi, attrapant mes poignets pour y clipser des menottes qu'il attache à l'accoudoir de ma chaise, avant de faire la même chose avec Alan.

– Je dois avouer que ça te va bien, mon cœur. Dax fait vilain garçon, mais *Darcy*. J'ai presque envie de te faire un câlin. Ça te donne un côté sensible. Un fils à maman.

Il se recule en vitesse, avant que mon doigt n'ait le temps de frôler la peau nue de son avant-bras. Il me fusille du regard, ses yeux bleus translucides et foutrement déstabilisants braqués dans les miens.

– Tu vas te mettre à pleurer? chuchoté-je.

Alan se marre silencieusement sur ma droite et j'ose un sourire complice dans sa direction, tandis que *Darcy* serre ses poings en soupirant lourdement.

– Réfléchissez bien à la défense que vous utiliserez quand je reviendrai. Je peux vous assurer qu'on n'en a pas fini tous les trois.

Il nous tourne le dos, la nuque raide, et suit ses collègues dans une salle aux rideaux baissés. Je tire d'un coup sec sur les menottes, ne faisant rien d'autre que martyriser ma peau.

– Fait chier.

– Tu crois qu'on peut demander à Dix de nous apporter des pancakes? À mon avis, on va en avoir pour un moment et j'ai la dalle.

Je secoue la tête en me tournant vers Alan, faussement imperturbable malgré les événements. Il va vraiment falloir que je fasse la morale à ce gosse!

5

Dax

– Tu n'as pas choisi le pire des dossiers, mon vieux!

Je m'installe sur l'un des fauteuils de la salle, Ezra et Yanis sur mes talons. Ce dernier s'est penché vers moi et me scrute attentivement. J'ai l'impression d'être passé aux rayons X et je déteste ça. Il le fait exprès, ce con, et j'ai envie de lui retirer son rictus moqueur. Surtout qu'Elena m'a sacrément énervé et je ne préfère même pas m'épancher sur le cas Alan Beck. J'ai cru que j'allais vriller en l'entendant insulter ma mère.

– Je ne l'ai pas choisi, rectifié-je, mon père me l'a filé. Tu étais là aussi.

– Et c'était quoi, la probabilité pour que ça tombe sur *elle*.

Il n'a pas besoin de préciser son arrière-pensée. Lorsque j'ai relu les informations dans son dossier sur la route de Nude, j'avoue que ça ne m'a pas fait tiquer tout de suite. Mais quand le jeune Alan Beck a pénétré dans les locaux et qu'elle s'est interposée en jurant qu'elle le connaissait, tout s'est imbriqué dans mon esprit.

– Coïncidence.

Mon père se racle la gorge, nous réduisant tous au silence sans même avoir à dire un mot, m'offrant l'échappatoire idéale à l'interrogatoire inopiné de Yanis. Ce n'est que partie remise et je le sais très bien.

– Merci de vous être déplacés, messieurs. Tout d'abord, je tenais à vous informer que le rapport de la crim au sujet des analyses du corps de Rudolf Blaise est formel : il n'est pas mort des suites d'une overdose.

– Pas besoin d'un rapport pour comprendre ça, marmonné-je.

Ce qui me vaut une œillade sévère de sa part et quelques rires du côté des gars qui me font esquisser un rictus fier.

– D'après leur médecin légiste, il a été étouffé, reprend-il en m'ignorant.

– À l'endroit où nous l'avons trouvé ou le corps a été déplacé? demande le sergent Moren.

– Il aurait été assassiné avant d'être laissé à cet endroit. Les experts ont retrouvé des fibres dans le fond de sa gorge. Ils sont encore en train d'analyser leur provenance. En revanche, les bijoux ont donné d'autres informations intéressantes.

Mes sourcils se froncent d'anticipation.

– On a retrouvé l'ADN de l'agent Jodie Kelman dessus.

– Putain, juré-je. Mais ça n'a aucun sens ce truc!

Tous les visages se braquent dans ma direction, celui de mon paternel inclus.

– Pourquoi nous faire croire qu'il est mort d'une overdose alors qu'ils laissent des traces aussi flagrantes d'étouffement? Ils lui ont coupé la langue, et tout le monde sait que c'est une façon de le réduire au silence, de le punir parce qu'il nous renseignait! Mais qu'est-ce que viennent foutre les boucles d'oreilles de Kelman?

– Nous faire perdre notre temps? suggère Lavoie. Ils nous ont mis sur plusieurs pistes, et ça les amuse de nous voir tourner en rond.

– C'est un avertissement, lâche Reese. Ils nous préviennent qu'ils savent non seulement pour Rudolf Blaise, mais aussi pour Jodie. Ils doivent s'attendre à ce qu'on lui mette le meurtre sur le dos ou c'est une façon de nous montrer ce qui l'attend. Dans tous les cas, ils savent qui elle est.

– Des traces de sang? interrogé-je mon père.

– Aucune lui appartenant. Pour l'instant, Marwan et Lavoie gardent le dossier. Sa disparition reste notre priorité absolue. Les équipes qui patrouillent autour de l'hôtel particulier de Baulieu ainsi que de la Niche n'ont rien décelé d'anormal. Pas de trace d'elle. Mais difficile d'en être certain étant donné que nous n'avons plus personne dans le réseau.

– J'ai récupéré les données cellulaires, ajoute Yanis en sortant une carte de la ville qu'il fait passer jusqu'au chef. Le dernier signal émis par son téléphone est à l'hôtel, dix heures après l'heure supposée de sa disparition. On n'a rien qui nous indique qu'elle en est sortie.

Cette information, tout le monde s'est bien gardé de me la communiquer et je commence à en vouloir *sérieusement* à mon père de m'avoir mis sur la touche. Bordel, j'ai une tête à m'occuper des infractions et autres histoires de fesses des prostituées pendant que l'enquête pour démanteler le plus gros réseau de prostitution est en cours ?!

– Pour l'instant, on n'écarte aucune possibilité. Mais c'est en effet la principale préoccupation. Si elle n'a donné aucun signe de vie à l'extérieur, c'est qu'elle est probablement enfermée dans la propriété de Baulieu.

Cette perspective me fait grincer des dents. Marius Baulieu compte parmi les hommes les plus influents de la ville. À croire que seuls les pourris ont une place de choix à Sokal, et ça me fait gerber de savoir qu'on est toujours incapables de le dégager de son piédestal. En plus de détenir la Niche, où il exploite des prostituées de tous horizons, ce fumier est aussi l'heureux propriétaire d'un hôtel particulier. Pour l'instant, impossible de prouver que ce qu'il y fait à l'intérieur est illégal, mais d'après les informations qu'a pu nous fournir Jodie avant de disparaître, il y organiserait des sauteries privées. Visiblement, ce sont des réunions entre membres très spéciaux et où confidentialité et discrétion sont de rigueur. À tel point qu'on est encore incapables de dire avec exactitude qui y participe. C'est bien ça, le plus gros problème avec cet hôtel. On est certains que c'est ce qui finance le trafic des filles en dehors de la ville et on n'a toujours pas de preuves tangibles pour les incriminer. Et si Jodie est à l'intérieur, rien ne pourra nous le confirmer.

– Et pourquoi on ne fait pas une descente ? propose Jonas. Kelman est dedans, le juge Stevenson ne peut pas nous empêcher d'avoir un mandat.

– Stevenson refuse catégoriquement, rétorque mon père. Les deux dernières opérations lancées à la Niche ont été infructueuses. Il ne peut plus se permettre de nous donner son feu vert si on n'a pas du lourd. Peut-être qu'elle n'y est pas retenue contre son gré et, sans preuve tangible qu'elle est en danger, on ne peut rien faire.

– Pas retenue contre son gré? m'agacé-je. Pas de preuve qu'elle est en danger? C'est une plaisanterie? Il veut quoi pour agir, son cadavre?

– Il y a des règles, lieutenant, me reprend-il. Des lois que nul n'est censé ignorer. Le juge Stevenson en est le représentant et s'il estime que ça ne mérite pas un mandat, c'est que notre boulot n'est pas suffisamment bien réalisé.

Autre façon de dire que *je* fais de la merde depuis qu'on a lancé l'affaire et je me prends en pleine gueule la raison pour laquelle il m'en a écarté. *J'ai* décidé de lancer les deux descentes à la Niche, *j'ai* bâclé le boulot dans l'unique but d'aller vite et d'être rapide. Dans ce genre de milieu, les informations circulent comme une traînée de poudre. Si quelqu'un les informe qu'on débarque, ils ont tout le loisir de cacher ce qui est gênant. Je ne suis pas con au point de ne pas me douter que c'est exactement ce qu'il s'est passé à chaque fois. Que mon père m'en mette la pleine responsabilité sur le dos est une belle connerie. Il a toujours vu en moi quelqu'un de trop impulsif et indiscipliné. Bien qu'il y ait d'autres adjectifs qui sortent de sa bouche aussi parfois comme : petit con insolent, borné et prétentieux. Mais c'est lui le chef, c'est lui qui donne l'aval après tout.

– Ce qui nous amène sur la raison de votre présence.

Il fait un signe à Robertson sur sa droite et celui-ci ouvre un dossier duquel il sort une liasse de feuilles. Une par une, il les distribue autour de la table à tous les agents, les laissant en prendre connaissance avec confusion jusqu'à ce qu'elles nous arrivent entre les mains. À Ezra, Yanis et moi.

– Marwan, tu as la parole.

J'observe les fiches, les tournant et retournant longuement pour lire les mêmes lignes sur chacune d'entre elles. En tout, elles sont au nombre de six. Une photo d'identité est agrafée au-dessus d'une ribambelle d'informations. Nom. Prénom. Âge. Distinction physique... Je bute sur le métier de chaque fille.

Prostituée.

– Comme vous le savez, l'infiltration de l'un de nos agents s'est soldée sur une disparition inquiétante et l'assassinat de l'un de nos indicateurs. Avec Ezra, on a revu tout ce qui avait mal tourné dans le dossier, les raisons qui nous ont poussés à envoyer Kelman dans le réseau et les limites de cette mission.

– Vous voulez envoyer une pute ? s'étonne Reese. Elles ne sont pas fiables ces filles. C'est comme si on leur demandait si elles étaient vierges et qu'elles nous affirmaient que oui alors qu'on sait que tout Sokal leur est passé dessus.

Sa blague a pour effet de faire se marrer certains de nos collègues et Yanis soupire.

– Vous avez devant vous six des dernières filles que l'on a arrêtées pour racolage. Elles risquent la prison et ont tout à gagner en nous aidant.

– Vous voulez jouer l'enquête sur une probabilité ?

– T'as une meilleure idée, Belling ? s'agace mon collègue. Quand on a demandé à Blaise de nous aider à infiltrer l'agent Kelman, il nous a conseillé de faire entrer une prostituée à la place. Ça n'était pas envisageable sur le moment, parce que trop risqué pour nous et pour la fille. Kelman savait dans quoi elle s'embarquait, c'est son boulot et elle a été formée pour ça. On n'était pas encore prêts à y mettre quelqu'un de l'extérieur, mais on n'a plus le choix.

– Et là ce n'est plus risqué peut-être ? Elles vont retourner leur veste au premier billet.

– Vous les avez choisies comment ? dis-je en même temps.

Je continue de faire glisser les fiches d'informations, louchant attentivement sur la photo accolée sur chacune. Toutes ces filles, je les connais, je les ai déjà croisées, si ce n'est arrêtées moi-même. Reese a raison sur une chose : elles ne sont pas fiables. Ces filles travaillent dans le business du sexe depuis des années. Tout ce qu'elles veulent, c'est être payées et en sécurité. Sur le papier, c'est exactement ce que Baulieu va leur proposer grâce à nous. Le risque est qu'à la dernière minute, elles décident que travailler pour nous est trop dangereux et qu'on n'ait plus aucun contact avec elles. Il faut un rapport de confiance que pour l'instant nous n'avons avec aucune d'elles. Et ça me débecte de savoir que mon père a accepté un dossier aussi bancal. Je dois bien avouer qu'infiltrer une fille est judicieux, mais pas *sans* préparation. On s'est heurtés à de la bureaucratie la fois où on y a pensé et Jodie nous paraissait plus qualifiée. Même si c'était une bleue dans notre service, elle avait un profil prometteur. Mais en soi, qui de mieux pour entrer dans un réseau de prostitution qu'une pute qui fait déjà le trottoir? Quoi qu'on décide, il faut le faire vite. L'absence de Jodie nous met sur le qui-vive. Plus elle reste entre les mains de ces malades, moins on a de chance de la retrouver *entière*. Dans tous les sens du terme. C'était d'ailleurs notre crainte quand on a appris sa disparition, qu'on récupère un doigt ou une oreille dans la boîte aux lettres des locaux. Ça n'a pas encore été le cas, mais ça fait déjà sept jours.

– Ce sont des filles sans proxénète, toutes dans la rue par choix. Arrêtées trois fois, sanctionnées par des séjours en garde à vue, elles ont payé les amendes sans que ça ne leur serve de leçon. Au prochain contrôle, elles vont en taule. Pour le leur épargner, on leur propose de bosser avec nous sur l'enquête. C'est le prix de leur liberté.

– Vous oubliez un truc, répliqué-je en butant sur un détail. Ce sont toutes des filles qui ne bossent pour personne d'autre qu'elles. Vous les avez sélectionnées pour ça, parce qu'elles sont dans la rue de leur propre chef, elles choisissent même très certainement leurs clients. Tu crois qu'elles vont accepter comme par magie d'être sous l'autorité de Baulieu? De coucher avec tous les hommes du réseau sans broncher? De partager leurs gains?

Yanis fronce les sourcils, osant une œillade vers le chef qui reste silencieux à l'autre bout de la table. Je pousse les feuilles d'un geste irrité.

– Avec quelques arguments, ouais c'est l'idée.

– Il va vous falloir de sacrés arguments, reprends-je, sceptique. Et vous voulez en infiltrer combien?

– Une seule, confirme Ezra. Le but, c'est qu'elle intègre le cœur de la Niche. On lui donne deux semaines pour entrer à l'hôtel. Au dernier rapport de Jodie, c'était là-bas qu'elle avait laissé la clé USB avec les données compromettantes. Si ça fonctionne, on aura assez d'éléments pour forcer Stevenson à nous accorder un mandat.

– Et quel rôle on doit jouer là-dedans? demande Moren.

– Désormais, vous serez tous les sept sur l'affaire, signale mon père. Vous et uniquement vous, pas une personne de plus. Le dossier est des plus sensibles et je compte sur votre discrétion pour mener à bien sa réussite. Marwan et Lavoie sont vos responsables directs. Quoi qu'ils vous demandent, vous faites. La priorité c'est la Niche.

Ils hochent tous la tête d'un seul homme et j'arque un sourcil de provocation.

– Je croyais que j'étais sur les infractions?

– Estime-toi heureux que tes collègues aient insisté, Darcy. Si ça n'avait tenu qu'à moi, tu serais resté avec les contraventions encore un petit moment.

Mes poings se serrent contre mes cuisses et je dévisage mon père. Plus personne ne parle dans la pièce, tous sont pendus à notre échange glacial. Notre *non*-relation n'est pas un secret. Tout le monde sait que je trime plus que les autres sans en récolter un seul mérite. Quand je suis entré dans la police, ça a plu à mon père, au début. Jusqu'à ce qu'il se rende compte que je n'acceptais pas plus ses ordres ici qu'à la maison. Il a toujours eu tendance à abuser de son autorité avec moi, il voulait que je sois le meilleur. Ce qu'il ne sait pas, c'est que je suis resté à Sokal uniquement parce que c'est la ville où j'ai grandi et que je ne me voyais exercer mes fonctions nulle part ailleurs qu'ici. Pas pour lui. Et encore moins pour qu'il s'acharne à me tomber dessus à la moindre erreur, au moindre faux pas, sans me laisser le temps de rebondir. Peut-être qu'il s'attendait à ce qu'on partage enfin quelque chose, à ce qu'on renoue un lien. Mais depuis la seconde où je suis sorti de l'école de police, je n'ai pas remis un pied chez lui. J'ai toujours eu une relation fusionnelle avec ma mère. Quand elle est morte, je me suis heurté à l'iceberg qui se cache dans la poitrine d'Aleksev père. Je n'ai jamais compris ce que ma mère lui trouvait, mais j'imagine que c'est juste que je ne voyais pas qu'il était fou d'elle. Son décès nous a tous les deux affectés, lui davantage. On a toujours été trois, pas de grands-parents, pas d'oncles ou de tantes. Il n'était pas le père de l'année. Il passait son temps fourré dans son bureau, sur ses missions, dans ses enquêtes. Alors, quand il s'est retrouvé avec son fils de 13 ans sur les bras, autant dire qu'il n'a pas changé son mode de vie. Ça a même été pire, parce qu'à chaque fois qu'il rentrait à la maison, il avait le souvenir pesant de sa femme disparue qu'il n'a pas réussi à sauver. On a chacun géré notre deuil à notre façon, mais qu'il ne vienne pas me reprocher d'être devenu un connard sans cœur si je l'ai eu comme unique modèle.

Yanis se racle la gorge, allumant le rétroprojecteur pour attirer notre attention sur le tableau blanc. Les six fiches d'identité des filles s'affichent en grand et il triture les feuilles qu'il a dans les mains.

– On vous fera parvenir les derniers éléments de l'enquête, vous aurez jusqu'à demain pour en prendre connaissance. J'aimerais qu'on se mette déjà d'accord sur la prostituée qu'on va engager pour la mission.

– Et Stevenson consent à cette nouvelle infiltration ? demandé-je. Lui qui est frileux pour une simple descente.

Je ne cache pas l'ironie dans ma voix.

– J'en fais mon affaire, lâche mon père avant de faire un signe de menton vers les gars. Poursuivez !

– Je trouve toujours que c'est une idée de merde, expire Reese. On va droit dans le mur. Aucune n'est formée pour ce job.

– On lui demande pas d'être parfaite, rétorque Ezra. On n'a pas le temps pour ça. La fille doit simplement gagner la confiance des membres de la Niche, accepter d'écarter les cuisses et obtenir des informations. Elle a tout à perdre si elle ne nous aide pas. Sa liberté est en jeu, crois-moi, elle va préférer bosser pour nous que de croupir en taule.

J'ignore le dégoût que je ressens à l'idée de forcer une de ces filles à faire quelque chose qu'elle se refuse, dans la rue. L'enjeu est énorme, je ne peux pas commencer à avoir des états d'âme.

– Et si elle se fait embobiner par la Niche ?

– Reese a raison, répliqué-je. On ne pourra jamais s'assurer de leur loyauté. Ces filles-là nous détestent. Peut-être même que certaines préféreront justement dormir en prison quelques mois plutôt que d'intégrer le réseau.

– Je n'en serais pas si sûr, lâche Yanis. On peut très bien s'assurer qu'elles aillent à Payno.

Je ricane. Payno, c'est là où on enferme les pires crevards de la région. Violeurs, pédophiles, multirécidivistes. Les conditions de vie y sont déplorables, je n'y enverrais même pas mon pire ennemi. Mais aucun juge sain d'esprit y mettrait une pute sous prétexte qu'elle racole.

– Quoi, tu vas demander gentiment au juge Stevenson de nous l'enfermer là-bas et tu crois qu'il va dire amen? C'est ridicule.

– T'as une meilleure idée?

Je fixe Yanis, dont la courbure des lèvres s'est légèrement retroussée. Sans surprise, il sait parfaitement vers quoi je suis en train de les mener et ça m'agace de voir qu'il me connaît aussi bien. Il aurait pu y penser tout seul, mais l'occasion ne s'était sûrement pas encore présentée.

– Non. Mais j'ai peut-être une meilleure option.

Je lorgne par-dessus mon épaule, sur les rideaux. On sait tous les deux qui se cache juste derrière.

– Et qui te dit qu'*elle* va accepter plus que les autres? demande Ezra en comprenant à son tour.

– Parce qu'on va lui proposer un marché.

– Vous nous expliquez? s'impatiente mon père.

Je m'enfonce dans mon siège avec flegme, savourant la lueur dans ses yeux quand il percute que j'ai une nouvelle solution pour cette enquête. Il est blasé et j'aime avoir le dessus sur lui. Lui prouver que je suis le meilleur et que c'est bien pour ça que, quoi qu'il fasse, il ne pourra jamais se passer de moi. Je suis un Aleksev.

– J'ai arrêté Bonnie hier soir pour *racolage*. De sa vraie identité, Elena Maslo. Prostituée à Nude depuis cinq ans. Sa propre vie, elle n'en a rien à foutre. Elle n'a pas peur de la prison, de se faire tabasser, menacer ou tout ce qui pourrait faire flipper n'importe quelle autre fille. Par contre, elle a un point faible. Sa famille.

– Je croyais qu'elle était orpheline?

– Ouais. En feuilletant son dossier hier, je me suis rappelé qu'elle avait été à l'orphelinat de Covent Corner. Le même que Dixie Green. C'est son frère que vous avez arrêté ce matin. Alan Beck. Pour lui, elle va nous aider.

Ils tiquent tous au nom de famille que j'ai employé sciemment et je me félicite d'avoir toute leur attention. Ce n'était pas prévu, j'ai eu une chance de cocu que tout s'emboîte de cette façon. Au départ, je devais juste faire une patrouille et arrêter une prostituée récidiviste.

– C'est risqué, souffle Jonas. Green n'a peut-être pas parlé, mais Baulieu a déjà dû faire disparaître toute son implication dans la Niche maintenant qu'il est derrière les barreaux.

– Justement, Baulieu lui fera confiance grâce à sa relation avec Green et on pourra enfin le coffrer pour les bonnes raisons.

– Qui nous dit qu'on peut se fier à Elena Maslo? questionne Valenz.

J'inspire un grand coup, conscient que ce que je vais proposer est loin d'être le genre de procédure que j'ai l'habitude de suivre, dans la police. Si je me laisse parfois submerger par mon tempérament, loin de rester de marbre lorsqu'on défie mon autorité, j'essaie toujours de faire les choses au mieux, de respecter les valeurs de l'institution, l'intégrité. Mais nous manquons de temps, nous n'avons pas vraiment le choix.

– Parce qu'on va abandonner les charges contre le petit, et elle nous sera redevable, balancé-je, pas plus fier de le dire à voix haute que de l'avoir pensé à voix basse. Elle a grandi avec lui, je suis prêt à parier qu'elle cherchera à le protéger si elle sait ce qu'il risque.

– Elle voudra négocier les termes, signale Ezra.

– Si on veut s'assurer de sa loyauté, on n'a pas le choix.

– Après avoir bossé pour nous, elle ne pourra plus mettre un pied à Nude, remarque Reese. Tous les proxénètes qui bossent pour Baulieu sauront qu'elle nous a aidés à démanteler la Niche. Il va falloir qu'on soit convaincants. Mais je marche.

Je hoche la tête de reconnaissance vers lui, tandis qu'un tour de table rapide confirme ma proposition. Seul mon père ne se prononce pas et, quand je surprends son regard sur moi, je crains une seconde qu'il n'aille à l'encontre de la majorité juste pour me prouver qu'il peut le faire.

– Bien. Tu seras sur le dossier Maslo.

Surpris, j'ai un mouvement de recul. Il vient de me donner son accord et ce n'est pas son genre de plier aussi facilement.

– Si elle foire, ta tête saute.

Toute la pièce tombe dans un silence de mort et j'entends les battements irréguliers de mon cœur ricocher dans ma poitrine. Mon père continue de me fixer et, à cet instant, je sais qu'il vient d'avoir exactement ce qu'il voulait : me mettre face à mes responsabilités. Si je refuse, je perds en crédibilité et il a gagné. Il aura la preuve que je n'ai pas l'étoffe d'un bon flic car je n'assume pas une décision. Si j'accepte, je porte mes couilles quoi qu'il puisse se passer. En clair, je viens de me baiser tout seul. Mais j'ai confiance en mon idée. Comme j'ai confiance en cette enquête et en l'équipe.

– T'es prêt à prendre le risque?

– Oui.

– Alors fais-la venir, ordonne-t-il d'un claquement de doigts. Marwan et Lavoie vont vous fournir le dossier de l'enquête…

Je sors de la salle de réunion pour rejoindre mon bureau, n'écoutant pas la suite de la tirade de mon père. Elena et Alan sont toujours menottés et étrangement silencieux. Quand ils remarquent ma silhouette qui se poste devant eux, ils redressent aussitôt la tête.

– C'est ton jour de chance, *Bonnie Tyler*.

6

Elena

La main d'Aleksev me tient le bras et il n'a pas détaché les menottes de mes poignets. D'un pas rapide, on avance jusqu'à la pièce de laquelle des agents sont en train de sortir. Quand on entre à l'intérieur, il ne reste plus que le chef, Marwan et Lavoie. Mes muscles se contractent. Je me sens pour la première fois en position de faiblesse. Aucun d'eux ne me reluque de manière appréciatrice et je n'aime pas la sensation que ça provoque dans mon estomac. Parce que je sais que je ne vais pas me sortir d'ici aussi facilement que d'habitude. Ils sont imperturbables et froids. Le lieutenant prend une chaise et m'y fait asseoir avant de se mettre sur ma gauche.

– Je ne suis pas une grande adepte des orgies, messieurs, mais pour vous je suis prête à faire un effort, m'amusé-je.

Tout, plutôt que de leur montrer que je suis intimidée et que je sens la situation m'échapper. Le genou de mon voisin se heurte au mien dans un sursaut de surprise et je lui lance une œillade railleuse.

– Elena Maslo, j'ai beaucoup entendu parler de vous.

Le père de Dax fait cliqueter son stylo dans un bruit désagréable sans détourner son attention de moi.

– Née de père et de mère inconnus, prostituée depuis l'âge de 16 ans… Nous vous avons arrêtée trois fois rien que ce début d'année. Avec hier soir, nous en sommes déjà à quatre.

Le regard bleu glacial d'Aleksev père me toise. Si je trouve celui de Dax éblouissant, celui que j'ai en face de moi me perturbe beaucoup moins. Malgré la forme sévère de ses sourcils, la noirceur qu'il essaie de faire transparaître dans ses iris, il ne me déstabilise pas autant que le lieutenant. Et ça m'arrache la bouche de le reconnaître.

– Vous êtes ici pour racolage. Vous savez ce que vous risquez?

– Sauf votre respect, ça fait déjà *trois* fois cette année que je suis ici pour la même raison. Alors oui, je sais parfaitement.

– Et pourtant, rétorque-t-il avec dédain. Bon, nous n'allons pas passer par quatre chemins et perdre plus de temps. Marwan, Lavoie, vous ferez un rapport de cette réunion à vos collègues.

Il se lève sans plus de cérémonie, attrapant les dossiers qu'il avait laissés devant lui sur la table. Il n'a absolument rien dit et c'est déjà fini? C'était quoi l'idée, montrer que c'est lui le boss, qu'il me connaît très bien et que je suis dans une mauvaise posture? Sans blague.

– Darcy, tu sais ce qu'il te reste à faire.

Il sort et je me retrouve seule auprès des trois hommes avec qui j'ai échangé ce matin. Et avec qui j'échange à chaque fois que je suis ici. L'ambiance dans la salle est moins lourde, moins pesante qu'avec leur chef, mais je n'aime quand même pas être là. Je croise mes doigts contre mes cuisses, le métal des menottes désormais chaud d'avoir été en contact avec ma peau me cisaille, mais plutôt crever que de demander au lieutenant de me les enlever. Ce dernier se redresse, pour se planter auprès de ses deux collègues. Le rétroprojecteur dans leur dos est allumé mais ne montre rien. Mon cœur dans ma poitrine commence à battre un peu plus vite. D'incertitude, de stress, d'inconfort.

– Trois hommes, je peux gérer, les aguiché-je volontairement. Vous souhaitez me prendre sur cette table?

Je caresse la surface en souriant, faussement rêveuse et le bruit d'un dossier qui claque contre une surface dure me fait sortir de ma transe en une seconde. Dax me dévisage et sa prestance me provoque un frisson.

– Garde tes airs d'allumeuse pour plus tard, *Bonnie*. Tu vas en avoir besoin.

– Si tu es ici, c'est qu'on a besoin de toi, annonce Marwan.

– Besoin de moi? ricané-je. Ça, c'est une surprise.

Je m'enfonce dans mon siège en souriant et ça fait soupirer Aleksev. Il a laissé sa chemise retroussée et j'ose reluquer ouvertement ses bras musclés. Ça ne fait que durcir davantage sa mâchoire. La veine dans son cou palpite et ses yeux bleus me toisent avec tellement de hargne que mes cuisses se serrent toutes seules…

– Et si vous me disiez pourquoi je suis ici.

– Tu vas intégrer la Niche, déclare Marwan.

Ça pour le coup, je ne m'y attendais pas et ça me coupe la parole.

– Nous avons une agent infiltrée depuis plus de deux mois. L'agent Kelman.

– Super. Vous n'avez pas besoin de moi, dans ce cas.

– Elle a disparu, signale-t-il.

Je me crispe. Ce n'est jamais bon signe si la Niche est impliquée.

– Morte ?

– On doit la chercher, élude-t-il sciemment. Mais on doit aussi récupérer ce qu'elle avait trouvé et pour ça, on a besoin de quelqu'un sur place.

– N'importe qui est capable de le faire, renchérit Dax.

– T'as qu'à le faire, si c'est si simple. Vous n'avez pas besoin de moi.

– Ils veulent des prostituées, me coupe-t-il. T'en vois une autre dans cette salle ?

Je me prends son insulte comme un coup de poing brutal, dont j'essaie d'endiguer les effets dans ma poitrine.

– Si vous voulez que je vous aide, il va peut-être falloir commencer par arrêter de m'insulter, *Darcy*.

Sa mâchoire se crispe et il expire laborieusement.

– Ce que je voulais dire, reprend-il en se forçant à être poli et mesuré, c'est qu'on a besoin de quelqu'un du milieu, qui est à l'aise à l'idée d'échanger des faveurs sexuelles. Et on a pensé à toi.

– C'est hors de question, répliqué-je. Si votre fille ne donne plus signe de vie, c'est pas de bon augure. Je trempe pas dans vos affaires moi, et encore moins dans celles de Marius ! Il ne va jamais accepter aussi facilement que j'entre dans le réseau.

– T'es pas vraiment en position de négocier, révèle Dax.

– Pourquoi ça ? Vous ne pouvez pas me forcer à y aller. Il suffit que j'y mette un pied pour foutre en l'air votre plan et vous le savez.

– Tu sais pourquoi tu vas le faire ? dit-il.

La dureté avec laquelle il me parle me fait tressaillir.

– Si tu es ici, c'est parce que ça fait déjà trois fois qu'on te coffre. Trois avertissements qu'on te file avec des amendes. Tu es en route vers la prison, Elena, et on te donne une porte de sortie.

– Chez Baulieu, ricané-je, amère. Ce n'est pas une porte de sortie, c'est pire que la taule !

J'ai toujours mis un point d'honneur à n'être sous la coupe de personne. J'avais trop souffert des directives, des obligations et de toutes les règles de l'orphelinat. On n'était jamais maître de nos mouvements, de nos choix. On devait obéir, se taire et supporter. Quand je suis arrivée à Nude, j'ai compris que pour une fois, j'avais le pouvoir. Tous les hommes pouvaient bien me passer dessus en pensant être le sexe fort, s'ils étaient arrivés jusqu'à moi, c'est parce qu'ils en avaient *besoin*. J'avais ce qu'ils cherchaient et je les tenais entre mes mains. Avec le temps, j'ai pu choisir mes clients, savourer la sensation de dire non à un homme et voir la déception dans ses yeux. Baulieu a beau avoir essayé par tous les moyens de me faire travailler pour lui, jamais je n'y ai mis un pied. J'ai toujours eu le dessus.

Jusqu'à maintenant.

– Si tu nous aides, ajoute Marwan, on retire toutes les charges contre Alan Beck.

– Vous n'avez aucune charge. Il n'a rien fait.

– C'est ce qu'il dit, mais nous, tout ce qu'on a, c'est qu'il était au volant d'une voiture qui ne lui appartenait pas, énonce Lavoie. Mais si tu ne veux pas nous aider, pas de problème. Le petit ira à la maison d'arrêt pour mineurs, en attendant de passer devant le juge. Et toi, tu peux dire adieu à ta liberté.

Tout le poids que j'avais réussi à éloigner de ma poitrine s'abat comme une chape de plomb. Le désarroi, la résilience, l'impuissance. Il n'a que 17 ans. Il n'a tué personne. C'est Sokal la fautive, c'est Sokal qui nous a tout enlevé, qui lui a retiré son innocence, qui l'a endurci, qui l'a forcé à faire toutes ces choses. C'est Sokal qui nous entraîne dans ses vices et qui nous fait agir de cette façon.

– On a l'air d'avoir toute ton attention, se délecte Dax.

Je fulmine. J'ai envie de lui broyer les couilles si fort qu'il irait pleurer dans les jupes de sa mère.

– Le plan est à ta portée. Tu dois intégrer la Niche, être assez fiable pour être conviée à l'hôtel particulier. C'est là-bas qu'on a besoin que tu sois et le plus vite possible.

– S'ils apprennent que je bosse pour vous, d'une manière ou d'une autre, je suis morte.

– Ça n'arrivera pas, rétorque Dax. La mission doit être rapide justement pour t'éviter d'être en danger et de t'exposer trop longtemps.

Je soupire, passant mes mains sur mon visage las en soupirant. Tout dans la Niche est dangereux, c'est bien ça le problème.

– Vite comment? demandé-je.

– Deux semaines, énonce Marwan.

– Impossible! Les filles qui sont sur place y accèdent au bout de quatre mois, minimum.

– Deux semaines. C'est tout ce que tu auras.

– Votre plan est *vraiment* foireux.

– Laisse les professionnels gérer la fiabilité ou non. C'est notre taf. Le tien, c'est d'entrer dans la Niche. Point à la ligne.

Ma bouche se tord dans un rictus amer sous les mots d'Aleksev. En toute honnêteté, s'il n'y avait eu que ma liberté sur le tapis, je leur aurais fait un doigt d'honneur magistral et les aurais laissés dans la merde. Entre pourrir en prison quelques années pour racolage et intégrer la Niche de Marius, le choix est fait sans une once d'hésitation. Mais ils savent parfaitement ce qu'ils sont en train de faire, ces enfoirés. Bien sûr que pour Alan je suis prête à vendre mon âme au diable, c'est mon *frère*. Il ne mérite pas ce qu'il lui arrive et je m'en veux tellement de nous avoir mis dans une telle situation. Si j'avais fait plus attention à lui, peut-être qu'il n'aurait pas été impliqué dans tout ça. Je pousse un long soupir de résignation, louchant un instant sur le tableau blanc derrière les trois hommes avant de tirer sur l'entrave à mes poignets.

Je suis dans la merde.

– Je vous écoute.

Aleksev ne retient même pas son sourire de connard et j'ai envie de lui éclater les dents une par une. Au lieu de ça, je me contente de fixer les deux autres agents dans l'attente d'une réponse.

– Tu connais un peu le fonctionnement de la Niche? commence Lavoie.

– Ouais. Le club, sur la troisième avenue et l'hôtel, derrière Nude.

– Le club est facile d'accès. Tu ne trouveras pas grand-chose là-bas, on y a fait quelques descentes et Baulieu n'est pas stupide au point d'y laisser traîner des choses confidentielles. Nous, ce qui nous intéresse, c'est l'hôtel. Étant donné qu'il s'agit d'une propriété privée, il nous est impossible d'y entrer sans raison valable.

– Donc *je* suis votre passe-droit maintenant que le premier s'est fait la malle.

– Elle a *disparu*, réplique Dax en me dévisageant.

J'esquisse un sourire railleur.

– Il y a des soirées privées dans l'hôtel, reprend son collègue en me forçant à détourner mon attention du lieutenant. On a besoin de savoir qui s'y rend, combien de fois elles sont organisées et ce qu'il s'y passe. L'agent Kelman a rassemblé des documents sur une clé USB. Elle devait nous la transmettre, mais elle a disparu avant d'en avoir l'occasion.

– Vous savez ce qu'elle en a fait? Elle avait une chambre là-bas? Je croyais qu'ils n'en donnaient qu'aux *chiennes*.

– C'est le cas, signale Dax. Aux dernières nouvelles, elle avait caché la clé sous un meuble dans la chambre d'Hamel.

– Ilian Hamel?

Je connais ce mec de nom. Il est égocentrique, insouciant et suffisant. Dans le milieu, il est connu pour être celui qui organise les événements, gère l'entrée des nouveaux clients, trouve des nouveaux investisseurs et s'assure de dorer l'image de la Niche en la faisant passer pour un réseau de prostitution inoffensif. Objectivement, c'est une cible idéale. Si ça avait été Oscar Simard, le bras droit, je n'aurais pas eu le même discours. Mais je ne suis pas prête à le dire à voix haute, ça ferait beaucoup trop marrer Aleksev de savoir qu'un autre mec que lui me résiste.

– Oui. Tu vas devoir te débrouiller pour te retrouver dans sa chambre. T'as carte blanche.

– Peut-être que la clé n'y est plus, mais c'est un risque à prendre, ajoute le sergent Lavoie. On les soupçonne d'avoir découvert l'identité de Kelman, mais on a besoin de faire les choses dans l'ordre. On ne peut pas juste débarquer pour aller la récupérer, car ça la mettrait encore plus en danger. L'enquête prime. Sa disparition est gérée par Marwan et moi. Tu seras sous la direction du lieutenant Aleksev durant toute ton infiltration.

Mes dents grincent. Il ne manquait plus que ça. J'expire bruyamment, sans me retenir de montrer ma désapprobation flagrante.

– Quand tu seras à la Niche, tu seras seule, m'informe le *responsable*. Tant que tu n'iras qu'au club, on pourra se voir en dehors. Je veux un rapport détaillé de tout ce que tu vois, entends, trouves. Une fois que tu seras à l'hôtel, il n'y aura plus que toi pour gérer. Pas de micro, mais arrange-toi pour apporter un téléphone.

Malgré moi, les informations commencent à se coincer dans mon esprit et provoquent une montée de panique. Hier encore, j'étais juste dans la rue à faire mon boulot. Ce matin, je me trouve mêlée à une enquête qui ne me concerne pas, pour empêcher le frère de Dixie de se faire charger, au point de mettre ma vie en danger. Est-ce que je crains de mourir? Non, parce que je pourrais simplement traverser la rue en sortant et me faire percuter par une voiture ou me retrouver au milieu d'un règlement de compte. En revanche, j'ai peur du sort que Marius Baulieu est capable de me réserver s'il apprend ce que je fais et pour qui. Mon cœur s'emballe dans ma poitrine et je triture mes doigts sous la table dans un signe de nervosité.

– Je ne comprends toujours pas pourquoi vous n'êtes pas capables de trouver une raison pour y aller vous-mêmes, énoncé-je, la voix lourde. Je veux dire, tout le monde sait que Baulieu trempe dans des trucs plus que louches et illégaux. Vous ne pouvez pas avoir un mandat?

– Si on est là, c'est qu'on n'a pas d'autres solutions, s'exclame Dax sèchement.

– J'ai besoin de quatre semaines, prononcé-je. Marius va vouloir s'assurer de ma fidélité. Ça fait trois ans qu'il cherche à me faire entrer à la Niche et que je refuse, mon soudain intérêt va lui paraître louche.

– Pardon? s'étrangle Aleksev.

Je hausse un sourcil vers lui, constatant autant de surprise sur son visage que sur celui des deux autres flics. Pour des mecs qui bossent sur la Niche, ils ne sont pas trop aux faits. Ils ne le filent pas ou quoi?

– De quand date sa dernière proposition? me questionne le lieutenant Marwan.

– La semaine dernière.

Après un coup d'œil rapide vers ses collègues et un hochement de tête entendu, il cède :

– Quatre semaines. Pas une de plus. Après, il sera trop tard.

– Dans un premier temps, on se verra chez toi, ajoute Dax. Ils vont sûrement te faire suivre, vérifier l'identité des gens dans ton immeuble, si ce n'est pas déjà fait. Mais ton intégration va les mettre sur le qui-vive un moment. Assure-toi de ne pas te faire prendre.

– S'ils me surveillent, comment tu vas entrer chez moi sans que ça se sache?

– Je fais des planques depuis bien avant que tu fasses le tapin, ma petite. Tu ne vas pas m'apprendre mon métier, comme je ne vais pas t'apprendre le tien.

– Une fois que tu auras récupéré les informations dont on a besoin, tu devras certainement faire l'objet d'une procédure de protection des témoins.

Cette fois, c'est à moi de m'étrangler avec ma salive. Je fusille Marwan du regard, bifurquant vers Aleksev d'un œil noir.

– C'était pas dans le programme, ça. Et mes passes?

– Si tu veux retourner dans la rue, fais-toi plaisir, soupire Dax. Tu auras donné des informations concernant l'un des plus grands réseaux de prostitution, tu penses franchement qu'ils vont te laisser t'en tirer?

– Alors je ne ferai rien du tout. Oubliez tout ça, je ne marche pas.

Je veux croiser mes bras contre ma poitrine, mais suis empêchée à cause des menottes et tape du pied contre le sol. Je m'affale contre le dossier de la chaise en ruminant.

– Je croyais qu'on avait déjà réglé cet aspect? soupire Dax.

– Tu sais combien je perds si je ne bosse pas une seule soirée?

– Non et je m'en contrefous. On n'a pas de temps à perdre et tu abuses de notre patience. Tu veux pas nous aider? C'est le juge, pour Alan et toi. Tu lui expliqueras qu'on te donnait l'opportunité de vous sortir tous les deux de la merde dans laquelle vous vous étiez mis tout seuls et que tu ne l'as pas saisie.

Dax n'a pas fait un pas en direction de la porte que je lui crie de s'arrêter. Il se tourne en souriant. J'ai presque envie de pleurer. Ça ne m'est pas arrivé depuis une éternité. Je suis crevée, usée, sur les nerfs, les pieds et poings liés. Dans tous les sens du terme.

– La clé et c'est tout?

– La clé et c'est tout, répète-t-il.

Je me rassois en soufflant.

– Dans la chambre d'Ilian. Sous un meuble, continué-je pour me donner du courage.

– Une *armoire*, précise Dax. Jodie sortait du bureau d'où elle avait réussi à récupérer les fichiers. C'est le seul endroit ouvert où elle a pu se réfugier avant de venir me voir. Ils doivent croire qu'elle n'a pas eu le temps de nous dire quoi que ce soit et il faut qu'ils continuent de le penser. On a un temps d'avance sur eux. Il va de soi que tu ne peux en parler à personne.

– Ouais, merci du conseil, ironisé-je. Je pensais aller le dire à tout Nude dès que t'allais me faire sortir de là.

Il se marre et moi je rage un peu plus.

– Il va me falloir une photo de votre fille, Jodie.

– Pour quoi faire? se méfie Marwan.

– Jouer au Cluedo, raillé-je. Si elle est à la Niche, j'ai besoin d'un moyen de la reconnaître.

Ce dernier fouille dans l'un des dossiers devant lui pour me glisser un cliché d'une blonde aux yeux très sombres, en uniforme de police. Un Post-it est collé dessus avec deux mots : Megan Coleman.

– C'est le nom par lequel elle s'est présentée là-bas, précise Aleksev.

Je le triture entre mes doigts, fixant le sourire fier et le regard pétillant de la gamine sur la photo. Elle n'a pas l'air d'être plus âgée que Dixie. Puis Dax pousse vers moi un épais dossier et en écarte d'autres. Cette fois, ce n'est plus seulement Jodie. Je vois Marius, sur une prise de vue zoomée mais très nette. Ce n'est pas comme s'il se cachait après tout, il est facile de le croiser dans le quartier. Sur les autres, je remarque d'autres membres, dont Oscar et Ilian.

– Maintenant, il faut que tu mémorises tout ça. Leurs noms, leurs prénoms, les habitudes qu'on leur connaît…

Il tourne une page pour faire apparaître un plan sur plusieurs étages avec des cases vides et d'autres annotées.

– Et ensuite, tu vas apprendre ce plan. On a réussi à le reproduire d'après les déclarations de l'agent Kelman. Il n'est pas exhaustif, car elle n'a pas pu tout visiter, mais c'est une bonne base. Ici, signale-t-il en pointant une pièce au premier étage. C'est le bureau de Baulieu. Il est gardé par deux caméras et sa sécurité tourne toutes les heures.

Marwan me file une liste de noms à côté desquels il y a des visages.

– Ce sont les hommes de main connus par nos services.

– Toi, tu dois te rendre là.

L'index de Dax termine sa course sur la case : *chambre Hamel.*

– Je commence quand?

– En sortant.

Génial. J'ai envie de mourir.

7

Première semaine de mission
Elena

– T'es encore là? grincé-je en rentrant dans mon appartement. Ça devient une vraie obsession.

Je claque la porte, observant d'un œil sévère la silhouette d'Aleksev avachie sur mon canapé. Depuis deux jours, il ne prend même plus la peine de m'attendre dans sa voiture et ça a le don de me mettre sur les dents. Les bras croisés derrière la tête et les pieds calés sur ma table basse avec arrogance, il ne me lâche pas des yeux. Je hais son insolence. Et j'en viens à regretter d'avoir consenti à lui filer un double de mes clés. À ce moment, ça me paraissait plus simple et ça lui permettait d'arrêter de se planquer devant mon immeuble. Il a vraiment insisté. Il a tendance à avoir les arguments pour et obtient toujours ce qu'il veut… Mais maintenant je dois le subir jusque sur mon fichu canapé.

– Et toi, t'es toujours pas là-bas, Elena.

– Je sais.

Je range mon manteau, dévoilant mon body en dentelle sous ma jupe en daim. La soirée n'a pas été très fructueuse et, en règle générale, ça arrive lorsque je ne suis pas d'humeur. *Et je ne suis pas d'humeur*. Parce que ça fait deux jours que mon infiltration est censée avoir débuté et il n'y a pas eu une seule trace de Marius dans les parages. Parfois, il lui arrivait de venir me faire sa proposition *tous* les soirs. Ces derniers temps, il se fait plus rare. Pile quand j'avais besoin qu'il me supplie.

Comme si toute cette affaire n'était pas suffisamment merdique. Dax ne va me laisser aucune chance de le faire à ma manière.

– Tic-tac. L'horloge tourne et ne crois pas qu'on va aller au-delà des quatre semaines qu'on t'a déjà données.

Ignorant son regard agacé, je balance mon sac à main contre la console avant d'y prendre appui pour baisser la fermeture Éclair de mes bottes. Je me délecte avec un soupir de soulagement lorsque mes pieds touchent le sol.

– J'ai compris le topo la première fois, maugréé-je. Et je ne vous ai pas forcé la main. Fallait trouver une autre fille pour faire votre sale boulot si t'es pas content de la façon dont je m'y prends.

Je ne l'ai pas entendu se lever. Je ne l'ai pas entendu avancer vers moi sans bruit. Il se plante devant moi, l'air agacé et m'analyse de la tête aux pieds. Je n'ai aucun contrôle sur le frisson que son regard éveille.

– J'ai comme l'impression que tu essaies de te débiner. Je me trompe?

Ses yeux clairs perçants me toisent et j'y lis toute la férocité qu'il peine à contenir face à moi. Je l'ébranle. *Parfait.* Sans mes talons, je fais une bonne tête de moins. Son mètre quatre-vingt-dix m'engloutit et si ça ne m'a jamais intimidé plus que de raison avec les gens d'ordinaire, devant lui, c'est différent. Surtout parce qu'il est chez moi. Personne ne vient ici. Aucun homme, aucun client, si ce n'est Bruce. Mais il a bataillé pour que je le laisse passer le porche la première fois. Cet appartement, c'est mon cocon. Mon endroit rien qu'à moi, loin du sexe, des heures sans dormir et des nuits froides. Mais désormais, il y en a un qui y a pris ses aises et ça me fout en rogne.

– Le deal est parfaitement clair et je ne reviens jamais sur ma parole, Aleksev.

– Alors qu'est-ce que tu fiches là?

– Et toi, t'as pas un appartement où rester plutôt que de venir envahir le mien?

– Je te surveille.

– Moi j'ai besoin d'une douche. Tu veux venir *surveiller*, là aussi?

Pour la première fois depuis que je suis rentrée, il pose son regard sur mon corps. Détaillant ma tenue des pieds à la tête avant d'emprisonner de nouveau mon attention. J'esquisse un rictus goguenard, car il n'a pas pu s'empêcher de loucher plus longuement sur ma poitrine. La lueur dans ses yeux est devenue plus sauvage. Presque charnelle.

– Grouille-toi, m'ordonne-t-il. Après quoi, tu iras directement au club.

– Tu déconnes ?

– J'ai l'air ? On n'a plus de temps à perdre.

Il ne s'est pas reculé, me forçant à tordre le cou pour ne pas rompre notre duel de regard. Question de fierté, dignité et orgueil. Un sacré mélange qu'on a en commun. La perspective de ce qui m'attend au club me donne presque envie de faire marche arrière, pourtant je capitule en demandant :

– C'est quoi, le plan, au juste ?

Ses lèvres se déforment dans un sourire railleur et je me retiens de lui envoyer mon genou quelque part. Juste pour le faire disparaître, lui faire perdre de sa superbe, lui faire du mal. Parfois, j'ai l'impression que Sokal m'a rendue froide et antipathique. Je me complais de la souffrance et de la noirceur. J'ai repoussé Bruce, sa gentillesse et sa douceur, parce que la routine m'ennuie. Peut-être que je veux seulement sauver Alan. Mais une part de moi aime le danger, les défis et la peur de l'inconnu. Mes clients, je les découvre pour la plupart quand ils se pointent devant moi. J'apprends à les apprivoiser, j'apprécie les satisfaire, les faire haleter. Ça se passe bien, même si des fois, c'est leur violence qui me soumet. Et je n'en tire aucun plaisir. Je n'en ai jamais aucun avec eux. Je simule. Je fais semblant et joue un rôle. C'est ça, mon métier. Et j'en accepte chaque part d'ombre, car ça me fait me sentir vivante. Je n'aime pas les règles. Je n'aime pas l'ordre ou les diktats. Je décide où, quand, comment, avec qui et combien de temps. Si parfois ça fait mal, c'est un risque que j'aime prendre. Pour fuir les habitudes, prendre un chemin différent et me persuader que rien n'est acquis. Rien n'est gravé dans le marbre. C'est aussi pour ça que je ne vois plus Bruce, parce qu'il était une attache qui allait progressivement m'entraver.

Mais ce qui est ironique, c'est que c'est exactement ce que fait Aleksev. M'enchaîner. Me *contraindre*.

– Je veux que tu sois au club dans trente minutes. Moren et Reese planquent devant, ils ont vu Marius et Oscar y entrer il y a une heure. Tu y vas et tu rejoins direct les toilettes. C'est là-bas qu'il y a l'entrée vers le sous-sol où il passe ses soirées.

Un petit subterfuge de Baulieu pour accéder à son coin *privé* en toute tranquillité. Ce lieu que tout le monde sait être l'endroit où se déroulent les échanges sexuels tarifés et *tolérés*. La prostitution sur la voie publique est interdite par la loi, entre quatre murs, c'est tout à fait autorisé. C'est pathétiquement ironique.

– Je sais.

– Tu as dit que Baulieu avait déjà essayé de te faire intégrer son réseau, alors ça devrait être facile. Fais tout ce que tu as à faire, mais en sortant de là, tu dois impérativement être une de ses chiennes.

Je jurerais voir sa mâchoire se raidir une fois qu'il a prononcé ces mots, comme si l'idée même de ce genre de soumission lui donnait la nausée. Mais je le côtoie depuis suffisamment d'années pour savoir qu'il a vu pire.

– Une fois que tu as fini, tu m'envoies un message à ce numéro.

Il me donne un morceau de papier sur lequel est griffonnée une suite de chiffres.

– Démerde-toi comme tu veux, mais à six heures je veux des nouvelles.

– Il est quatre heures.

– Tu ferais bien d'aller te doucher dans ce cas.

Sur ce il m'abandonne, récupérant son blouson qui traîne sur l'accoudoir d'un de mes fauteuils et sort de l'appartement dans un courant d'air. Je peste, folle de rage. Si je n'avais rien à perdre, je n'irais nulle part. Je le laisserais retourner à son boulot minable, lui dirais d'aller se faire sucer la queue par toutes les putes qu'il veut, car ça le détendrait bien, mais qu'il ne remette plus un pied dans mon quartier. *Mais*, j'ai trop à perdre.

Quatre semaines.

C'est tout.

Et après qu'il aille bien se faire voir.

***

Des situations pourries, j'en ai connu. Mais celle-ci les surpasse toutes, et de loin. Je plonge mes mains dans les poches de mon blouson. J'ai enfilé un bomber, moins chaud que mon manteau d'hiver, mais plus court, pour mettre en évidence mes courbes. La robe noire que j'ai mise remonte à chacun de mes pas, mais je ne fais aucun effort pour la baisser. Qu'elle se lève, qu'on devine le début de mes fesses, qu'on admire mes jambes. Il me faut bien cette distraction pour ce que je m'apprête à faire. Entrer dans l'antre du pire chien de la ville. Le bruit de mes talons résonne à peine, le quartier est animé et noir de monde. Des filles rigolent, hurlent, s'engueulent, tandis qu'un ballet incessant de voitures ne cesse de défiler sous mes yeux. J'arrive face à l'énorme porte rouge du club. De l'extérieur, ça ressemble à une grande maison, sans fenêtre. Aucun son hormis ceux de la rue. Aucune lumière. Aucune chance de savoir ce qu'il y a derrière. Murs ternes, caméras à chaque extrémité. J'ose un coup d'œil dans leur direction, sachant pertinemment que mes faits et gestes sont enregistrés. Deux vigiles sont plantés là et quand ils me voient m'arrêter devant eux, ils me reluquent sans honte.

– Pièce d'identité.

Je manque de glousser en récupérant les papiers dans mon sac. Vu mon accoutrement, je me donne facilement plus de vingt-cinq, mais j'imagine que ça n'a rien à voir avec l'âge des clients. La dernière fois que j'y suis allée, il y avait des filles qui n'avaient pas l'air majeures. C'est la seule et unique fois que j'y ai mis les pieds. Marius voulait me montrer ce que je ratais. Je n'en avais eu rien à faire du début à la fin de la soirée et j'étais partie sans me retourner. Au départ, j'ai cru que ça l'avait énervé, de me voir lui tenir tête, me refuser à lui, mais je savais déjà une chose sur les hommes : ils aiment ce qui leur est inaccessible. J'étais devenue un objectif. Et ça fait trois ans qu'il me court après.

– Bienvenue à la Niche, ma belle.

Le plus grand des gars se lèche la lèvre en m'ouvrant la porte, continuant de me détailler avec envie tandis que je passe devant eux.

Cette fois, la musique arrive jusqu'à mes oreilles et je m'engouffre dans un long couloir sombre. Dans mon souvenir, il n'y a qu'un rideau au bout, ouvrant vers la grande salle *publique* du club. Je le traverse et me fais surprendre par l'odeur suffocante. La chaleur. Les fumigènes. Les stroboscopes. Des femmes dansent sur des estrades, se donnant en spectacle. Ça ressemble à une boîte de nuit classique, bien qu'en plein milieu du quartier des plaisirs de Sokal. Je ne m'arrête pas, slalomant entre les danseurs, les quelques couples qui se tripotent sans pudeur, les hommes qui matent sous des alcôves, et accède aux *toilettes*. Tous ceux qui y sont déjà allés savent que derrière cette porte, il n'y a pas vraiment de quoi se soulager. Juste trois fausses cabines qu'il suffit de faire glisser comme une porte de coffre-fort. Dans le couloir qui y mène, les enceintes continuent de faire passer la musique et l'obscurité se fait plus oppressante. Comme un avertissement.

– Qui voilà…

Je tressaille à peine en entendant la voix nasillarde dans mon dos. Qu'il ne m'ait pas accueillie aurait paru suspect, j'imagine de là Marius à l'affût de toutes les personnes qui passent cette porte. À l'heure qu'il est, il doit déjà savoir que je suis ici pour le voir. Accompagné par deux autres gars, Franky m'étudie sans gêne. Ce type fait deux mètres facile et je ne connais que trop bien sa réputation pour ne pas me méfier de chacun de ses mouvements. C'est l'homme à tout faire de Marius. Son bouledogue. Son ombre. Une vraie enflure, qui aime le sang, les larmes et la cruauté. Pas vraiment une exception, à Sokal, mais assez pour que ce soit une *banalité* à laquelle je ne veux pas trop me frotter. Il récupère mon sac, y plongeant sa grande main pour prendre mon portable. Il le range à l'intérieur de sa veste sans me demander mon reste. Prévisible.

– Le patron t'attend !

Sa bouche se tord dans un sourire pervers et il me passe devant pour tirer lui-même sur la poignée. Les trois cabines s'ouvrent en une seule, laissant apparaître un escalier en pierre large et imposant. La main de Franky se pose sur mes reins et il m'oblige à descendre la première.

Je force mes jambes à ne pas trembler, prenant tout l'air que je peux dans mes poumons pour me donner du courage.

Je n'ai pas peur.

En bas, le sous-sol est plus petit. Je distingue mal les nombreuses pièces sombres, à l'écart, dont je me souviens parfaitement. Les clients demandent souvent de l'intimité avec les filles, mais la plupart aiment être observés. Ça les excite, le côté voyeuriste. Mes yeux parcourent vaguement la pièce. Le sexe et la luxure sont mon quotidien. Je ne prête même pas attention aux couples qui baisent. Aux filles qui se déhanchent. À celles à genoux ou qu'on devine sous certaines tables, tandis que les hommes gémissent. Aux strip-teaseuses sur les podiums, nues. Aux râles qui s'échappent par-dessus la musique. L'ambiance me rappelle celle de Nude, de mes soirées sur le trottoir, de mes nuits au motel. Rien qui me surprenne ou me déstabilise. C'est bien pour ça que la police m'a choisie, non?

Que la partie commence.

Sans rien me demander, Franky me mène jusqu'à une table, la plus en retrait de toutes, mais dont la vue sur le sous-sol est imprenable. Trois hommes y sont installés et je n'ai pas besoin d'une meilleure vision pour savoir *qui* ils sont. Entourés par quatre filles, ils m'observent m'approcher d'eux tandis que mon escorte s'écarte.

– Bonnie, ma beauté. Ça, pour une surprise, c'est une surprise!

Le bras que Baulieu avait enroulé autour des épaules d'une des prostituées se relâche et il la congédie avant de se pencher vers la table pour s'y accouder. Son sourire concupiscent vissé aux lèvres, il les humecte du bout de la langue en me reluquant. Contrairement aux deux gars de l'entrée, sa façon de me détailler me donne un frisson d'effroi.

Je vais lui appartenir.

Quatre semaines.

Oscar sur sa droite lui chuchote quelque chose à l'oreille et Marius ricane. Je ne me démonte pas.

– Je peux te proposer un verre?

– Je ne suis pas là pour boire, déclaré-je avec aplomb.

Il attrape le sien, plein d'un liquide ambré indéchiffrable et en prend une gorgée mesurée. Ilian prête à peine attention à moi, bien trop occupé à se faire tripoter par la fille sur son flanc. La main de celle-ci est plongée sous la table et, vu le coup d'œil flou qu'il me lance, je sais parfaitement ce qu'elle lui fait. Je détourne le regard.

– Je viens te dire que j'accepte ta proposition.

– Ma proposition? répète Marius sans hausser le ton.

La musique est toujours aussi forte, bien que moins agressive que celle d'en haut. Il n'empêche que je me force à tendre l'oreille pour entendre ce qu'il me raconte. Marius Baulieu ne fait aucun effort pour les autres, ce sont les autres qui se plient pour lui. Première règle. Première étape de soumission.

– Oui. J'ai changé d'avis. Je veux faire partie de la Niche.

Il hausse un sourcil qu'il veut étonné. Comme s'il ne savait pas déjà pertinemment que j'étais là pour cette raison. Comme s'il n'attendait pas ça depuis des années.

D'une certaine façon, il croit qu'il a réussi.

– Que me vaut ce brusque changement?

– Je ne me sens plus en sécurité dehors, mens-je.

– L'offre a expiré, rétorque Oscar. T'avais qu'à te décider lorsque c'était toujours sur la table.

Je laisse mes mains dans mon blouson, les poings contractés au point de m'enfoncer les ongles dans les paumes à m'en faire mal. Si ce connard qui se méfie de tout et de tout le monde n'était pas là, ce serait plus simple. Mais Marius a parfaitement conscience du trouble que suscitent les filles en lui, au point qu'il ne peut se passer de cet homme hostile et indifférent. Il est sa raison. Sa conscience. Et, plus que séduire Marius, c'est Oscar que je dois convaincre. Je ravale le dédain que m'inspire ce type. Il vient de réduire à néant ma seule chance d'intégrer la Niche et je suis à deux doigts de me barrer d'ici sans me retourner. Mais ça voudra dire que le destin d'Alan est scellé et je ne me le pardonnerai jamais.

Je ne suis pas du genre à abandonner aussi facilement.

– Je *veux* devenir une chienne. Et je ferai ce que vous voudrez.

Marius fait tourner l'alcool dans son verre plusieurs secondes, savourant ma déclaration avec une moue suffisante.

– Que de belles paroles, signale Oscar. Mais tu sais qu'il va falloir plus que ça pour prouver que tu mérites ta place. Pas vrai?

Il fait un geste du menton vers Ilian. Ce dernier repousse la main de la prostituée à sa gauche, se mordillant la lèvre inférieure en me lorgnant avec intérêt. Quand cette dernière se redresse, mon corps entier se crispe. *Ce* regard. *Ce* visage. La familiarité de ses traits, malgré son aspect plus juvénile et ses cheveux trop blonds… Est-ce que c'est Jodie? L'agent qui a disparu? Est-ce que c'est elle, accrochée à Ilian et les pupilles tellement dilatées qu'il est évident qu'elle n'a aucune idée de ce qu'elle fait? Je reporte mon attention sur Marius et ses hommes, essayant du mieux possible de ne pas laisser transparaître mon incompréhension. J'intériorise, consciente qu'ils m'analysent et que, s'ils me voient tiquer, ils comprendront que je sais qui elle est. Marius a toujours un coup d'avance, quoi que puissent en penser Dax et sa clique de bras cassés. Et ça la mettrait encore plus en danger.

– Un problème, ma beauté? s'amuse Baulieu.

– Tu leur donnes quoi à tes filles? demandé-je. Elle n'a pas l'air en forme.

– Des petits trucs sans grand danger, ne t'en fais pas. Tu ne seras pas obligée d'en prendre, si tu fais ce qu'on attend de toi.

La drogue circule pas mal dans la rue, c'est presque inhérent à nos conditions de travail. Il y en a qui ne peuvent pas passer une nuit sans se shooter, pour supporter les hommes qui défilent, les passes qui se succèdent, la violence de quelques-uns, le mépris d'autres. Moi, je n'y touche pas, car ça bousille mes sens. Mon contrôle. Si un homme est trop violent, j'arrive à m'en défaire. Parfois pas vraiment, et je ne compte pas le nombre de fois où j'étais tellement mal en point que j'étais tout juste capable de prendre une douche avant de me vautrer dans mon lit pour les deux jours qui suivent. Dans ces cas-là, Dixie n'a aucune nouvelle et Bruce est sur mon palier pour me ramener tout ce dont j'ai besoin pour *survivre*. Si au début ils ont tenté de me faire entendre raison, de prendre des clients réguliers pour éviter ce genre de déconvenue, ils ont rapidement cessé d'essayer de régenter mes décisions. Ce sont les risques du métier, certaines l'acceptent plus que d'autres. J'aime cette liberté d'action, même si ça peut paraître étrange. C'est mon monde.

– Alors Bonnie, tu es prête à être obéissante? me défie Ilian.

En pivotant la tête vers lui, je remarque que Jodie a disparu et je me retiens de la chercher des yeux.

– À faire *exactement* ce qu'on attend de toi?

Marius se marre, louchant sur son acolyte loin d'être rassasié et assez éloquent sur ses intentions pour que je fasse un pas dans sa direction. J'ôte ma veste, la déposant sur la banquette pour dévoiler ma robe.

– C'est ça, roucoule-t-il. Montre-moi tes talents.

Mon décolleté échancré les subjugue une seconde, puis je remonte volontairement ma robe sur mes cuisses et contourne la table de manière sensuelle. Ilian ne me quitte plus du regard et je me penche vers son oreille, fixant Baulieu derrière lui qui ne loupe rien du spectacle.

– Tu me veux comment, mon chou? chuchoté-je à Ilian. Je peux être tout ce que tu désires.

– À genoux.

Je m'exécute. Un flash-back involontaire de la voix de Dax une semaine plus tôt alors que je m'apprêtais à faire la même chose, me surprend. Son timbre était plus guttural. Son souffle, moins erratique parce qu'il aurait préféré se couper un doigt que d'avouer qu'il avait envie de moi. Je chasse ce souvenir et attrape le sexe d'Ilian, y déroulant la capote qu'il me tend par automatisme avant de le prendre en bouche. Tous mes gestes sont mécaniques, précis. J'apprends à écouter ses gémissements, à discerner ses réactions sous ma langue. La pression de ses doigts sur ma tête, les ondulations de son bassin. Je m'adapte, je m'ajuste, je m'approprie son plaisir. C'est une habitude tellement huilée qu'elle ne fait plus aucun effet et j'accompagne Ilian jusqu'à la jouissance sans sourciller. Je me relève sous son regard comblé et ceux satisfaits de Marius et Oscar.

Mission accomplie.

– Belle performance, ma beauté, s'exclame Marius.

La forme dans son pantalon en est la preuve et pendant un moment, j'hésite à pousser le vice jusqu'à le toucher, lui aussi. Juste histoire de m'assurer que c'est dans la poche, mais je doute que ce soit judicieux, avec un homme comme lui, de prendre les devants.

– Alors, l'offre tient toujours ? m'assuré-je.

– Bien sûr, acquiesce-t-il. On serait perdants si on te laissait nous filer entre les doigts. Ta réputation te précède et on a hâte de travailler avec toi.

Il lève son verre dans des félicitations silencieuses et je retrouve ma place devant la table. Ma robe toujours remontée et les cheveux plus enchevêtrés qu'à l'arrivée.

– Est-ce que je peux négocier quelque chose ?

Il rigole et Simard aboie :

– T'es pas en position de *négocier*. Tu te crois où ?

– Tu veux quoi ? reprend Baulieu après un geste en direction de son bras droit qui l'intime au silence.

Je jubilerais presque de voir une ride de rage barrer son front, mais me concentre sur Baulieu.

– Faire partie des chiennes de l'hôtel.

Il secoue la tête en pinçant les lèvres.

– C'est un privilège que l'on donne à nos meilleures filles. Celles qui ont fait leurs preuves depuis des années.

– Ce n'est pas toi qui disais, il y a une seconde, que tu ne voulais pas que je te glisse entre les doigts ? le provoqué-je.

– Ne t'en fais pas. Maintenant que je te tiens, je ne risque pas de te laisser partir.

Ça sonne comme une menace et je tressaille imperceptiblement. Je viens de vendre mon âme au diable, à quoi je m'attendais ?

– Si tu veux gagner ce droit, il faudra le mériter.

Il me fait un clin d'œil et je refoule mon agacement, acceptant sa réponse sans ciller. Je n'ai pas de temps. Et il va falloir que j'use de stratégie pour parvenir à y aller.

Bon sang, ça risque d'être plus difficile que ce à quoi je m'attendais.

– Pour l'instant, tu seras ici plusieurs soirs de la semaine.

– OK, capitulé-je.

– Marché conclu ? dit-il.

– Marché conclu, répété-je.

– Alors, trinquons à ton arrivée.

Il claque des doigts et une serveuse dénudée se présente, un plateau plein sur le bras. Elle dépose une bouteille et quelques verres. Marius m'invite à me servir, sans me proposer de m'asseoir auprès d'eux. Je récupère le verre en connaissant parfaitement la suite de cet entretien. Ce que je redoute le plus et dont tout le monde parle à Nude. Le *rite de passage* de la Niche. Je bois cul sec l'alcool qui me brûle l'œsophage, sous le rire des hommes à table. J'en aurais bien voulu un ou deux de plus, mais je l'ai à peine terminé que je perçois le signe de Marius et la main de Franky s'abat sur ma joue avec violence. Je vacille, lâchant le verre vide qui s'éclate au sol. Je relève la tête aussitôt, sans aucune réaction alors que ma pommette m'élance. Les trois paires d'yeux qui me fixent sont sadiques et satisfaites. Puis Baulieu fait un second mouvement et Franky m'empoigne le bras pour me tirer vers une des salles. Insonorisée. Sans fenêtres. Il me jette à l'intérieur et referme derrière lui.

C'est parti.

– Qui t'envoie ?

La seconde claque part et me fait reculer sous l'impact.

– Personne.

– T'es sûre de ça, Bonnie ?

Un poing s'enfonce dans mon estomac et je suffoque. Pliée en deux, je n'ai pas le temps de me remettre droite qu'il m'assène un coup sur la tempe. Je trébuche et percute le mur. Il éclate de rire.

– Je suis venue parce que j'en avais envie.

Il attrape mes cheveux dans une poigne ferme et me dévisage.

– Tu sais ce qu'on fait aux menteuses ? On leur coupe la langue et on les tue. T'es une vendue ? On te paie pour être là ?

– Non.

Il me balance sur le sol et je m'échoue de tout mon long. Il enfonce le bout de sa chaussure dans ma côte et je crie de douleur.

– Qui t'envoie? répète-t-il.

– Personne!

Je me tords, les bras enroulés autour de mon ventre et le visage déformé par la souffrance et le manque d'air. Franky ne s'arrête pourtant pas là, continuant de m'abrutir de ses questions, de ses suspicions, de ses claques, poings, talons, pieds. Je suis incapable de dire combien de temps ça dure. Combien de fois il me frappe, s'acharnant sur les parties les plus réceptives de mon corps. Ça me semble durer une éternité, peut-être que ça ne fait que quelques minutes. Au bout d'un moment, je finis par ne plus rien ressentir, étourdie et sans défense. Je suis une poupée de chiffon, désarticulée et tellement tabassée que tous mes muscles s'engourdissent. Lorsque enfin il s'arrête, je suis en miettes par terre. Tout mon corps tremble et mes larmes ont baigné mes joues. Un second homme sort de l'ombre et s'approche. Je ne l'avais pas entendu entrer et il s'accroupit pour dégager les cheveux collés par le sang et la transpiration sur mon front.

– Dommage pour ce si beau corps, me murmure froidement Oscar. Mais tu sais bien qu'on est obligés de passer par là.

– Vous… vous donnez… beaucoup de… peine, réussis-je à dire dans un souffle.

– Rien n'a plus de valeur que la Niche, Bonnie. Et on ne laisse pas entrer n'importe qui. Peut-être que Marius est fou de toi, de ton charme évident, de ta jolie gueule et de ton corps de rêve. Mais un rite est un rite.

Il me soulève, me forçant à me tenir sur mes jambes flageolantes. Je grimace en sentant la brûlure de mes côtes. Il a vraiment tapé fort, ce connard.

– J-je l'ai… passé?

Oscar sourit de toutes ses dents après m'avoir fait un clin d'œil jubilatoire. Étrangement, il paraît plus humain. Mais est-ce qu'un psychopathe a encore une part d'humanité en lui? Je ne pense pas.

– Le rite d'initiation? Oui. Maintenant, tu as cinq jours pour revenir vers nous, passé ce délai, on saura que tu n'es pas digne de la Niche.

– Pourquoi tout ce temps? balbutié-je. Je sais ce que je veux.

À eux, ça leur laisse moins d'une semaine pour s'assurer que je vaux le coup et j'ai peur de ce qu'ils pourraient découvrir...

– C'est ce qu'on verra.

8

Elena

Les mains agrippées au rebord du lavabo, j'observe les bleus sur mon corps à travers le miroir. Mon téléphone n'arrête pas de sonner, faisant vibrer ma machine à laver dans un bruit désagréable, mais je l'ignore. Une fois le sang séché retiré, je remarque que mon visage n'a pas tant morflé que ça. Ça m'étonne qu'à moitié qu'ils aient essayé de l'épargner, pour garder une vitrine présentable de leur nouvel investissement. Je ne vaux rien si je suis défigurée. J'ai une pommette gonflée, la paupière droite un peu bleuie et une coupure à la racine de mes cheveux, à l'endroit où ma tête a cogné le mur. En revanche, je ne peux pas en dire autant de mon ventre et mes côtes. Chaque inspiration est un supplice. Je soupire en me tenant la poitrine, comme si ça pouvait changer quelque chose. Après mon passage à tabac, Marius, en vrai gentleman, m'a fait ramener chez moi. Je crois de toute façon que j'aurais été incapable de sortir du club par mes propres moyens. J'étais courbaturée et en piteux état. Mes jambes ne me retenaient plus depuis un moment. Ils se sont contentés de me faire passer par une porte dérobée à l'arrière du club et m'ont ramenée jusqu'ici. Comme une preuve évidente qu'ils savent tout de moi. Mon identité. Mon adresse.

Pourvu qu'ils n'apprennent pas ce que je *fais*.

Je grimace en essayant d'enfiler un tee-shirt propre, les cheveux trempés par la douche. Même la demi-heure sous l'eau brûlante n'a pas suffi à détendre mes muscles. Je suis raide et j'ai envie de tout envoyer balader. Je savais parfaitement ce qui m'attendait en allant voir Marius.

Le passage à tabac est un incontournable. Elles y passent toutes. Même celles qui ont été sélectionnées. Des coups brutaux contre ma porte d'entrée me font sursauter et je me traîne tant bien que mal pour aller l'ouvrir. Je sais qui se trouve derrière et pendant un moment, j'ai envie de laisser le verrou fermé pour qu'il s'énerve tout seul. Mais j'opte pour la décision la plus sage et déverrouille en retirant la clé dans la serrure. Je me détourne dès qu'il entre pour aller récupérer le jogging que j'ai laissé dans la salle de bains.

– Tu te fous de ma gueule? vocifère-t-il en faisant claquer la poignée contre la console avant de fermer avec hargne derrière lui.

Je ne bronche pas et le laisse s'agacer dans mon dos. La migraine a pointé le bout de son nez. Je veux juste qu'il me foute la paix pour que je puisse aller me coucher. Avec un peu de chance, il va vite comprendre le message et partir de chez moi.

– Elena, putain! Je t'avais dit quoi? À six heures, tu m'appelles! Il va falloir que tu y mettes du tien! Dois-je te rappeler ce pour quoi tu dois le faire?

– Parle moins fort, maugréé-je. J'ai mal à la tête.

Il enserre mon bras et me fait pivoter pour lui faire face. Les traits de son visage sont tordus par l'irritation.

– Que je parle moins…

Sa phrase meurt entre ses lèvres à la seconde où il voit mon état. Il fronce les sourcils en me détaillant, une lueur indéchiffrable et fugace dans les yeux. Si je n'étais pas aussi mal en point et avec les idées un peu plus claires, j'aurais pu me convaincre que ce n'était pas de l'inquiétude. Parce que ça ne fait pas partie du vocabulaire de Darcy Aleksev. L'empathie.

– C'est quoi ce délire? Qu'est-il arrivé à ton visage?

J'éclate d'un rire doucereux.

– Les salutations de la Niche. D'après eux, je suis fiable. C'est ironique, tu ne trouves pas? S'ils savaient avec qui je fais affaire, ils auraient tapé plus fort.

Il fait un pas, coinçant mon menton entre son pouce et son index pour me relever la tête. Il m'examine attentivement, son souffle chaud ricochant sur ma peau meurtrie. La délicatesse inattendue de ses doigts me fait frissonner, ou alors c'est la fatigue de cette soirée interminable. Il est plus de sept heures du matin, je n'ai pas dormi de la nuit et vu la tenue de Dax, identique à celle qu'il portait un peu plus tôt, il en est de même pour lui. Sans broncher, je ne repousse pas sa main qui dévie sur mon tee-shirt et ne me formalise pas de le sentir se relever. Son regard est froid, insensible à mes courbes, analysant seulement les traces visibles des coups sur le reste de mon corps.

– Qui a fait ça ?

– Franky.

Il se recule en marmonnant. Son visage ne s'est pas détendu et il passe une main rageuse dans ses cheveux courts.

– Ils ont des doutes ?

– S'ils en avaient eu, je ne serais pas devant toi, craché-je. Et si tu avais été mieux informé, tu aurais su que me faire me pointer là-bas allait me mener droit vers *ça*.

– Parce que tu savais, avant d'y aller ?

– Bien sûr ! m'écrié-je. Putain, mais vous sortez d'où, sérieux ? Vous faites vraiment une enquête sur la Niche pour ne pas être à ce point au courant de ce qu'il s'y passe ?

– Je sais très bien ce qu'il s'y passe, s'agace-t-il. Crois-moi.

– Mais pas qu'ils tâtent un peu la résistance de leurs filles avant de les faire bosser pour eux.

– T'as mis de la glace dessus ?

Il pointe mon buste et je secoue la tête devant son brusque changement de conversation. J'ai bien envie de l'envoyer se faire voir, de lui demander de partir et de me laisser seule, mais j'ai peut-être besoin de ça tout compte fait. Une présence.

– Je sors à peine de la douche.

– Déshabille-toi.

Je hausse un sourcil surpris.

– Soixante pour la totale, mon cœur.

– Elena, grogne-t-il. Tais-toi et déshabille-toi bon sang, que je vois si tu as des blessures plus graves.

– T'es médecin en plus d'être flic? ironisé-je.

Il me toise sans un mot et se dirige vers le couloir qui mène à la salle de bains. Mon appartement n'est pas bien grand, ce n'est pas compliqué de trouver ce qu'il cherche et quand il revient, je suis adossée contre l'accoudoir de mon canapé. Mes côtes me font souffrir le martyre et j'essaie de réguler ma respiration.

– Tu ne devrais pas être là, Dax. Ça se trouve, les hommes de la Niche sont en train de quadriller le secteur en bas maintenant qu'ils m'ont mis la main dessus.

Il ne répond pas et passe par la cuisine. Quand il revient, il a une trousse de soin dans une main et un sachet de surgelés dans l'autre.

– On a surveillé ton appartement toute la journée, révèle-t-il. Personne n'est venu. Sinon je n'aurais pas pris le risque de me pointer. Maintenant enlève ce foutu tee-shirt. Tu ne vas pas me faire croire que tu es pudique, en plus!

Je le fusille du regard sans qu'il ne proteste.

– Et assieds-toi sur ce divan, tu vas tourner de l'œil.

– Je ne suis pas en sucre.

Il me pousse pour m'obliger à me mettre sur le sofa. Il tombe à genoux devant moi. Dans d'autres circonstances, j'aurais profité de sa position pour jouer avec lui, mais pas ce soir. Ce soir, je me sens comme une merde.

– Pas besoin de prétendre être une dure à cuire, me reprend-il.

Ses mains passent sous mon tee-shirt et il me le retire sans que je n'y oppose de résistance. Juste une grimace de douleur en levant mes bras. Il ne s'excuse pas, se contentant de plonger une seconde son regard bleu dans le mien. Il me plaque les surgelés sur le ventre et j'ai un mouvement de recul brusque.

– Je croyais que tu n'étais pas en sucre? raille-t-il.

Je le dévisage. Il ouvre la trousse, sortant une compresse qu'il imbibe d'antiseptique avant de la poser sur ma clavicule. Je me crispe sous les picotements que ça éveille sur ma chair à vif. Puis il s'attaque sagement à mon visage. Je suis ses faits et gestes avec intérêt, surprise par sa douceur, sa concentration et le silence doux qui nous entoure. Si je ne savais pas déjà ce qui se cache derrière cette façade, je trouverais ça presque agréable. Il finit par repousser la trousse et se relève, me lançant le tee-shirt pour que je le remette.

– Maintenant, dis-moi tout ce que tu as vu, entendu et dis.

– Rien.

– Rien? Tu ne peux pas avoir passé plus de deux heures là-bas sans *rien* avoir à me raconter.

Je souffle en gémissant face à la douleur que ça provoque sur mes côtes.

– Fait chier, râlé-je.

Dax ne dit rien, continuant de me fixer jusqu'à ce que je lui explique enfin le déroulé de la soirée. Je bascule ma tête en arrière, lasse.

– Tu y retournes quand?

– Sous cinq jours, signalé-je. Au cas où je changerais d'avis.

Je ricane. Ça ne risque pas d'arriver.

– Quoi d'autre?

– Je me suis rapprochée d'Ilian.

– Rapprochée comment?

Il pince la bouche et fronce les sourcils. S'il s'attend à ce que je l'épargne, il se fourre le doigt dans l'œil. Il veut une prostituée sur place? Il en aura une et je compte bien lui en faire un rapport détaillé. J'enfonce ma langue dans ma joue pour mimer une fellation. L'image n'a pas l'air de lui plaire et je rigole de sa gêne, finissant par me tordre en deux.

– Et ensuite?

– C'était rapide et sans surprise. J'ai une sacrée réputation, le taquiné-je.

– Et *ensuite*?

– Il a éjaculé en moins de cinq minutes.

– Elena, gronde-t-il. J'ai compris. Il s'est passé quoi *après*?

Je me mords la lèvre pour m'empêcher de rire de nouveau, car ça me fait beaucoup trop mal.

– *Ça*, remarqué-je en faisant un geste de la main vers mon état. Maintenant, j'ai plus qu'à attendre. J'imagine qu'ils vont vouloir que je guérisse avant de me faire commencer. Une prostituée qui se tord de douleur à chaque caresse, ce n'est pas vendeur.

– C'est tout?

– J'ai peut-être vu Jodie.

Si un aveu pouvait le clouer sur place, je crois bien que c'est celui-ci. Dax devient livide, raide comme un piquet et me scrute pour s'assurer qu'il n'a pas rêvé ma révélation.

– Jodie?

– Oui. Je crois.

– Tu *crois* ou t'es *sûre*? demande-t-il en faisant un pas nerveux vers moi. Elena, c'était elle ou pas?

– Je crois, répété-je. Elle lui ressemblait, mais je ne l'ai pas bien vue. Baulieu était là et me surveillait. Je ne voulais pas éveiller les soupçons en la détaillant.

– Comment allait-elle?

– Droguée.

– Droguée?

– Tu vas me faire répéter à chaque fois? me moqué-je.

– Je ne rigole pas, s'énerve-t-il. Sois précise, ce n'est pas un jeu!

– Sans blague.

J'expire lourdement en me réinstallant sur le canapé. Il y a deux ou trois choses bien visibles sur mon corps, comme un rappel constant que non, ça n'a rien d'une cour d'école.

– Le *sosie* de Jodie n'était pas dans son état normal. Souvent, quand on se prostitue, on prend des trucs pour tenir. Pour se désinhiber. Marius doit y avoir recours aussi dans son club. C'est plus facile pour contrôler les filles.

– Il va falloir que tu vérifies s'il s'agissait bien d'elle. On a besoin d'une confirmation. C'est la meilleure piste que l'on a depuis des jours! Et si tes dires se révèlent exacts, on va devoir organiser son extraction.

Il a l'air fébrile et le voir dans cet état me fait tiquer. Dax ne laisse jamais ses émotions prendre le dessus, surtout pas pour se montrer autant troublé par quelque chose.

– Pourquoi tu as si peur, tout d'un coup?

– Je n'ai pas peur, se rebiffe-t-il. Mais tu dois t'en occuper.

– Quoi? Vous pouvez pas vous en assurer vous-mêmes?

– Impossible. Stevenson refusera. Ce sont de simples rumeurs, il ne te croira pas sur parole.

– Si elle est au club, elle ne risque rien.

– Rien? s'étrangle-t-il. Tu sais ce qu'ils sont capables de faire s'ils savent qu'elle est avec nous? Tu sais ce qu'ils font aux filles qui ne sont pas *obéissantes* ou *suffisantes*?

Je me raidis tout entière en entendant ce qu'il vient de dire. Putain. Est-ce que c'est ce que je crois? Il se recule, déstabilisé par les aveux qui lui ont échappé et me toise. Comme si j'étais la raison qui l'avait poussé à parler. À dire ce qu'il avait visiblement essayé de me cacher.

– T'es sûr que t'as été sincère avec moi, Aleksev?

– T'en sais assez.

Il se précipite sur son blouson qu'il enfile en quatrième vitesse. Je me dépêche de me lever, essayant de ne pas provoquer de douleur inutile dans mes membres et tente de le rattraper avant qu'il s'échappe.

– Darcy!

– Va te coucher, Elena. La mission vient à peine de commencer. Et tu devrais prendre des antidouleurs.

– Non, dis-moi ce que tu me caches avant. Pourquoi as-tu autant peur qu'elle disparaisse? Qu'est-ce qui arrive aux filles qui ne font pas le boulot?

Je le rattrape par le bras et mes muscles tremblent face à mon geste prompt. Je grimace de douleur. Il pourrait me repousser sans mal, m'éloigner d'un mouvement d'épaule et partir sans se retourner. Au lieu de ça, il s'arrête pour me faire face. Son regard a changé. Il est plus sombre. Plus torturé. Plus féroce, et j'ai un moment d'hésitation.

– On perd leur trace.

– Comment ça? frémis-je.

– C'est le principe de la traite humaine, lâche-t-il. Les filles sont vendues aux plus offrants. Quand elles ont de la chance, elles restent à Nude, dans le réseau de souteneurs de Marius. Sinon, elles terminent dans ce qu'on appelle les Veines. Des hommes se chargent de les envoyer ailleurs. Elles servent de monnaie d'échange, de cadeaux ou juste de fonds de commerce avec tout un tas d'autres trucs illégaux. Cocaïne, armes, voitures volées, ventes d'organes…

La bile remonte dans ma gorge et je déglutis devant la froideur avec laquelle Dax m'avoue ça. Sans me quitter des yeux. Sans sourciller. Sans aucune once de remords.

Bien sûr que des bruits circulaient sur les trottoirs et dans la rue. Mais je n'y prêtais pas forcément attention, parce que c'est le genre de Marius : instaurer un climat de peur pour dissuader et assurer sa domination. Et c'est tout à fait le style de quelques filles, de disparaître sans donner de nouvelles. Tout le monde s'en fout, parce que ça a toujours été notre mode de vie.

Alors tout ça était vrai ?

– Et vous comptiez me le dire ?

– Non.

– Donc je pourrais disparaître, énoncé-je calmement.

Pourtant, la panique gronde tellement dans ma poitrine que je ne sais plus comment respirer. Je me sens anesthésiée, incapable de ressentir la tête qui me tourne et les bleus qui m'élancent à chaque mouvement.

– Non ! éructe-t-il. Tu vas faire ton boulot, et il ne t'arrivera rien. Tu m'entends ?

– Tu rêves ! m'emporté-je. Allez vous faire foutre, je ne baigne pas là-dedans ! Je vous ai rien demandé, putain ! J'étais tranquille dans mon quartier, je ne risquais rien, je n'emmerdais personne.

– Bien sûr que tu risquais comme les autres ! Tu crois que Marius aurait attendu combien de temps que tu te décides à le rejoindre avant d'en avoir marre ? Avant de te faire payer tes refus ? Ton insolence ? Tu es stupide si tu crois que ça ne te pendait pas au nez comme à toutes les autres.

Je fais un pas en arrière, soufflée par la violence de ses mots. Il avance vers moi sans me donner de répit.

– Marius est un enfoiré qu'il faut arrêter ! Si pour ça on doit risquer notre vie, alors on le fait. Point barre. Pour toutes les filles qui ont disparu et pour toutes celles qu'on peut encore sauver.

– Ce n'est pas dans le deal qu'on a conclu.

Sans me toucher, il se penche en plantant ses yeux glaçants dans les miens.

– Tu n'as pas le choix, *Bonnie*. À moins que tu ne tiennes plus à ce qu'Alan s'en sorte. Dans ce cas, notre accord saute. C'est toi qui vois.

– Je te déteste.

– C'est réciproque, mon cœur, siffle-t-il. Dépêche-toi de te rendre présentable, quatre semaines ça passe vite et il ne faudrait pas que tu changes d'avis.

Puis il se barre en claquant la porte derrière lui, me laissant désabusée, fébrile et au bord des larmes.

Putain !

***

Je lance un dernier coup d'œil dans le reflet du miroir de l'entrée. Malgré les deux jours qui se sont écoulés, ma pommette est toujours marquée d'une teinte violet sombre que j'ai tenté comme je pouvais de cacher sous le maquillage, et une croûte disgracieuse s'est formée autour de ma blessure au front. Ça a commencé à s'estomper et j'ai le secret espoir que personne ne m'en fera la remarque. Ils m'ont déjà aperçue dans de pires états, sans que je n'aie à me justifier de quoi que ce soit. Je traverse le couloir pour rejoindre les bruits dans le salon, tombant sur l'arrière des têtes de Bruce et d'Alan, courbés sur le canapé devant un jeu vidéo.

– On t'attendait !

Je me tourne en souriant vers Dixie qui sort de la cuisine et quand elle voit les bleus sur mon visage, elle laisse tomber le verre d'eau de ses mains. Il éclate sur le sol, répandant son contenu. Je me précipite vers elle pour l'empêcher de faire un pas dans les débris.

– Ne bouge pas, je vais nettoyer ça !

– Merde, Dix, ça va ? demande Bruce.

La musique du jeu s'est arrêtée, signe qu'ils ont mis pause à la seconde où il a entendu ce qu'il vient de se passer. Je sens sa présence dans mon dos alors que je m'accroupis pour ramasser les morceaux de verre. Dixie ne m'a pas quittée des yeux et, quand je me redresse avec les mains pleines, elle me force à relever mon visage.

– Je ne supporte plus de te voir avec ça, dit-elle.

Ses yeux se sont embués et mon cœur se serre.

– Ça quoi ?

– Il y a un problème ? demande Harvey en débarquant dans le salon.

Bruce s'est déjà déplacé pour me regarder. Je finis avec trois paires d'yeux braqués sur moi qui me détaillent sombrement.

– Encore un client ? s'agace Bruce.

– Tu as mis de la glace ? m'interroge Harvey.

– C'est bon ! Plus de peur que de mal.

Je les contourne en me défilant pour aller jeter les morceaux à la poubelle, essuyant mes mains sur mon jean. Ma fuite n'a pas suffi à leur faire lâcher le morceau, car ils me rejoignent pour m'empêcher de faire un pas de plus. Je soupire d'agacement, dégageant mon visage d'entre les doigts froids de Bruce qui m'examine.

– J'ai nettoyé, tout va bien.

Je regrette d'avoir espéré que cette fois n'allait pas déroger aux fois précédentes. D'habitude, ils n'en font pas toute une histoire !

– *Tout va bien* ? grogne le plus jeune des Green. Tu as vu l'état de ton visage, Lena ? Quand est-ce que tu vas apprendre à te défendre, ou je ne sais pas, à choisir tes clients mieux que ça, bordel ?

– Je t'emmerde, Harvey !

On se fusille mutuellement du regard et il claque sa langue contre son palais de désapprobation.

– Ça a quelque chose à voir avec ce qui te tracasse ces derniers jours ? reprend Dixie. Tu as l'air… ailleurs.

Prise au dépourvu, je passe une main nerveuse sur mon visage, ignorant les picotements de mes côtes à cause du mouvement. Je n'ai rien de cassé. Si Franky s'est fait un malin plaisir à faire *mal*, il s'est au moins arrangé pour que ce soit réversible. Faut dire qu'il a de l'expérience.

– Tout va bien, répété-je. On mange quoi?

Mon changement de conversation ne fait que les tendre davantage et je soupire de lassitude.

– Vous en faites une tête d'enterrement, tenté-je avec un brin d'humour. À croire que c'est vous qui vous êtes fait mettre une raclée.

– Très drôle, Lena. Et si tu commençais par ranger ton sarcasme pour enfin nous dire ce qu'il se passe? s'agace Harvey.

– Je vous ai dit que...

– C'est à cause de ce que j'ai fait?

On pivote tous en direction de l'entrée de la cuisine, à l'endroit où Alan est adossé. Les épaules voûtées, comme si tout le poids de l'univers était sur lui, il mordille sa lèvre inférieure de nervosité. Son attention dévale les marques sur mes joues, s'arrêtant sur le haut de mon corps que je protégeais sans m'en rendre compte derrière mes bras croisés.

Il est trop perspicace ce gosse.

– Ce que tu as fait? De quoi tu parles? s'inquiète Dixie. Tu as quelque chose à voir avec ça, Al?

– Il n'a rien fait, soupiré-je, alarmée.

– Arrête de l'influencer, m'ordonne Bruce. Alan, dis-nous ce que tu caches!

Alan renifle, plongeant ses mains fébriles dans les poches de son jean. Il tape contre les gonds de la porte du bout de sa chaussure, le visage tendu.

– Je me suis fait arrêter en début de semaine.

– Pardon? s'étrangle Dixie. Putain, Al! Qu'est-ce que tu as foutu?

– Et en quoi ça a un rapport avec Lena? réplique Harvey.

– Je me suis fait prendre au volant d'une voiture. Je ne savais pas qu'elle avait été volée et qu'elle était impliquée dans un délit de fuite.

Dixie se rattrape de justesse à la table de la cuisine, posant une main tremblante sur son gros ventre alors que Harvey encercle ses épaules pour la soutenir. Il chuchote quelque chose à son oreille que je ne perçois pas et elle souffle un grand coup.

– Je suis désolé, Dix. Je n'en avais aucune idée, sinon jamais j'aurais accepté d'essayer la voiture.

– Que s'est-il passé ensuite? insiste Bruce à la place de sa belle-sœur. Les flics t'ont chopé avec?

Alan hoche la tête et me lance une œillade confuse. Il n'a aucune idée de ce que son arrestation a engendré. Putain. Et j'ai fait en sorte, chaque jour que j'ai passé ici depuis que j'ai été mise de force sur cette enquête, de ne pas lâcher le morceau. Aleksev m'a fait promettre que ça devait rester secret. Confidentiel. Il y a trop à perdre, dont ma vie et ma liberté, si j'en crois toute cette histoire de *traite*. Mais avec leurs yeux qui me sondent, la pression qu'ils exercent et le regard suppliant de Dixie, je capitule.

Ils sont ma famille.

Je leur confierais ma vie.

– Assieds-toi, Dix. Tu es toute pâle.

Elle marmonne, faisant néanmoins ce que je lui demande, et Harvey lui donne un verre d'eau qu'elle s'empresse de boire. Si je n'étais pas aussi remontée contre la tournure des événements, je lui ferais une petite remarque sur son attention, parce que ce n'est pas son genre d'être aussi charmant. Quoi qu'il en soit, je n'aurais jamais pu éviter cette discussion. Je viens là tous les jours et, lorsque ça n'arrive pas, ce sont eux qui se déplacent. Pour s'assurer que je vais bien, que tout est sous contrôle, que je n'ai pas besoin d'aide. On s'épaule. On se serre les coudes. Je pensais juste avoir un peu plus de temps avant de trouver un mensonge sur mon hypothétique disparition. J'avais quelques jours devant moi, jusqu'à ce qu'Aleksev précipite les choses.

– Quand Al est arrivé à la police, j'y étais déjà.

Ils ne s'étonnent pas. Ça arrive trop souvent pour s'en formaliser.

– Aleksev m'avait coffrée pour racolage.

– Quel enfoiré, rage Harvey. Il n'a pas autre chose à foutre de sa vie ou quoi?

Je me surprends à vouloir rétorquer qu'il fait son boulot, mais me retiens de justesse. Je ne prends *jamais* sa défense et, après tout, Harvey a raison. Il va finir par énerver un type plus mauvais que les autres et en paiera de sa vie.

Un gros poisson comme Marius Baulieu, par exemple.

– Il m'a proposé un marché, réponds-je à la place.

Ce qui provoque un blanc dans la pièce.

– En échange de mon infiltration dans la Niche, ils abandonnaient toutes les charges qu'ils avaient contre moi et le petit.

– Tu aurais dû refuser, lâche Harvey sur la défensive. Personne n'a jamais pris perpète pour un vol de voiture !

– Tu n'aurais jamais dû t'impliquer là-dedans, rétorque Bruce dans la foulée.

Il pose une main sur mon bras pour attirer mon attention. Je baisse les yeux sur ce point de contact, ne ressentant pas même l'ombre d'un frémissement sous la chaleur de sa paume. Il se dégage dès que je rencontre ses iris et se pince les lèvres. Ça fait une semaine qu'on ne s'est pas retrouvés seuls. Pas depuis que j'ai refusé son rencard et c'est la première fois que ça arrive. Normalement, on se voit en dehors, parce qu'on aime la compagnie l'un de l'autre. Mais un truc s'est cassé et on en a conscience tous les deux. Moi peut-être plus que lui.

– Je n'allais certainement pas le laisser se faire attraper pour une chose aussi stupide, m'exclamé-je. Il est comme mon frère !

– Il a 17 ans, signale Harvey. Tout au plus, ils lui auraient collé des travaux d'intérêt général. Toi, qu'est-ce que tu gagnes à la place ?

– Je gagne que j'évite aussi la taule ! répliqué-je avec hargne face à son entêtement. Et qui sait, ça se trouve, on serait tombés sur un juge qui ne connaît pas le mot clémence et on se serait fait allumer. Alors excuse-moi de vouloir nous protéger. Je n'avais pas trop le choix.

– La Niche, Lena, panique Dixie. On parle de la Niche. Le réseau !

– S'ils apprennent ce que tu fais, ton corps sera retrouvé dans le fond d'un ravin.

Ou pas retrouvé du tout et vendu aux plus offrants dans le fin fond du pays.

Je ravale ma bile et me contente de hausser les épaules.

– Ils ne le sauront pas.

– Tu n'avais pas à me sauver, s'emporte Alan. Tu te rends compte de ce que tu es obligée de faire par ma faute?

– Al, tempéré-je. Tout va bien, d'accord? La police a la situation sous contrôle. Je viens à peine de prendre contact avec Baulieu. C'est chez lui que j'ai eu ce petit cadeau.

Je montre mon visage, faisant exprès de ne surtout pas dévoiler le reste de mon corps de peur de leur réaction. Moins ils en savent, mieux ils se portent.

– Ils veulent faire couler le réseau, avoué-je. Ça veut dire qu'il y aura quelque chose à récupérer.

– Tu veux reprendre la Niche?

– Pas en l'état, précisé-je à Harvey. Mais pourquoi pas. Vous ne pensez pas que c'est idéal? Sokal vit sur la prostitution. Elle est légale et, pourtant, il n'y a que Baulieu qui s'en met plein les poches avec ses souteneurs. S'il saute, ça veut dire qu'il y aura de la place pour les autres.

– Avant de penser à ça, tu devrais déjà penser à tes fesses sur la sellette, maugrée Harvey. Putain, ça se trouve, ils sont même dehors en train de t'attendre!

– Vous vouliez savoir ce qu'il m'arrivait! Vous étiez tous les trois en train de me tendre une embuscade dans cette satanée cuisine, tu crois que j'avais le choix? Et bien sûr qu'ils sont dehors, ils cherchent à m'avoir depuis des années!

– Tu ne peux pas t'embarquer là-dedans, Lena. C'est beaucoup trop dangereux.

Je lance un regard vers Bruce, l'air à la fois inquiet et paniqué à l'idée de me perdre. Et en un sens, c'est déjà le cas.

– Trop tard. Je commence dans deux jours et maintenant que vous le savez, je vais arrêter de venir pendant un moment. Marius va contrôler ma vie, surveiller mes fréquentations et je ne veux pas vous y mêler davantage.

– Tu reviens quand?

J'avance vers Dixie, enroulant mes bras autour de ses épaules pour plonger mon nez dans ses cheveux. Elle sanglote silencieusement contre moi et j'embrasse son front en guise de réponse. Car je n'ai aucune date à lui communiquer, surtout pas si tout se termine mal.

– Je vais essayer de te donner des nouvelles, l'informé-je à la place. Tout sera bientôt fini et je rentrerai à la maison.

Mais ce n'est pas une promesse… Je ne peux pas me permettre de lui en faire.

9

Elena

Le lendemain, alors que je sors de chez moi, un corps me percute de plein fouet, ce qui me fait sursauter. La silhouette, rendue invisible à cause de l'obscurité du couloir, me pousse vers l'intérieur de mon appartement. Pendant un bref instant, la panique m'obstrue la gorge. J'imagine les hommes de Marius me donner un nouvel avertissement, alors que je guéris à peine du rite. Ou alors, les voitures de police qui quadrillent le quartier ont été repérées et ils ont fait le rapprochement avec moi. Depuis mardi, je les vois circuler en bas de mon immeuble, ils me surveillent, s'assurent que je ne me suis pas déjà barrée loin. Peut-être même qu'ils viennent déjà me chercher, juste pour me prouver que je suis leur propriété. Qu'ils peuvent décider de mon avenir si ça leur chante. Que je ne suis plus maître de ma vie. Je n'y crois pas une seule seconde, à leur délai de *rétractation*. Ces cinq jours de répit qu'ils m'ont promis. Comme si, une fois qu'on avait mis un pied là-bas, on pouvait faire marche arrière. Puis, une odeur particulière me chatouille le nez et je reconnais aussitôt l'intrus sans même le voir. Un instinct. Il allume la lumière, me clouant sur place de son regard perçant.

Il a l'air de *très* mauvaise humeur.

Et mon cœur s'emballe sans que je n'arrive à le contrôler.

– Tu allais faire quoi au juste?

– Bonsoir, d'abord, non?

Je balance mes affaires à même le sol. J'imagine que ma virée en ville est foutue, maintenant qu'il s'est pointé.

– J'allais me promener, le provoqué-je effrontément. Tu veux me suivre avec une laisse ?

Il me toise en croisant les bras contre sa poitrine. Il a abandonné sa chemise de flic pour un pull à col roulé noir. Ses cheveux paraissent plus blonds. Sa mâchoire, plus acérée. Ses traits, plus tranchants et son teint, plus clair. J'apprécie la vue. *Trop*. Franky a dû me taper la tête plus fort que la normale pour que j'aie ce genre de pensée.

C'est un bel homme et mon corps aime me le rappeler.

– Dans cette tenue ? aboie-t-il.

Il me détaille de la tête aux pieds et, quand il termine sa contemplation en me fixant droit dans les yeux, il y lit tout mon dédain.

– Je suis trop habillée pour toi ? ironisé-je. Ça peut s'arranger, tu sais ?

– Est-ce qu'un jour tu vas arrêter avec ton sarcasme à la con ? Tu sais ce que tu allais faire, là ? Je vais te le dire, moi. Tu allais faire le tapin. Sauf que tu vois, ma jolie, il y a un truc que tu n'as pas bien compris.

Il fait un pas menaçant vers moi, mais je ne recule pas. Son ton insultant ne me fait pas broncher, juste ravaler mon envie de le déshabiller.

Connard.

– T'es à Marius maintenant.

– Pas avant la fin de la semaine, rectifié-je avec défi. Pour l'instant, je n'appartiens à personne.

– Tu crois que tu peux t'en sortir aussi facilement ? Il lui faudra combien de temps, à ton avis, pour comprendre que tu lui as menti ?

– Ouais, je n'aimerais pas non plus être à ta place quand il se rendra compte que tu tires les ficelles.

– T'en fais pas pour moi, je suis un grand garçon.

– En attendant, le grand garçon, c'est devant chez moi qu'il squatte tous les soirs. T'as pas une mère à aller faire chier plutôt ?

Son visage se tord de manière fugace.

– Moi aussi, je surveille mon investissement, somme-t-il sèchement.

– Partenaire, rectifié-je. On est dans la même équipe, je te signale.

Je lui fais un clin d'œil joueur, lui tournant le dos pour retirer mes talons et récupérer un sweat qui traîne sur mon sofa que j'enfile vite fait.

– Tu sais que tu peux aussi me foutre un collier avec une puce, comme les chiens. Ça t'éviterait de dormir dans ta voiture. T'as une sale gueule, on te l'a déjà dit?

– Je m'en fiche pas mal de ce que tu penses, Elena. Je ne suis pas le seul à te fliquer, toutes nos équipes tournent en bas de chez toi.

– Chouette, marmonné-je. Vous allez pouvoir faire une pyjama party avec les sbires de Baulieu. Ça en fait du monde juste pour une fille.

– Étant donné que c'est *toi*, la fille, et que tu passes ton temps à t'opposer à nous, pas étonnant que personne ne te fasse encore confiance.

Il ricane et je lui fais un doigt d'honneur.

– Et on parle de mon salaire quand, au juste? Non, parce que tout travail mérite rétribution et, au cas où vous l'auriez oublié, vous m'avez privée du mien, de taf, avec vos conneries.

– T'es pas salariée. Tu rends un service et tu empêches un gamin de peut-être finir en taule bêtement. Dis-toi que ça vaut tout l'or du monde.

– Tu diras ça à mon propriétaire quand il voudra récupérer le loyer.

D'un coup d'œil circulaire, il observe la pièce principale de mon appartement. Comme s'il la voyait pour la première fois.

– Sérieusement, Dax. J'ai besoin d'argent!

– Tu en auras quand tu seras chez Marius. Et si tu fais du bon boulot, *peut-être* qu'on te filera une enveloppe. Tout dépend de toi, on dirait.

Je grogne.

– Tu as vraiment réponse à tout, pas vrai?

– Oui.

Il plonge sa main dans l'une des poches de son pantalon, sortant un paquet froissé qu'il ouvre pour récupérer une montre et un téléphone portable.

– Tiens. Cadeau.

Il les pose sur la table basse, ne prenant même pas la peine de me les donner en main propre alors que je suis devant lui.

– C'est pour quoi?

– Jouer aux cartes.

– De plus en plus drôle, lieutenant.

Son sourcil droit se dresse et me nargue. Je me retiens de lui présenter à nouveau mon majeur et le contourne pour récupérer la montre. De l'extérieur, elle ressemble à rien d'autre qu'à un bijou en argent. Fine et discrète, elle conviendrait à n'importe quelle femme. Sauf à moi.

Parce qu'elle n'est pas *juste* une montre. Elle est pire que ça.

– Tu voulais un collier, le voilà, ironise-t-il.

Je la lui balance au visage avec hargne et il la rattrape de justesse avant qu'elle n'atteigne son torse.

– Tu vas la mettre, que tu le veuilles ou non, c'est compris ? aboie-t-il. Dans ton sac, à ton poignet, dans ta culotte. Je n'en ai rien à foutre, mais je ne veux pas qu'elle soit à moins d'un mètre de toi. Je suis clair ?

Ses mots sont tranchants, agressifs et je sais que je viens de le pousser à bout. Il conserve une posture en retrait. Il est tendu. Ses mains passent dans ses cheveux, comme s'il se retenait de péter les plombs. J'imagine de là tout ce qui lui passe par la tête. Il doit haïr l'idée de m'avoir mise sur cette infiltration, se rendant enfin compte que je suis réfractaire à son autorité et que je ne suis pas malléable. Ils m'ont forcé la main, par un marché ou un chantage, qu'ils utilisent le terme qu'ils veulent, mais la finalité est la même. Je ne suis pas là par gaieté de cœur.

– Je ne suis pas ta chose, rétorqué-je. Et je ne vais pas porter un mouchard pour te faire plaisir, Aleksev !

– Ce n'est pas pour me faire plaisir. C'est pour que tu ne sois pas en danger ! On ne peut pas toujours être derrière toi.

Je pouffe et il soupire, désabusé. Ce n'est qu'à cet instant que je remarque ses mains qui tremblent légèrement et la veine dans son cou qui palpite. Il n'est pas juste en colère, il est anxieux et ça provoque un soubresaut inattendu dans ma poitrine.

– Je t'ai dit qu'une fois à la Niche, on n'a aucun moyen de savoir ce que tu deviens. C'est une assurance, OK ?

– Kelman en avait une, d'assurance ?

Ma remarque semble lui faire l'effet d'un coup de poing en plein estomac, car il cesse brièvement de respirer. Il me dévisage, le corps raide et le visage tordu par la culpabilité.

– Non.

C'est tout ce qu'il va m'avouer, même si, derrière ce simple mot, j'en entends des dizaines d'autres : je ne veux pas faire la même erreur ; je ne veux pas qu'il t'arrive quoi que ce soit ; je te déteste, mais laisse-moi te protéger, parce que je n'ai pas su la protéger, elle. Ma tête bute contre le mur et je soupire longuement avant d'avancer dans sa direction. Résignée. Ma main glisse contre son poignet et j'attrape le bijou entre ses doigts crispés.

– Et s'ils me la retirent?

– Arrange-toi pour que ça n'arrive pas.

Je l'enfile à regret, ignorant la froideur du métal sur ma peau. Quand je relève les yeux sur Dax, il a repris une contenance. Son indifférence est de retour.

– Le téléphone est un leurre, fais en sorte que ce soit celui-ci qu'ils te prennent lors de la prochaine fouille. Le tien pourra tenir la charge si tu ne peux pas le brancher durant plusieurs jours?

Je hoche la tête en observant le Smartphone en tout point similaire au mien.

– Je l'éteindrai après chaque utilisation et couperai les données cellulaires.

Il s'apprête à répondre, mais on frappe à la porte. Un coup sec qui nous fait tressaillir tous les deux.

– Tu attends quelqu'un? chuchote-t-il en me retenant par le bras.

Je secoue la tête. Si c'est Marius ou ses sbires, il n'y a aucun moyen de faire disparaître discrètement Dax. La fenêtre du salon donne sur un escalier de secours, mais les hommes de la Niche iront regarder à cet endroit en premier. Ils sont sûrement déjà stationnés en bas depuis un moment.

– Non, chuchote-t-il en comprenant ce à quoi je pense. Les gars sont en bas, s'ils étaient montés, ils m'auraient prévenu.

– Personne ne peut les arrêter.

Il place son index devant sa bouche pour m'inviter à rester silencieuse. À pas de loup, il retourne vers la porte, moi sur les talons. Les coups reprennent, plus forts encore et une voix s'élève depuis le palier. Mon cœur cesse de battre.

– Lena, c'est moi, ouvre !

Dax enclenche brutalement la poignée et Bruce se matérialise sur le seuil. Il fronce les sourcils en nous voyant tous les deux avant de finir par entrer. Sans se laisser démonter, il bouscule d'un coup d'épaule le flic pour me prendre dans ses bras. Je me crispe. Malgré son contact familier, l'odeur de sa peau et les battements réguliers dans sa poitrine qui me rappellent ce que j'ai abandonné.

– Je peux savoir ce qu'il fout ici ?

– Je ne crois pas que ça vous regarde, monsieur Green, répond sèchement Aleksev. Et, au cas où vous ne l'auriez pas compris, on est au milieu de quelque chose.

Bruce me lâche enfin, plongeant sa main dans mes cheveux par habitude avant de déposer ses lèvres contre les miennes. J'ai un mouvement de recul, il le sent, mais ne dit rien. Je le soupçonne de vouloir emmerder le lieutenant, toujours prostré dans l'entrée, qui ne loupe pas une miette de notre étreinte. Pas dans le but de le rendre jaloux, plutôt dans celui de marquer son territoire. Et ça me rend folle d'être au milieu de cette démonstration.

– Vous sortez ensemble ? s'étonne Dax.

– Je ne crois pas que ça vous regarde, lieutenant, répète-t-il avec sarcasme.

Sur la défensive, Bruce se place devant moi. Il est plus petit que Darcy, de quelques centimètres et, malgré sa musculature, il est loin de la stature de militaire rigide d'Aleksev. Ce dernier n'a pas desserré la mâchoire et nous toise l'un et l'autre. Il s'attarde sur Bruce, et un pli sévère déforme sa bouche.

– Il *sait*, pas vrai ?

– Je n…

– Ce n'est pas à vous que je parle, Green, le coupe-t-il avec dureté. Elena. Je croyais t'avoir demandé de garder cette enquête *confidentielle*.

– T'es au milieu de mon salon, Dax. Bien sûr qu'il allait finir par le savoir tôt ou tard.

– Qui d'autre ? réplique-t-il d'un ton bourru.
– Dixie, Harvey et Alan.
– Putain ! Tu veux afficher une pancarte, pendant que t'y es ? Histoire que tout le quartier sache ce que tu fais pour nous. T'es inconsciente, ma parole !
Bruce continue de faire barrage, la nuque raide et les épaules en arrière, prêt à contrer les coups. Mais Dax ne me frappera pas. Il est peut-être impulsif et sanguin, mais il n'a jamais levé la main sur moi. Je ne sais pas pourquoi, mais je lui fais confiance. Et c'est assez nouveau pour moi, en dehors des membres de ma famille.
– Baissez d'un ton, lieutenant.
– Ça va, siffle-t-il. Vous n'avez pas d'ordre à me donner. Bordel !
Il coince ses mains dans ses cheveux courts, les frottant nerveusement tout en tournant sur lui-même. Il pointe du doigt Bruce d'un air menaçant. Il a l'air plus énervé encore que tout à l'heure et ça ne devrait pas me faire réagir comme *ça*. La montée de chaleur dans mes veines. Les palpitations de désir dans mon ventre. L'irrégularité de mon souffle. Je déglutis.
– Je vous préviens, la famille Green. Vous n'avez pas intérêt à moufter.
– Ce n'est pas notre genre.
Les deux hommes se fixent, me donnant l'impression qu'il y a quelque chose entre eux de plus ancien. Je ne me souviens pas avoir vu Bruce au commissariat, si ce n'est pour en sortir ses frangins. Mais il n'avait jamais affaire à Darcy et, pourtant, j'ai cette sensation tenace qu'il n'y a pas que mon infiltration qui est mise sur le tapis. Ils se jaugent, s'avertissent, se défient. Puis Dax sort les clés de son SUV et les fait cliqueter entre ses doigts.
– J'attends de tes nouvelles demain.
– D'accord, capitulé-je, désarmée.
Il part en claquant la porte derrière lui. Bruce se retourne pour me prendre dans ses bras, déposant ses lèvres sur les miennes dans une caresse plus douce que lorsqu'il est arrivé. Mais je le repousse avant qu'il n'approfondisse son baiser.

– Je n'ai pas changé d'avis, l'avertis-je. Sur nous.

– Je sais.

Il touche ma joue du bout du nez, s'attardant près de mon oreille pour y laisser traîner la langue. Avant, ça aurait suffi à éveiller mon désir. J'ai toujours été réceptive pour lui, parce que je me l'autorisais. Ce soir, je n'en ai plus envie et il le sent avant même que j'aie besoin de le lui dire. Il soupire.

– J'imagine que je ne pourrais rien y faire.

– Non.

– Pas même te mettre en garde sur Aleksev et toute cette histoire avec la Niche?

– C'est trop tard, Bruce. Je suis impliquée maintenant. Et tu devrais arrêter de venir ici…

Il embrasse ma tempe et je le laisse faire.

– Fais attention à toi, Lena.

– Promis.

Il repart, me lançant un dernier regard à la fois inquiet et résigné. Il ne m'appellera pas. On ne se reverra pas avant que je revienne chez Dixie à la fin de cette mission. Ce sont nos adieux. Et je reste plantée devant la porte qui se referme sans ressentir ni tristesse ni culpabilité. Comme si j'avais cloisonné mon cœur à la seconde où il m'avait demandé plus.

***

– Tu as l'air en forme, Bonnie!

Dans un rictus condescendant, Franky me fait passer devant lui et je fronce les sourcils en le dévisageant.

– La prochaine fois, on tapera peut-être plus fort, se marre-t-il.

Je l'ignore et entre dans le grand hall de l'hôtel des Baulieu. Pompeux et suintant la richesse. Tout ce que j'ai tendance à fuir et qui me rappelle à quel point personne n'est égal. La main de l'homme à tout faire est posée sur mes reins, et il me pousse à emprunter le grand escalier, au centre, m'exhibant au personnel que l'on croise comme le nouveau trophée de son boss. J'observe tout, jusqu'à la décoration. Simple, impersonnelle, digne d'un hôtel particulier qui se veut maison close sélective. C'est ce qui en ressort à chaque marche que je foule. Les tapisseries aux murs qui laissent entrevoir des ornements suggestifs, la moquette rouge sang, couleur de la décadence et de la luxure, l'odeur épicée dans l'air et les filles que l'on croise à peine habillées. Elles me sourient toutes en me voyant, lançant des regards lascifs au type à mes côtés qui se pavane comme un coq fier et arrogant.

– Docteur Patrick t'attend, m'annonce-t-il quand on arrive au dernier étage. Tu vas passer une visite médicale. Il va s'assurer que tu es clean. Dès qu'on a son feu vert, tu commences au club.

Il me fait un clin d'œil auquel je ne réponds pas, me menant jusqu'à une porte fermée. Elles se ressemblent toutes, mais l'hôtel n'est pas très grand et les plans de Jodie lui font justice. Franky ouvre sans s'annoncer et me fait entrer. Vu d'ici, ça ressemble à rien d'autre qu'à la salle d'attente d'un cabinet médical. Au fond, une plaque nominative est accrochée près d'une autre porte.

Docteur Patrick.

De sa vraie identité, Patrick Nadeau. Frère cadet de Mme Baulieu en personne et diplômé en médecine générale à l'institut de Dosmont.

La Niche est une affaire de famille.

– Reste là, le doc va te prendre dans une minute.

Il disparaît de ma vue, mais je sais qu'il n'y a aucun moyen de faire demi-tour, de se décider à fuir cet endroit, ce qu'il implique et ce que je suis en train de faire. À l'instant où j'ai mis un pied dans cet hôtel, j'étais déjà à eux. Liée par une entrave invisible mais bien présente.

Plus de retour en arrière.

Un homme brun sort du bureau. Identique à la photo que j'ai vue plus tôt dans la semaine. La quarantaine, les cheveux légèrement grisonnants sur les tempes, il ne me sourit pas et se contente de me faire un signe de tête pour que je le rejoigne. Des équipements en tout genre sont suspendus et j'imagine qu'il est le seul spécialiste à s'occuper des filles.

– Déshabille-toi complètement.

Je fais ce qu'il me demande et, entièrement nue, me laisse guider sur le fauteuil au milieu du cabinet. Il enfile ses gants sans un regard, puis se penche sur moi. Il m'inspecte sous toutes les coutures, s'attardant sur de légères marques d'anciens bleus.

– Tu t'es bien remise du rite, remarque-t-il. C'est bien.

Je ne réplique rien, consciente que si je veux passer inaperçue, je dois être invisible. Me contenter d'observer, d'analyser, d'enquêter et d'être docile. Le docteur Patrick continue son auscultation en silence. Il est précis, mécanique. Tout y passe, des prises de sang à la vérification de mes dents jusqu'à l'examen gynécologique complet. Après une heure, il m'invite à remettre mes affaires, les yeux rivés sur un dossier qu'il remplit avec attention.

– Tu passeras au cabinet une fois par semaine à compter de ce jour. Nous referons tes prises de sang régulièrement, pour s'assurer qu'il n'y a ni grossesse ni maladies sexuellement transmissibles. Désormais, c'est moi qui gère ta contraception.

– Ma pil…

– Personne ne te demande ton avis, me coupe-t-il. Nous en avons fini. Tu peux disposer. Madame Baulieu t'attend dans le couloir.

Je sors, traversant le sas d'attente pour retourner dans le couloir. La femme de Baulieu se tient bien droite et me fixe. Elle fait un signe aux deux hommes derrière et on se retrouve seules. Plus aucune trace de Franky dans les parages et elle tourne autour de moi comme le ferait une lionne sur sa proie. Elle m'évalue.

– Elena Maslo.

– Je préfère qu'on m'appelle Bonnie lorsque je travaille, madame.

Elle sourit. De ce genre de sourire froid et impersonnel. Si je l'avais rencontrée à l'âge de 15 ans, j'en aurais eu des sueurs froides. Aujourd'hui, je me suis endurcie et pas grand-chose ne m'impressionne. J'ai appris qu'on jouait tous un rôle dans la vie. Le sien est de faire croire qu'elle est la maîtresse de cet hôtel. Soit. Si ça lui fait plaisir.

– Et du caractère comme il les aime.

Je ne dis rien et elle me tend la main.

– Janet Baulieu. À partir de maintenant, je suis ton interlocutrice principale.

J'attrape sa paume rigide et la serre brièvement.

– C'est peut-être mon mari qui t'a embauchée et tu répondras à ses ordres sur le côté *pratique* du job, mais c'est moi qui dirige le reste. Ton emploi du temps, tes repos, tes heures de travail, tes sorties, les requêtes vestimentaires, les besoins quelconques et les problèmes de tout type me sont directement soumis.

Je me tends imperceptiblement.

Tout doux, Elena. C'est une mission. Ce n'est pas la réalité.

– Bien, madame.

– Appelle-moi Janet. Suis-moi.

Elle me fait un sourire sans qu'une seule ride ne se forme sur son visage figé dans le marbre. C'est le genre de femme à avoir la quarantaine bien tapée et à vouloir en paraître dix de moins. Difficile de se sentir désirable dans ce genre de milieu, quand tous les quatre matins une nouvelle fille, plus belle encore, se pointe dans le business du sexe. Janet n'a pas l'air de s'être un jour sali les mains sur la queue d'un inconnu ou même de s'être vendue dans les rues de Sokal, mais elle côtoie la beauté et l'exigence et se doit de rester jeune et attirante. J'ai bien envie de lui dire que son mari ne s'empêche pas de tâter la marchandise le soir, au club, pendant qu'elle se fait injecter des produits entre les sourcils, mais je ne suis pas certaine qu'elle apprécie ma franchise.

Et si elle est là, c'est qu'elle y trouve son compte.

On descend d'un étage, bifurquant sur un autre couloir, et on s'arrête devant une double porte qui, si j'ai bien appris mes devoirs, renferme l'atelier de leur styliste. Lorsqu'elle l'ouvre, je tombe sur un immense dressing plein à craquer d'articles en tout genre. Au milieu, deux énormes canapés noirs sont positionnés et un couple est en train de parler. Ils se redressent dès que nous arrivons. Ilian, dans son costume trois-pièces impeccablement taillé, me sourit. Pas de surprise, car mon arrivée n'est un secret pour personne.

– Bonnie, voici Feliz. Notre styliste. Elle va prendre tes mesures et on décidera des tenues que tu porteras cette semaine. Tu commences ce soir?

Il se tourne vers Janet pour confirmation sans m'aviser.

– Oui. Au club à huit heures.

Il hoche simplement la tête, s'installant à ses côtés pendant que Feliz sort un mètre. Je me laisse faire, facilitant ses calculs et obtempérant à chaque fois qu'elle me demande quelque chose avec son accent espagnol prononcé. Intérieurement, je bous de rage. Les heures défilent et ma soumission me comprime la cage thoracique. Accepter sans rechigner, tendre l'autre joue avec le sourire, encaisser, obéir, ne rien pouvoir dire. Si je me suis parfois demandé si la sécurité qu'apportait Marius à ses filles ne valait pas le coup d'accepter sa proposition, j'en viens à me féliciter d'être restée loin de lui tout ce temps. Quand je sais maintenant ce qu'il fait vraiment avec elles, ça me donne envie de vomir. Ne plus être maître de ses choix, de ses mouvements, de ses putains de vêtements. C'est trop pour moi.

– Pendant que Feliz s'occupe de toi, on va faire un point, me dit Janet en massant son front visiblement douloureux. Tu seras au club tous les soirs de cette semaine. Sept jours de travail pour un de repos. Ton premier sera dans dix jours, c'est ton temps d'adaptation. D'ici là, tu ne toucheras rien.

Je fronce les sourcils.

– C'est quoi ce délire?

Janet se fige, me toisant de la tête aux pieds avec un œil mauvais.

– Il n'y a pas de délire. *Tu* as décidé de dépendre de la Niche, mais la Niche ne t'a pas choisie. Tu devras prouver ta valeur et si tu conviens, tu pourras peut-être prétendre à un pourcentage sur tes passes.

Je mords l'intérieur de ma joue pour m'empêcher de répondre quoi que ce soit. Si j'étais au courant du rite *d'initiation*, j'étais loin de connaître la réalité du terrain. Il faut dire qu'une fois à l'intérieur de la Niche, aucune fille n'est jamais sortie pour témoigner. Et je suis en train de me rendre compte que Dax a intérêt à avoir un plan en béton si je veux me défaire de cet enfer.

– Tu ne gagnes pas de pourboires. Si un client te paie durant ton service, on récupère l'argent. Tu dois détailler rigoureusement chaque heure que tu passes accompagnée. Ce qu'on te demande, ce que tu fais. Tout sera conservé dans un calepin que tu nous remets à la fin de chaque soir avant de partir.

Je hoche la tête, non sans fulminer, enfilant une jupe que Feliz me donne, sous l'œil attentif d'Ilian. Putain. Mais *c'est quoi ce délire?*

– Ce week-end, nous t'introduirons à la sélection.

Je tique nerveusement en pivotant vers elle.

– Aux dernières nouvelles, Marius voulait que je fasse mes preuves.

La gifle qu'elle me donne résonne dans toute la pièce. Il n'y a que moi que ça a statufié. Feliz et Hamel continuent de vivre tranquillement, ignorant ce qui vient de se passer sous leurs yeux : on vient de me faire taire.

– À la Niche, on parle quand on est invité à le faire, siffle-t-elle. Tu n'es plus dans la rue, Bonnie. Tu vas devoir apprendre à respecter certaines règles et la discipline en fait partie.

Je hoche la tête, la joue brûlante.

– Normalement, on attend un peu avant de présenter les nouvelles, on aime les tester et qu'elles démontrent ce qu'elles sont capables de faire. Marius a l'air impatient de te faire commencer. Tu es dans le milieu depuis un moment, j'imagine que tu es mûre et que c'est ce qu'il apprécie. Alors prends ça comme la première étape de ton intégration et sois-en reconnaissante.

Elle me contourne en m'analysant de la tête aux pieds.

– Ce sont nos plus riches clients qui sont invités à cette soirée. Ils sont friands de nouveauté, tu seras demandée.

Elle s'arrête et vu le tic nerveux sur son front trop lisse, je comprends que l'idée que je sois désirable aux yeux des hommes la dépasse. Si je n'étais pas à ce point pressée, je trouverais la rapidité avec laquelle je suis incluse dans la Niche louche. Mais on n'a pas de temps à perdre, tant pis s'il faut prendre des risques pour ça. J'ai quatre semaines, pas une de plus, et plus vite je me barre d'ici, moins je suis en danger. J'ose un regard bref vers ma montre. Ils ne me l'ont pas retirée, ce qui n'est pas le cas du téléphone que m'a donné Dax, confisqué à la seconde où Franky m'a cueillie devant chez moi alors que j'arrivais au terme de mon cinquième jour de convalescence. Il va devoir revoir quelques points importants sur la sécurité et l'espionnage, ce gros nigaud, parce que j'ai conservé mon vrai.

– Il se peut que tu aies des clients réguliers.

– J'en avais, dans la rue.

Elle hausse un sourcil autoritaire devant ma prise de parole et je me renfrogne.

– Pardon, Janet.

– Ici, on ne diffère pas, maugrée-t-elle. Ils sont ta priorité, quoi que tu fasses. Tu seras payée par heure de travail et service rendu. Lorsqu'on sera certains que tu ne gonfles pas tes prestations, on ne vérifiera plus rien et ta parole fera foi. Des questions ?

– Quels sont les tarifs ?

– Quatre-vingts la fellation, cent cinquante la passe. S'il y a masturbation seule, c'est quarante. Chaque petit extra vaut entre vingt et trente de plus. Tout dépend de ce qui est souhaité. Il y a des choses que tu ne veux pas faire ?

– Je ne fais pas dans le sadomasochisme.

– Ne t'en fais pas, on a des filles spécialisées dans ce type de pratique. Autre chose ?

– Non.

– Bien.

Elle claque des doigts vers Feliz pour la presser et cette dernière s'active à me faire enfiler des sous-vêtements.

Je ne suis plus qu'un objet dont on dispose.

Pour Janet.

Pour Marius.

Et pour Aleksev.

10

Dax

Je fixe le détail du compte rendu, butant pour la centième fois sur la carte jointe de la ville où le périmètre de la dernière émission du téléphone de Jodie forme un cercle orange vif. En plein cœur du quartier de Nude. À deux pas de l'hôtel particulier des Baulieu. Je lâche le document en soupirant, récupérant ma tasse vide pour me refaire un café. La machine gronde, mais le bruit est étouffé par celui des téléphones de l'open space.

– Déjà là, Dax ?

Je zieute par-dessus mon épaule pour saluer Ezra.

– Ou *toujours* là.

Il plisse le nez, me reluquant de la tête aux pieds avant de croiser les bras contre sa poitrine dans une posture défensive. Visiblement, je n'ai pas la mine radieuse. Après la tentative de fuite d'Elena et la petite visite inopinée de Bruce Green, je n'ai pas fermé l'œil. Je ne pouvais pas me permettre de la perdre de vue, tant qu'elle n'était pas officiellement à la Niche. Si elle nous l'avait mise à l'envers, on aurait été foutus et je voulais être aux premières loges au cas où ça aurait dû arriver. Et d'ailleurs, il va falloir qu'on ait une conversation, elle et moi. *Bruce Green* !

S'il avait été un autre, ça ne m'aurait même pas fait tiquer. Après m'être renseigné à son sujet, j'aurais fini par l'ignorer, mais il s'agit d'un des frères du mec qu'on essaie de faire tomber au maximum. Techniquement, ça ne complique rien, mais ça ajoute un risque dont on se serait bien passé.

– Rassure-moi, ce week-end, tu es rentré chez toi au moins?

– J'ai dormi cinq heures et j'ai pris deux douches. Donc la réponse est oui.

– Cinq heures pendant *tout* le week-end? répète-t-il, abasourdi.

Je bois une gorgée de café en le regardant. Pas besoin de le lui confirmer de vive voix, car ses yeux s'assombrissent et sa bouche se tord dans une moue de réprimande.

– Dax, tu ne vas pas nous être d'une grande aide si tu ne dors pas.

– Je n'ai pas sommeil, rétorqué-je en me dirigeant vers mon bureau.

Je m'y affale, massant mes tempes dans un geste mécanique et regroupe les quelques feuilles du dossier en cours.

– Elena n'est pas ressortie, pense-t-il utile de me préciser. Yanis et moi l'avons pistée toute la soirée d'hier.

– Je sais.

J'étais là.

Il souffle.

– Dax.

– Je t'ai dit que ça allait.

Il secoue la tête et s'installe à son tour à son siège, saluant les quelques coéquipiers qui passent la porte d'entrée.

– C'en est où, la mise sur écoute du club?

– Pas en bonne voie, ton père s'y oppose.

– Tu plaisantes?

– J'aimerais bien.

– Il fait chier.

Je me relève d'un bond, ignorant l'appel d'Ezra pour me diriger vers le bureau de mon père. Je sais qu'il est arrivé, il m'a salué très sommairement il y a une trentaine de minutes, ne faisant même pas de remarque sur ma tête, ma tenue ou ma présence matinale dans les locaux. D'ordinaire, je suis du genre à traîner un peu le matin, car je fais de longues soirées. Mais en ce moment, les nuits sont courtes et les journées interminables. Je n'arrive pas à dormir parce qu'à chaque fois que je ferme les yeux, c'est Jodie que je vois. Allongée à la place de Blaise. La langue coupée, le corps entièrement nu et marqué par les coups. Et quand je m'approche, ce n'est plus elle. Je me réveille avant même de voir le visage de la femme, de reconnaître ses traits, mais tout mon être *sait*. J'ai peur pour Jodie, peur qu'il lui arrive quelque chose de grave, qu'il lui *soit* arrivé quelque chose de grave. Mais à mesure que les jours défilent et que le danger se rapproche, ce n'est pas pour elle que je m'inquiète le plus. Parce qu'inconsciemment, je sais qu'on l'a déjà perdue et que je dois faire tout mon possible pour qu'Elena ne se retrouve pas dans sa situation. Disparue.

J'entre sans m'annoncer. Il lève à peine les yeux dans ma direction, continuant de taper sur son clavier à une lenteur excessive.

– Je suis occupé, Darcy.

– Pourquoi tu refuses de mettre le club sur écoute ?

– J'ai des ordres.

– Au diable les ordres, papa ! hurlé-je. On piétine !

Il arrête son activité, plongeant son regard si similaire au mien dans mes yeux. C'est rare que je me permette cette familiarité, l'appeler *papa*. D'habitude, je reste détaché. Chef. Aleksev. Livio. Je m'arrange pour ne pas jouer sur notre lien, parce qu'il n'existe pas comme il devrait exister. Il est bancal. Il est professionnel. Mais aujourd'hui, je suis fatigué et je compte bien user de tous les moyens pour le faire craquer. Cette histoire dure depuis assez longtemps.

– Elena est infiltrée alors qu'elle n'est pas flic et qu'elle risque sa vie chaque heure passée dans les putains de locaux de la Niche. Jodie n'a pas donné signe de vie depuis plus de deux semaines et tu refuses de mettre le club sur écoute pour quoi ? Les ordres ? Mais bordel, elle est au club ! Elle est vivante ! Il faut qu'on la fasse sortir de ce bourbier !

Je m'époumone, ne prenant même plus la peine de contrôler la rage dans ma voix. Tout le monde doit m'entendre, doit assister à mon coup de sang qui se heurte à l'impassibilité froide d'Aleksev père.

– On n'a pas une seule piste potable depuis des jours et lorsqu'on en a une, tu te laisses embobiner par Stevenson !

– Baisse d'un ton, Darcy.

– Non ! crié-je. Non, parce que quand je ne gueule pas, tu ne m'écoutes pas !

– Si je t'écoute, éructe-t-il. Tout le monde t'écoute ! On n'écoute que toi et tes idées ! Si Elena Maslo est dans cette situation, c'est entièrement de ta faute. Parce que tu as été trop pressé, impatient, tu n'as pas pris de précautions pour la sécurité de ta collègue. À cause de toi, on a une fille qui n'est pas formée sur le terrain et une coéquipière qui manque à l'appel ! Alors *non*, je ne vais pas m'amuser à aller à l'encontre des ordres donnés par le juge juste pour des rumeurs !

– Putain, mais ce ne sont pas des rumeurs. Elena l'a vue !

– Elle *croit*, reprend-il plus doucement. C'est ce que tu m'as rapporté, non ? Et quand bien même il s'agit d'elle, ça veut dire qu'elle est vivante.

– Elle est droguée. Elle n'est pas dans son état normal.

– On ne change pas d'objectif, réplique-t-il. On se concentre sur le réseau. Jodie est formée pour toutes les situations, on ne peut pas se permettre de tout foutre en l'air pour aller la chercher. C'est trop risqué. Si Elena Maslo est certaine de l'avoir reconnue, ça veut dire qu'elle n'est ni enfermée ni entravée, donc elle est *libre* de partir d'elle-même. C'est tout ce que retiendra le juge.

Je soupire en grimaçant. Si je suis borné, il faut dire que je tiens ça de quelqu'un et il se trouve devant moi. Buté est son deuxième prénom. Je ne gagne que rarement un combat, je me contente de courber l'échine et me résigne, parce qu'il s'arrange toujours pour avoir les arguments.

– Et si quelqu'un allait au club ?

Mon père hausse un sourcil confus.

– En tant que client, confirmé-je. Pour repérer. Ils vont être un peu méfiants, mais ils le traiteront comme tout le monde s'il paie. Juste le temps de vérifier par nous-mêmes si Jodie y est et de lui faire passer un message.

– Il en est hors de question ! Autant directement leur dire qu'on enquête sur eux ! On a déjà fait deux descentes infructueuses, on n'a plus droit à l'erreur. Ils sont sur leurs gardes et c'est pas bon pour nous. On va doubler les planques et intensifier les filatures, mais on n'entre pas à la Niche tant qu'on n'a pas les preuves infaillibles promises par l'agent Kelman. Moren et Reese s'occupent de filer Janet Baulieu et Ilian Hamel. Jonas et Robertson ne lâchent pas Simard et Petrova, leur nouveau comptable.

– Donc tu veux abandonner un de tes agents? m'entêté-je.

– Je n'ai pas dit ça, gronde-t-il. Elena doit *s'assurer* que la femme qu'elle a vue au club est bien Kelman, car ça veut dire qu'on ne travaille plus sur une disparition et notre priorité n'est plus de la retrouver. Alors on avance sur le démantèlement de la Niche et on met de côté Kelman.

– Elle le fera.

– Bien. J'ai appris qu'elle n'était toujours pas résidente de l'hôtel. Tu lui as bien dit que son temps était compté?

– Évidemment, marmonné-je.

Je ravale un : *Tu ne vas pas m'apprendre mon boulot*, car j'ai peur qu'il passe mal.

– Qu'elle s'active, s'agace-t-il. S'il prend l'envie à Hamel de refaire la déco de sa chambre et qu'il met la main sur la clé USB, elle ne risque pas d'apprécier la suite.

Je soupire. Si la clé disparaît, ça implique qu'elle devra elle-même trouver les informations. Autant dire qu'elle ne va pas être déçue de ce qu'elle va apprendre, et nous, on devra accepter que l'avenir de la mission soit entre les mains d'une prostituée pas qualifiée pour le job. En somme, ça risque d'être la merde à tous les niveaux.

– Quand tu la revois, tu lui mets la pression. Elle doit avoir une chambre et fissa, qu'importe comment elle s'y prend. Compris?

– Compris.

– Tu peux disposer.

Je m'apprête à faire demi-tour, mais il ajoute sans me regarder :

– Prends ta journée, Darcy. Je ne suis peut-être pas le père de l'année, mais j'ai des yeux et je n'aime pas ce que je vois.

– Je vais très bien, répliqué-je.

– Non. Et si tu refuses de quitter les locaux, je te fous en congés forcés. Alors dégage de là avant que je m'énerve vraiment.

– À tes ordres, *chef*.

Furibond, je déboule dans l'open space et récupère mon insigne, abandonnant les dossiers sur mon bureau et mon café devenu froid. J'enfile ma veste sous les coups d'œil d'Ezra et Yanis, dont j'ai loupé l'arrivée.

– Tu pars ? s'étonne ce dernier.

– Le tyran me donne ma journée, ironisé-je. Apparemment, ma tronche ne lui revient pas.

Les mecs ricanent et j'esquisse une moue mi-amusée, mi-irritée.

– Il n'a pas tort, Dax. Tu devrais essayer de dormir, me conseille Yanis. Tu en as besoin.

– Ce dont j'ai besoin, c'est que cette enquête prenne fin. Qu'on arrête les connards qui vendent toutes ces gamines, qu'on retrouve Jodie et que la Niche brûle.

– *Tu dormiras quand tu seras mort*, lâche-t-il avant que je n'aie le temps de le dire. T'as une tête de cadavre, ça compte déjà un peu.

– Je t'emmerde.

– Moi aussi, je t'aime, mon cœur.

Il se gausse, fier de sa réplique, et je lui sors mon plus beau majeur en quittant le bureau.

***

Je fais tourner mon verre, observant d'un œil distrait le liquide ambré. J'en suis à mon troisième, et j'ai déjà la tête lourde. J'aime cet état d'engourdissement. La légèreté de mes pensées, l'oubli temporaire de tout le tas de merde qui m'entoure. L'enquête qui piétine. Notre collègue qui ne donne toujours pas signe de vie. L'incapacité de nos équipes à mettre la main sur elle. L'incompétence de Stevenson. Mon père qui refuse catégoriquement de foutre le club sous surveillance. Et Elena qui se retrouve malgré elle dans la gueule du loup, après s'être trouvée au mauvais endroit au mauvais moment.

Je siffle ma dernière gorgée, faisant un bref signe vers le barman pour qu'il me serve la même chose. Le whisky a depuis longtemps arrêté de me brûler la gorge. Il y a encore deux minutes, je m'étais promis qu'il s'agissait du dernier. Mais il faut croire que je ne me sens pas assez étourdi. Je pense encore trop. La nuit est tombée depuis un moment, mais je n'ose pas regarder mon téléphone pour voir depuis combien de temps je chauffe le siège du bar. La dernière fois que je l'ai allumé, j'avais reçu un message pour me dire qu'*elle* était enfin au club. Je n'y ai pas répondu. Autant qu'on limite nos échanges.

Alors pourquoi j'ai cette envie omniprésente d'aller m'assurer qu'elle y est? D'aller vérifier que tout se passe bien. D'aller faire un tour, juste pour inspecter et peut-être même trouver Jodie.

Mon père me l'a interdit. Bien sûr qu'il ne veut pas participer au trafic de ce réseau immonde. Bien sûr que si j'y mets un pied, j'accepte de devenir une cible pour la Niche. Mais s'ils ont notre collègue, ils savent déjà pour l'enquête. Ils se méfient. Ils nous surveillent. Et ils ne s'attendent certainement pas à ce qu'on ose se pointer.

J'avale cul sec les derniers centilitres de whisky, dépose un billet sur le comptoir et récupère ma veste. J'ai laissé mon flingue et mon badge dans la voiture, mais je doute que je puisse passer les portes du club avec, de toute façon. Le pas lourd, je déambule dans les rues de la ville. Hasard ou pas, le bar n'est qu'à un pâté de maisons de Nude et j'arrive rapidement devant le club. Si j'avais encore un peu de lucidité, je passerais mon chemin. Je me rendrais compte que c'est une idée pourrie jusqu'à la moelle. Que je risque non seulement de me mettre en danger, mais aussi d'attirer des ennuis à Elena et à toute mon équipe. Mon père va me foutre un avertissement. J'en suis sûr. Pourtant je m'arrête devant les deux vigiles.

Tic et Tac en chair et en os.

– Tu viens pour quoi?

– Danser, me moqué-je ouvertement. Et picoler. J'ai entendu dire qu'on pouvait faire les deux en même temps, par chez vous. Je me trompe?

– T'as pas déjà assez bu, mon vieux?

– Juste un apéro, crois-moi je suis encore en pleine forme.

Ils me jaugent de la tête aux pieds, cherchant probablement un moyen de me faire partir du trottoir avant d'abdiquer.

– Papiers.

J'obtempère fièrement. Misant sur le fait qu'ils ne savent pas qui je suis, je garde la tête légèrement baissée de sorte que les caméras de chaque côté du bâtiment ne me filment pas sous toutes les coutures. Je garde l'espoir d'atteindre les toilettes privées avant de me faire serrer par l'un des chiens de Baulieu. Peut-être qu'on n'est pas des réguliers, mais on a une petite réputation à la Niche. La police n'a jamais eu très bonne publicité. Surtout depuis qu'ils se doutent qu'on met le nez dans leurs affaires et que leur comptable était notre indic. Mais il faut croire que j'aime jouer avec le feu. Seul, sans arme, sans coéquipier, sans que personne ne sache ce que je fabrique ici un soir de semaine, à moitié éméché. Si j'étais dans mon état normal, je ne serais pas là. En revanche, quel que soit le taux d'alcool dans mon sang, je n'ai jamais aimé écouter les ordres de mon père… Ça, c'est une certitude.

– Bienvenue au club, monsieur Aleksev.

Tic et Tac m'ouvrent le passage et je suis accueilli par une musique électro à m'en faire saigner les oreilles. Ça pue la transpiration, l'alcool et le sexe, ce qui ne devrait pas m'étonner, vu l'endroit. Les seules fois où j'y suis allé, je n'étais pas là pour m'amuser. Et avec une équipe de quinze personnes. Autant dire que je n'en ai pas le même souvenir. Sans plus attendre, et malgré les effets déjà bien présents de mes quatre whiskys, je traverse tranquillement la piste, faisant semblant de m'intéresser à la musique tout en contournant quelques personnes jusqu'à atteindre les toilettes. Il est toujours temps de se barrer, non? Non. J'ai besoin de savoir si elle est là et si elle ne se fout pas de notre gueule.

– On ne veut pas de flics ici, grogne une voix dans mon dos.

Ça a le mérite de me stopper net et je pivote vers mon interlocuteur. Franky Roland en personne. Aussi moche que sur les photos qu'on a accrochées sur les murs du service.

– Tu peux me fouiller. Je ne suis pas là pour chercher les ennuis.

Pour montrer ma bonne foi, j'écarte les bras et l'invite d'un signe de tête à venir me palper. Il ne se laisse pas impressionner, me plaquant un peu violemment contre les portes des toilettes. D'un coup de genoux, il me fait écarter les jambes et je rigole. Son oreillette grésille. Autant jouer les mecs un peu bourrés, même si je ne suis pas très loin de l'être réellement.

– T'es tout seul ?

– Comme tu peux le voir.

Il s'attarde sur les poches de mon pantalon et le revers de ma ceinture. Son haleine vient titiller mes narines. Après quoi, il se recule en exhalant et je lui fais face de nouveau. Il hoche la tête, semblant satisfait de sa fouille. J'ai bien envie de lui dire qu'il n'a ni regardé dans mes chaussures ni vérifié les bords de ma veste. Très honnêtement, il peut aller se faire voir pour un cours pratique.

– Au moindre faux pas, tu dégages avec les salutations de la maison.

– Ne vous donnez pas cette peine.

Je lui fais un clin d'œil grossier et il m'ouvre l'entrée secrète. L'escalier en pierre s'étend sous mes pieds et il reste dans mon dos, attendant en silence que je passe le premier. Le sous-sol est moins éclairé. Les stroboscopes ont laissé place à des lumières rouges tamisées, donnant l'impression d'être ni plus ni moins dans un club de strip-tease. Mais les filles vont bien au-delà du simple effeuillage.

– Ta table est là.

Franky s'arrête devant un espace au centre de la pièce, en face duquel se trouve l'une des scènes. Une fille est en train de se dandiner, sous le regard appréciateur des clients. J'ignore au maximum les râles qui s'élèvent par-dessus la musique et m'installe sur le fauteuil vide. À peine ai-je retiré ma veste qu'une serveuse vêtue d'une robe transparente, qui ne laisse aucune place à l'imagination quant à la couleur de ses sous-vêtements, me donne un verre.

– Offert par la maison, mon joli.

Quand je relève les yeux, Franky n'est plus là et je vois à une table plus loin Marius Baulieu qui lève son propre verre dans ma direction. Je bois la première gorgée sans le lâcher du regard. Il a l'air satisfait, et moi, je suis pleinement conscient que ma venue n'est pas passée inaperçue. Je tente de ne pas m'en inquiéter et observe vaguement les alentours pour repérer la seule raison de ma présence. Mon unique objectif.

– Lieutenant.

Un corps se cogne froidement contre mon épaule et je pivote vers l'homme à mes côtés, dont les doigts tapotent la table. Il fixe la danseuse avec flegme. Comme s'il ne la voyait pas vraiment.

– Simard, dis-je sur le même ton.

– Qu'est-ce qu'un officier de police vient donc faire dans un club?

– Chercher de la compagnie, mens-je.

Il m'analyse, la bouche pincée.

– Vraiment?

– Ça a l'air de vous surprendre. Pourtant, vos hommes m'ont fouillé à l'entrée. Il est évident que je ne suis pas en service et personne n'est avec moi. Alors oui. *Vraiment.*

– C'est que vous ne nous avez pas habitués à ce genre de visite... de courtoisie.

J'esquisse un rictus amusé.

Tu m'étonnes, connard.

– Ce soir, je viens pour le plaisir. Vous avez ma parole.

Le mouvement de tête que j'effectue fait vibrer ma boîte crânienne et j'en viens à regretter d'avoir entamé le gin sur la table. Dans une heure et avec le week-end que je viens de passer, je ne sais plus dire mon prénom.

– Dans ce cas, laissez-nous vous offrir le premier *service*. En guise de respect pour votre métier. Vous les aimez comment? Nous avons de quoi satisfaire le moindre de vos désirs.

Je suis lucide sur la condition des filles ici. Elles sont considérées comme des objets dont les clients disposent à leur guise. Et mettre le pied dans ce club en sachant que je connais l'une d'entre elles me donne la nausée. J'ai toujours exécré la prostitution et pendant un moment, j'ai envie de décliner, mais il est déjà trop tard pour reculer. Il me teste et je ne peux plus faire marche arrière.

– Brune.

Il rigole devant la simplicité de ma requête et se lève. Je le vois disparaître entre les tables et reprends mon inspection, espérant tomber sur la silhouette d'Elena avant d'être enchevêtré dans un service dont je me serais bien passé. Qu'est-ce qui m'a pris, putain, de venir ici ?! J'attrape mon gin et en bois de longues gorgées, avant qu'une magnifique jeune fille se faufile sur la banquette près de moi.

– Lieutenant, roucoule-t-elle à mon oreille. Je suis Belle, pour vous servir.

– Dax, marmonné-je en fixant la main qu'elle a déjà plaquée sur mon torse.

Ses yeux sombres me détaillent avec envie. Difficile de savoir si c'est réellement l'effet que je lui fais ou simplement l'habitude de simuler. Ma queue reste de marbre. Son corps se presse un peu plus fort contre moi et ses seins offerts caressent mon épaule. Je louche dessus.

– Dax, répète-t-elle en se léchant la lèvre inférieure. Dis-moi, de quoi as-tu envie ?

Trouver Elena.

– Une chambre.

Avec un peu de chance, derrière quatre murs, je vais réussir à passer pour le mec bourré que je suis et elle me pardonnera mon « impuissance ». Elle secoue la tête en s'attardant sur la boucle de ma ceinture. Sentir sa main aussi proche de mon entrejambe me réveille et je me sens durcir.

Merde. Ça fait un moment. Et elle est *vraiment* séduisante. J'expire lourdement.

– Le boss veut que le spectacle se passe ici.

– Il aime regarder ? maugréé-je en lorgnant vers la table de Marius.

Il ne me lâche pas du regard et ça me fait déglutir. Forcément, je ne vais pas pouvoir me défaire de ce guet-apens.

Bien joué, Darcy.

D'accord. S'il veut du spectacle, il va en avoir dans ce cas. Je tire la fille pour l'embrasser, glissant ma langue entre ses lèvres chaudes et sucrées. Elle a un goût épicé loin de me déplaire. Si on retire le fait que c'est une prostituée payée pour me satisfaire, elle pourrait être mon genre. Je la sens ronronner à mon oreille et s'attarder sur ma braguette. Quand elle se recule en souriant, j'attrape sa cuisse et la hisse sur mes jambes, gardant les yeux rivés au sien, à l'affût de chacune de ses réactions. Je n'ai jamais payé pour coucher. Les filles ont toujours eu envie de moi, et c'est assez déstabilisant d'avoir affaire à une professionnelle, dont chaque geste est étudié. Elle se trémousse avec habileté, ondulant sur mon érection au point de me faire gémir de manière incontrôlable. Il ne faut pas que je pense à ce que je m'apprête à faire. Tant pis pour l'éthique. Je ferme les yeux et l'image d'une *autre* se faufile. Brune aussi. Aux yeux plus foncés. Au sourire aguicheur. À la poitrine moins opulente. À la langue plus aiguisée. À la seconde où je cherche à reprendre possession de mes sens et à me concentrer sur Belle, c'est *elle* que je vois. Debout à l'autre bout de la salle, elle avance d'une démarche chaloupée dans notre direction, l'attention rivée sur nous. Instinctivement, je fais descendre Belle de mes genoux, la poussant par les épaules pour qu'elle se mette entre mes cuisses. Je suis incapable de quitter Elena des yeux, parce que maintenant qu'elle est là, feignant de ne pas être étonnée de me voir, je ne peux pas m'en détacher. Belle comprend ma demande silencieuse et avec détermination, elle déboutonne mon pantalon pour sortir mon sexe tendu. Il a doublé de volume. Il palpite. Me fait mal. Ma tête bascule en arrière et j'essaie de chasser Elena de mon esprit pour me concentrer sur la fille devant moi qui déroule un préservatif sur ma verge. Peine perdue. Je sens son odeur avant même qu'elle ne soit dans mon dos. Ses bras s'enroulent autour de mes épaules et sa bouche se pose contre mon oreille. Belle me prend en bouche et je halète.

– Tu ne devrais pas être ici, murmure Elena.

Son intonation semble dire tout le contraire et je baisse les yeux vers Belle. Sa tête s'active au-dessus de ma bite, léchant mon gland du bout de la langue. Je donne un coup de reins entre ses lèvres, loin d'être rassasié.

– Plus fort, demandé-je.

– Tu aimes quand ça fait mal, pas vrai?

J'agrippe le poignet d'Elena avec fermeté, incapable de faire attention à la brutalité avec laquelle je la retiens contre moi. Sentir son souffle dans mon cou me fait frémir davantage. Entendre sa voix sensuelle, sentir les effluves de son parfum, la douceur de ses cheveux contre ma joue. Je l'imagine admirer celle qui me donne du plaisir et ça me fait gémir davantage. Les dents de Belle se plantent sur ma hampe, mes reins se creusent.

– Tu sais ce qui te ferait du bien?

– Ta bouche? laissé-je échapper entre ma mâchoire serrée.

Je ne suis même pas certain qu'elle l'ait entendu avec la musique autour de nous qui continue de pulser. Personne ne nous regarde, ou peut-être que si. Après tout, on est en plein milieu, s'offrant à la vue de tous ceux qui le souhaitent. Dans mon état normal, j'aurais fait une réflexion pour qu'elle ne m'approche pas de manière aussi publique. Mais je doute qu'il y ait inscrit le mot *infiltrée* sur son front. Toutes les prostituées de Sokal sont déjà passées par la case garde à vue, ça n'est pas étonnant qu'elle me « reconnaisse ». Le contraire pourrait paraître louche. Du moins, c'est la seule chose à laquelle j'arrive à me convaincre à ce moment pour justifier mes réactions.

– Putain, juré-je.

Belle souffle sur mon érection mouillée, la faisant tressauter entre ses doigts avant de me reprendre entre ses lèvres. Ma tête bute sur l'épaule d'Elena. Elle glisse son nez le long de mon cou avant de mordre mon oreille.

– Tu aimes ce qu'elle te fait?

– Oui.

Mais je préférerais que ce soit toi.

– Tu aimes savoir que je vous regarde?

– Je m'en fiche.

Elle rigole et ça fait réagir mes bourses. Elles se contractent. J'ai envie de jouir.

– La vue est pas mal d'ici, tu ne trouves pas?

– Je sais que tu préférerais être à sa place, la provoqué-je en expirant.

Ma respiration se fait plus erratique. Les yeux de Belle plongent dans les miens, elle analyse les traits de mon visage qui se tordent, adapte ses gestes. Elle est douée, je dois bien l'avouer. Mais je serais incapable de dire si c'est réellement ce qu'elle fait qui me fait cet effet ou juste la fille qui assiste à tout de manière éhontée.

– Utilise tes doigts, chérie, lui suggère lascivement Elena.

Obéissante, Belle me caresse jusqu'à atteindre mes lèvres. Elle y plonge son index sans que je ne l'en empêche, jouant avec le bout de ma langue avant de venir le tourner autour de mes testicules. La froideur de la salive me donne un frisson, puis elle le déplace plus bas encore. Je me contracte en suffoquant.

– Merde, psalmodié-je.

– C'est exactement ce que j'aurais fait si tu m'avais laissée faire.

J'enfonce mon sexe plus fermement dans la gorge de la brune, admirant les mouvements de va-et-vient de ma verge qui disparaît et ressort trempée.

– Ça n'arrivera jamais, réussis-je à dire entre deux souffles.

Tout devient plus intense. Je me sens partir. Submergé par tout un tas de sensations. De faiblesse. Les doigts agrippés à ses cheveux, je baise sa bouche en fermant sans honte les yeux pour penser à quelqu'un d'autre. Celle qui reste là, à mordre mon lobe, lécher ma peau, m'exciter d'une voix suave et sûre d'elle, alors qu'elle me touche à peine. J'éjacule dans la capote en contractant tous mes muscles. Le corps groggy et le souffle court, je mets un moment avant de me remettre de mon orgasme. Quand je referme enfin mon pantalon, Belle s'est redressée et embrasse ma joue avant de repartir. Je ne sens plus Elena, comme si j'avais rêvé sa présence tout le long. Mon verre est encore plein et j'en profite pour le terminer cul sec. Étourdi et éreinté.

– Vous avez apprécié le cadeau, lieutenant?

Baulieu se positionne sur la banquette à l'endroit même où, quelques minutes plus tôt, Belle était assise. Un autre gin dans les mains qu'il m'offre dans un sourire. Je ne réponds rien.

– Vous avez eu l'une de nos meilleures chiennes. Peut-être la connaissiez-vous déjà, cela dit. Bonnie était dans la rue avant de venir parmi nous.

– Bonnie ? C'était *Belle*, et oui elle est très douée, rectifié-je.

Il hoche la tête en ricanant et je lui redonne son verre à peine entamé.

– Je vais y aller, merci pour votre hospitalité.

– Mon petit doigt me dit qu'on se reverra.

J'enfile ma veste en vitesse, évitant de lancer un coup d'œil dans la salle pour chercher Elena du regard. Je quitte le club, les jambes encore tremblantes et le cœur qui bat la chamade.

Je n'ai pas pensé à me renseigner sur Jodie.

Putain. J'ai vraiment merdé.

11

Elena

– Je ne pensais pas te croiser ici un jour, Bonnie.

Saphira me tend sa cigarette pour que j'en tire quelques bouffées avant de la lui rendre dans un nuage de fumée.

– Et moi te croiser tout court.

– Surprise !

J'esquisse une moue amusée, observant la blonde devant moi. Elle ressemble à celle que j'ai connue il y a trois ans, même si les traits de son visage se sont creusés. Son regard aussi a changé, il est moins vif et joueur. Et la lueur de résignation que je perçois me fait mal au cœur. Quand je suis arrivée à Nude, elle y vendait son corps depuis plus de cinq ans. Si certaines prostituées ont toujours été du genre à rendre la vie impossible aux nouvelles qui débarquaient sur leur territoire, ça n'a jamais été le cas pour Saphira. De son vrai nom Sophia Ramazanov. Originaire de Russie, elle est arrivée à Sokal à 12 ans avant d'être vendue par ses parents à un souteneur pour quelques billets. Sa vie non plus n'a pas été facile et quand elle a disparu du jour au lendemain, je pensais qu'elle avait fini par se faire buter.

– Qu'est-ce que tu fiches ici ?

– À ton avis ? Pablo en a eu marre de ma gueule. À 20 ans, j'étais déjà plus aussi bonne que les gamines de 16 qu'il réussissait à soumettre. Il a proposé mes services à la Niche et j'ai à peine eu le temps de dire ouf, que Franky et ses hommes sont venus me cueillir à mon appart.

– T'es là depuis tout ce temps ?

– Trois ans, ma belle, ricane-t-elle. Et j'ai l'impression que ça en fait dix. Et toi? J'ai cru que j'avais rêvé ce soir quand je t'ai aperçue. Lorsque je t'ai laissée, t'avais l'air plutôt décidée à ne pas te laisser prendre par Marius.

– Longue histoire, éludé-je en avisant les caméras de surveillance. Ça enregistre?

– *Tout* est enregistré ici, Bonnie.

Elle jette un coup d'œil rapide vers le coin du mur où un point rouge clignote au centre du boîtier, puis avance vers moi. Elle se positionne de sorte à tourner le dos aux caméras, penchant la tête pour chuchoter :

– Tu devrais faire attention, je ne crois pas que tu te rendes compte dans quoi tu t'es embarquée. Quelles que soient tes raisons.

– Ne t'en fais pas pour moi.

– Je n'ai jamais eu peur pour toi, miss. J'ai toujours su que tu avais du cran. Mais le type qui était là ce soir, le lieutenant. Tu le connais, pas vrai?

Je me crispe face à sa question, ne sachant pas dans quel sens est-ce qu'elle entend le terme « connaître ». Toutes les prostituées de la ville se sont déjà un jour retrouvées au poste, même si on ne tombe pas sur le même agent à chaque arrestation, on finit par être familières des équipes. Feindre de ne pas comprendre serait encore plus suspect. Et puis, c'est *Saphira*. Si j'avais une copine de galère en dehors de Dixie, c'était bien elle.

– On peut dire ça.

Elle soupire en claquant sa langue contre son palais.

– Marius n'est pas du genre à accepter n'importe qui dans son club et s'il a accepté sa présence, c'est qu'il avait quelque chose derrière la tête.

Je fronce les sourcils, croisant mes bras autour de mon corps pour me cacher de la brise. On est dans une arrière-cour, barricadée par des murs imposants et trois fois plus grands que la normale. Seul le haut est ouvert sur l'extérieur, laissant échapper la fumée de cigarette dans l'atmosphère. Les bruits étouffés de la rue nous parviennent, mélangés à ceux du club derrière la porte que l'on a refermée sur nous.

– Sois prudente, Bonnie. Marius n'est pas un enfant de chœur et, quoi que tu trafiques avec ce flic, c'est dangereux.

La porte s'ouvre avec fracas sur un Franky essoufflé. Son regard sombre nous dévisage et il attrape le bras de Saphira brutalement, la tirant vers lui pour l'obliger à quitter la cour.

– Vous vous croyez au Club Med?

– Franky, geint-elle en essayant de se dégager de sa prise. On a fini notre soirée.

– Pas toi, ma jolie.

Il la traîne dans le couloir en me regardant par-dessus son épaule. Son sourire carnassier me donne la gerbe. Je fulmine, essayant de cacher mon dégoût tout en trottinant derrière eux pour les rattraper. Il plaque Saphira contre le mur, enfouissant son nez dans son cou et à partir de cet instant, elle cesse tout mouvement pour se débattre. Son visage se transforme, ses traits s'adoucissent, ses yeux s'embrasent. Tout est faux, je le sais mieux que quiconque. Mais Franky jubile et face à ce spectacle, je manque de lui sauter à la figure pour lui arracher la langue. Il la fourre dans le décolleté de la blonde, soupirant comme un buffle tout en se frottant à elle.

– Tu aimes mater apparemment, Bonnie.

Il me tire le poignet pour me forcer à me joindre à eux, mais je me dégage avec force. Bien trop concentré sur ce qu'il est en train de faire à Saphira, la main plongée entre ses cuisses déjà écartées, il ne réagit même pas à mon refus.

– Marius m'attend, mens-je.

Saphira me lance un regard. Un seul. Vide et sans aucune émotion. Pour tout ce que les membres de la Niche exigent, les chiennes courbent l'échine. Je ravale ma bile, quittant le couloir, tandis que j'entends dans mon dos les râles immondes de l'homme à tout faire de la Niche. J'ai envie de faire demi-tour, j'ai envie de lui dire d'arrêter, de la lâcher, de la laisser partir, parce que nous avons terminé. Notre soirée est finie. Marius nous a libérées.

Mais c'est mon premier soir, je suis encore sur la sellette et ce n'est pas le moment de me faire remarquer. J'ai une mission, un temps limité et des informations à récupérer. Saphira est une grande fille et elle fait ça depuis longtemps...

***

Le fait que Dax soit assis sur mon canapé, une bière à la main, me fait à peine sursauter lorsque j'allume la lumière en entrant dans mon appartement. Il fait tourner la bouteille entre ses doigts, fixant le goulot d'un air absent. Il a les cheveux en désordre, retombant sur le devant de son front, et il ne relève pas les yeux quand il m'entend claquer la porte. Moi qui pensais profiter de mon semblant d'indépendance en étant chez moi, *seule*, avant qu'il ne prenne l'envie à Baulieu de m'enfermer dans sa tour d'ivoire... J'aurais dû me douter que j'avais mon autre geôlier qui suivait tous mes faits et gestes.

– Fais comme chez toi surtout, grogné-je.

Il boit une nouvelle gorgée, vidant la bouteille avant de la poser sur la table. Il cale les bras derrière sa tête en posant finalement son regard sur moi. Il me détaille, la bouche pincée. Je soupire face à son mutisme, balance mes affaires sur la console et me précipite dans la salle de bains. J'ai besoin d'une douche, comme à chaque fois que je rentre d'une nuit à faire des passes. Ce soir, encore plus. Parce que l'image de Saphira est imprégnée dans mes rétines et que j'ai l'impression que c'est moi que Franky était en train de toucher.

Je ne sais pas combien de temps je reste sous l'eau brûlante. Quelques minutes, peut-être une heure, mais quand je sors de la salle de bains, Darcy n'a pas bougé. J'ai depuis longtemps abandonné l'idée de le virer. Au lieu de quoi, je me dirige vers la cuisine pour ouvrir le réfrigérateur. J'en sors une pizza de la veille, la mettant rapidement dans le micro-ondes avant de retourner dans le salon avec deux autres bières. Je m'affale aux côtés de Darcy, poussant du pied sa bouteille vide.

– Tu sais que cet appart pourrait être sur écoute et tu continues de t'y pointer comme s'il n'y avait aucun danger!

– Je ne serais pas là si je n'étais pas sûr de notre sécurité entre ces murs.

Je lui lance une œillade.

– On ne va pas en parler? demandé-je.

Je n'ai pas besoin de préciser quoi que ce soit, il sait à quoi je fais référence. Et ça n'a rien à voir avec les fouilles que je laisse les équipes de police effectuer ici.

– Non.

Sa voix rocailleuse ricoche contre mon épiderme et je frissonne sans me retenir. Je mords rageusement dans ma pizza tiède, ignorant sa main qui vient m'en piquer une part sans permission. Qui donne cette impression que lui et moi, sur ce canapé, c'est naturel. Qu'on a fait ça toute notre vie, être assis ensemble à manger des restes.

– Depuis combien de temps est-ce que tu sors avec Bruce Green?

Je me tourne vers lui avec incrédulité. De tous les sujets dont nous *devons* parler, c'est celui-là qu'il met sur le tapis.

– Je ne sors pas avec.

– Ce n'est pas ce que j'ai vu ce week-end.

J'abandonne l'assiette sur ses genoux pour essuyer mes doigts sur mon jogging et le toise. Il plaisante?

– Et en quoi est-ce que ça a un rapport avec l'enquête, au juste? Tu veux la liste de tous les mecs que je baise? Non parce qu'il va te falloir un moment pour en venir à bout. T'en as conscience?

– Je m'en fous des mecs qui te passent dessus, Elena, rugit-il. Je veux juste connaître la relation que tu entretiens avec Bruce Green.

– Pourquoi? En fait, non. Ça ne te regarde pas.

– Ça me regarde si ça peut compromettre la mission.

Je soupire en basculant ma tête sur le dossier du sofa.

– Il me saute. Comme tous les mecs qui croisent un jour ma route. Tu veux te joindre à eux?

– Tu l'aimes? rétorque-t-il en ignorant ma pique.

– Si je l'aime? éclaté-je de rire. Tu me prends pour une midinette, Dax? Je t'ai dit qu'on prenait du bon temps. C'est tout ce qui nous lie.

Il fronce les sourcils. Il n'a pas l'air d'être repassé par chez lui, car il est habillé de la même façon que plus tôt dans le club. Quand Belle avait la bouche autour de sa queue. Je lorgne le renflement entre ses cuisses, bougeant imperceptiblement mes jambes pour mettre fin au léger chatouillement que ça provoque entre les miennes.

– On peut lui faire confiance, à lui et aux deux autres à qui tu as parlé de l'infiltration ?

– Oui.

Je n'ai pas hésité une seule seconde et il me sonde avant de se débarrasser de l'assiette pour poser ses coudes sur ses genoux.

– T'as des choses à me dire ?

– Toujours aucune trace de Jodie, dis-je.

– Je sais.

– C'est pour ça que tu es passé, ce soir ?

Il ne dit rien, gardant les yeux toujours rivés droit devant lui puis, lentement, il tourne la tête pour me regarder. L'échange ne dure qu'une seconde, mais il fait tressauter un truc inhabituel dans mon estomac. Il ne répond pas pour autant.

– Saphira m'a mise en garde, annoncé-je alors. Tu devrais éviter de venir, à l'avenir.

Il hausse un sourcil perplexe.

– Qui est Saphira ?

– Une fille que j'ai connue dans la rue et que j'ai croisée au club.

– Une chienne ?

Je hoche la tête.

– Fiable ?

– À une époque, oui, réponds-je en haussant les épaules. Maintenant, je n'en sais plus rien.

– C'est pas le moment de faire de la merde, Elena, s'agace-t-il. Méfie-toi des gens à qui tu parles.

J'ignore sa remarque et attrape ma bouteille pour boire un coup.

– Tu ne m'as pas dit ce que vous ferez de la Niche si l'enquête est un succès ?

– L'enquête *sera* un succès.

– Ce n'est pas ma question.

Il s'affaisse sur le dossier du canapé, fixant le plafond comme s'il recelait le plus beau secret de l'univers avant de balancer d'un ton dénué de sentiment :

– Tout le monde saute.

– Et si quelqu'un prend la suite de Marius ?

– Il n'y aura personne.

Je secoue la tête en souriant, goguenarde.

– Ce n'est pas parce que tu arrêtes les grosses têtes qu'il n'y en aura pas d'autres cachées derrière. Les souteneurs vont se rebeller.

– Non. Parce que Marius contrôle en instaurant la peur. Personne n'a son charisme. Mais quand bien même, on aura beau arracher le problème par la racine, il continuera d'y avoir des bourgeons, concède-t-il.

– Ouais, donc vous savez que la Niche va continuer d'exister, même sans Marius, signalé-je.

– On veut détruire le trafic humain. La prostitution, c'est une gangrène, ça se propage quoi qu'on fasse. Alors on ne peut pas être *sûrs* que la Niche va disparaître, mais on va s'arranger pour lui faire mal.

Sa tirade a pour effet de nous laisser silencieux et je me surprends à l'observer. Sa mâchoire prononcée, ses lèvres rondes, ses longs cils blonds, ses cheveux coupés à ras au-dessus de ses oreilles.

– Parle-moi de Jodie, chuchoté-je.

Je ne sais pas ce qui me prend de lui demander une chose pareille et, alors que je m'attends à ce qu'il m'envoie chier, il se mordille la bouche en expirant.

– C'est une bonne flic, avoue-t-il. Elle était douée et investie. C'est peut-être pour ça que j'ai accepté quand elle m'a proposé d'infiltrer le réseau.

– C'était son idée à elle ?

Il hoche la tête.

– Elle venait d'arriver dans le service, je ne lui aurais jamais forcé la main. C'est elle qui a réussi à me convaincre du bien-fondé de son infiltration.

– Tu regrettes d'avoir accepté ?

Il rit, un rire profond et amer qui se répercute dans chacun de mes muscles dans un fourmillement.

Bordel.

– Je vais passer pour un enculé, mais non.

– Je te rassure, tu *ne passes pas* pour un enculé, tu en es un, raillé-je.

Et je me surprends à aimer la légèreté de notre échange. Ça ne nous ressemble pas. C'est déroutant. Parce que le Darcy que je côtoie ne parle pas, il ordonne. Il exige. La confession, ça ne fait pas partie de son vocabulaire.

– Mais ça me rend fou de savoir qu'on ne peut pas aller la chercher, d'un point de vue légal. Tu l'as vue, elle est vivante, droguée certes, mais vivante. Elle n'est plus disparue, elle est là-bas et même si ce n'est pas de son plein gré, on ne peut rien y faire.

– Comme une femme battue qu'on ne peut pas forcer à partir de chez elle.

– On ne peut que s'assurer qu'elle est en sécurité le temps de l'enquête.

– Je vais la trouver, Dax, annoncé-je en me penchant vers lui.

Ma sincérité lui fait tourner la tête, et il abandonne la contemplation du plafond pour plonger ses yeux bleus dans les miens.

– Je sais.

Il ne détourne pas la tête. Son regard plongé dans le mien, on se fixe. L'intimité nous enveloppe, malgré l'enquête qui continue de planer au-dessus de nos têtes. Cette fois, je n'arrive pas à endiguer complètement les réminiscences de la soirée. Sa respiration rauque, la chaleur de sa peau, sa façon de se mouvoir sur le sofa pour inciter Belle à aller plus vite. La veine dans son cou qui palpitait d'excitation. Et son membre épais qui disparaissait dans la gorge de ma collègue. Mon souffle se coupe brièvement avant de s'emballer.

– Je vais y aller, lâche-t-il brusquement. Je repasserai demain si tu n'es pas à l'hôtel.

Je devine son état sans qu'il n'ait besoin de mettre de mot dessus. J'ai côtoyé suffisamment d'hommes excités pour savoir reconnaître les signaux. Ses gestes fébriles tandis qu'il se lève, sa carotide qui pulse au rythme des battements énergiques dans sa poitrine, le bruit plus prononcé de sa respiration. Son érection, à peine camouflée.

– Tu peux dormir ici.

Il s'arrête net en me dévisageant, les pupilles dilatées.

– Si je reste dormir ici, Elena, on sait tous les deux que ce ne sera pas sur ce canapé.

Je halète. Autant être franche avec moi-même, j'en crève d'envie.

– Et ce serait si mal ?

– Je ne te paierai pas, si je te baise, Elena. Et on aurait un sérieux problème. Alors va te coucher. Demain soir, je veux que tu t'arranges pour dormir à l'hôtel. Tu nous sers à rien de chez toi.

Je me prends en pleine face le retour de l'impassible Dax. Ça n'aura duré que quelques minutes.

12

Deuxième semaine de mission
Elena

Des coups brutaux et secs me réveillent en sursaut. J'avise l'heure sur mon téléphone et grogne de frustration. Si c'est Darcy qui revient parce qu'il a changé d'avis, il a plutôt intérêt à se faire pardonner avec *ferveur*. La sonnette retentit et cette fois, une grosse voix s'élève depuis le palier.

Ce n'est pas Darcy.

J'enfile un jogging en vitesse et me précipite vers la porte d'entrée que j'ouvre en trombe.

– Je peux savoir ce que vous foutez ici à cette heure? grogné-je en tombant sur Franky et deux de ses hommes.

Sans se faire prier, ils me bousculent pour entrer. Franky scrute le moindre mètre carré de mon appartement et j'ai le réflexe de croiser mes bras contre ma poitrine dans une posture défensive.

– Baulieu veut te voir.

– Baulieu peut attendre, non? Il est à peine huit heures.

Le sourire narquois de l'homme à tout faire se dévoile et il effectue un pas menaçant dans ma direction.

– T'es pas en position de parlementer, chérie. Habille-toi ou je t'embarque comme ça.

Il ose un coup d'œil sur mes seins que je tente de dissimuler sous mes bras. Il se lèche les lèvres et je grimace.

– Restez là, j'en ai pour deux minutes.

– Une minute et je lance le chrono.

Je trottine dans ma chambre, dévalisant mon armoire pour sortir des fringues en vitesse. J'enfile un jean et un pull, zieutant mon téléphone portable sur la table de chevet. Je jette un regard vers la porte ouverte, écoute un instant les voix dans le salon qui résonnent, puis me précipite dessus pour le coincer dans ma chaussette. Je mets des baskets avec difficulté. La sensation est désagréable, mais je n'ai pas le choix, car ils vont forcément me fouiller et se méfier d'un portable. Surtout qu'ils sont supposés m'en avoir déjà privée... S'ils ne tombent pas dessus, j'ai une chance de cocu.

– Pas si vite.

Je manque de rentrer dans Franky en quittant ma chambre.

– Les mains contre le mur et les jambes écartées.

– Je suis trop chère pour toi, Franky, le provoqué-je.

Il esquisse un rictus amusé, me forçant tout de même à me plaquer contre le mur.

– Pas pour une fouille.

Ses mains se baladent sur mon corps, palpant mes formes, s'attardant sur certaines parties de mon anatomie tandis qu'il rit dans mon oreille. Je retiens un soupir de dégoût. Mon cœur s'emballe quand il se baisse pour tâter mes jambes, glissant vers mes chevilles, mais jamais jusqu'à mes chaussures. Je sens la forme du téléphone contre la plante de mon pied et tous mes muscles sont crispés de panique. Puis, Franky se recule.

– Allez, on est partis maintenant.

Il attrape mon bras, me laissant à peine le temps de me remettre de mes émotions, et me traîne hors de mon appartement. La berline garée sur le trottoir est déjà démarrée. Les deux autres gardes étant assis à l'avant, je monte sur la banquette avec Franky. Je ne vois pas les agents qui planquent dans ma rue, mais je sais qu'ils sont là, quelque part. Quand la voiture démarre, j'ose enfin :

– Il me veut quoi, Baulieu?

– Parler.

– Il ne peut pas passer un coup de fil?

J'aperçois la moue amusée du conducteur dans le rétroviseur. Franky, lui, se contente de pincer ses lèvres de désapprobation. Ses doigts s'enroulent fermement autour de mon poignet, à l'endroit où j'ai enfilé la montre pucée de Darcy. Il l'enserre avec force, au point que le bijou me rentre dans la peau. Mais je ne laisse rien transparaître de ma douleur et le dévisage avec suffisance.

– Arrête de jacasser. On n'aime pas les grandes gueules, à la Niche.

Il me relâche et la voiture continue sa course dans les rues de la ville jusqu'à ce qu'on atteigne l'hôtel.

– Allez, sors de là !

Franky attrape mon bras et me tire du véhicule. On ne s'est pas arrêtés devant l'entrée principale, mais juste derrière la bâtisse, dans une cour barricadée entre quatre murs d'enceinte. Les deux autres gardes ne nous suivent pas, restant près du véhicule pour s'allumer une clope. Franky nous fait traverser un corridor et s'arrête dans une antichambre où se trouve un ascenseur. Je ne suis encore jamais allée jusque-là et je n'ai pas le souvenir non plus d'avoir vu cet endroit sur les plans de Jodie. Mon corps se crispe légèrement par anticipation. Il n'y a que deux boutons dans la cage et il appuie sur le premier. Les portes se ferment. Une seconde. Deux secondes. Trois secondes. L'ascenseur s'arrête, tinte, puis s'ouvre sur un grand vestibule. Il y a deux portes et on se dirige vers la plus proche. Deux hommes nous accueillent, stoïquement plantés face à ce que j'imagine être l'entrée du bureau de Baulieu. Les caméras au-dessus de leurs têtes tournent dans notre direction et je remarque le boîtier numérique contre le mur.

– Le boss vous attend.

Le plus grand se tourne pour effectuer le code et nous laisse entrer dans la pièce. La première chose que je vois, c'est Baulieu assis dans un large fauteuil et qui nous fixe avec un sourire concupiscent.

– Elena Maslo. Quel plaisir de te revoir !

Franky me pousse dans le dos pour m'obliger à avancer. Le téléphone dans ma chaussette me brûle la peau et j'essaie tant bien que mal de ne pas attirer l'attention sur ma façon de marcher, tandis que le regard de fauve de Baulieu ne me lâche pas d'une semelle.

– Tu m'as fait demander, réponds-je effrontément une fois devant lui.

Pourtant, ma voix est éraillée et j'ai l'impression d'avoir des morceaux de verre pilé dans la gorge tant j'ai du mal à déglutir.

– En effet.

Il fait un signe à Franky et j'entends ses pas s'éloigner dans le fond de la pièce. De là où je me trouve, je remarque Nude en contrebas, à travers la fenêtre dans le dos de Baulieu. Lui, derrière son énorme bureau, donne l'impression d'être à sa tête. Fier et arrogant. Pour la première fois, je ressens toute la crainte qu'il inspire. Je suis dans son antre et à sa merci. Si cette enquête foire, c'est un sort pire que la mort qui m'attend.

Putain Darcy, tu as plutôt intérêt à croire en cette foutue mission.

– Je t'en prie, assieds-toi.

J'ignore le zèle forcé dans sa voix et m'exécute.

– Après réflexion, j'ai décidé de te faire loger à l'hôtel.

J'arque un sourcil de surprise, mordant ma langue pour ne pas me mettre à rire nerveusement. Toute ma crainte se dissipe en un instant et une brusque bouffée de satisfaction me prend. Je dois dire que je n'envisageais pas qu'il considère cette éventualité aussi rapidement. Je ne suis au club que depuis hier, j'ai encore une semaine d'*essai* et je n'ai même pas encore participé à la soirée de la sélection.

– J'ai le choix?

Ses lèvres s'ourlent dans une moue suffisante.

– Mes chiennes ont *toujours* le choix, voyons.

Il me fixe et je ne laisse rien paraître. Ni mon dégoût ni ma défiance. C'est un baratineur manipulateur et tout ce qui transpire de son être me répugne. J'ai beau tenter de me convaincre que tout ça n'est qu'une supercherie, que ce n'est réel que pour lui, je sais au fond de moi que je lui appartiens déjà.

– Puisque tu n'y vois aucune objection, ça prend effet dès aujourd'hui. Ne t'en fais pas pour ton appartement, tu peux le garder. La Niche paiera tes loyers. Ce sera déduit de ce que nous te versons, mais tu n'auras plus à te soucier de rien. Nous nous occupons de tout.

Mon sang se glace. Non, c'est beaucoup trop rapide pour que ce soit sans arrière-pensée. Il y a un truc qui cloche et je suis en train de sauter les pieds joints dedans.

– Comment ça, *aujourd'hui*?

– Tu ne rentres pas chez toi, annonce-t-il avec un sourire carnassier.

– Pourquoi ce brusque changement? me braqué-je. La semaine dernière, quand je vous l'ai demandé, vous refusiez catégoriquement.

– Disons que j'aime m'assurer que mes investissements sont rentables. Tu vas être un bon élément et je me trompe rarement sur ce genre de chose.

Il me fait un clin d'œil et tout mon être se raidit. Il veut me surveiller de plus près et c'est sa façon de me ferrer.

– Comme tu restes ici, tu seras plus à même de faire des extras. Et qui dit extras, dit gains. Bien entendu, tu auras un pourcentage. Nous ne sommes pas des monstres.

Il se met à rire en me regardant droit dans les yeux et je me force à esquisser un sourire complice, comme s'il avait fait de l'humour. Bordel. Je suis dans la merde. Il tapote ensuite le bois de son bureau avant d'ajouter :

– Tu as aimé ta première soirée au club?

L'image de Darcy se matérialise dans mon esprit. Nette et précise. Sa queue entre les lèvres de Belle pendant que je lui chuchotais des mots à l'oreille… Je n'ai pas résisté à le rejoindre, oubliant les risques, juste pour jouer le rôle de la parfaite aguicheuse faisant du zèle auprès des forces de l'ordre. Sur le coup, ça me paraissait être une bonne idée d'assumer connaître son identité. Ça me donnait l'occasion de lui parler, même si rien de concluant pour l'enquête n'est ressorti de notre échange. Puis je repense aux mises en garde de Saphira contre Baulieu et sa surveillance constante… Et si le fait de l'avoir retrouvé hier nous avait mis en danger? Avait éveillé les doutes sur notre réelle relation?

Sur notre *collaboration*.

Et si Baulieu m'avait fait suivre en rentrant chez moi? Et si c'était pour ça qu'il avait changé d'avis aussi vite?

– Oui, dis-je dans une complaisance feinte. Merci de m'avoir offert cette opportunité.

Mon cœur bat la chamade et j'inspire pour tenter de chasser la panique qui obstrue ma gorge.

– Tant mieux. Tu as fait sensation.

Non. S'il avait une quelconque suspicion, je serais entre quatre planches en bois. Pourtant, j'ai l'impression qu'il étudie chacune de mes réactions et je manque de m'étrangler en déglutissant. Une nausée me surprend et j'essaie d'endiguer la sensation pour ne pas me mettre à vomir sur son plancher ciré.

– J'ai fait mon métier, soufflé-je.

– Et j'en suis ravi, rétorque-t-il en me faisant un clin d'œil. Notre temps est écoulé, Bonnie. Je te laisse suivre Franky.

Ce dernier sort de sa cachette dans la foulée pour se positionner près de moi.

– Ma femme passera te voir dans la matinée. En attendant, tu peux faire connaissance avec mes chiennes. Tu as déjà dû en rencontrer certaines hier.

Il n'attend pas de réponse de ma part et se détourne aussitôt son speech terminé. Son visage est de nouveau grave et sans émotion. Franky empoigne mon biceps et me tire derrière lui, sans que Baulieu ne relève la tête pour nous regarder partir. On sort par une autre porte, celle qui donne directement accès au couloir du premier. Comme sur les plans.

– Pour les règles internes, seuls le deuxième et troisième étages sont accessibles. Interdiction de se trimballer au premier sans escorte. Compris ?

– Oui.

On monte l'escalier en silence. Personne n'est dans le couloir, mais vu l'heure matinale et après la nuit de service, je me doute que la plupart des filles profitent d'un repos mérité. Devant le numéro neuf, Franky s'arrête.

– Ta chambre est là. Mets-toi à l'aise en attendant Janet. T'es chez toi, maintenant.

Il fait demi-tour en me laissant devant la porte fermée. Je prends une grande inspiration et enclenche la poignée. À l'intérieur, rien d'extravagant. Un lit double, une commode dont j'ouvre les tiroirs déjà pleins, une armoire où sont aussi rangées des affaires en tout genre : robes, chaussures, shorts, sous-vêtements. Deux portes sont de chaque côté, en plus de celle qui donne dans le couloir. Un paravent est installé dans le fond de la pièce et en le contournant, je remarque une baignoire, un lavabo et des toilettes. J'inspecte ma tête dans le miroir et soupire.

– T'es dedans jusqu'au cou, maintenant, Lena.

Quand je retourne vers la chambre, j'ai un regard circulaire plus observateur sur la pièce.

Il manquerait plus qu'ils soient en train de me filmer.

D'enregistrer mes faits et gestes.

Ils en seraient capables, vu le côté maniaque du contrôle de Marius.

D'instinct, je me mets à tout inspecter dans le moindre détail. Chaque lampe de chevet, chaque moulure au plafond, recoins, lattes de lit, comme pourrait le faire un flic. J'ouvre, je tâte pendant de longues minutes sans rien trouver. La voie a l'air libre. Je m'assois sur le lit et récupère mon portable. Sur l'écran, j'ai des messages en attente de Dixie et quelques-uns de Bruce auxquels je ne réponds pas. J'ouvre rapidement une nouvelle conversation, appuie sur le bouton de l'appareil photo et prends un cliché.

[J'ai intégré l'hôtel.]

Je l'envoie à Darcy avant d'éteindre le téléphone et de scruter les alentours pour trouver une cachette. Mon dévolu se porte sous l'armoire. Ironique, quand on sait que c'est une autre armoire qui m'a fait venir ici. J'aime l'humour douteux.

Quelqu'un toque alors que je suis encore à quatre pattes et je me redresse avec précipitation pour me ruer vers la porte que j'ouvre un peu trop vite. Avec surprise, je ne vois personne jusqu'à ce qu'une voix sur ma gauche me fasse sursauter.

– Merde ! C'était pas une blague ?

Saphira entre dans ma chambre par l'une des deux autres portes qu'elle referme derrière elle.

– Tu sors d'où comme ça ?

– J'ai cru que les filles racontaient des salades quand elles disaient qu'une nouvelle venait d'arriver, raconte-t-elle en ignorant ma question.

Je ne suis même pas étonnée de voir que l'information a déjà fait le tour de l'étage alors que personne n'était là pour m'accueillir. Je la contourne, sans me formaliser de mon indiscrétion, et ouvre la porte dans son dos pour passer la tête dans l'encadrement. C'est sa chambre. Bonjour l'intimité. Merci la coïncidence. Je me recule pour aviser Saphira qui n'a pas bougé d'un iota.

– Surprise ? ironisé-je.

– Qu'est-ce que tu fous ici ? T'as fait quoi pour qu'il te fasse venir aussi *rapidement* ?

Elle fronce les sourcils, sceptique. Elle n'est plus maquillée et avec cette lumière matinale, je remarque que l'un de ses deux iris est plus clair que l'autre.

– Baulieu t'a à sa botte ou quoi ? grince-t-elle.

– Qu'est-ce que tu racontes !

– Je ne sais pas, Elena. Mais avoue que c'est bizarre, tu débarques comme une fleur, tu intègres le club sans qu'aucune d'entre nous ne soit mise au courant et je te retrouve ici après seulement une nuit de taf ?! Alors, à quoi tu joues avec Baulieu ?

Je tressaille en la toisant, sur la défensive.

– Je ne fais rien du tout avec Baulieu, Saphira. Et je ne sais pas pourquoi il m'a fait venir aussi vite. Crois-moi, si je pouvais savoir à quoi il jouait *lui*, j'en serais la première ravie.

Mon cœur s'emballe. Bien sûr que c'était rapide, je suis lucide quant au danger dans lequel je me trouve, mais avec le temps qui presse et toute la pression que me fout Darcy sur les épaules, je n'ai pas d'autre choix que de foncer tête baissée. Mais il va vraiment falloir que je dorme d'un seul œil et que Darcy tienne sa promesse à la fin de cette infiltration. La protection des témoins et tout ça… Du moins, si j'arrive jusque-là.

– Honnêtement, Elena, fais très attention à toi.

On est coupées par Janet qui entre sans y être invitée.

– Je vois que vous faites déjà connaissance.

Puis elle ajoute d'une voix ferme et sans appel :

– Saphira, laisse-nous.

On se regarde en chien de faïence, se demandant silencieusement si elle a entendu quoi que ce soit de notre conversation et s'il y a un risque pour qu'on nous fasse disparaître dans notre sommeil. Mais Janet reste de marbre et Saphira opine derechef en repassant par l'accès d'où elle est venue.

– Bien. Nous allons pouvoir discuter de ton arrivée. Installe-toi, on va en avoir pour un moment.

Mon sang pulse dans mes tempes et je tente d'endiguer mon stress. De toute façon, je ne peux plus faire marche arrière.

***

Je trottine derrière les filles dans le couloir. On est attendues au club pour vingt et une heures. Certaines y sont déjà pour le premier service et je fais partie du deuxième round. J'ai passé plusieurs heures à discuter avec Janet des procédures et de ce que ça implique pour moi d'être au club. Après quoi, on a refait un tour chez la styliste pour me trouver de nouvelles tenues, autres que celles déjà rangées dans ma chambre. En somme, la journée est passée en un éclair et je n'ai même pas eu le temps d'allumer mon portable pour voir si j'avais des nouvelles de Darcy. On descend bruyamment jusqu'au hall où une petite dizaine d'hommes en uniforme nous attendent. Je m'apprête à rejoindre la première voiture qui s'organise pour nous mener au club, quand quelque chose attire mon attention plus loin. Pendant un moment, je crois rêver et, vu l'effervescence de ce début de soirée, c'est tout à fait possible. Mais la silhouette se matérialise plus nettement et mon cœur fait un raté.

Putain. De. Merde.

– Attends-moi là, demandé-je à Saphira.

Elle n'a pas le temps de me retenir que je cours déjà vers la personne qui vient de disparaître.

Je contourne le pilier derrière lequel je la vois partir et longe le couloir. Elle est de dos, les cheveux courts qui virevoltent sur ses épaules et nous sachant seules, je la hèle :

– Eh !

Elle ne m'entend pas, me forçant à presser le pas pour éviter qu'elle s'enferme dans une pièce sans que je n'aie pu confirmer mes doutes. Elle tourne à un croisement et dès que je le prends à mon tour, je la percute de plein fouet. Elle me plaque violemment contre le mur le plus proche, l'avant-bras sur ma gorge.

– T'es qui ?

– Lâche-moi, couiné-je, la voix étouffée.

Elle ne relâche pas la pression et d'un mouvement brusque, je lui enfonce mon genou entre les jambes. Elle pousse un cri aigu de douleur et se recule en me fusillant du regard. Le dos courbé, elle presse ses poings au niveau de ses cuisses tandis que je me masse la trachée. Je la scrute des pieds à la tête. Elle ressemble trait pour trait à sa photo et maintenant que je la vois, je ne comprends pas comment j'ai pu confondre la fille du club avec elle.

– Jodie Kelman !

– Je m'appelle *Megan Coleman*. Et tu es ? grogne-t-elle en se relevant.

– Qu'est-ce qu'il t'est arrivé ?

Elle fronce les sourcils davantage, une ride barrant son front et ses lèvres se plissent dans une ligne droite sévère.

– Je ne vois pas de quoi tu parles, élude-t-elle.

Elle tente de partir, mais je la rattrape par l'épaule et elle se dégage d'un coup brusque.

– Tu ferais bien de partir, me menace-t-elle à voix basse. Et ne me touche pas. Tu te trompes de personne.

– Non, craché-je avec virulence. Je sais très bien à qui j'ai affaire. Et je veux que tu me dises pourquoi tu ne donnes plus aucune nouvelle ! Ils croyaient tous qu'ils t'avaient butée, vendue ou enterrée dans un fossé. Bordel, mais qu'est-ce que tu attendais pour leur dire que tu es en vie ?

Elle ose un regard circulaire pour s'assurer que personne ne nous a rejointes avant de dire :

– T'es flic ?

– Non.

– Ils ont vraiment envoyé une prostituée ? lâche-t-elle avec amertume.

Elle me reluque sans gêne, s'attardant sur ma tenue du soir. Une robe rouge tellement moulante qu'elle est ma seconde peau.

– Tu ferais bien de te barrer avant qu'ils apprennent ce que tu fous vraiment là.

– J'ai une mission, répliqué-je. Puisque tu étais censée avoir *disparu* !

– Je suis bien vivante, comme tu peux le voir.

– Pourquoi est-ce que tu n'as contacté personne ? insisté-je. Ils se font un sang d'encre et ont monté une équipe pour te retrouver !

– Je ne peux pas en parler ici.

Elle contracte sa mâchoire, la respiration sifflante et le regard toujours aimanté vers le moindre mouvement ou bruit. Elle n'a pas l'air sereine, mais elle est en parfaite santé. Et ça change *tout*. Parce que ça veut dire qu'elle n'est pas retenue de force et qu'il se trame quelque chose que la police ignore.

– Tu dois appeler Dax et lui dire que tu vas bien.

Elle tique en me fixant longuement.

– Je dois faire profil bas pendant quelque temps. Ils auront de mes nouvelles quand il n'y aura aucun risque.

– Baulieu se doute de quelque chose ? l'interrogé-je.

Elle se mord la lèvre inférieure et ferme brièvement les yeux.

– Non.

– Et la clé ?

– Toujours là où je l'ai laissée. Je ne peux pas la récupérer, mais ce sera fait dès que possible. Est-ce qu'Aleksev a reçu l'invitation ?

Je hausse un sourcil de confusion.

– Quelle invitation ?

– Bonnie ! aboie une voix dans mon dos qui nous fait sursauter toutes les deux.

Franky, en furie, se rue vers moi. Ses longues jambes survolent la moquette du sol dans un courant d'air glacial.

– Qu'est-ce que tu fous ? On t'attend !

Quand je lance un coup d'œil dans la direction de Jodie, je me rends compte qu'elle n'est plus là et ma poitrine se serre. *À quoi elle joue ?!*

– Je cherchais les toilettes, mens-je.

– Tu iras au club.

Il m'attrape brutalement pour m'obliger à le suivre. Je reste hagarde et désabusée.

Putain, j'ai retrouvé Jodie Kelman. Et elle est loin d'être la fille complètement shootée que j'imaginais, ce qui rend son comportement encore plus incompréhensible.

13

Dax

Assis sur la banquette arrière, j'observe la rue pendant que Yanis et Ezra sont en train de parler du match des Rockers de la veille. Je garde volontairement le silence, conscient que si je m'intègre à leur conversation, ils vont s'intéresser de plus près à ma soirée. Et s'ils s'y intéressent de plus près, ils vont se rendre compte que je n'ai pas réellement regardé les Rockers, mais que j'ai plutôt passé une bonne partie de la nuit à me bourrer la gueule. Tout en me faisant sucer la queue par une prostituée. Autant dire que c'est un détail qu'il ne faut pas que j'ébruite. C'était l'action irréfléchie d'un seul homme et ça n'a franchement rien donné de concluant.

Hormis une trique et quelques pensées dont je me serais bien passé.

– Tu crois qu'on peut *vraiment* lui faire confiance?

Ezra arrête d'aspirer la paille de son gobelet, tournant la tête vers Yanis qui m'observe par le rétroviseur du SUV banalisé, avant de reporter son attention sur moi. J'ai une seconde de silence, parce qu'il n'a pas besoin de préciser sa question pour qu'elle soit claire. Je me la suis déjà posée un milliard de fois, peut-être, depuis qu'on a commencé sa mission d'infiltration. Mais mes collègues, eux, n'ont jamais douté à voix haute. Et vu les coups d'œil qu'ils me lancent, ils s'attendent à ce que je sois honnête.

– Oui.

Et je me surprends à le penser. En toute sincérité. Elena peut avoir des tas de défauts. Elle peut manipuler, défier l'ordre, ne pas respecter les lois de cette ville… S'il y a bien une chose de laquelle je ne doute pas, c'est qu'elle est *loyale*. Je le savais déjà à l'instant où j'ai suggéré que ce soit elle et c'est bien pour ça qu'elle a plongé sans hésiter. Quoi qu'elle ait pu dire, elle avait pris sa décision dès qu'il a été question d'Alan.

– Elle ne nous la mettra pas à l'envers, ajouté-je.

– OK, mais est-ce qu'elle a les capacités pour cette mission? rétorque Ezra.

– Vous aviez six autres dossiers pas franchement concluants, je vous signale. C'est maintenant que vous vous inquiétez?

Ils ricanent à l'avant, continuant de scruter les alentours, aux aguets. L'hôtel est quelques mètres plus haut. De là où on est, on voit chaque personne qui y entre, devant comme derrière, tout en restant à l'abri du périmètre des caméras. En général, quand on planque on change de spot. On ne se met jamais au même endroit, c'est aléatoire et tout sauf régulier. Il n'y a rien de pire que l'*habitude* pour se faire choper. Baulieu l'a bien compris pour son hôtel privé. Jamais les mêmes invités. Jamais les mêmes entrées. Jamais les mêmes trajets. Jamais les mêmes soirées. Autant dire que ça nous complique la tâche depuis un bout de temps. Le problème, c'est que je suspecte de plus en plus que quelqu'un nous court-circuite de l'intérieur. Marius a des oreilles à tous les niveaux, ça ne serait pas étonnant que certaines de nos descentes aient été *anticipées*. Si Jodie a réellement mis la main sur ce qu'elle nous a mentionné, il y a des hauts placés impliqués dans le trafic. Et ça, ça risque de faire mal lorsqu'on va tout dévoiler. Il nous suffit de mettre la main sur les données…

– Non, mais Jodie a mis deux mois à mettre un pied dans leur foutue salle d'enregistrement.

– Elle était supposée être comptable, précisé-je. Elena est une prostituée. Elle aura accès à tous les endroits qu'il faut. Et de toute façon, on lui demande juste d'entrer dans la chambre d'Hamel. Ça ne devrait pas être sorcier.

– Et si elle ne ment pas sur Marius et son petit intérêt pour elle, il va très vite la faire gravir, ajoute Ezra. Ça sera tout bénef pour nous.

– Sauf si elle décide que finalement la Niche c'est un endroit plutôt sympa pour une fille comme elle.

– Sympa ? répété-je en dévisageant mon collègue. Elles se font tabasser en arrivant, tringler de tous les côtés, payer au compte-gouttes, exploiter, droguer, humilier. Je ne vois pas ce qu'il y aurait de *sympa* là-dedans.

Ce n'est que lorsque je termine ma tirade que je me rends compte avoir effectué un mouvement vers le siège de Yanis. Une main menaçante posée sur son appuie-tête, tout mon corps s'est raidi. Les gars se lancent une œillade louche avant de me regarder. Je me réinstalle sur la banquette en croisant les bras, la mine chiffonnée.

– OK, le défenseur des droits des putes, ce n'est pas sympa, se gausse Ezra. Et qu'est-ce qu'a donné la filature d'Hamel et de la femme de Baulieu, au fait ?

– Ils couchent ensemble, lâche Yanis.

– Pardon ? m'exclamé-je.

– Tu plaisantes ?

– Absolument pas. Apparemment ça fait plusieurs fois qu'ils se retrouvent dans un motel pourri sur la route qui mène à Golcrest. Faudrait songer à leur dire que c'est la routine qui va leur mettre un pied dans la tombe.

– Que veux-tu, se marre Ezra, rien ne fait attendre une bonne partie de jambes en l'air. Ça vaut tous les risques lorsque c'est bien fait.

Je renifle, essayant de ne pas me remémorer la dernière fois que j'ai eu une baise qui valait le détour. Un bout de temps, vu les journées que je passe au boulot. Et je ne préfère pas m'attarder sur la pipe de la veille.

Parce que ce n'est pas la fille qui me l'a faite qui m'a retourné la tête.

– Ils sont là.

– Enfin ! Putain ! s'exclame Yanis.

Je passe la tête entre les deux sièges, fixant la voiture banalisée de nos collègues. Comme convenu, Moran et Reese se sont garés au niveau de l'intersection entre Nudhills Avenue et Pepper Street. Leur arrivée annonce la fin de notre planque et quand j'ose un regard vers le tableau de bord, l'horloge numérique affiche trois heures passées. Honnêtement, j'aurais pu faire le reste de ma nuit ici, sur cette banquette à écouter les gars bavasser tout en grignotant le reste de leurs frites froides. Du moment qu'ils ne s'aventuraient pas plus sur le sujet glissant d'Elena Maslo. Mais eux ont l'air exténués. Ezra se masse la nuque en soupirant d'aise et quand je croise le regard de Yanis dans le rétroviseur, il me lance un sourire fatigué. Souvent, les surveillances ont tendance à mettre nos nerfs à rude épreuve. On ne fait rien. On observe. On analyse le moindre mouvement suspect. On essaie de ne pas se faire surprendre. On ne bouge pas la voiture. Ce soir, on va repartir bredouilles et j'espère que Moran et Reese seront plus chanceux.

Sans plus attendre, Yanis démarre et s'engage dans la première rue adjacente. Évitant par cette occasion de passer devant l'hôtel. On s'éloigne rapidement du quartier de Nude et je sens mon téléphone vibrer dans la poche de mon pantalon. Le nom sur l'écran me glace le sang. C'est la première fois qu'*elle* m'appelle.

– Un problème? décroché-je dans la foulée.

Le ton dans ma voix éveille la curiosité de mes collègues, dont le premier réflexe est de couper le son de la radio.

– Non.

Cette simple réponse suffit à faire baisser la pression dans mes veines, mais je reste sur mes gardes. Ezra s'est retourné pour lever un sourcil dans ma direction dans une question silencieuse. Je hoche simplement la tête et enclenche le haut-parleur.

– Tu ne devrais pas m'appeler, Elena.

– C'était urgent, enchaîne-t-elle tout bas. Je voulais te dire que la fille du club n'était pas votre agent. J'ai croisé la *vraie* Jodie dans le hall. Je lui ai parlé comme je te parle. Elle m'a dit qu'elle ne pouvait pas vous joindre, qu'elle devait faire profil bas.

– Elena, l'interromps-je sèchement. Tu en es certaine ou tu crois? Parce que tu commences à nous faire perdre notre temps avec tes informations contradictoires.

Elle grogne dans le combiné.

– Je mets ma main à couper. Ça te va ? C'était la Jodie de votre photo. Et si tu n'es pas content de mes infos, Dax, tu n'as qu'à annuler ma mission. Après tout, vous ne l'avez pas perdue, votre agent.

– Est-ce qu'elle avait l'air en danger ? demandé-je en ignorant la seconde partie de sa phrase.

– Non, mais elle était sur le qui-vive, reprend-elle à toute allure. Et elle a parlé d'une invitation que tu devrais avoir reçue.

– Quelle invitation ?

– Je ne sais pas… Je dois couper.

Elle raccroche sans même me laisser le temps de répondre, réduisant l'habitacle au silence.

– Mais bordel, pourquoi est-ce qu'elle ne nous contacte pas, dans ce cas ? s'exclame Yanis, comme un écho à mes propres pensées.

– J'en ai aucune foutue idée !

Et ça me fait vraiment chier d'être dans le flou à ce point pour une enquête aussi cruciale.

***

Le menton coincé entre son index et son pouce, le chef fixe un point invisible devant lui, assis droit sur l'une des chaises de la salle de réunion.

– Ça ne change rien, conclut-il.

– Vous êtes sûr, boss ? Deux infiltrations pour une seule enquête, c'est peut-être contre-productif.

– C'est un risque à prendre, ajoute-t-il. Marwan et Lavoie, vous continuez de vous occuper du dossier Kelman. Trouvez un moyen de prendre contact avec elle pour qu'elle nous explique ce qu'elle a foutu ! On doit savoir ce qu'il se passe réellement là-bas, ce qu'elle a vu et ce qu'elle détient.

Il reporte ensuite son attention vers moi.

– Quant à toi, tu dis à Elena Maslo que le deal est toujours d'actualité. Si elle annule son infiltration, elle retourne à la case juge et le gosse aussi. On ne peut pas se permettre de la faire sortir en plein milieu d'une mission. Alors elle se la boucle et prend son mal en patience.

– On a toujours un souci, précisé-je. Elles sont toutes les deux sur la même mission, il risque d'y avoir un télescopage à un moment ou à un autre.

– Dites à Kelman qu'elle continue de faire profil bas. L'ordre de mission ne change pas. Maslo doit trouver la clé USB. Dans le cas où elle a disparu, Kelman entre en piste.

Il se redresse, observant brièvement l'heure sur sa montre avant de nous regarder tour à tour.

– Faites en sorte qu'elles ne fassent pas tout foirer.

Au moment où on sort de la salle de réunion, les portes battantes de l'entrée s'ouvrent dans un brouhaha. Les deux équipes, parties un peu plus tôt dans l'après-midi, entrent, dont Belling et Valenz, la mine renfrognée. Ils rejoignent leurs postes en même temps que nous et s'affalent derrière leur bureau.

– Mauvaise pioche? s'enquiert Yanis.

– Fausse piste, grimace le plus grand des deux. Tout était légal. Le container était rempli de jouets sexuels. Vous auriez dû voir la tronche de Stevenson. J'ai bien cru qu'il allait faire une crise cardiaque.

Il masse sa nuque raide. Il y a deux jours, on a reçu une information de la part de l'un de nos indics. Une livraison sur le port devait être prévue à quinze heures. En pleine journée, pour ne pas éveiller les soupçons. Aucun détail sur le contenu, mais notre homme était sûr de lui : des filles. Envoyées depuis l'autre bout du pays pour servir dans les rues de Sokal, auprès des proxénètes de Baulieu. Stevenson avait donné son accord, les équipes devaient se pointer sur place pour prendre en flagrant délit l'échange. Mais visiblement, c'étaient des conneries et ça nous fout dans une nouvelle impasse.

Et ne fait que confirmer ce dont je me doute déjà : on a une taupe.

– Aleksev! hurle le juge de sa voix nasillarde en pénétrant dans les locaux.

On se tait tous dans l'open space et on tourne la tête vers les deux hommes qui se rejoignent au centre. Mon père tente d'amener Stevenson dans son bureau, sans succès.

– Vous refaites un coup pareil et je peux vous garantir que vous le regretterez. Me suis-je bien fait comprendre ?

– Vous étiez d'accord, rétorque le chef en avisant les regards sur eux. Vous avez lu le rapport comme moi, vous saviez que nous allions peut-être droit dans le mur, mais vous avez autorisé la perquisition.

– Si on ne se retrouve pas avec les avocats de Baulieu aux fesses, on aura bien de la chance !

– Ce n'est pas de la chance. S'il nous colle une action en justice, il sait ce qu'il risque.

Le juge secoue la tête en soufflant. Son crâne dégarni luit et il sort un mouchoir de la poche de sa veste pour tamponner son front. Il se rend compte à cet instant que tous les agents dans la pièce sont en train d'assister à leur joute verbale et se crispe. Il effectue un pas en arrière pour s'éloigner de mon père.

– Je vous aurai prévenu, tempère-t-il. Que ça ne se reproduise pas. On ne peut plus se permettre la moindre erreur. Sinon, vous m'obligerez à référer de toute cette histoire au gouverneur.

Puis il fait demi-tour pour quitter les locaux en trottinant, tandis que le chef se détourne pour nous lorgner.

– Au boulot, messieurs, le spectacle est terminé !

Dans de grandes enjambées, il retrouve son bureau et s'y enferme avec fracas.

– Il y a un truc qui ne va pas, marmonne Ezra. D'abord Green, qu'on fout en taule pour trafic de voiture alors que l'ADN d'au moins trois filles portées disparues a été retrouvé dans son coffre. Sans parler de la liste longue comme le bras de ses déplacements dans le pays ces huit derniers mois. Maintenant de fausses pistes ? Les descentes qui se soldent sur des pacotilles, une agent qui était portée disparue et qui réapparaît comme par magie…

Il passe une main nerveuse sur sa nuque, alors que Belling, Valenz, Marwan et moi l'écoutons énumérer tout ce qui nous échappe. J'enfonce mes poings dans mon cargo, les épaules raides et les lèvres pincées. Il y a quelque chose qui nous échappe. C'est obligé.

– Il va vraiment falloir que votre prostituée mette la main sur les données de Jodie, soupire Valenz.

– Ça en est où d'ailleurs ?

– En cours, dis-je en sortant mon téléphone.

J'ouvre l'application GPS et fixe le point rouge sur la carte.

Le club.

– Ouais, donc on pédale dans la semoule, réplique Belling.

Je le range dans la foulée, ignorant le coup d'œil de Yanis.

– Et avec ce pourri de juge, rien d'étonnant, signale Valenz d'une voix froide. Il ne fait qu'entraver l'enquête. Je ne comprends pas comment il peut se vanter de faire baisser le taux de criminalité de la ville s'il tolère l'existence de la Niche de Baulieu.

– Les pourris dirigent les pourris, raille son coéquipier en s'affalant sur sa chaise. Vous n'êtes pas censés être déjà partis vous ?

– Si ! s'exclame Ezra. Et ma femme va nous buter !

– Loïs ne va rien faire du tout, rétorque Yanis. Et de toute façon, je dois repasser par chez moi.

– Traînez pas les mecs !

Yanis et moi pouffons de rire comme des mômes, observant notre collègue récupérer sa veste et son insigne en vitesse pour trottiner vers la sortie. Même si les dernières nouvelles nous restent en travers de la gorge.

***

– Et voilà le dessert.

Loïs dépose une tarte aux fruits prédécoupée au milieu de la table et Ezra se redresse pour lui prendre les ustensiles des mains. D'un sourire complice, il l'invite à se rasseoir et commence la distribution. Je prends mon verre de vin, sirotant quelques gorgées tout en faisant tourner le liquide. Ça fait du bien d'être chez les Lavoie ce soir. De penser à autre chose qu'à cette enquête qui piétine. De tenter de faire autre chose que d'imaginer Elena au club, avec Dieu seul sait qui. Je n'ai pas regardé la trace GPS depuis que je suis arrivé chez Ezra et Loïs. Ce n'est pas faute d'avoir les doigts qui démangent. Mais avec Ezra sur ma gauche et Yanis sur ma droite, je risquerais d'attirer l'attention. Et puis, au pire, qu'est-ce que je m'en branle, qu'elle soit au club, à l'hôtel ou en train d'écarter les cuisses au milieu d'une rue, au juste? C'est moi qui l'y ai mise, ça sert à quoi de s'en inquiéter? Ça sert à quoi d'avoir envie d'aller s'assurer qu'elle va bien? À rien, à part foutre la merde dans la mission et dans ma tête.

– Au fait Dax, Pam sera à la maison la semaine prochaine, annonce Loïs. Ça te dit de passer?

Je hausse un sourcil confus, louchant sur son mari qui se marre sous cape.

– Pam? répété-je comme si c'était censé me dire quelque chose.

– La meilleure amie de ma sœur.

Je pince la bouche, essuyant mes lèvres avec une serviette. Une désagréable sensation bloque ma respiration et je me recule un peu sur ma chaise.

– *Pam*, insiste Yanis en pouffant.

Il se prend un coup de coude dans les côtes par son mec et j'avale mon rouge cul sec pour faire passer la gêne dans ma gorge. Loin de se laisser déstabiliser, Loïs reprend :

– Je t'avais parlé d'elle le mois dernier. Belle, blonde, ton âge et *célibataire*.

Mes deux collègues éclatent de rire devant ma mine contrariée, sous le regard désabusé du mec de Yanis. S'il y a un truc que je déteste, c'est qu'on me mette une célibataire entre les mains. Comme si le fait qu'on soit tous les deux seuls justifiait notre rapprochement. Je n'ai pas besoin d'aide pour trouver quelqu'un. Je n'ai même *besoin* de personne. Si je ne suis pas accompagné, c'est bien pour une raison : je n'ai de place pour aucune femme dans ma vie. Mon boulot est tout ce qui compte. Le démantèlement de la Niche est tout ce qui m'importe pour l'instant. Le reste n'est que futilité.

– Franchement les mecs, vous êtes gênants, soupire Gaël.

– Quoi? se défend son conjoint. On ne fait rien de mal.

– Vous êtes en train de le mettre mal à l'aise.

Il fait un geste de menton dans ma direction pendant que je me resserre une rasade de rouge.

– Il n'est pas du tout mal à l'aise, réplique Yanis. Il est même parfaitement dans son élément. Pas vrai, Dax? Un rencard arrangé avec une belle blonde. C'est tout à fait ton style du moment.

– Je t'emmerde.

J'ose une œillade dans le salon, pour m'assurer que les enfants des Lavoie ne sont pas sortis de leur lit à cet instant précis, puis coule un regard froid vers Ezra à la seconde où il balance :

– Ce dont tu as besoin, mon pote, c'est de tirer ton coup.

– Tu n'es pas dans ma chambre à coucher aux dernières nouvelles, signalé-je.

– C'est vrai ça, c'est quand la dernière fois que tu as ramené une nana? rétorque mon voisin de droite. Ça fait longtemps qu'on n'a pas eu le droit aux détails chauds d'une nuit dans le pieu de Darcy Aleksev.

– Parce que j'en ai eu marre de vous vendre du rêve, raillé-je. Si vous avez besoin d'une nuit torride, vous n'avez qu'à assurer avec vos partenaires.

Gaël et Loïs ricanent.

– Tu es décevant, Dax, fait mine de geindre Yanis.

– De rien.

Je lui lance un clin d'œil aguicheur et il me retourne un doigt d'honneur.

– En tout cas, sache qu'elle m'a donné son numéro, si tu le veux.

– Merci, réponds-je en souriant à Loïs.

– Mais non merci, spécifie Yanis en se gaussant de plus belle.

Ezra glousse dans son verre et ils repartent dans un nouveau fou rire qui me crispe encore plus. Bon sang, mais ils n'ont pas bientôt fini de me faire chier, ces deux-là?

– Vous êtes pas possibles, souffle Gaël. Je ne vois pas ce qu'il y a de mal à avoir un rendez-vous arrangé.

– Aucun bébé, je t'assure. On ne rigole pas pour ça.

Marwan passe le dos de son index sous son œil pour essuyer une larme et je les dévisage tour à tour. Pas besoin de sous-titre pour percuter avec clarté ce qui les fait marrer.

– Arrêtez avec *ça*. Il n'y a rien entre nous.

– Non, s'amuse Ezra. *Absolument rien.*

– Pour l'instant, déclare Yanis.

– J'ai loupé un épisode, je crois.

Mon collègue pose la main sur celle de sa femme en esquissant un rictus amusé.

– Ce qu'il se passe, chérie, c'est que Darcy a un faible pour quelqu'un et qu'il n'arrive pas à se l'avouer.

– Je n'ai de faible pour personne, maugréé-je.

Un désir, certes, mais certainement pas un *faible*. Car ça voudrait dire qu'elle m'intéresse pour une raison autre que son physique. Ça voudrait dire que je m'inquiète pour elle, pour sa sécurité, pour son bien-être. Que j'ai envie d'apprendre à la connaître, de tout savoir de ses peurs, de son passé, de ses envies. Non. Il n'y a rien de tout ça entre elle et moi.

Absolument. Pas.

– Pour une collègue ? questionne-t-elle.

– Disons plutôt *partenaire*.

– Pas du tout, m'agacé-je. Loïs, ta tarte est succulente.

J'enfonce la première bouchée entre mes lèvres, ne dupant personne sur ma volonté de changer de sujet fissa. Encore une chose qui fait sourire les gars. Je serre mon poing contre ma cuisse, conscient que je ne fais qu'éveiller leurs soupçons inutilement à réagir de la sorte.

– Et tu me donneras le numéro de Pam avant que je parte. Je l'appellerai avec plaisir.

– Dax, m'avertit Yanis.

Je lève une main pour le faire taire.

– J'adore les blondes. Tout à fait mon style.

Et sur ces mots, la conversation est close. Nous savons tous très bien que je n'appellerai pas cette fille. Je ne viendrai pas non plus au repas organisé la semaine prochaine. J'ai d'autres plans et ils impliquent une mission auprès de quelqu'un pour qui je n'ai *aucun* faible.

14

Elena

Après un rapide regard vers ma porte fermée, je m'accroupis pour récupérer mon téléphone. Je ne sais toujours pas par quel miracle je suis encore en sa possession, mais si quelqu'un tombe dessus, une chose de sûre : je suis morte. Ils m'ont empêchée d'aller récupérer tout effet personnel ou même de repasser chez moi, depuis mardi. En soi, ça m'est égal. Les gens comme moi ne s'attachent pas au matériel, parce qu'ils ont l'habitude de tout perdre.

Une autre chose de sûre : je *déteste* cet endroit.

Ce n'est pas compliqué, ça me rappelle Covent Corner. Le manque de liberté. Les caméras de sécurité dans chaque recoin, couloir, pièce. J'ai dû faire dix fois le tour de ma chambre pour être certaine qu'il n'y avait pas de micros de placés dès que je m'absentais. Et, là encore, je n'en suis pas certaine à cent pour cent. Je vais juste prier pour qu'ils n'écoutent rien tant que je suis encore entre ces murs. Et, malheureusement pour moi, je n'ai pas gagné de passe-droit pour en sortir, même si Jodie a refait son apparition.

Quelle plaie.

J'allume le portable et envoie un message succinct à Dixie. La batterie est à trente pour cent. Il va falloir que je l'économise, car je ne pense pas avoir l'occasion de la charger de sitôt.

[Toujours en vie. L]

Pour Lena.

Puis, sans plus attendre, je range l'objet dans sa cachette. Je regarde le poignet où j'ai la montre. Ça aussi, c'est un miracle. Apparemment, ils ne se sont pas doutés une seule seconde qu'elle abrite un petit bijou de technologie. Pourvu que ça dure.

On toque à la porte et je me relève en vitesse, le souffle court. Quand je reconnais Saphira dans l'entrebâillement, mon cœur cesse son branle-bas de combat.

– Tu aurais pu passer par l'autre porte, tu m'as fait peur!

Elle pouffe.

– Je venais voir si tu avais besoin d'aide.

– Comme tu peux le constater, je suis habillée.

– C'est un bon début, ironise-t-elle.

Elle entre et s'installe sur mon lit. C'est la première fois qu'elle a le temps de le faire. Lorsqu'on n'est pas au club, Janet s'arrange pour combler nos journées avec toutes sortes de rendez-vous futiles. Elle veut nous occuper au maximum pour nous empêcher de penser. Hier, après le service de la nuit qui s'est terminé à cinq heures et les quelques heures de sommeil auxquelles on a eu droit, on a dû prendre un cours de renforcement musculaire. Ça aurait pu être risible, si celles qui n'y mettaient pas assez du leur ne se prenaient pas des baffes par Franky, bien trop heureux de surveiller nos fesses moulées et transpirantes. Sous le regard intransigeant de Janet, bien sûr. À la suite de quoi, on est toutes passées les unes après les autres entre les mains de la styliste, pour préparer l'événement de ce soir. Certaines ont eu leur visite médicale, d'autres ont pu se reposer dans leurs chambres avant de retourner au club. Et c'est ainsi six jours sur sept, sans exception.

Dans l'hôtel, on doit être moins d'une quinzaine de filles. Ça paraît peu, vu la taille de la Niche, mais la majorité réside dans des appartements privatisés par Baulieu dans un autre quartier de la ville, ou parfois, avec un peu de chance, elles ont leur propre logement. Mais ça, c'est un privilège réservé aux plus obéissantes. Dans l'établissement, on est toutes dans le couloir du deuxième. Au-dessus, il y a le cabinet du médecin et pas grand-chose d'autre à voir. J'y suis retournée il y a deux jours, vu que ma mission n'a pas pris fin. J'ai fait mine de me perdre pour voir comment se déroulent les tours de surveillance et j'ai remarqué que toutes les portes ferment avec une simple serrure, signe qu'il n'y a rien à cacher. Ça peut paraître futile comme information, mais je serai bien contente de le savoir lorsqu'ils me forceront à reprendre moi-même l'enquête, si je ne retrouve pas la clé USB. Parce que j'ai la désagréable sensation qu'on ne peut plus vraiment compter sur Jodie.

– Tu crois que je dois faire quelque chose avec mes cheveux? la questionné-je.

Ses yeux sont en train de loucher sur ma trousse à maquillage. Ce n'est pas la mienne, mais celle qu'on m'a donnée à mon installation. Il n'y a rien qui m'appartienne ici. Pas même les fringues.

– Laisse-les détachés, ils adorent y passer les doigts.

Je ne réponds rien et me contente de les brosser sommairement avant d'enfiler la jupe en cuir qu'on m'a donnée pour l'occasion. Saphira est en robe, avec une fermeture Éclair qui longe son corps, de sa poitrine à la moitié de ses cuisses. Ses seins débordent généreusement, donnant l'envie à n'importe qui de tirer sur le curseur pour les dénuder complètement. Sans frapper, Kendra ouvre la porte entre sa chambre et la mienne du côté opposé à celle de Saphira en nous faisant presque sursauter.

Bordel, cet hôtel est un moulin!

– Vous devriez vous grouiller, on doit être en bas dans trente minutes.

– C'est bon, Kendra, fous-nous la paix! grommelle Saphira.

La rousse plisse les lèvres de dégoût et repart aussi vite en claquant derrière elle. Saphira s'affale sur mon matelas, étalant ses longues mèches blondes sur les draps rêches.

– Tu ne m'as pas raconté comment ça se passait, la vie ici.

– On ne parle pas de ça, répond-elle calmement. Jamais.

– Tu étais plus bavarde lundi.

Elle se redresse, prenant appui sur les coudes pour me fixer. Je sais que Dax m'a conseillé de faire attention à Saphira et peut-être que je devrais être sur la défensive, mais j'ai l'impression que les journées filent à une vitesse monstre. Je suis à presque une semaine d'infiltration et *rien* ne se passe. Il est sûrement temps que j'active la seconde. Tant pis pour les craintes d'Aleksev. C'est moi qu'ils ont décidé de laisser sur le terrain, après tout.

– Et toi, tu n'as pas changé. Toujours aussi franche et avec la langue trop pendue.

Je plisse le nez en fronçant les sourcils.

– Et toi, tu as *trop* changé, la rabroué-je. La *Sophia* que j'ai connue n'avait pas peur de dire ce qu'elle pensait.

– On en reparle après trois ans dans la Niche, Elena, se rembrunit-elle.

– Pourquoi ne pas en parler maintenant?

Elle secoue la tête en se mordillant la lèvre inférieure, récupérant ma trousse à maquillage pour me la lancer. Je prends un fond de teint et commence à l'étaler sur ma peau, les yeux rivés sur le miroir mural.

– Très bien, capitulé-je face à son mutisme. Tu peux au moins me parler des filles?

Le reflet de Saphira m'observe.

– Kendra, c'est une peste. S'il y a bien quelqu'un dont tu dois te méfier, c'est elle.

– Pourquoi?

– Elle est arrivée quelques mois après moi, confesse-t-elle. C'était une droguée. Elle avait perdu son boulot et avait sombré dans l'alcool et tout un tas d'autres saloperies. Marius l'a prise sous son aile. Me demande pas comment, mais il l'a sevrée et maintenant, elle lui voue un culte.

– Dressée et soumise, marmonné-je. Comme c'est surprenant. Je ferais bien de condamner son accès direct à ma piaule.

Elle glousse.

– Georgie est arrivée il y a six mois, tu l'as sûrement croisée. Elle ne parle pas beaucoup, mais elle est assidue. Je ne sais pas trop ce qui lui est arrivé à elle ou ce qui l'amène ici, mais elle semble dans son élément. Il y a Belle aussi, la brune qui a sucé ton flic.

Je tique nerveusement, hochant la tête de manière un peu brusque à la mention de Darcy et de cet épisode dans le club.

– Tu ne devrais pas l'appeler comme ça.

Elle sourit et j'ai une œillade brève vers l'entrée, m'assurant que tout est bien fermé et que personne n'est arrivé par inadvertance. Entrer dans l'hôtel relève peut-être du parcours du combattant, mais, à cet étage, c'est la vraie passoire.

– Belle est là depuis un an environ. Son histoire est aussi merdique que celle de la plupart d'entre nous. Violée par son père et la moitié de ses potes, elle a fini par atterrir à la Niche pour récupérer le contrôle de son corps.

– J'imagine qu'elle a dû bien vite déchanter?

– Tout juste. Elle est déjà en train de chercher un moyen pour sortir du réseau, mais tu te doutes qu'il n'y en a aucun.

– Tu as déjà essayé?

– De partir?

Je hoche la tête et elle lève une main vers ses cheveux, penchant la tête sur le côté pour dégager l'une de ses oreilles. De là où je me trouve je ne vois rien, mais quand je m'approche pour scruter sa peau, j'y remarque un tatouage épais et boursouflé. Deux lettres.

MB

– Et tu ne le remarques pas parce que j'ai une lentille, ajoute-t-elle pendant que je suis à deux doigts de vomir mes tripes devant ce constat *indélébile* de propriété. Mais j'ai perdu l'usage d'un œil.

– Tu as quoi? m'écrié-je.

– Un an et demi après avoir été vendue à Baulieu, j'ai tenté de me barrer de la maison dans laquelle ils nous avaient enfermées, avec d'autres filles. Je voulais retourner à Nude. J'étais pas débile au point de penser que je saurais faire autre chose que tapiner, alors j'avais dans l'idée d'y exercer sans mac. Je pensais que je pouvais, après tout j'avais fait tellement de passes pour Baulieu que, quel que soit le prix qu'il m'avait achetée, il avait été remboursé avec des intérêts.

– Ils t'ont retrouvée..., soufflé-je, le cœur lourd.

– Deux heures après. J'étais chez moi, comme une conne. J'aurais dû partir loin, m'enfuir n'importe où, mais pas rester à Sokal, rit-elle, amère. Crois-moi, le rite de passage, c'est une promenade de santé à côté de ce qu'ils m'ont fait. Mais ils m'ont laissé la vie sauve et j'ai dû trimer plus que les autres pour me racheter.

Elle renifle, glissant le dos de sa main contre l'une de ses narines dans un réflexe. Ses yeux sont humides et ça me donne des envies de meurtre. J'aimais Saphira. Elle m'a épaulée, elle m'a appris les bases du métier, elle m'a soutenue. Et la Niche l'a détruite. Ils l'ont fait disparaître, l'ont asservie depuis tant d'années...

– J'ai déjà dit à Belle qu'elle n'y arriverait jamais, mais elle me jure qu'elle connaît des gens. Je serais elle, je ferais gaffe. Marius paie tout le monde. Ça se trouve, même à ton beau flic il lui graisse la patte.

– Non, rétorqué-je plus sèchement que voulu. Impossible.

Elle pouffe et mon irritation grandit. Je devrais être capable de prendre du recul. Qu'elle insulte Darcy, qu'est-ce que ça peut bien me faire?

– Est-ce que d'autres ont réussi? reprends-je pour changer l'angle de la conversation.

– Je ne sais pas. Il y en a quelques-unes qui ont disparu ces dernières années, mais comment être sûre qu'elles ne sont tout simplement pas mortes?

Ou vendues au plus offrant.

Je ravale ma bile et attrape un rouge à lèvres. J'ai besoin de m'occuper les mains, elles tremblent et plus Saphira *parle*, plus je me demande ce que je fous dans ce trou à rats. Je vais finir entre quatre planches de bois et même Darcy Aleksev ne pourra pas y faire quoi que ce soit. Saphira soupire, attardant un doigt à l'arrière de son oreille, le regard perdu dans le vide.

– De qui je dois me méfier?

Elle sort de sa transe en levant les yeux vers moi.

– À l'hôtel? De Monique et Kendra, principalement. Justice a des bons et des mauvais jours, mais elle s'occupe surtout de son cul.

– Monique, Kendra, Justice. OK.

– Après tu vas vite te faire ta propre idée. Les autres ne sont pas vilaines.

– Je peux te poser une autre question?

Elle m'encourage d'un mouvement de menton.

– C'est quoi, la sélection?

– Oh, ça? Tu vas adorer! ironise-t-elle.

Je grimace, mimant un haut-le-cœur qui la fait éclater de rire. Ça me fait du bien de la voir à nouveau sourire, même si je sais que ce n'est qu'une façade.

– C'est une sorte de réseau dans le réseau. Des hommes riches et puissants qui viennent profiter des avantages de la Niche dans des soirées privées. Il y en a qui viennent avec leurs femmes, mais la plupart sont seuls.

– On sait qui ils sont?

– Non. C'est toute l'utilité de la sélection. Ils sont masqués et rien ne fuite. Personne ne connaît leur identité hormis Baulieu et ses sbires.

– Et il n'y a aucun moyen de savoir?

Elle hausse les épaules.

– Ils ont des invitations, donc j'imagine qu'il doit y avoir un registre quelque part.

Je note cette information pour plus tard et reprends :

– Et ça se passe comment?

– Tu verras ce soir, mais, de manière générale, les invités ont déjà leur fille. Quand ils viennent, ils savent ce qu'ils veulent. Ils ont des envies, des goûts, des désirs à assouvir. Janet a dû te demander ce avec quoi tu étais à l'aise?

– Oui. Elle s'y tiendra?

– Oui. Seuls les hommes qui correspondent à ce que tu veux faire vont t'approcher. Tu auras des salles à ta disposition, la plupart aiment la discrétion, d'autres sont moins pudiques.

Elle se redresse, replaçant sa robe en cuir sur ses courbes et passe les doigts dans sa longue tignasse blonde.

– T'es prête? Faudrait pas arriver en retard.

J'ai encore un milliard de questions à lui poser, sur cette soirée, sur ces inconnus, sur tout ce que ça apporterait à l'enquête, mais je me retiens. Au lieu de ça, j'attrape mon fard à paupières et le lève vers Saphira.

– Pars devant, j'en ai encore pour cinq minutes.

Elle acquiesce et disparaît dans le couloir. J'entends les pas et les voix qui s'élèvent derrière ma porte, puis plus rien. Après un bref coup d'œil à ma montre, je décide d'enfiler mes talons et sors. Comme prévu, le couloir est vide. Je descends l'escalier principal, faisant mine de me diriger vers la soirée, mais je bifurque au premier étage. Si je me suis bien renseignée, il n'y a personne dans le couloir à cette heure-ci, car les équipes changent. Avec un peu de chance, je vais pouvoir rejoindre le bureau du comptable. Je dois voir Jodie et parler avec elle. Il faut que je sache ce qu'elle sait et qu'on avance ensemble. Malheureusement, je n'ai pas fait cinq mètres que je tombe sur deux gardes du corps. *Merde.* En entendant le bruit de mes talons sur le sol, ils se tournent pour me fixer.

– Qu'est-ce que tu fous là ? aboie l'un d'eux.

Identité : Marlon Spears. Rigide, méthodique, sadique. À fuir.

– Je cherchais la soirée.

Le second sourit, visiblement plus intéressé par ma tenue que par ma présence incongrue. Avec ses cheveux presque roux, j'imagine qu'il s'agit de Murphy O'Connor. Un Irlandais arrivé à Sokal il y a huit ans et aux petits soins de Baulieu depuis six. Les fiches des flics font des merveilles !

– Ce n'est pas là ? couiné-je.

Je fais une moue gênée, essayant de paraître un peu gauche. De l'autre côté, je bouge mon corps subtilement, laissant la fente de ma jupe dévoiler davantage la peau nue de ma cuisse. Ils louchent sans retenue sur mes jambes. Aux grands maux, les grands remèdes.

– Je vais t'accompagner si tu veux, ma jolie.

Murphy me rejoint en quelques enjambées, ravi d'avoir une occasion pour se divertir.

– Je veux bien, minaudé-je. Je n'arrête pas de me perdre.

– Ne t'en fais pas.

Il pivote vers son collègue et lui lance :

– Je l'emmène en bas. Tu peux gérer seul ?

– Dépêche-toi.

J'ai le temps de remarquer le clin d'œil de mon nouvel acolyte et ça me fait grincer des dents. Il empoigne mon biceps pour me tirer à sa suite.

– Vous travaillez tard, dis-je d'une voix fluette.

Le coin de sa bouche se lève. Je m'attends à ce qu'il morde à l'hameçon et qu'il me lâche quelques informations sur leurs horaires, mais au lieu de ça, il roucoule :

– Pas de repos pour les braves, mon lapin. Mais c'est gentil de t'inquiéter pour nous.

Puis il se penche un peu plus vers mon oreille.

– Cela dit, si tu insistes, je sais ce que tu pourrais faire pour que je sois détendu. T'en dis quoi ?

– Je ne crois pas avoir le droit.

– Bien sûr que tu as le droit. Je ne dirai rien. Ma chambre est à l'étage.

– Qu'est-ce qu'elle fabrique là ?

Le garde du corps se tend comme un arc, avisant Oscar Simard en haut de l'escalier. Les bras croisés contre la poitrine, il nous dévisage sombrement.

– Tu devrais être en bas depuis cinq minutes, Bonnie.

– Je me suis perdue, me défends-je.

– Elle était devant le bureau du chef, monsieur Simard. Je comptais l'accompagner jusqu'en bas pour ne pas qu'elle se balade dans les couloirs sans surveillance.

J'ai presque envie de riposter juste pour le plaisir de lui faire ravaler ses mensonges, mais je doute que ma parole soit prise au sérieux. Et il faut que j'apprenne à me faire petite.

– Fais vite, tu devrais être à ton poste et pas en train de te promener au bras d'une de nos chiennes.

– À vos ordres.

Putain. C'est encore un échec.

***

La salle se trouve à l'arrière de l'hôtel. Pour y accéder, il faut contourner l'escalier principal et suivre un couloir qui mène à une unique porte en bois massif. À l'intérieur, aucune fenêtre. Ou alors, elles sont cachées sous les épais rideaux rouges accrochés aux murs. Tout autour de nous, des dizaines de miroirs sont suspendus, reflétant nos silhouettes vêtues de cuir. À bien y regarder, ça ressemble au club en plus étudié. Trois danseuses sont déjà sur des estrades et déambulent autour d'une barre de pole dance dans un rythme lascif. Quelques alcôves donnent un semblant d'intimité et des canapés sont disposés tous les mètres. Au fond, une grande vitre donne sur une salle adjacente avec un lit et des fauteuils.

– C'est une salle de *jeux*, chuchote Saphira. Pour ceux qui aiment être regardés tout en s'admirant baiser. La vitre est un miroir sans tain.

– Je vois, marmonné-je.

Je me détourne pour observer les deux hommes qui nous surveillent depuis cinq minutes. Eux aussi sont masqués, donc il m'est impossible de discerner leur identité. C'est franchement une perte de temps. La musique électro pulse dans les enceintes accrochées aux quatre coins de la salle. Quand je suis arrivée, les filles étaient placées en ligne, alors je me suis mise près de Saphira qui avait fait – j'imagine – exprès de se mettre à l'extrémité pour que je la rejoigne.

– Les voilà.

Saphira n'a pas le temps d'en dire plus. La porte, jusqu'alors close, s'ouvre sur une trentaine de personnes masquées, avec, à leur tête, Baulieu et Simard. Pour la plupart, il s'agit d'hommes en costume. Quelques femmes en robes, accrochées aux bras de leurs époux, amants ou que sais-je, pénètrent en même temps. Il nous est impossible de détailler leurs traits, car les lumières sont sciemment tamisées et leurs visages sont couverts de moitié. Ils nous reluquent sans complexe entre les fentes de leurs masques, échangeant quelques mots chuchotés les uns avec les autres en nous admirant avec convoitise.

– Mes très chers amis, commence Baulieu en haussant le ton. Bienvenue chez vous.

Sa voix faussement mielleuse porte par-dessus la musique et il ouvre grands les bras en signe de respect vers ses invités, ravis. J'ose des coups d'œil plus appuyés, profitant de ce qu'ils soient pendus aux lèvres de leur hôte pour les lorgner à ma guise. Leurs costards hors de prix. Leurs chaussures tellement cirées qu'on pourrait se voir dedans. Leurs énormes montres aux poignets. Les bijoux démesurés au cou de leurs compagnes. J'essaie de trouver des détails minimes, n'importe quoi qui m'aiderait à reconnaître quelque chose, en vain. Tout est pensé pour protéger leur identité. En me détournant, je suis surprise par le regard d'un des hommes. Ses cheveux noirs gominés sur les côtés contrastent avec la couleur plus claire de son crâne et je ne vois rien d'autre que ses yeux foncés, car son masque couvre l'intégralité de son visage.

– Comme chaque semaine, mes amis, vous avez bien évidemment libre accès à toutes les chiennes que vous désirez. Notre salle de jeux est à votre disposition et le champagne à volonté. Sentez-vous libres de vous balader, danser, batifoler comme bon vous semble. Entre ces murs, vous êtes à la maison.

Marius claque deux fois dans ses mains dans un signal et les portes s'ouvrent de nouveau pour faire entrer des serveuses. Elles ne portent qu'une simple veste blanche déboutonnée sur leurs seins à l'air. Les mains chargées d'un plateau avec des flûtes pleines et des petits-fours, elles pénètrent dans la salle sous les acclamations des convives. Le volume de la musique augmente et, en l'espace d'une seconde, toutes les filles autour de moi se sont mélangées à la foule. Je n'ai pas fait un pas qu'une main agrippe mon poignet et me force à pivoter vers l'homme au masque intégral. De près, il paraît encore plus petit, probablement dix centimètres de moins que moi à cause de mes talons, et je remarque la délimitation de sa perruque au ras de son front. Son odeur épicée de tabac froid et de transpiration fait frémir mes narines de désagrément. Mais je me pare d'un sourire de façade et le cajole de la tête aux pieds d'une œillade aguicheuse.

– Bonsoir, minaude-t-il d'une voix sirupeuse. Bonnie, c'est bien ça?

Ses doigts glissent le long de mon bras nu jusqu'à atteindre ma nuque. Il l'empoigne avec vigueur. Je simule un halètement et il grogne de satisfaction.

– Elle-même, roucoulé-je. Et à qui ai-je l'honneur?

– Appelle-moi Monsieur.

– Très bien, *Monsieur*.

Il englobe l'un de mes seins en soufflant fort. Je n'ai pas besoin de regarder ce qu'il se passe autour de nous pour savoir que les festivités ont commencé. On entend les voix qui exhalent, les rires qui bourdonnent et les flûtes de champagne qui tintent dans un capharnaüm.

– Est-ce qu'il y a des choses que tu n'aimes pas faire et qui ne figurent pas sur ta fiche?

Il enfonce un pouce sous mon corset en cuir pour attraper l'un de mes tétons. Il y plante son ongle et ça ne me fait même pas réagir. Mon corps est conditionné. Mon esprit est ailleurs. Elena est en veille. Bonnie est dans la place.

– Non. Je fais tout le reste.

– Allons dans la salle du fond.

Son bras s'enroule autour de ma taille et il me fait traverser la grande pièce, contournant les groupes qui se sont formés ici et là. Les canapés ont été pris d'assaut et les alcôves ont trouvé preneurs. Je vois des filles à genoux sous des tables, tandis que d'autres servent de distraction. Deux d'entre elles sont en train de s'embrasser et de se toucher sur une banquette, sous les regards lubriques d'un couple. Sur notre route, Baulieu s'arrête pour saluer Monsieur avant de me chuchoter à l'oreille :

– Ne me fais pas regretter de t'avoir prise.

Il embrasse ma joue dans un avertissement camouflé, puis disparaît. J'ignore la pique de stress qui fait palpiter mon cœur et suis Monsieur, roulant savamment mes hanches pour offrir aux têtes qui se tournent dans notre direction de quoi se contenter. Quand on arrive dans la salle de jeux, la musique cesse. Tout est insonorisé et comme m'avait prévenue Saphira, la vitre est, de ce côté-ci, un miroir qui donne une vue plongeante sur le lit au centre. Deux caméras sont allumées dans chaque recoin et je note dans un coin de ma tête d'interroger Saphira à ce sujet.

– Mets-toi à genoux. Je veux d'abord baiser cette bouche avant de m'occuper du reste.

Je m'exécute sans broncher, déboutonnant son pantalon de costume pour baisser son caleçon. Son sexe se dresse devant moi. Plus long que ce que j'imaginais, il pointe sur le côté et les longs poils bruns bouclent sur son pubis. Une petite tache de naissance en forme de croissant de lune attire mon attention.

– J'espère que tu aimes être regardée, Bonnie. Parce que je vais te prendre devant eux jusqu'à ce que tu ne tiennes plus debout.

Il presse ma tête contre son érection et j'ouvre la bouche, obéissante.

15

Troisième semaine de mission
Dax

– Il y a une lettre pour toi.

Je hausse un sourcil vers l'agent Goose, balançant mon badge sur mon bureau et retirant ma veste pour la caler sur le dossier de ma chaise. Je fixe l'enveloppe blanc cassé posée à côté de mon ordinateur d'un œil suspect. Il n'y a pas d'adresse, simplement mon nom dans une écriture manuscrite calligraphiée. À bien y regarder, ça ressemble presque à un faire-part de mariage. C'est louche et ça me plaît moyen.

– C'est arrivé quand?

– Un coursier l'a déposée il y a moins de dix minutes, dit-il en épluchant une pile de feuilles d'un air absent.

Je regarde l'heure sur ma montre.

– Et qui livre à sept heures et demie un lundi matin une lettre sans adresse?

– Lui, visiblement.

Goose repart à l'accueil et je m'installe avec raideur. J'observe l'enveloppe, le nez froncé, de plus en plus intrigué. Je finis par l'ouvrir d'un coup sec pour en sortir une petite feuille cartonnée en or très brillante. En la bougeant légèrement, on distingue une forme de dessin qui ressemble à un hôtel et mon corps se fige. Une *invitation*. Je la retourne en vitesse.

Demain, 20 h.
Hôtel Baulieu

Une carte de visite l'accompagne sur laquelle un chiffre est inscrit. Le numéro 7.

– C'est quoi ce délire? marmonné-je.

Je manipule l'invitation entre mes doigts pour tenter de trouver une explication cachée, sans succès. Il n'y a rien d'autre que ces quelques lignes et je me lève en trombe pour me ruer dans le bureau du chef Aleksev. Il n'est pas surpris de me voir débouler sans frapper, pas plus que je le suis de le trouver ici, si tôt.

– Tu es matinal, aujourd'hui.

– J'ai reçu ça.

Je lui mets les deux cartes sous le nez et il les attrape en ricanant.

– Tu te maries?

– Lis-les avant de faire de l'humour.

Je prends appui sur son bureau, les deux bras tendus et le fixe intensément. Son microsourire disparaît et il scrute attentivement l'invitation puis le chiffre qui ne se réfère à rien. La ride sur son front se durcit et il redresse la tête dans ma direction en pinçant les lèvres avec sévérité.

– C'est ce dont parlait Kelman?

– Ça y ressemble. C'est un mec qui l'a déposée ce matin. Je n'étais pas encore arrivé.

– Elle ne t'a pas dit pourquoi tu reçois ça?

– On n'arrive toujours pas à la joindre, confessé-je. Et Elena ne l'a pas revue depuis la semaine dernière.

Je sors machinalement mon téléphone pour voir si j'ai loupé un message, mais ma page d'accueil reste désespérément vide. Hormis l'unique photo d'Elena à laquelle j'ai droit dès qu'elle rentre du club, accompagnée par un mot ou deux, on n'a aucun contact. C'est le deal, si on veut qu'elle soit le plus en sécurité possible. On est obligés de lui faire confiance. Elle garde la montre et, dès qu'elle a sa première journée de repos, elle s'arrange pour retrouver son appart où je l'attendrai. C'est censé être dans deux jours. Entre-temps, aucune interaction qui la mettrait en danger et signerait la fin de la mission. Mais il y a forcément un truc qui a fuité si je reçois une invitation.

Il hoche la tête vers mon téléphone que je range aussitôt.

– Tu crois qu'elle a cafté?

– Impossible.

– Tu es sûr de toi?

Je le dévisage.

– Certain.

Livio soupire en continuant de triturer les cartes, comme moi un peu plus tôt. Son index s'attarde sur le coin de la plus petite qu'il gratte dans un réflexe.

Une part de moi est en train de se remémorer un souvenir que j'avais volontairement relégué au fond de ma mémoire. Je me pétrifie. C'est *ça*, bordel! Cette invitation, c'est une réponse à ma visite surprise de la semaine dernière. Mais quel con! J'ai offert à Marius un moyen de pression. Une façon de s'assurer de ma bonne foi. Si je décline, il se doutera que ma venue était tout sauf amicale. Il veut m'avoir dans la poche et en contrepartie, il pourra continuer ses magouilles avec l'aval d'un flic. Je suis certain que je ne vaux pas grand-chose dans son plan, mais je suis un pas de plus dans sa course au contrôle de Sokal.

– À quoi tu penses?

Je grimace.

– Ça ne va pas te plaire.

– Dis toujours.

– Peut-être que ça a un lien avec ma présence au club lundi dernier.

Mon chef me foudroie du regard, poussant un long soupir d'exaspération.

– La visite que je t'avais *spécifiquement* interdit de faire?

– J'avais picolé.

– Ça ne rend pas ta désobéissance plus justifiable, Darcy! Je t'avais ordonné de ne pas t'y rendre. Tu connais les risques. Bon sang! Si Kelman en a entendu parler, c'est que tu y es allé en grande pompe! Tu pensais à quoi franchement?

– J'en sais rien! m'emporté-je. Peut-être que je voulais faire bouger les choses! Peut-être que j'en avais ras le bol de piétiner, de ne pas savoir si Jodie était vivante, de toujours avoir un train de retard sur ce connard de Baulieu !

– Et ça t'a apporté quoi, au juste ? J'imagine que si tu y avais fait une découverte utile à l'enquête, tu n'aurais pas attendu une semaine pour m'en parler ?

Mes épaules s'affaissent et je passe rageusement une main dans mes cheveux courts.

J'ai merdé. J'en ai parfaitement conscience et l'enveloppe dans les mains de mon père en est une preuve irréfutable.

– Je ne donne aucun crédit à ton action irréfléchie, reprend-il plus calmement. Mais peut-être que pour cette fois… ça va servir à quelque chose.

En général, mon père ne félicite pas mes bonnes actions, il aime plutôt s'attarder sur les mauvaises. Juste pour prouver que je ne serai jamais un flic aussi bon que lui.

– Tu m'éclaires ?

Il me montre la carte tandis que je reste sur la défensive.

– Tu les as fait réagir. Et le père en moi n'a vraiment pas envie que t'y foutes un pied seul, mais le chef est en train de se dire que c'est probablement notre seule chance d'aller voir ce qu'il se passe sur place.

– Tu sais qu'ils ne vont pas me lâcher d'une semelle, si j'y vais.

– Arrange-toi pour trouver un moyen de fouiner et faire ton boulot, dans ce cas. Et pas besoin de préciser que ça doit être en toute *discrétion* cette fois.

– OK, et c'est quoi le plan au juste ? Non, parce que je te signale qu'on ne sait même pas ce qui m'attend.

Il regarde les dossiers étalés sur son bureau puis l'écran allumé de son ordinateur avant de se pencher pour l'éteindre. Il se lève d'un bond.

– Appelle Marwan et Lavoie. Réunion d'urgence, qu'ils soient au poste dans dix minutes.

***

Vêtu de mon plus beau costume, je tâtonne mes poches à la recherche de l'invitation. La carte avec le chiffre mystérieux est rangée dans la poche avant de ma veste. Mon glock caché juste en dessous, je descends dès que le taxi s'arrête devant l'hôtel. Il n'a été fait mention d'aucun accès précis, mais vu le calme plat devant l'entrée principale, je me dis que je suis le seul qui a été tenu à l'écart de la porte dérobée et discrète. Forcément qu'il veut m'exhiber, ce connard! Je paie rapidement le chauffeur et me retrouve seul sur le trottoir.

Étape un : observation.

Il faut se familiariser avec les lieux, avec les invités, avoir les oreilles qui traînent et la langue pas trop déliée. Pour ça, le champagne est banni. Ne rien manger. Ne rien boire. Ce n'est pas que Baulieu cherche forcément à m'empoisonner ou à me faire disparaître, mais se choper une cuite ou une intoxication un soir aussi important, c'est un suicide.

J'arrive à peine devant les grandes portes vitrées qu'un garde m'ouvre.

– Lieutenant Aleksev, s'élève la voix rocailleuse de Franky, sur ma gauche.

Il me siffle en me détaillant de la tête aux pieds.

– J'aurais presque pu avoir du mal à vous reconnaître, ironise-t-il. Vous avez bien reçu notre invitation à ce que je vois. Le boss va être content.

Il se décale pour m'inciter à le suivre. On traverse le hall, qui m'est assez familier car il est visible depuis l'extérieur et on longe l'escalier central pour rejoindre un large couloir. Il ouvre la première porte et j'entre avant lui. Ce n'est ni plus ni moins qu'un vestibule où deux autres agents de sécurité nous attendent. Ils m'entourent, bloquant mes bras de sorte que je suis obligé de les écarter au maximum. Offrant une vue parfaite sur mon arme de service.

C'était prévisible.

– Pas besoin de ça, lieutenant. On s'occupe de votre sécurité ce soir.

Franky me fait un clin d'œil jubilatoire et retire mon flingue de son étui.

– Vous avez d'autres armes à déclarer?

Il n'attend pas ma réponse et se met à genoux pour palper mes jambes, mes chevilles et vérifier mes chaussettes. Après quoi, il glisse ses grosses mains autour de ma taille, sur le revers de mon pantalon de costume avant de s'attarder sur mes manches.

– Vous avez enfin appris à faire une fouille !

Il ne se formalise pas de mon ironie et me retire aussi mon téléphone portable qu'il range avec mon arme dans un casier verrouillé.

– Vous les récupérerez en sortant.

De je ne sais où, il attrape un masque rigide complètement noir qu'il me met dans les mains. Pas sûr qu'il couvre suffisamment mon visage au point de me rendre méconnaissable aux yeux de tous, mais je le prends sans broncher.

– C'est quoi, cette soirée, au juste ?

– Une petite sauterie qui risque de vous plaire, lieutenant.

– Masquée ?

– Nos clients aiment l'anonymat.

Tu m'en diras tant. Et avec moi, qu'ils font entrer dans l'arène, j'imagine qu'ils sont d'autant plus prudents.

Sa main me pousse par l'épaule et on ressort du vestibule. Après avoir emprunté d'autres portes et traversé d'autres couloirs – je le soupçonne de chercher à me perdre –, on arrive enfin devant une porte en bois massif. Deux gardes sont plantés devant et je distingue de nouvelles caméras. Ça fait un total de huit depuis que je suis entré dans l'enceinte. Si je n'étais pas déjà au courant de ses activités illégales, je le trouverais un poil paranoïaque, le Baulieu.

– La soirée a commencé sans vous, mais vous allez vite vous y retrouver.

Franky fait un signe de main vers les deux hommes pour qu'ils m'ouvrent. La chaleur étouffante est la première chose qui me saute au visage, la musique ensuite, forte, mais pas assourdissante au point que je puisse ignorer les gémissements. J'ose entrer sans me retourner, plein de détermination, et ignore les portes qui se referment dans mon dos. Pourtant, l'espace d'un instant, je suis pris par le doute. Tous ces hommes en noir sans visage, toutes ces femmes qui sont échangées d'une main à l'autre, que je vois dévêtues, haletantes, soumises. Ma gorge se serre de dégoût et d'amertume. Je me demande ce que je fous là. J'oublie la raison qui m'a poussé à accepter cette mission périlleuse, j'oublie l'intérêt qu'il y a derrière. Pourquoi je me mets en danger sans en avoir averti une seule fois Elena, pourquoi je me jette dans la gueule du loup en lui donnant cette occasion magistrale de me manipuler? Même si j'ai le feu vert du chef, même si j'ai peaufiné avec l'équipe un plan, même si j'attends depuis des mois d'infiltrer aussi facilement la Niche et que c'est l'occasion de reprendre contact avec Jodie… Il n'en reste pas moins que, debout comme un con au centre d'une pièce où tout le monde baise, j'hésite. Il ne doit pas y avoir plus d'une dizaine d'hommes, dont certains accompagnés de plusieurs femmes. Les prostituées sont reconnaissables, car aucune d'elles n'est masquée et, alors que mon regard parcourt la pièce pour assimiler le plus de détails possible, je vois Elena. En tailleur bleu marine près du corps, elle porte une jupe mi-cuisse et un rabat blanc en dentelle très fine couvre sa poitrine. Elle est en train d'aguicher un client. Celui-ci lui montre la même carte que la mienne, elle caresse son visage et dépose un baiser. Les muscles de ma mâchoire tiquent, mais je les ignore. Par souci de discrétion, je ne vais pas vers elle et fais le tour de la pièce, aux aguets. Je décline à plusieurs reprises des petits-fours et des bulles, faisant mine d'admirer la décoration et les filles alors que je tente désespérément de trouver quelque chose à me mettre sous la dent. Il va forcément y avoir un impair, ce soir. Avec le champagne et l'étourderie, il y aura bien un type qui va retirer son masque ou faire quelque chose qui pourrait me mettre la puce à l'oreille quant à son identité. Je pourrais surprendre une conversation, n'importe quoi qui pourrait me donner des informations décisives pour l'enquête. Je ne dois pas oublier que ce sont ce genre de soirées qui financent les trafics immondes qui entourent la Niche.

Après une bonne dizaine de minutes à faire chou blanc, je m'arrête près d'une fenêtre aux rideaux tirés et m'adosse au mur, les bras croisés. Mes yeux continuent de faire des allers-retours vers Elena, sans pouvoir m'en empêcher. Elle est toujours accompagnée et lorsque je vois l'homme disparaître, j'hésite un instant à la retrouver. Puis, elle se retourne et ses yeux sombres se plantent dans les miens avec stupeur, me confirmant que le masque ne couvre absolument rien pour ceux qui me *connaissent*. Et je suis plutôt certain que c'est un détail sur lequel Baulieu comptait. M'exhiber de manière détournée, juste pour le plaisir. Elle a l'air étonnée de me voir, détaillant ma tenue de haut en bas pour s'assurer qu'elle ne se trompe pas. Je m'avance vers elle, m'assurant que nous passons inaperçus parmi tous ces gens et après avoir regardé tout autour de nous, elle demande :

– Qu'est-ce que tu fous là?

– Invitation spéciale, maugréé-je en me rapprochant.

– Celle dont Jodie a fait mention?

Je hoche la tête et elle continue d'observer frénétiquement les personnes qui passent près de nous. Tout le monde nous ignore et la musique camoufle notre conversation.

– Je pense que ça a un lien avec ma présence de la semaine dernière.

– Je savais que c'était une connerie, soupire-t-elle.

– Merci Einstein pour ta lumière.

Elle lève les yeux au ciel en m'attrapant le bras pour m'éloigner du centre. On se retrouve au niveau d'une alcôve, encore trop en vue, mais avec un peu plus d'intimité. Elle cale son épaule contre l'un des poteaux de manière aguicheuse, afin de donner le change.

– Où est Marius?

– Il part dès que ça commence et revient au milieu de la soirée.

Elle coule des regards circulaires avant de plaquer sa main sur mon torse, triturant avec provocation les boutons de ma chemise. J'essaie de faire fi de son petit manège, sachant très bien qu'elle le fait uniquement pour brouiller les pistes.

– Au milieu *quand*?

– Environ deux heures après le début.

Je contemple ma montre. On a encore un peu de temps.

– Bon et tu m'expliques à quoi sert cette orgie?

Je montre sa tenue et elle effectue un pas vers moi. Comme si je l'avais complimentée et qu'elle me récompensait de sa présence. Je déglutis en la dévisageant.

– T'es déguisée en quoi? Avocate?

– Je suis un fantasme, conteste-t-elle. Regarde autour de toi, on a toutes un rôle. Saphira m'a dit que lorsqu'il y avait des fêtes en pleine semaine, elles avaient un but précis. Les invités de ce soir n'ont pas l'air d'être les mêmes que ceux que j'ai croisés samedi.

– Et c'est quoi, le but?

– Avoir une emprise sur les clients les plus influents. Je pense que ça va au-delà de l'offre de services de quelques filles pour du bon temps.

Je fronce le nez. Marius n'a aucune grandeur d'âme, ce qu'il donne, il en attend quelque chose en retour. Certains hommes sont certainement là par choix, mais ça m'étonnerait qu'ils soient tous dans ce cas. Il doit détenir des informations compromettantes sur eux, qui les empêchent de partir et dont on ne soupçonne pas l'existence. On a tous quelque chose qu'on n'a pas envie de rendre public, une addiction, un secret honteux, des fantasmes qui ne doivent pas être dévoilés. Une fois qu'ils ont intégré la Niche, je pense que Baulieu fait tout pour les empêcher d'en sortir, parce qu'ils sont une source de financement. Un réseau, dans le réseau.

– Je ne suis *pas* un client.

– Maintenant si. Et ce n'est pas bon signe.

Un corps se colle dans mon dos et des doigts viennent caresser ma poitrine à l'endroit où Elena avait les siens, avant d'atteindre la poche de ma veste pour en retirer la carte au numéro. Tous mes sens se mettent en alerte en sentant le parfum floral de la femme qui se glisse entre Elena et moi.

– Salut mon beau, roucoule-t-elle.

Je ne la reconnais pas. C'est une jolie rousse pulpeuse habillée en policière très dénudée. Mes yeux louchent malgré moi sur sa poitrine et elle sourit de satisfaction. Tout semble faux dans ses gestes, sa façon de se tenir, de réagir. Dans l'une de ses mains, elle tient un verre plein qu'elle me tend.

– Un homme les mains vides, n'est pas un homme comblé.

– Je ne veux pas d'alcool, rétorqué-je en refusant son offre.

– Ce n'en est pas, mon chou, reprend-elle, malicieuse. Cocktail de fruits. Si jamais tu changes d'avis, le bar est à ta disposition.

Je récupère le verre en pensant qu'elle nous foutra la paix, mais elle ne bouge pas, faisant mine d'inspecter ma carte avant de souffler de résignation.

– Dommage, tu n'es pas mon homme. Mais peut-être une prochaine fois.

Elle se penche pour mordre mon lobe d'oreille et chuchoter :

– Je suis certaine que ta queue fait des merveilles. Rien que tes yeux me rendent chaude.

Son index navigue le long de ma veste jusqu'à atteindre ma braguette qu'elle crochète savamment. Je reste de marbre. Je n'ai aucun mouvement de recul et attends qu'elle termine son manège avant de s'occuper d'un autre client. Sans un signe vers Elena, elle me lance un dernier clin d'œil coquin et repart de là où elle vient.

– Quelle peste.

J'avise Elena, dont le visage s'est tordu d'agacement et en profite pour sentir la boisson que j'ai entre les mains, sans me résigner pour autant à la goûter. Je l'abandonne sur la table basse la plus proche.

– C'est qui ?

– Kendra. Les yeux et les oreilles de Baulieu.

– Pas bon signe, fais-je sur la défensive. On ne devrait pas rester ensemble. T'as vu Jodie quelque part ?

– Non.

Elle attrape à son tour ma carte et je m'énerve :

– Vous avez quoi avec ce *foutu* numéro ?

– Tu n'as vraiment aucune idée de ce qui t'attend, pas vrai ?

Je hausse un sourcil qu'elle ne peut pas voir.

– *Ça*, lâche-t-elle en grimaçant devant le chiffre. C'est ta chienne attitrée.

Je la lui prends des mains et elle soupire face à mon manque de perspicacité. Ce soir, je n'ai pas que ça à faire de trouver un numéro de loto. Pourtant, une seule question me brûle les lèvres : *Est-ce que c'est le tien, aussi?* Je me mords la joue pour m'interdire de la poser. Ça m'apporterait quoi de le savoir? D'être certain qu'elle ne sera touchée par personne sous mes yeux? D'être sûr qu'elle n'aura pas à se vendre encore pour cette enquête? Pour nous? Rien, mis à part une bonne dose d'hypocrisie, parce que si elle est là, c'est parce que c'était mon idée.

– Tu dois trouver à qui il correspond, reprend-elle devant mon mutisme. Après quoi, tu es libre de faire ce que tu veux avec ta chienne. Elle est à toi pour toute la soirée.

Elle se tait et m'étudie, avalant sa salive bruyamment.

– Et une chance pour nous, ce n'est pas *moi.*

Je jurerais que son corps me hurle le contraire. Mes yeux dévient sur ses courbes de manière purement volontaire. Je la reluque, au point de remarquer sa poitrine effectuer quelques soubresauts plus prononcés sous mon regard intrigué, comme si elle manquait d'air et tout un tas d'images me viennent en tête. Avec nulle autre qu'elle. Je me penche, réduisant la distance entre nous. Je ne devrais pas rester là. On parle depuis trop longtemps et on se met tous les deux en danger. Sauf que c'est plus fort que moi, ce besoin de proximité, cette envie de défi. J'aime la façon dont je réagis à son contact. L'adrénaline, les émotions contradictoires et la provocation qui émane d'elle. Comme si elle me narguait. Comme si elle cherchait à me faire céder, juste pour jouer.

– C'est Saphira, le sept, m'informe-t-elle du bout des lèvres.

– Je m'en tape, répliqué-je, la voix rauque. Je ne couche avec personne.

– Il va falloir y mettre du vôtre, lieutenant. Quand on entre dans un tel endroit, on se doit d'être à la hauteur.

– La seule raison de ma présence, c'est pour faire avancer cette foutue mission. T'as été dans la chambre?

Elle secoue la tête, faisant un pas en arrière pour buter contre le mur dans son dos.

– Alors il faut que tu y ailles ce soir. Ça fait trois semaines et on a besoin d'avancer.

– J'ai *avancé*, crache-t-elle. Je connais les habitudes des hommes, je sais où se situent les caméras, quand Baulieu s'enferme dans son bureau. Quand il sort, combien de temps et avec qui.

– Tant mieux. Ce soir, on passe à l'action.

– Tu plaisantes ? Ils vont le voir tout de suite si je m'absente. À commencer par mon putain de numéro.

– T'es avec qui ?

– J'en sais rien, il ne s'est pas encore présenté.

Je souffle, mais n'ai pas le temps d'ajouter quoi que ce soit, qu'une jeune femme se joint à nous. Je la dévisage. Elle porte une toge romaine qui laisse ses seins nus. Bon sang, si on connaît l'identité de la majorité des mecs qui bossent pour Baulieu, ce n'est pas la même histoire avec ses prostituées. Et je déteste me trouver dans le flou à ce point.

– Tu veux quoi ? me méfié-je.

– Lieutenant Aleksev.

Je me crispe. Elle zieute vers Elena en lui faisant un sourire conspirateur dont je ne connais pas la teneur avant de se présenter enfin :

– Saphira. Ravie de faire votre connaissance.

Je lorgne Elena d'un mauvais œil. Je n'aime pas les imprévus et encore moins de cette taille. Si elle connaît mon identité, c'est qu'Elena *parle* et ce n'est pas bon signe. Je savais qu'elle avait trouvé une alliée, mais pas à ce point.

– Il semblerait que vous ayez tiré mon numéro, mon beau. En revanche, mon petit doigt me dit que je n'ai pas tiré le gros lot, moi.

– Ton petit doigt et toi, vous pouvez sûrement aller vous faire foutre un peu plus loin, t'en dis quoi ?

Elle ricane, loin de se vexer.

– J'en dis que tu n'es pas discret et si tu crois que tu vas pouvoir passer toute la soirée avec Bonnie, tu délires.

– Je ne t'ai pas demandé ton avis.

– Non, mais moi, je suis curieuse de savoir de quoi vous parlez depuis tout à l'heure.

Je pince mes lèvres de réprobation, mais Elena est plus rapide que moi car elle balance sans cérémonie :

– On doit s'éclipser de la soirée.

Je la dévisage durement.

– Dis-le encore plus fort, non?

– Elle est fiable.

– Personne ne l'est, riposté-je.

– Il va falloir choisir ton camp dans ce cas, chaton, me taquine Saphira.

Puis elle reporte son attention sur sa collègue en chuchotant :

– Tu ne m'avais pas dit qu'il avait un caractère aussi vilain, ton beau flic, glousse-t-elle.

– *Sophia*, la reprend Elena en claquant sa langue contre son palais. On n'a pas le temps pour ça.

Elle se marre de nouveau, jetant des coups d'œil circulaires dans notre dos avant d'ajouter :

– Pour combien de temps?

– Dix minutes, quinze tout au plus, lui explique Elena. Tu peux nous aider?

J'enroule mes doigts autour de son bras pour la faire taire.

– Je ne lui fais pas confiance, marmonné-je entre mes dents.

Comme si Saphira n'était pas juste en face de nous et qu'elle n'entendait pas parfaitement mes réticences.

– J'imagine que tu n'as pas vraiment le choix, tu vois? Parce que tu as mis Elena dans la merde et je ne compte pas l'abandonner sur ce coup-là.

– Balance ce que tu as derrière la tête, l'intime Elena. Les courbettes ne servent à rien avec ce flic-là. Crois-moi, j'ai déjà essayé et il aime le concret.

Un rictus railleur déforme mes lèvres involontairement, mais ça ne rend pas la conversation plus rassurante. Il va falloir qu'on ait une petite discussion, plus tard, Elena et moi. Parce qu'il y a deux trois trucs qu'elle n'a pas bien captés dans le principe de *confidentialité*.

– Vous faites ce que vous avez besoin de faire et moi je vais occuper ton numéro.

– On ne peut pas s'éloigner de nos numéros.

– Tu me laisses gérer?

Elena me lance un regard contrit et j'oscille, le cul entre deux chaises et une seule idée en tête : boucler cette soirée sans heurts. J'aurais dû me douter que la première difficulté que j'allais rencontrer allait provenir des filles elles-mêmes. Bêtement, j'espérais qu'on s'en tienne au plan, mais dans ce genre d'endroit, il n'y a plus rien qui compte mis à part l'instinct.

– Bien. T'as une minute pour me convaincre.

16

Elena

– Tu vois cette porte ?

Saphira fait un geste du menton vers un renfoncement. À cet endroit, des hommes et des femmes vont et viennent dans un ballet incessant. On n'est pas dans la même salle que ce week-end. Celle-ci est beaucoup plus petite, aucune danseuse ne se trémousse et des banquettes en tissu vert sombre ont remplacé les canapés en cuir. Ça ressemble plus à un pub qu'à une maison close, si on oublie le fait que des couples sont en train d'avoir des relations sexuelles autour de nous. Il y a un bar au fond, avec deux serveuses à peine habillées que je reconnais être des filles du club. Marius ne doit pas s'encombrer à faire appel à des prestataires, quand il a autant de monde sous sa coupe.

– Elle donne accès à trois chambres, reprend Saphira. Dans la numéro deux, il y a une issue de secours.

– Comment tu sais ça ? l'interroge Dax, sceptique.

Je n'ai pas besoin de voir son visage pour imaginer la ride entre ses deux sourcils. J'ai bien failli ne pas le reconnaître quand je me suis retournée vers lui. Ça a été instinctif. J'ai senti sa présence avant de le voir. Pourtant, une fois sous mes yeux, j'ai douté de mes sens. Il n'a plus rien du flic que je côtoie dans la rue, camouflé sous tout ce noir. Je le trouvais déjà énigmatique avec son éternel cargo et ses rangers. Dans ce costume, il dégage quelque chose de plus dangereux. Plus redoutable. Et ça a fait réagir une partie de moi que j'avais mise en veilleuse pour ce soir. Je ne m'attendais pas à le croiser, encore moins ici, en plein milieu de cette orgie. Marius est plein de surprises et je me demande s'ils ne l'ont pas *trop* sous-estimé. La présence de Darcy n'a rien d'un hasard. Il va falloir redoubler de vigilance et sa lubie stupide de nous faire sortir précisément ce soir complique les choses. Il ne pouvait pas juste venir prendre quelques informations, rester là une heure ou deux, avoir les oreilles qui traînent puis repartir? Non. Il faut qu'il débarque en grande pompe avec ses ordres et ses missions suicide. Même si je dois bien avouer que cette sauterie nous donne la diversion dont j'ai cruellement manqué.

– Il nous arrive de l'emprunter lors de soirées qui dégénèrent. Ou avec certains clients qui souhaitent quitter les lieux discrètement.

– Et elle mène où exactement?

Ses épaules sont tendues et il est à l'affût du moindre mouvement. Même s'il ne regarde pas en direction des couples qui gémissent, je sais qu'il en a parfaitement conscience. Comme nous tous.

– Dans un couloir de service. Il n'y a aucune caméra, car il est principalement utilisé comme sortie. Mais si vous partez par la droite, ça vous mène vers le hall.

– Le hall est truffé de gardes, signalé-je.

– Vous n'irez pas jusque-là. Vous devrez continuer sur votre gauche. Il y aura une porte qui donne sur un ascenseur.

– Celui qui monte au premier? demandé-je, me souvenant parfaitement l'avoir emprunté mardi dernier.

– Oui. C'est celui que prend Marius pour recevoir ses rendez-vous sans que tout l'hôtel en soit témoin.

– Tu veux dire que tu nous conseilles de monter dans l'ascenseur personnel de Baulieu?

– C'est le seul endroit caché des caméras pour accéder aux étages. Et mon petit doigt me dit que vous avez besoin de passer inaperçus.

Darcy pousse un long soupir, passant une main agacée dans ses cheveux courts, qu'il tire plusieurs fois avant de laisser retomber son bras contre sa hanche.

– Quel plan de merde.

– Tu proposes quoi au juste ? Repartir par la porte où tu es entré ? Sans déconner, vous réfléchissez à quoi dans la police ?

– Au cas où tu n'aurais pas remarqué, cet hôtel est un bunker, siffle Darcy.

Elle ricane.

– Sans blague !

– Une fois au premier, on sera sous le feu des projecteurs, lui précisé-je. T'es prêt à prendre le risque ?

– On n'a pas le choix. L'occasion ne se présentera sûrement pas deux fois et avec un peu de chance, on foutra en l'air le réseau avant leurs représailles.

– Très bien, dis-je. Alors on se retrouve dans la deux d'ici vingt minutes. Ça me laisse le temps de chercher mon client et de l'occuper.

Darcy ne me retient pas. On n'a pas passé assez de temps ensemble pour que ça paraisse suspect ; plus, alors que rien ne se passe entre nous, le deviendrait. J'avance dans la pièce d'une démarche affriolante, coulant des regards aguicheurs à certains hommes avant de constater qu'un homme arrive à ma hauteur. Je le reconnais sans mal. La coupe de cheveux, la démarche, le masque intégral… D'instinct, je sors le numéro qui m'a été attribué pour la soirée et en le voyant, il récupère sa carte pour me la montrer. Je félicite le hasard, parce qu'un homme que je « connais » sera plus facile à influencer.

– Je crois bien que tu es pour moi ce soir, ma beauté.

– *Monsieur*, roucoulé-je en me collant contre lui. Quel plaisir.

Il embrasse goulûment mon cou, léchant ma peau jusqu'à mon oreille en y laissant une traînée de bave froide. Je déglutis, inspirant grandement pour me remettre dans mon personnage. Je devine le regard de Darcy dans mon dos et, pour la première fois, je ne me sens pas à mon aise. Ses mains baladeuses me font gémir et il prend ça pour un encouragement, car il continue de se frotter comme un chien en chaleur contre moi. J'étouffe. Mais la mission ne me quitte pas et je profite de son empressement pour chuchoter :

– Voulez-vous que l'on aille dans la chambre deux ?

Il pouffe dans mon oreille, son érection pressant toujours ma cuisse.

– Avec le sas d'observation ? C'est que tu es une belle coquine, toi.

J'esquisse un sourire joueur, dégageant mes cheveux dans un geste théâtral. Il se décale, faisant traîner sa main le long de mes reins.

– Oui, continué-je sur le ton de la provocation. Et vous savez ce qui m'exciterait encore plus ?

Je caresse son sexe et il halète en hochant la tête.

– Que vous preniez Saphira, sous mes yeux.

Dans un timing parfait, la principale concernée sort de son alcôve au bras de Darcy. Ce dernier ne me lâche pas des yeux et je frémis. Mon client ne remarque rien, l'attention rivée vers ma collègue qui déboutonne sciemment sa chemise tout en dirigeant le flic vers la porte du couloir qui donne à la chambre où on doit se rejoindre.

– Je ne suis pas certain que son client du soir le voit d'un très bon œil.

Monsieur reprend l'assaut de mon corps en grondant de contentement. Pendant un moment, j'ai peur qu'il ne morde pas à l'hameçon et que ça fasse capoter le plan.

– Détrompez-vous, insisté-je. Avant de vous rejoindre, j'étais avec eux.

– Je sais, je vous ai vus.

Il attrape mes fesses entre ses mains et les presse fermement. Je manque de couiner d'inconfort.

– Ça lui plaira beaucoup, continué-je. D'observer.

Ça a le don d'attiser sa curiosité, car il me lâche, oscille entre moi et la porte du fond, avant de me prendre par la main pour me forcer à le suivre. Je soupire de soulagement. Dans le couloir, des couples sont en train de jouer. La porte de la numéro deux est entrouverte et des râles se font entendre. Peut-être qu'il s'agit déjà de Saphira et Darcy. Après tout, il est libre de faire ce qu'il veut avec elle toute la soirée, même s'il m'a juré le contraire. Je ne suis ni sa mère ni sa copine et encore moins son chef. Je sais à quel point ce genre de lieu peut faire perdre la tête à un homme et je ne serais même pas surprise de le voir flancher. En revanche, il y a un tout nouveau sentiment qui étreint ma poitrine au point de rendre mes inspirations douloureuses rien qu'en imaginant les surprendre *ensemble*. En rentrant, cependant, ni l'un ni l'autre ne sont allongés sur le lit à baldaquin. Difficile de bien voir, mais je crois distinguer la chevelure rousse de Kendra étalée sur les draps, dont les cris s'élèvent dans la pièce au rythme des coups de butoir de l'homme. Monsieur ouvre la porte du sas et me traîne à l'intérieur. Les deux canapés sont occupés, le premier par un homme qui se fait sucer, les yeux rivés vers la scène derrière la vitre sans tain. Le second, par Saphira et Darcy. Cette dernière a passé la main sous la chemise du flic, la bouche lovée dans son cou. Le poids qui écrase ma poitrine est de retour. Ses yeux me percutent à la seconde où j'arrive et sans se faire prier, Monsieur s'assoit près d'eux, m'obligeant à m'installer sur ses genoux.

– Regarde-les, ma beauté. Est-ce qu'ils t'excitent?

Son sexe se frotte contre mes fesses et je ferme les yeux une seconde, tâchant de ne pas penser à l'homme sur ma gauche dont je ne cesse de sentir la brûlure du regard. Saphira gémit et je pivote dans leur direction. Il ne la touche pas, les bras écartés sur le sofa, mais son sexe a gonflé contre sa braguette et cette vue échauffe mes cuisses. Je me tortille sur Monsieur. Il jubile, loin de se douter qu'il n'est pas la cause de mon trouble. Lors de ces soirées, j'arrive toujours à prendre du recul. À ne rien ressentir. À ne rien désirer. Mais avec Darcy, j'ai l'impression d'être incapable de me détacher complètement. Comme si sa simple présence me ramenait sans cesse sur terre. Ses yeux trop bleus. Trop perçants. Trop scrutateurs. La main de Monsieur passe sous ma jupe et je me détourne de Darcy. Ses doigts rêches me touchent. Je simule, le souffle faussement erratique. Kendra s'est retournée sur le lit, les fesses offertes à son client, elle a le visage rivé vers la vitre derrière laquelle on est tous cachés. Elle nous fixe sans nous voir, criant de plaisir. Puis, la main de Monsieur me quitte, glissant sur la jambe à côté de la mienne. Saphira écarte aussitôt les cuisses dans une supplique feinte. Sa tête bascule en arrière et elle agrippe la chemise de Darcy dans son poing. Il louche sur la main de Monsieur, disparue sous la toge, qui bouge dans un rythme lascif.

– Je pense que le jeu peut commencer, t'en dis quoi, Bonnie? se languit mon client.

Je hoche la tête, l'air de ne désirer rien d'autre que ça : le voir prendre Saphira sous mes yeux. S'il savait à quel point j'exècre cette idée plus que n'importe laquelle. Mais c'est notre métier et je n'ai jamais eu de remords. Ce n'est pas ce soir que ça va commencer. Alors je me redresse, laissant Monsieur attraper Saphira par la main. Il fait un léger signe de tête entendu vers Darcy, puis les dirige tous les deux dans l'autre pièce. Darcy se lève aussitôt. Sa présence dans mon dos me fait tressaillir, parce que positionnée ainsi, je sens tout. Sa chaleur moite. L'odeur de sa transpiration. Les effluves de son parfum. L'épaisseur de son membre, qui tressaute sensiblement contre mes reins. Tout ça tandis que le couple dans l'autre canapé est passé à l'étape supérieure.

– Faut qu'on y aille.

Ses doigts s'enroulent autour de mon poignet, me provoquant un frisson, et il nous fait sortir du sas par la porte que je n'avais pas vue en arrivant. Juste derrière le sofa où nous étions installés. Il retire son masque, l'enfouissant dans l'une des poches de sa veste. Mon ventre se tord sous la familiarité des traits de son visage, la rudesse de sa mâchoire et ses lèvres, plus roses que tout à l'heure. Parce qu'il a dû les mordre à de multiples reprises au point de les martyriser. Cette image m'échauffe encore plus et je grimace.

– Je connais ce type, marmonne-t-il.

– Monsieur?

Il hausse un sourcil dubitatif et pince les lèvres.

– Ouais. Sa voix m'est familière, mais je suis incapable de savoir d'où ça vient. Et je n'aime pas toutes ces inconnues.

Il n'ajoute rien et commence à marcher en longeant les murs du couloir. Le bruit de mes talons qui claquent sur le sol finit par nous arrêter. Avec un boucan pareil, on ne risque pas de passer inaperçus. Et si on se fait choper, on est morts. Je les retire sans me priver, coinçant la lanière autour de mon poignet.

– On ne va pas avoir beaucoup de temps, murmure Darcy.

On presse le pas, suivant les indications de Saphira à la lettre en priant pour ne croiser personne. Cette partie de l'hôtel nous est totalement étrangère, mais par chance, on atteint l'ascenseur sans encombre et on entre dans la cage en vitesse. La surface froide sous mes pieds me colle un frisson.

– C'est trop calme, se méfie Darcy quand les portes métalliques se referment sur nous. Tu vas me faire croire que personne ne quadrille ce foutu bâtiment?

– Raison de plus pour se grouiller.

Le tintement de l'ascenseur résonne et les portes s'ouvrent dans l'antichambre du premier étage. Je stoppe net en entendant des voix juste derrière la porte que j'avais empruntée la dernière fois et retiens Darcy de faire un pas de plus. Je fais un signe de tête vers les bruits.

– C'est l'accès privé du bureau de Baulieu, murmuré-je.

Il fronce les sourcils en observant la porte close, puis me pousse vers la seconde. Son buste ne me touche pas, mais je sens sa respiration dans ma nuque et la chaleur de son corps dans mon dos. Il m'empêche d'enclencher la poignée en posant sa paume sur mon avant-bras.

– Si on se fait choper, Elena, chuchote-t-il, tu devras dire que je t'ai forcée à monter.

Je coule une œillade par-dessus mon épaule, tombant dans son regard azur. Je ne m'attendais pas à ce qu'il soit aussi proche et je bute sur sa bouche avant de reporter toute mon attention sur ses yeux.

– Ils ne me croiront pas.

– Il faudra essayer quand même.

Je me détourne et ouvre légèrement la porte, observant par la fente le couloir vide avant d'y passer la tête.

– La voie est libre, conclut-il à ma place. Dépêche-toi et ne regarde pas les caméras.

– Comme si ça allait les empêcher de nous filmer, ironisé-je.

Il me presse jusqu'à la chambre d'Hamel, que l'on trouve sans mal. Une fois devant, il s'arrête pour sortir de sous sa ceinture deux tiges métalliques. Je pouffe silencieusement.

– Un vrai agent secret.

Il me dévisage, luttant pour retenir son sourire, puis il se penche sur la serrure. En deux trois coups, il réussit à la crocheter et on pénètre dans les appartements du membre de la Niche. Darcy ne perd pas de temps à analyser ce qui l'entoure, se ruant instinctivement vers l'armoire pour en tâter chaque recoin.

– Reste pas plantée là ! Le compte à rebours est lancé !

Il me montre la seconde commode et je me mets à genoux devant pour pouvoir glisser ma main en dessous. Je touche chaque centimètre carré, chaque rebord, angle, tiroir.

– Il n'y a rien dans celle-ci.

– Bordel, jure-t-il. Je ne trouve rien non plus.

Je me redresse en l'avisant, il est déjà en train de regarder sous le lit, derrière la table de chevet et étudie d'un œil vif la pièce. Sa mine est chiffonnée à en croire la ride entre ses deux sourcils et le pli sévère de sa bouche.

– Tu crois qu'elle est déjà venue la récupérer?

– J'en sais rien, gronde-t-il. Mais ça commence à me casser les couilles, cette histoire.

Il tire rageusement ses cheveux, semblant chercher une solution avant d'annoncer :

– Laisse tomber, il faut qu'on se barre de là. Il n'y a rien.

Mais alors qu'il se dirige vers la porte pour l'ouvrir, on est arrêtés par une voix sourde dans le couloir qui se rapproche dangereusement. Darcy referme silencieusement, me faisant un signe bref vers le dessous du lit. Je m'exécute sans demander mon reste, les jambes en coton et le cœur battant dans ma poitrine. La poussière me chatouille les narines et je me sens écrasée contre le sol, mes chaussures à talons maladroitement coincées contre mes seins, les lattes dans mon dos et la tête relevée pour fixer le moindre mouvement dans la pièce. Ma nuque me tiraille. Je vois les pieds de Darcy se faufiler derrière le rideau et je mords l'intérieur de ma joue. La porte s'ouvre dans la foulée. Je cesse de respirer.

– Tu ne devrais pas laisser ta chambre ouverte.

Oscar Simard.

– Je l'avais fermée.

On est foutus.

– Apparemment pas.

Je regarde les deux hommes marcher autour du lit et ferme subitement les yeux, dans l'espoir que tout ça ne soit qu'un mauvais rêve. J'entends des pas, que je soupçonne d'appartenir à Ilian, se déplacer vers une armoire qu'il entrebâille. Je rouvre les yeux, ne distinguant pas grand-chose, seulement quelques bruits étouffés, leurs souffles, les mouvements de leurs jambes. Et j'imagine Darcy devant cette fenêtre, prêt à être découvert à n'importe quel moment s'il prend l'envie à Hamel d'ouvrir ses rideaux. Mon cœur tambourine, je lutte pour ne pas expirer trop fort malgré le manque d'oxygène. Un téléphone sonne et pendant un moment, je me dis que c'est celui de Darcy et que c'est fini, mais la voix de Simard s'élève.

– Allô? ... Accepter.

Il soupire.

– C'est lui? demande Hamel.

– Ouais... Allô? dit-il dans le combiné. C'est pas trop tôt. T'as reçu notre message? ... Parfait... Non, c'est bon... Évidemment, tu auras le double... Ce sera plus sûr... Je te dis que c'est bon... Écoute, Green. Si t'as pas les couilles de faire le taf, on a vingt autres gars qui sont prêts à bosser pour nous...

Mon sang pulse contre mes tempes et je plaque une main contre ma bouche, les yeux exorbités et les doigts tremblants. C'est quoi ce délire?

– Dis-lui qu'on peut toujours faire appel à sa femme, menace Ilian.

Dixie.

– T'as entendu? ... Ouais, voilà. Je préfère entendre ça.

Qu'est-ce qu'il se passe? Pourquoi est-ce qu'ils sont en communication avec Tobias? Toujours au téléphone, les deux hommes finissent par sortir de la chambre en fermant à clé derrière eux. J'attends de longues secondes, sonnée, jusqu'à ce que Darcy s'accroupisse pour m'obliger à quitter ma cachette.

– Magne-toi, il faut qu'on retourne à la soirée.

Une fois que je me suis extirpée de sous le lit en rampant, il m'aide à me relever. Mes jambes me soutiennent à peine et je me surprends à trembler de la tête aux pieds. Je pivote le regard vers Darcy qui me fixe, la mine grave.

– Vous le saviez?

– On parlera de ça plus tard.

Son aveu tacite achève de me convaincre et une rage gonfle en moi.

– Non, le contredis-je fermement.

Je croise mes bras contre ma poitrine en le fusillant du regard. Il souffle un grand coup en tournant rapidement la tête vers la porte.

– Si tu parles pas tout de suite, on va perdre encore plus de temps, signalé-je. Et plus on perd du temps, plus on risque de...

– Très bien, me coupe-t-il. Je vais te dire ce qu'il se passe. Ce que tu as entendu là, on le savait déjà. Tobias Green trempe avec la Niche depuis des années.

Le soupçonner d'après une conversation téléphonique m'a mis une claque, entendre la confirmation de sa trahison me fait l'effet d'un uppercut violent qui m'en coupe la respiration. Darcy ne s'arrête pas pour autant, débitant un tas d'informations dont j'ai du mal à comprendre la signification.

Ou que j'aimerais ne pas comprendre, justement.

– Quand il s'est fait arrêter, ce n'était pas uniquement pour trafic de bagnoles. On a retrouvé tout un tas de trucs dans sa caisse. Des traces ADN de nanas qui avaient disparu, des itinéraires dans son GPS et tout un arsenal de psychopathe dans son coffre.

– Tu veux dire qu'il...

Il hoche la tête et je pousse un couinement de stupeur.

Tobias, dans la traite humaine?

– Il est en taule pour *ça*?

– Non. Le juge a été clément, ne me demande pas comment, mais il a pris pour cinq ans et toutes les charges contre lui ont été abandonnées, hormis celle du trafic de voitures.

Je ne sais pas quoi dire. Un tas de choses me passent par la tête, une tonne de questions. Est-ce que Dixie est au courant ? Est-ce qu'elle y participait ? Est-ce que ses frères savaient ? Est-ce qu'ils me cachent autre chose… ?

– Est-ce que c'est pour ça que vous m'avez choisie, moi, pour la mission ?

La mâchoire de Darcy se crispe.

– Ça a aidé, oui.

– Putain.

– Écoute, je peux répondre à toutes tes interrogations, Elena. Mais je te jure que c'est pas le moment. Là, il faut qu'on sorte de ce bourbier.

Il me lance un dernier coup d'œil appuyé avant de se précipiter vers la porte. Comme tout à l'heure, il se penche pour la crocheter. Le clic familier de la serrure se fait entendre et on réussit à quitter la pièce. Je fais tout par automatisme, avançant et m'arrêtant lorsque Darcy me le dit. Quand on arrive au rez-de-chaussée pourtant, il se fige. L'ascenseur s'ouvre et ce n'est pas un sas vide qui nous accueille, mais une grande blonde.

– Kelman ? s'étonne-t-il.

– Je me demandais si tu allais venir.

Elle lui lance un large sourire, étonnant vu la situation dans laquelle on se trouve, puis elle me voit et sa joie se fane. Elle me reluque durement et je lui retourne son coup d'œil. Pour qui elle se prend ? Elle ne m'impressionne pas.

– Putain !

Un mot qui claque comme s'il n'en revenait toujours pas.

– Tu peux m'expliquer pourquoi tu ne donnes plus de signe de vie ? s'agace-t-il. Et qu'est-ce que tu as foutu de la clé, on est montés pour la chercher mais impossible de mettre la main dessus !

– Elle n'y est plus, rétorque-t-elle. Je l'ai changée de place.

– Il me la faut.

– Tu ne devrais pas te trimballer dans les couloirs avec elle.

Le *elle* sort comme une insulte et mon corps se tend. Darcy me regarde, glissant un bras sur mes reins. Ce n'est pas possessif ou autoritaire. Plutôt protecteur, et c'est tout nouveau et déconcertant de le voir réagir ainsi sans même qu'il ne s'en rende compte.

– Retourne là-bas.

Je fronce les sourcils de désapprobation en constatant que oui, c'est à moi qu'il parle et qu'il ne me laisse pas vraiment le choix.

– Darcy.

– Je fais vite, réplique-t-il.

Il esquisse un sourire rassurant qui me fait capituler.

Il a de la chance, parce que, dans un autre contexte, je lui aurais balancé mon majeur sous le nez, mais j'ai trop envie de retrouver mon poste et de sauver ma peau, si possible, pour me battre avec lui.

17

Dax

– Pourquoi est-ce que vous l'avez embauchée ? s'empresse de demander Jodie dès qu'Elena est hors de vue.

Je la dévisage, faisant un pas dans sa direction. Je ne cherche pas à être menaçant, mais putain, qu'est-ce qu'elle fabrique ici ? Si détachée. Si sereine. Loin de l'image que je me faisais d'elle depuis des semaines, même après avoir appris qu'elle était vivante. Je la croyais en danger.

– Parce que tu ne donnais plus de signe de vie, rétorqué-je sèchement. Putain, mais tu n'as pas pensé une seule seconde à nous faire parvenir un message ? On t'a crue morte ! T'as l'air pourtant en parfaite santé !

– Ce n'était pas la première fois que je ne vous contactais pas ! Je suis en planque, forcément que je n'ai pas toujours le temps de vous joindre.

– Ça fait trois semaines, Kelman ! Tu sais ce qu'il peut se passer durant tout ce temps ? On a retrouvé le corps de Blaise après une semaine sans nouvelles. On était inquiets !

Elle tique en entendant le nom de notre indic et lance un coup d'œil furtif aux portes fermées du sas. On est à découvert, si Baulieu emprunte son ascenseur ou qu'un de ses sbires se décide à passer par là, on est dans la merde. Moi davantage qu'elle, étant donné que je devrais être dans une salle *close*.

– Tout est sous contrôle, signale-t-elle.

– Eh bien, tu vas tout m'expliquer. Retrouve-moi demain au Carlisle. Chambre 412 à trois heures. Tu pourras te libérer ?

– Je vais essayer.

– Fais plus que d'*essayer*, la sommé-je. Ça a assez duré.

Ses lèvres se tordent dans une moue irritée.

– J'y serai, confirme-t-elle. Tu ferais bien d'y aller, parce qu'ils vont se rendre compte que tu n'es plus à la soirée.

Je marche à reculons, la gardant dans mon champ de vision pour m'assurer qu'elle a compris le message. On se fixe jusqu'à ce que je quitte l'antichambre pour me retrouver dans le couloir de tout à l'heure. Je me mets à courir jusqu'à la porte qu'on avait empruntée, priant pour qu'aucune surprise ne m'attende derrière. Lorsque je la passe, je suis brièvement privé de ma vue. Il fait noir en comparaison du reste de l'hôtel que je viens de traverser et je mets plusieurs secondes à m'y habituer.

– T'en as mis du temps, grince Elena. Ils ont bientôt terminé.

Assise sur le même canapé que quinze minutes plus tôt, elle est seule. Derrière la vitre sans tain, Saphira hurle exagérément son plaisir tandis que l'autre type la prend fort. Je m'assois près d'Elena, passant ma paume sur mon visage. Cette mission prend un tournant qui ne me plaît pas.

– Pourquoi tu ne m'as pas dit ce que vous saviez sur Tobias? m'attaque-t-elle sans préambule.

– Elena, on en parlera une autre fois.

Je clos les paupières pour me les masser. Je suis crevé et je sens que quoi qu'elle ait en tête, ça va dégénérer. La pièce n'est pas filmée et on est seuls, donc elle n'a même pas besoin de faire semblant.

– Non, rétorque-t-elle brusquement. Je veux que tu m'en parles tout de suite.

– Ça t'apportera quoi de le savoir?

– J'en sais rien, s'impatiente-t-elle. Mais j'ai besoin que tu me le dises. Est-ce qu'*ils* savaient?

Je lorgne vers elle d'un œil sceptique.

– Les Green? Oui. Ils étaient tous à son procès.

– *Tous*? répète-t-elle, blême.

– Ton mec et son frère, oui. Et Dixie aussi.

Je la dévisage dans le noir, seuls les reflets des lumières dans l'autre salle illuminent ses traits. Ils sont tendus. Inquiets, et ce n'est pas souvent que je remarque ce genre d'émotions chez elle. Elle accuse le coup et, face à son désarroi, j'hésite à poser une main rassurante sur sa cuisse. Mais je n'ai pas le droit à ce genre de gestes… Et encore moins cette affection que je ne peux m'empêcher de ressentir. Depuis quand je me préoccupe des états d'âme d'Elena Maslo ?!

– Qu'est-ce qu'il a fait, précisément ?

Elle se redresse, toute trace de malaise s'est dissipée. Le masque est de retour. Froid et calculateur. Ça me conforte dans ma décision de prendre de la distance avec elle. Cette fille est une énigme qu'il ne vaut mieux pas que j'essaie de déchiffrer. Je m'enfonce dans le sofa, calant mes bras derrière ma nuque comme si mes aveux n'avaient aucun impact sur moi.

– On pense qu'il a fait disparaître une vingtaine de filles. Peut-être plus. Mais le juge n'a retenu aucune de nos évidences, estimant qu'elles n'étaient pas recevables. Green avait réponse à tout et les jurés l'ont cru.

– C'est pas possible.

– Si. C'est un bel enfoiré qui va s'en tirer sans dommages. Il a pris uniquement pour trafic de voitures, c'est que dalle.

– Pas si les preuves de Jodie l'incriminent indirectement.

– Encore faut-il qu'on les récupère, remarqué-je.

La voix de Saphira s'élève de plus en plus dans les enceintes au-dessus de nos têtes et je me raidis. J'ai beau haïr cet endroit, il y a des choses qui me font réagir. Et assister à une relation sexuelle en direct, ça ne me laisse malheureusement pas de marbre.

Et ce n'est pas le moment d'avoir envie de tirer mon coup, putain.

– J'imagine que maintenant ma mission s'arrête là.

Je me tourne vers elle.

– Non.

Elle arque un sourcil étonné.

– Jodie est vivante et elle a la clé. C'était précisément la raison pour laquelle vous m'avez fait entrer, Darcy.

– Et tu crois que tu vas en sortir dans un claquement de doigts sans éveiller un seul soupçon, *Elena* ? fais-je sur le même ton. Tu restes.

– Vous me faites chier, grommelle-t-elle.

– Ça tombe bien, il va falloir que tu fasses quelque chose d'autre pour nous.

Elle fronce les sourcils de dédain.

– Quoi *encore*?

Sa voix tranche dans le silence, entrecoupée par les bruits de claquements frénétiques depuis l'autre pièce. Le type a l'air de s'y donner à cœur joie sur Saphira et je suis étonné que ça dure aussi longtemps compte tenu de son acharnement. Mes jambes s'écartent un peu et je pousse un soupir, essayant de faire cesser la pression qui se loge sous mon abdomen.

– Tu vas devoir trouver l'endroit où ils gardent les enregistrements, soufflé-je, la voix rauque. Il doit y en avoir quelque part dans l'hôtel. Un ordinateur ou quelque chose comme ça.

– Pour quoi faire? Si Jodie a la clé avec toutes les données, vous n'avez besoin de rien d'autre. Je ferais mieux de me faire petite jusqu'à ce que vous boucliez tout ça.

Encore faut-il que je lui fasse confiance, à Jodie. Plus les semaines passent, moins c'est sur elle que j'ai envie de me reposer.

– Au cas où ça tourne mal, rétorqué-je. Il nous faut un plan B. Est-ce que tu sais où peut se trouver la salle?

– Non. Mais ça va s'arranger.

– Bien.

Je gesticule, de plus en plus excité. J'ai besoin de sortir, de faire un rapport à l'équipe, de préparer le rendez-vous que j'ai donné avec Kelman demain en milieu d'après-midi. Pas de rester ici alors que l'autre crevard est en train de pilonner Saphira sans relâche.

Saphira gémit plus fort et mes yeux dévient sans mon consentement vers leurs deux corps. La scène me happe. J'ai beau me convaincre que tout ça n'est que du cinéma, qu'elle ne prend aucun plaisir, ça m'allume. Je suis agité, nerveux, j'ai pas tiré mon coup depuis une éternité et j'ai une conscience aiguë d'Elena à côté de moi. Si ça avait été une autre, j'aurais sûrement pu ne pas m'en formaliser. Mais c'est *elle* et ça fait des semaines que ça tourne à l'obsession.

– Un *petit* problème, lieutenant ?

Je sursaute en me rendant compte que sa voix est plus proche que je ne l'avais pensé et je tourne la tête pour l'observer. Elle louche sur mon entrejambe et je ne prends pas la peine de cacher ma raideur. Mes jambes sont écartées et sous ma braguette, ma queue est réveillée depuis un moment.

– Je t'emmerde, Elena.

Elle ricane, glissant plus près de moi. Je suis déjà tellement acculé contre le rebord du canapé que je suis incapable de m'éloigner. Je suis submergé par sa présence, son odeur embaume mes sens déjà fébriles. Mes maxillaires tressautent et tous mes muscles se tendent de concert. Sans me toucher, elle avance sa tête, l'air aguicheur, et je déglutis comme je peux. Si j'étais raisonnable, je partirais. J'ai eu tout ce dont j'avais besoin. J'ai repris contact avec Jodie, elle a encore la clé, je vais la voir demain et Elena reste en mission. Ma soirée est terminée, alors pourquoi je reste planté là ?

– Je peux peut-être t'aider, murmure-t-elle.

Oui.

– Arrête tes charmes, articulé-je, la voix de plus en plus éraillée. Ton petit jeu n'a jamais marché avec moi, *Bonnie*. Tu le sais bien.

J'ai envie de me croire, mais ça fait un moment que je doute de mes facultés de résistance.

– Je ne joue pas, *Darcy*.

Sa confession m'ébranle et je la dévisage.

Ça ne fait que me raidir davantage, parce que s'il y a bien quelqu'un que j'ai du mal à combattre, c'est *Elena*.

Bonnie, ça fait bien longtemps que j'ai appris à la contrer.

Elena Maslo ? Je suis encore novice en la matière et plus je la laisse gagner du terrain dans ma vie, moins ça devient évident de lui mettre des barrières. Ça me rend encore plus fou.

– On ne peut pas, chuchoté-je.

C'est une supplique. Pour me convaincre moi plus qu'elle, mais ça n'a aucun effet, parce que j'ai déjà craqué. Les digues ont lâché, j'ai envie d'elle à en crever et elle le sait.

– Et qui va nous en empêcher?

Sa main longe ma cuisse et je siffle entre mes dents serrées. Elle ne se démonte pas, faufilant sa tête dans mon cou en m'effleurant à peine. Son souffle me chatouille l'épiderme et je frissonne. On sait tous les deux que si ses lèvres se posent sur moi, on est condamnés. Ce serait franchir la limite. Celle qu'on se donne depuis des semaines.

– Ta bonne conscience? continue-t-elle.

Elle empoigne mon érection et j'étouffe un juron.

– En tout cas, certainement pas la mienne.

Elle mord mon lobe et j'émets un grognement sourd. Ma tête bascule en arrière alors qu'elle me caresse lentement par-dessus mon jean.

– C'est n'importe quoi, balbutié-je au bord du précipice.

– Si tu y mettais plus de conviction, je te croirais peut-être.

– *Elena*, tenté-je.

– Regarde-moi.

Je baisse les yeux vers elle, la lueur de désir que je lis dans les siens ne fait plus aucun doute. Elle me veut et ce constat est d'autant plus difficile à ignorer. Mon attention dévie vers sa bouche entrouverte. J'ai envie de la posséder. Mordre sa chair, goûter sa langue que j'ai tant appris à détester. Cette langue provocante qu'elle est inconsciemment en train de passer à la commissure de ses lèvres.

– Et puis merde.

Au diable la putain de limite.

Je lâche prise, prends son visage en coupe et percute sa bouche. La collision est brutale et elle couine de surprise, laissant échapper un soupir d'aise dès que ma langue plonge contre la sienne. Je n'y vais pas en douceur, je ne prends pas mon temps. Je la revendique, pour toutes ces fois où je n'ai pas pu le faire. Ses doigts se sont accrochés à ma chemise, à l'endroit où mon cœur bat à tout rompre dans ma poitrine. J'empoigne ses cheveux, lui faisant basculer la tête en arrière. On se fixe un instant. Ses yeux sont voilés, peut-être autant que les miens, par tout un tas d'émotions. De fièvre. Nos lèvres se frôlent. J'y plante les dents pour la faire gémir. Le son qu'elle fait se répercute dans ma queue et je la mords plus fort encore. Mes mains ne bougent pas, ancrées dans ses cheveux, de peur de m'aventurer plus loin. De peur que ce ne soit trop tard pour reculer. Je l'embrasse à en perdre le souffle, me délecte de la sensation de sa langue contre la mienne, joueuse et affriolante. Enivré par l'odeur de sa peau, la chaleur de son corps qu'elle presse contre le mien. Elle s'assoit contre mon érection. Les jambes de part et d'autre de moi, elle me chevauche et c'est de loin la chose la plus sensuelle que j'ai vécue ces dernières années. J'ai des fourmis dans les muscles, une boule d'excitation dans le ventre, l'impression de perdre pied. Quelques mèches me chatouillent les joues et elle enroule ses doigts autour de mon cou, enfonçant ses ongles pour me marquer. Un grognement m'échappe et j'empoigne sa taille. Elle se recule pour m'observer, la bouche gonflée par mes assauts répétés.

– Dis-moi de m'arrêter et je m'arrête.

En prononçant ces mots, elle ondule contre moi. C'est érotique et appuyé, à tel point que je sens la chaleur entre ses cuisses, je devine sa moiteur et ça rend mes gestes encore plus précipités. Je suis prêt à la prendre sur ce divan, là, tout de suite, et à lui dire de ne surtout rien cesser, mais la porte de la salle s'ouvre brusquement. On sursaute en voyant Saphira entièrement nue, impudique et les cheveux défaits. Elle n'a plus rien de la fille que j'ai rencontrée plus tôt. Elle ressemble à un robot, stoïque, sans vie, qui nous regarde à peine.

– Bonnie, il te demande.

Tout me revient en pleine face. L'endroit où nous sommes. La raison de ma présence. Le danger qui plane au-dessus de nos têtes à chaque seconde de plus que je passe ici.

Elena se relève en vitesse, provoquant un courant d'air glacial entre nous. Ses jambes flageolent et j'ai un mouvement pour la stabiliser, ma main s'enroule autour de son poignet dans un geste un peu désespéré. Inapproprié. Elle le retire vivement et je la relâche en me redressant à mon tour.

Toute mon excitation se volatilise.

Tous mes remords m'éclatent à la gueule.

– Tu ferais bien de rentrer chez toi, Aleksev. Tu as eu ce que tu voulais.

Sa voix est impassible, mais me fait l'effet de milliers de lames acérées et tranchantes. Parce qu'elle ne pourra jamais cesser d'être Bonnie.

Elena a disparu.

Et je fixe Bonnie suivre Saphira dans la salle sans pouvoir la retenir. Le gars de tout à l'heure est étendu sur le lit et ses yeux dévient vers l'endroit où je me tiens debout. Il ne me voit pas, mais je sais qu'il devine ma présence. Il aime l'idée que je suis là à les regarder. Il imagine que je prends plaisir à deviner ce qu'il va se passer.

Il n'y a pas pire spectacle.

Pas pire sensation, qui broie chaque centimètre carré dans ma poitrine. J'étouffe, le cœur lourd et la gorge nouée. Les haut-parleurs qui retranscrivaient leur plaisir, quelques minutes plus tôt, font résonner d'autres sons.

– Déshabille-toi.

Mes dents grincent.

– *Tu vas me finir*, continue-t-il.

– Que voulez-vous que je fasse?

Mes poings se serrent.

Ce timbre, je le connais. Je l'exècre. C'est celui qu'elle utilise pour séduire. Celui qu'elle prend pour réciter ses conneries, ses manipulations, ses incantations. Comme un sortilège sur les hommes qu'elle veut hypnotiser, conquérir. Et ce qui me rend fou, c'est que je sais qu'il est forcé. Elle n'a pas le choix, parce que ce n'est plus elle qui décide, mais l'homme avec elle.

– Mets-toi à quatre pattes.

Je ferme les yeux dès que le premier vêtement tombe.

Mon souffle se coupe.

– Tu vas regarder là-bas… Voilà, la félicite-t-il. Juste comme ça, ma beauté. Et je vais te prendre sous ses yeux. Parce que tu aimes quand on te regarde, pas vrai? C'est ce que tu voulais, tout à l'heure. Avoue.

Je me détourne sans plus attendre, enfilant mon masque avant de me précipiter vers la porte pour sortir de cet endroit. Le bruit de son premier coup de reins résonne à mes oreilles et j'ai envie de tout faire brûler.

Je hais ces hommes qui la touchent et la souillent. Je hais Elena et son métier qui me révulse un peu plus chaque jour parce qu'il l'a menée jusqu'ici. Je nous hais, moi et toute mon équipe, pour ce qu'on l'oblige à faire dans cette enquête. Et je hais encore plus assister, impuissant, à sa déchéance. Le pire dans tout ça, c'est que je *sais* que j'ai eu raison. Je sais que si c'était à refaire, je n'hésiterais pas. Parce que le plus important, c'est la Niche. Son démantèlement. La ruine de Baulieu et de son réseau. Brique par brique. Qu'importe les dommages collatéraux.

Qu'importe mes états d'âme.

Qu'importe mes foutus sentiments.

18

Elena

Je fouille dans les placards de ma chambre pour trouver la tenue la plus discrète. Autant dire que je cherche une aiguille dans une botte de foin… Néanmoins, j'arrive à mettre la main sur un jean sombre et une chemise. J'enfile la veste avec laquelle je suis arrivée il y a dix jours, vérifiant qu'il y a bien une poche à l'intérieur, et une paire de bottines. Ça fera l'affaire.

Bon sang, j'ai l'impression que ça fait une éternité que je suis enfermée dans ce trou à rats tout en ne voyant pas une seule de mes journées passer. Elles se ressemblent toutes, s'enchaînent à un rythme effréné. En théorie, Janet m'avait promis une journée off si je passais ma période d'adaptation. Dans la pratique, je n'en ai plus entendu parler et je ne compte pas attendre d'en voir la couleur. Au début, je devais rejoindre Darcy chez moi, mais compte tenu des derniers événements et des risques que j'encours déjà avec l'infiltration, il a changé d'avis. Moi non. Il faut absolument que je sorte d'ici et si mon plan s'avère bon, ma petite escapade passera inaperçue juste le temps qu'il faudra. Je vais pouvoir en profiter pour aller voir Dixie et lui demander qu'elle m'explique l'histoire de Tobias dans la Niche, qu'elle me trouve une excuse plausible pour ne pas m'en avoir parlé. Et, en prime, je vais enfin prendre l'air.

Même si le retour risque d'être douloureux.

On n'a rien sans rien.

Sans hésitation, je me dirige vers la porte qui mène à la chambre voisine. C'est devenu une habitude : si j'ai *malencontreusement* décalé ma commode devant celle de Kendra, j'ai laissé libre accès à Saphira. Elle m'ouvre dès que je frappe, loin d'être dérangée par l'heure matinale, et scrute ma tenue.

– Tu comptes faire quoi?

– Sortir.

Elle écarquille grands les yeux et je la contourne pour accéder à ses appartements.

– De quoi tu parles?

– C'est mon jour de repos, dis-je.

– Oui et il est censé se dérouler dans nos chambres…

Je hausse les épaules.

– Ils ne me l'ont jamais précisé, raillé-je. Et ils ne vont pas venir vérifier.

– Elena, me met-elle en garde. Tu sais ce qu'il va se passer quand ils vont mettre la main sur toi?

– Je sais.

Elle me fixe sombrement, refermant sa robe de chambre en soie pour croiser les bras dans un réflexe. Elle n'a pas mis de lentille sur son œil aveugle, et sa pupille blanche me fait presque reculer. Mais je ne peux pas me permettre d'abandonner. Il faut que j'aille jusqu'au bout. C'est bientôt fini. Pour moi et pour toutes les autres.

– Ne me dis pas que c'est ce que tu cherches?

– Si et tu vas m'aider.

– Il va falloir arrêter de me mettre dans ce genre de plan. Je ne veux pas avoir ta mort sur la conscience, putain!

– Tu ne disais pas ça hier, rétorqué-je.

Elle renifle.

– Hier, j'avais une bonne raison de vous aider, ton flic et toi. Aujourd'hui n'a rien à voir. Tu veux qu'ils te chopent en train de faire le mur et ça ne va t'apporter que des emmerdes. Et encore, je suis gentille!

Ce n'est pas l'image de ce qui m'attend qui me tord le ventre, mais la simple mention de Darcy qui fait éclater en moi une multitude de sensations. De souvenirs brûlants et fugaces que je chasse comme je peux. Ce n'est pas le moment d'être déconcentrée.

– Détrompe-toi, et pour après aussi j'aurais un service à te demander…

Elle se laisse tomber sur son lit dans un long soupir.

– Tu me fais peur…

J'esquisse un sourire espiègle, consciente qu'elle ne me refusera rien car elle est déjà trop impliquée. Dans d'autres circonstances, j'aurais sûrement dû me débrouiller seule. Mais si le destin m'a mise sur la route de Saphira, c'est qu'il y a une raison.

– Tu sais où sont stockées les images des caméras de surveillance ?

– Lesquelles ?

– Toutes.

– Et tu vas me dire ce que tu comptes en faire ?

– Je croyais que tu ne voulais pas être *trop* impliquée ? me moqué-je. Je m'occupe du sale boulot, contente-toi d'être le cerveau.

Elle hausse un sourcil amusé.

– J'ai toujours été le cerveau.

– C'est ça, éludé-je en riant. Allez *Cortex*[1], trouve-moi l'endroit où elles se cachent.

– T'en as besoin pour quand ?

– Ce soir.

– Tu te fous de moi ?

Je secoue la tête en vérifiant l'heure sur ma montre.

– Non, mais je n'ai plus le temps de tout t'expliquer. On en reparle quand je rentre. Je serai de retour en début d'après-midi.

– Fais attention à toi, Elena, tu ne sais vraiment pas dans quoi tu mets les pieds.

– J'ai ma petite idée, la pressé-je. Habille-toi, Ramazanov, tu dois entrer en jeu.

– Tu fais chier, *Maslo*.

– Arrête, je t'ai manqué !

Sa bouche se tord dans un rictus et elle se lève pour retirer sa robe de chambre.

1. D'après le dessin animé *Minus et Cortex*.

– Je ne l'avouerai pas, même sous la torture.

Elle disparaît derrière un paravent et en ressort une minute top chrono plus tard, habillée d'une nuisette transparente et d'une paire de tongs.

– Tu as décidé de tous les mettre au garde-à-vous? me moqué-je.

– Tu veux une diversion? Tu l'auras!

Elle me pousse vers la porte et on sort toutes les deux dans le couloir. Elle ne prend pas la peine de fermer sa chambre à clé et en moins de temps qu'il n'en faut, on est dans le hall de l'hôtel. Saphira m'intime silencieusement de rester cachée derrière une colonne, à un mètre du couloir qu'on vient d'emprunter, et avance dans la direction des deux gardes de l'accueil. Mon cœur bat la chamade et j'observe la scène, attentive au moindre mouvement suspect. C'est la partie la plus importante de mon plan : m'éclipser sans permission pour qu'ils aient envie de me punir. Profiter de ma liberté sera mon seul petit réconfort *avant* l'effort. Et la raclée qui m'attend. En l'espace de quelques secondes, les deux hommes emmènent Saphira plus loin et l'entrée est dégagée.

– Je te revaudrai ça, Sophia, chuchoté-je pour moi-même entre mes dents serrées.

Je me mets à marcher vite vers les portes vitrées et sans me retourner ni m'arrêter pour reprendre mon souffle, j'atteins le trottoir. L'air glacial de cette fin de mars me fait frissonner, mais j'ignore ce désagrément et me mets à courir. Mes talons claquent contre le bitume, ma respiration s'alourdit et je traverse Nude dans de longues foulées.

La première étape du plan est un succès.

Je souris en franchissant Bay Garden, calmant mes pas dès que la foule se fait plus dense. Je me noie parmi les hommes et les femmes qui commencent à aller travailler, retrouvant un semblant de familiarité en traversant ce quartier que j'empruntais chaque jour, avant de me retrouver dans ce guet-apens.

Il est tout juste neuf heures quand j'arrive chez Dixie. Curieusement, j'hésite à entrer. Après tout le chemin que je viens de faire, malgré le besoin de réponse et l'envie de retrouver mon cocon pour un bref instant, je reste plantée la main sur la poignée. Je fixe la porte, consciente que, même après ces longs jours passés loin de chez moi, elle sera ouverte. C'est celle par laquelle je passais. C'est celle qu'elle ne fermait jamais. J'inspire un grand coup et pénètre dans la buanderie. Les conversations cessent dès que je claque la porte et je n'ai pas fait un pas qu'une masse me saute autour du cou. Je manque de tomber à la renverse, me mettant à rire de plaisir en sentant la chaleur du corps de Dixie contre moi. Ses cheveux me rentrent dans le nez, mais je ne bouge pas, la serrant un peu plus fort, heureuse. Quand elle se recule, ses larmes baignent ses joues et je suis surprise de voir à quel point son ventre a grossi en quinze jours.

– Pourquoi tu pleures? demandé-je en souriant.

Elle me donne un coup de poing contre l'épaule et je gémis de douleur.

– Tu m'as manqué!

– Je t'ai donné des nouvelles dès que je pouvais.

Elle m'enlace de nouveau.

– C'était pas pareil.

– Lena?

Je lève les yeux pour regarder par-dessus l'épaule de Dix et surprends Harvey dans l'encadrement. Il a l'air à la fois inquiet et content de me voir, ce qui est étonnant vu notre relation. Quand Dixie me relâche enfin, c'est lui qui s'avance. Il me salue d'une accolade rapide et je hausse un sourcil.

– Depuis quand t'es câlin, toi?

– Depuis que tu t'es barrée! rétorque-t-il.

– Je suis revenue.

– Dommage.

On échange un sourire complice et Dixie enroule son bras autour de mes épaules pour m'inviter à entrer. En apparence, rien n'a bougé. Ça fait moins de deux semaines que je n'ai pas remis un pied dans cette maison, pourtant, dans le fond, j'ai la sensation que ça fait des années. Que la vie a continué sans moi.

– Alan va être content de te revoir, m'informe Dix.

– Moi aussi. Bruce n'est pas là?

Ils échangent un regard un peu confus avant que ma meilleure amie avoue :

– Depuis que tu es partie, il n'est plus très présent.

Ma gorge se serre et ma dernière entrevue avec lui me revient en mémoire. Son baiser possessif et mon rejet. Son départ qui ne m'a procuré ni peine ni regret. Pourtant, le savoir distant avec sa propre famille me provoque des remords. Est-ce que tout est de ma faute?

– Il passe beaucoup de temps au garage, me rassure Harvey. Et avec son fils.

– Je vois.

– Il va bien, Lena. Tu n'y es pour rien.

Dixie a posé une main sur mon avant-bras et me sourit gentiment.

– Je ne vais pas pouvoir rester longtemps, déclaré-je.

Son regard se voile et j'enchaîne aussitôt :

– Mais je peux prendre un café.

– Je te sers ça, annonce Harvey.

– Que lui as-tu fait? me moqué-je. Je quitte un goujat et retrouve ce...

Je le reluque de la tête aux pieds, ce qui le fait lever les yeux au ciel.

– Gentleman, grimacé-je en mimant un haut-le-cœur.

– Tu exagères, le défend Dixie en riant. Harvey a toujours été un amour.

– Ouais, ce n'est pas le mot que j'aurais employé.

– Tu le veux ton café, la chieuse?

J'éclate de rire devant sa mine renfrognée, puis quand je lance un regard vers Dixie pour m'assurer qu'elle est avec moi sur ce coup, je surprends son attention rivée vers lui. Et ce n'est pas de la façon à laquelle je m'attendais. Ses yeux. La douceur dans ses traits. La façon dont sa bouche se tord. Ses mains, qui caressent son ventre tout en fixant l'homme qui s'affaire dans la cuisine. J'ai cette impression fugace d'être devant un couple de longue date, face à un homme et à une femme qui partagent un moment d'intimité. C'est le mot. *Intime*. Et mes sourcils se froncent d'incompréhension. Quand Harvey se tourne avec ma tasse, il surprend mon expression et se fige. Il déglutit, ignore difficilement Dixie, puis me tend mon café avant de s'asseoir en silence. Je n'y touche pas, la tête en ébullition et une multitude de nouvelles questions qui tourbillonnent en moi.

– Vous sortez ensemble? proféré-je de manière un peu bourrue.

Je ne sais même pas pourquoi je m'énerve, mais là, tout d'un coup, ça fait beaucoup à encaisser.

– De quoi tu parles? réplique Harvey, sur la défensive.

Cette fois, il a un coup d'œil furtif vers Dixie que je ne loupe pas. Je les dévisage tour à tour, et ma meilleure amie se met à rougir, les doigts de plus en plus fébriles sur son gros ventre. Je pensais la connaître par cœur, je pensais tout savoir d'elle, je pensais qu'elle était un livre ouvert, mais j'oublie facilement que même si nos vies se rejoignent, on a continué de les bâtir chacune de notre côté. Avec nos secrets et nos mensonges.

Et celui-là, de secret, je ne l'avais pas vu venir non plus. Ça commence à faire beaucoup!

– Tu as très bien compris.

– Comment as-tu su? me demande Dixie.

Elle fixe le sol sans oser croiser mon regard.

– Donc je ne me suis pas trompée.

Elle pousse un long soupir, triturant un fil qui dépasse de son pull ample. Je ne suis pas déçue d'apprendre que Dixie ne se laisse pas abattre face à l'incarcération du père de son enfant. Ou dégoûtée qu'elle ait trouvé du réconfort dans les bras de Harvey. Je suis juste blessée de m'en rendre compte si tard. Blessée qu'elle me l'ait caché. Que je débarque à l'improviste et les retrouve tous les deux. Ça aurait pu être une coïncidence, mais ce regard qu'elle a coulé sur lui… ça ne s'invente pas, cette façon qu'elle a eue de l'admirer.

Si je n'avais rien vu, est-ce qu'elle aurait continué de me le cacher?!

– Depuis combien de temps ça dure? insisté-je.

– Bien avant de me marier avec Tobias.

Le choc est rude. Ma main se crispe sur ma tasse qui est à deux doigts de se renverser sur la table.

– Tu comptais ne jamais me le dire?

– C'est compliqué, soupire Dixie.

– Je sais que tu dois être énervée de l'apprendre comme ça, Lena, mais essaie de ne pas trop brusquer les choses.

– Énervée? grogné-je en direction d'Harvey. Je me sens trompée, plutôt. Par ma meilleure amie, qui me cache une chose pareille alors qu'on est supposées se considérer comme des sœurs. Et si seulement c'était la seule chose qu'elle avait sciemment omis de me dire!

– Elena.

Je lève une main vers Harvey et le foudroie du regard.

– Ce n'est pas avec toi que je veux avoir cette conversation, Harvey. Ce n'est pas toi que je connais depuis que je suis gamine et qui viens de me mettre à l'écart de ta vie en toute conscience. D'abord Tobias, et maintenant ça?

Mon aveu les fait tous les deux se raidir. Je pince mes lèvres l'une contre l'autre, faisant tourner ma tasse pleine entre mes doigts sans pouvoir me décider à en prendre une gorgée. J'ai l'estomac noué et j'essaie de faire cesser les battements irréguliers dans ma poitrine. Il y a tellement de choses que j'ai envie de dire, que j'ai envie de lui reprocher, mais les larmes ont commencé à perler au creux de ses yeux et bordel, c'est Dixie. Ma sœur. Enceinte jusqu'au cou. Je me sens peut-être trahie et triste, pourtant je ne peux pas la brusquer. Je ne veux pas lui faire du mal. Je prends une grande inspiration et ferme les yeux.

– Tu as toute mon attention, concédé-je.

Je lance un coup d'œil vers Harvey pour ajouter :

– Je suis calme.

– L'histoire est stupide, commence Dixie d'une petite voix. Harvey a eu peur des sentiments qu'on éprouvait l'un pour l'autre. On était tellement jeunes et tellement amoureux. On s'est quittés et j'ai rencontré son frère sans savoir *qui* il était. Tu connais Tobias, il est impressionnant, charismatique. Et très persuasif. Il m'a demandé en mariage en moins de six mois et je n'ai pas eu le cran de lui dire que j'étais amoureuse de son frère. Il n'a jamais su.

– Il t'a forcée à te marier?

– Non. Malgré ses défauts, il a toujours été un homme bon avec moi. Je l'ai aimé… Pas comme Harvey, mais je tiens à lui.

Ils se lancent un regard complice qui manque de me faire sourire niaisement. Je me retiens. Ils ne peuvent pas m'avoir aussi facilement. Putain, je suis venue pour trouver des réponses à mes interrogations au sujet de Tobias dans la Niche et me voilà à avoir une conversation tout autre qui me remue presque autant.

Dixie et Harvey !

– Disons que notre relation a été compliquée, reprend Harvey après quelques secondes de silence. Mais ce n'est pas le moment de rentrer dans les détails. Elle s'est mariée avec Tobias, j'en ai souffert comme un malade, je m'en suis voulu mais j'ai accepté l'évidence. J'avais merdé et j'ai laissé passer ma chance.

– Pourquoi est-ce que tu ne le quittes pas ?

Ce n'est pas comme si Tobias avait été un modèle de vertu. Dixie a toujours su qu'il continuait d'aller voir ailleurs et je ne peux même pas lui en vouloir, à elle, d'avoir fait la même chose dans son dos. Même s'il s'agit de son beau-frère.

– C'était au programme, énonce-t-elle. Mais il était de plus en plus imprévisible et impulsif à mesure qu'il a commencé à…

Elle s'arrête, semblant chercher à s'assurer que je sais. Je claque ma langue contre mon palais.

– Tremper dans des trucs pas nets ? tenté-je à sa place. Donc vous avez toujours su pour ses activités avec la Niche.

– Oui, me répond Harvey.

– Tous ? insisté-je en fixant Dixie.

J'ai déjà eu la confirmation de la part de Darcy, mais j'ai l'espoir utopique qu'il se trompe et qu'elle me dise qu'elle ne m'aurait jamais caché une chose pareille.

– Oui, répète Harvey. Dix, Bruce et moi. On a essayé de l'en dissuader, mais il aimait l'idée de l'argent facile. On ne fait pas changer d'avis mon frère comme ça. Il est borné. Alors on a fait ce qu'on a pu pour empêcher que ça ne nous implique trop.

– On parle de trafic d'êtres humains, m'emporté-je. Ce n'est pas juste se faire de l'argent, c'est kidnapper et vendre des femmes !

– On ne connaissait pas l'ampleur de toute cette histoire, se justifie Dixie. Quand il s'est fait arrêter, on a commencé à comprendre et crois-moi, on est tous tombés des nues. On avait des doutes, mais pas à ce point !

– Et toi non plus, tu n'as rien vu !

– Ça veut dire quoi ? me braqué-je.

Harvey et moi nous dévisageons.

– Ça veut dire que tu ne peux pas nous en vouloir de ne pas l'avoir sorti de là plus tôt. On a tous joué avec le feu, à une époque. La taule, la drogue, le trafic, on a tous trempé dedans. On pensait bêtement que ça ne se résumait qu'à ça.

– Et c'est Tobias ! enchaîne Dixie. Il est leur frère. Il m'a sortie de la rue. Il a fondé un foyer pour nous et t'a accueillie quand tu en as eu besoin. On lui doit tout !

La culpabilité commence à crépiter dans mes veines. J'ai conscience de lui devoir beaucoup et je m'en veux de *comprendre* ce qu'ils me disent, malgré tout ce que ça implique. Leur besoin de soutenir ce frère, ce mari, qui prend un chemin qu'il ne devrait pas et qu'on espère voir revenir parmi nous. Parce que c'est la famille et qu'on veut tout faire pour protéger sa famille. La soutenir.

– Pourquoi vous me l'avez caché, dès que vous l'avez appris ? Pourquoi vous ne m'avez jamais rien dit de ses activités ? Même après le procès quand j'ai commencé à poser des questions ?

– On a voulu te préserver, admet Harvey avec franchise. Dixie trouvait que tu avais déjà suffisamment souffert, Bruce estimait que tu avais assez d'emmerdes avec ton taf et qu'il n'était pas utile d'en rajouter avec Tobi.

Dixie pose une main sur le dos de la mienne, ce qui me fait taire avant même de répliquer.

– Je ne voulais pas que tu l'apprennes car tu aurais été en danger.

– Le danger est partout, dis-je. Je ne risquais pas plus que vous. J'aurais pu… Je ne sais pas, vous aider.

– La Niche est un tas de merde, rétorque Harvey. Ils nous surveillent depuis des années, ils tentent de nous menacer, de nous faire du chantage pour qu'on reprenne la suite de Tobias. Moins tu étais impliquée, plus tu avais de chance de t'en sortir.

– Pourtant c'est exactement là-bas que je suis.

Ils se taisent tous les deux et j'expire.

– Alan est au courant de tout ça?

– Non, lâche Dixie. Et ça restera ainsi le plus longtemps possible.

– Ils ont appelé Tobias quand j'y étais, annoncé-je. Il ne s'arrêtera jamais. Quand il sortira, il replongera, ça sera sans fin et on sera tous touchés.

– Qui l'a appelé?

– Simard et Hamel. Je ne sais pas ce qu'ils lui ont demandé, mais quoi que ce soit, il va le faire.

Harvey grogne d'agacement.

– Quelle enflure! Il m'a promis de ne plus tremper avec eux!

– Il y a été obligé, me surprends-je à le défendre. Ils l'ont menacé de s'en prendre à Dixie.

Harvey se crispe instantanément, le regard dur.

– C'était quand?

– Hier.

Il se redresse pour faire les cent pas dans la cuisine. Tous ses membres sont tendus, et son regard divague. Il est comme une bête en cage qui cherche un moyen de s'échapper.

– Il faut que vous partiez. Il faut que vous quittiez Sokal pendant un moment. Le temps que les choses se tassent.

– Non, rétorque Harvey. Il est hors de question qu'on les laisse gagner. Ils ont eu mon frère, ils t'ont eue toi, ils ne nous auront pas nous. Jamais.

– Tu es buté! m'agacé-je. Il va falloir arrêter de se foutre des œillères et de croire que la Niche n'est pas déjà à votre porte!

– On fait attention, tempère Dixie. Ils ne nous auront pas.

– C'est à toi que tu devrais retirer les œillères, me contredit Harvey. Si tu crois que tu vas pouvoir mener à bien ta mission en toute impunité. Si tu crois qu'ils ne savent pas déjà ce que tu trafiques avec le flic. Ils ont des tas de types puissants à leur botte. Tu n'imagines pas à quel point.

– Je gère.

– Nous aussi, me défie-t-il.

Je grimace en secouant la tête. Mon café froid n'a pas été touché et je lorgne le cadran de ma montre en me relevant de ma chaise. Il est temps que je m'en aille. Même si notre conversation n'est pas terminée et que j'ai l'impression de n'avoir eu que le haut de l'iceberg, je ne peux pas me permettre de m'attarder davantage. Le reste attendra.

Désormais, j'ai une autre raison de continuer ma mission. Ce n'est plus seulement Alan que je protège, mais toute ma famille.

– Tu t'en vas déjà ?

Dixie s'empresse de se mettre debout tout en se soutenant sur le dossier de sa chaise.

– Je dois repasser par chez moi pour récupérer des affaires avant qu'ils apprennent que je suis sortie, éludé-je volontairement de façon qu'ils ne s'inquiètent pas en apprenant ce que j'ai derrière la tête.

– Tu reviens quand?

– Bientôt.

Je fais un mouvement de menton vers son ventre.

– Il n'a pas intérêt à avoir le caractère d'un Green, celui-là !

Elle rougit de plus belle et Harvey passe un bras autour de ses hanches, posant sa paume sur le dessus de son ventre d'un geste doux et affectueux.

– Il a plutôt intérêt, tu veux dire ! Il aura toutes les qualités de son père.

Je les dévisage l'un après l'autre, l'information faisant son chemin dans mon esprit en un claquement de doigts.

– C'est *ton* enfant?

Il me sourit, fier, et je pousse un cri.

– Merde ! Je vous jure que cette conversation, on va l'avoir ! De A à Z, je peux vous le garantir.

Je les pointe du doigt dans une menace et ils se contentent de ricaner. Toute la tension s'est dissipée, mais nous savons bien, tous les trois, que ce n'est pas fini.

19

Dax

Je monte l'escalier en courant, vérifiant à chaque étage que personne ne me suit. Quoi qu'elle ait en tête en revenant chez elle ce matin, c'est une putain de folie.

Et ça l'est encore plus que je la rejoigne après avoir lu son message. Sans même me poser de questions. Sans même penser aux conséquences.

Je ne me suis pas changé avant de partir, mon insigne est accroché à ma ceinture et mon bras effleure mon flingue à chaque marche que je grimpe jusqu'à atteindre son appartement. J'entre sans frapper, encore plus énervé de voir qu'elle ne s'est pas barricadée à double tour.

– Tu te fous de ma gueule ? hurlé-je.

Silence. J'entends l'eau de sa douche couler. Frénétiquement, je verrouille avant de traverser le salon en furie et la porte de la salle de bains cogne violemment contre le mur. Elena passe la tête hors du rideau et pince ses lèvres en me détaillant.

Je louche sur sa bouche, essayant du mieux possible de ne pas trop penser à son corps nu.

– Je suis occupée, tu permets ?

– Ta porte était grande ouverte ! T'es inconsciente ma parole.

– J'attendais de la visite, raille-t-elle. Et elle vient d'arriver.

Elle me fait un clin d'œil joueur et referme le rideau sur elle, ne m'empêchant pas de distinguer la forme de ses courbes. Mon souffle s'accélère et je croise mes bras contre ma poitrine en m'adossant à l'un des meubles, fébrile. J'essaie de faire baisser la pression dans ma poitrine, de calmer les battements de mon cœur après la course folle dans l'escalier et, surtout, de maîtriser l'afflux sanguin sous ma braguette.

– Tu ne devrais même pas être ici, m'agacé-je. Pourquoi t'as quitté l'hôtel ? J'aurais pu te faire passer une clé USB sans que tu compromettes la mission !

Ce n'est pas sa présence qui me met sur la défensive, mais plutôt le fait que je n'arrive pas à me décider à sortir de cette pièce pour l'attendre dehors.

Là où elle ne m'obsède pas.

Là où il n'y a aucun risque pour que je déraille.

– Besoin de vacances.

– Très drôle, râlé-je. Tu sais qu'ils vont très certainement débarquer pour venir te chercher, pas vrai ?

– C'est l'idée. Mais j'ai encore quelques heures devant moi.

– *Heures* ? répété-je. Je peux savoir pourquoi tu en es si sûre ?

Elle se penche pour récupérer une serviette posée en boule sur son lavabo, me laissant apercevoir le début de sa poitrine. Je me raidis. Notre dernier tête-à-tête ne m'a pas quitté une seule minute. Ni hier soir en rentrant chez moi, ni cette nuit alors que je cherchais un moyen de dormir, ni ce matin au boulot. Il est à peine dix heures trente et je n'ai pas hésité à abandonner mon poste dès que j'ai reçu son texto.

À une époque, j'aurais dit que ça faisait partie de mon boulot. Me rendre disponible.

Aujourd'hui, je ne suis plus très sûr des raisons de ma venue et de ce que ça fait de moi.

– Je suis en repos, aujourd'hui. Ce qui veut dire qu'ils ne viendront pas dans ma chambre avant un moment.

– Tu oublies les caméras qui ont certainement déjà dû te filmer jusque sur le trottoir.

– Encore faut-il que le gars qui les regarde sache que je ne suis pas autorisée à quitter l'enceinte.

Elle sort, à peine couverte, et de l'eau coule encore le long de ses bras et dans le renflement de ses seins. Je déglutis sans bouger. Incapable de détourner mes yeux de sa silhouette ou d'ignorer mon érection de plus en plus douloureuse.

– Je ne vais pas rester, dis-je en me redressant. C'est une idée de merde. Tu ferais bien de te rhabiller illico et de retourner là-bas, ou tu vas tout faire foirer.

– Je sais ce que je fais, réplique-t-elle sèchement.

Je la mate de la tête aux pieds, sceptique. Elle a plutôt l'air d'une nana qui n'a pas une seule idée de ce qui l'attend alors qu'elle a toujours semblé avoir un coup d'avance. Elle ne serait pas aussi détachée et impassible.

– Éclaire-moi, parce que je ne vois pas bien en quoi ça va nous faire avancer si tu te fais buter !

Un brusque sentiment me prend aux tripes. Un pur besoin de protection. Ce qui n'est pas étonnant, car elle m'a toujours fait ressentir des émotions contradictoires. Néanmoins, d'habitude, c'est furtif. J'arrive à passer outre, à me trouver de bonnes excuses pour le justifier : la vie ne l'a pas gâtée, les hommes sont tous des chiens qui profitent d'elle, elle ne mérite pas ce qu'elle endure même si elle ne fait rien pour l'empêcher. Je suis flic, je suis payé pour protéger les gens. Avec elle, je n'arrête pas de faillir. Et pour la première fois, prendre conscience de mon échec m'oppresse. Elle va être blessée, j'en ai l'intime conviction. Ça ne devrait pas me retourner. Ça ne devrait pas me faire peur. On risque tous notre peau pour cette enquête. Rudolf Blaise en est l'exemple.

– J'ai besoin qu'ils me dispensent du club ce soir. L'hôtel sera moins surveillé, puisque tout le monde sera occupé là-bas, Baulieu compris, et ça me donnera l'occasion parfaite pour agir.

– Comment tu comptes t'y prendre pour qu'ils acceptent ?

– Ne joue pas au débile, Darcy, siffle-t-elle. Comment crois-tu que je vais faire ? Que crois-tu qu'il va se passer quand ils vont venir me chercher ?

Les muscles de ma mâchoire se crispent d'appréhension.

– La porte leur est grande ouverte et je compte les laisser faire tout ce qu'ils veulent. Je sais qu'ils ne vont pas se faire prier. Ils ont tellement tabassé Saphira une fois qu'elle en a perdu l'usage d'un œil.

Ma main attrape son bras et je ne me rends compte qu'à cet instant que je me suis suffisamment avancé vers elle pour la toucher. Tous mes sens sont en alerte.

Sa tête bascule et son regard me défie. D'avancer? De la bousculer? De la prendre contre le lavabo? Nos nez se frôlent et je sens son souffle contre mes lèvres. Il est erratique, provocateur.

– Fais pas de conneries.

Ça sort comme une supplique déguisée en menace et son visage se tord d'amusement. Elle a très bien compris que je m'inquiète, je n'ai pas besoin de le lui dire. Ça transpire par tous mes pores.

– Tu m'as donné carte blanche, tu te souviens? somme-t-elle. Qu'importe la façon dont je m'y prenais. Tu veux ces putains de vidéos? Laisse-moi faire mon job et ce soir, vous aurez ce que vous m'avez envoyée chercher.

Je lâche un rire amer. Je ne saurais dire ce qui me met dans cet état. Son entêtement. Son besoin de repousser mes limites. *Elle tout entière.*

– Je sais très bien quel est ton job, maugréé-je.

Je me retiens de lui dire à quel point je l'ai en horreur, ce métier qu'elle exerce avec dignité. À quel point je me dégoûte de vouloir dicter sa vie au point de l'obliger à quitter le trottoir. À quel point je me suis toujours refusé à coucher avec des prostituées, alors que je deviens complètement dingue à cause de l'une d'entre elles et qu'elle me hante plus que je ne voudrais bien me l'admettre.

Comment j'ai pu en arriver là?

Et depuis quand, surtout, ça me paraît si évident?

Je serre son bras et elle n'émet pas une seule protestation.

– Tu devrais me donner la clé, énonce-t-elle sans me quitter des yeux. Ce serait dommage qu'on se soit déplacés pour rien.

– Elle est dans ma veste.

Elena ne bouge pas, coincée entre moi et le meuble en céramique. Elle pourrait plonger une main dans ma poche pour l'en sortir et se dégager. Je la laisserais faire. Je la lâcherais en n'émettant aucune résistance. C'est ce qui devrait se passer. Mais, elle et moi, on sait que ça ne se fera pas. On sait qu'on ne parle pas sur le ton de la conversation. On fait autre chose. On se cherche. On se teste. On se repousse et on attend de voir lequel des deux va céder le premier.

– Copie tout ce que tu peux. Filme, prends des photos. Si tu accèdes aux enregistrements, ce sera la seule et unique fois.

– Je sais, souffle-t-elle.

Elle a un coup d'œil furtif vers ma bouche mais suffisamment appuyé pour que je le voie. J'ai une conscience vive de sa proximité. De sa poitrine qui monte et descend à un rythme entêtant. De sa respiration qui fait écho à la mienne. De nos lèvres qui s'effleurent sans oser faire le premier pas.

Celui qui nous ferait tomber.

– Qu'est-ce que tu attends? chuchote-t-elle.

– Que tu me dises que c'est une connerie.

– Il n'y a que toi qui penses que c'en est une.

Elle plaque sa bouche sur la mienne et m'embrasse. Avec hargne et brutalité. Tout mon corps frémit contre elle et j'abandonne son bras pour attraper ses hanches. J'aurais pu penser que notre premier baiser avait été exacerbé par l'environnement où nous nous trouvions. Par la tension qui crépitait entre nous depuis des semaines. Par le couple qui baisait sous nos yeux. La peur de se faire choper. L'adrénaline de la mission. Pourtant, c'est mieux. Dix mille fois mieux. Ça m'éclate à la gueule. Ça me bousille de l'intérieur. Et j'accueille sa langue dans un gémissement. Elena tremble, les mains agrippées à ma chemise qu'elle tire vers elle. Comme si elle avait peur que je m'en aille. Que j'arrête ce qu'elle vient de commencer.

J'en suis incapable.

Mon visage plonge dans son cou et je lèche sa peau humide, empoignant ses cheveux pour renverser sa tête. Quand je me recule pour la regarder, sa serviette a glissé entre nous. Elle est à peine suspendue autour de sa taille, et j'ai une vue parfaite sur ses seins.

Et j'oublie jusqu'à mes craintes de voir débarquer la Niche tout entière dans cet appartement. Le monde pourrait bien se mettre à brûler…

– Si tu me demandes de m'arrêter, je vais devenir fou, déclaré-je.

Ma voix est méconnaissable.

Elle se met sur la pointe des pieds, retirant ma veste qui tombe sur le sol dans un bruit sourd avant de défaire les bretelles où mon arme est suspendue. Doucement, elle les dépose par terre et s'assied sur le rebord du lavabo. Elle me laisse le temps d'assimiler ce qu'elle veut de moi, croyant peut-être que mes doutes vont faire surface et que je vais revenir à la raison. Ça fait un moment que j'ai abandonné l'idée d'être raisonnable. Je vire sa serviette et lui fais écarter les cuisses. Je contemple son corps, me permettant enfin de le détailler, avec envie. Je l'ai déjà matée dans la rue, observée rouler des hanches sur le trottoir, aguicher ses clients en dévoilant son décolleté, courber son dos pour attirer l'attention sur la rondeur de ses fesses… La voir ainsi, offerte, m'excite au point de vouloir tout bazarder pour lui faire l'amour à cet endroit.

Son index crochète les boutons de ma chemise et elle me fait avancer vers elle, calant ses jambes dans mon dos pour me bloquer. Mon érection, prisonnière de mon jean, tressaute. Je plante mes ongles dans ses cuisses en embrassant sa mâchoire et lèche sa jugulaire, glissant mon nez derrière son oreille tout en donnant un coup de reins. Le mouvement la fait basculer un peu plus et elle se raccroche au lavabo d'une main, tandis que de l'autre, elle m'enlève ma chemise avec détermination. Elle s'arrête devant mon torse nu, contemplant mes abdominaux.

– Ne me dis pas que c'est la première fois que tu vois le corps d'un homme, *mon cœur*, me moqué-je. Je ne te croirai pas.

Elle renifle, faussement dégoûtée.

– Tu parles toujours pour ne rien dire avant de baiser?

J'éclate de rire, ce qui ressemble davantage à un grognement sourd, et la soulève dans mes bras.

– Tu l'auras voulu, concédé-je. Passons au vif du sujet.

Ses jambes enserrent solidement mes hanches et je la porte jusque dans sa chambre. C'est la seule pièce que je n'ai jamais visitée, mais je n'ai pas envie d'assouvir ma curiosité tout de suite. Je relâche Elena sur le lit en m'allongeant sur elle et coince ses bras au-dessus de sa tête à l'aide d'une seule main.

– Laisse-moi te toucher, demande-t-elle.

Une lueur espiègle apparaît dans ses yeux et elle bouge savamment son bassin, enfonçant l'un de ses talons dans mes fesses. Je l'embrasse fort, cognant nos dents les unes contre les autres, et aspire sa langue. J'ai toujours mon pantalon et ma queue dure est en train de devenir lancinante.

– Tiroir du milieu, souffle-t-elle sans que je n'aie besoin de demander.

Je me penche pour récupérer une capote dans sa table de chevet. Quand je pivote dans sa direction, elle a gardé ses bras à l'endroit où je les ai laissés. Docile. Ça me fait esquisser une moue amusée. Sans lâcher son regard, j'enlève mon jean avant de réserver le même sort à mon boxer et mes chaussures. Mon érection pointe vigoureusement, impatiente et désireuse de commencer les hostilités. Je m'applique à dérouler le préservatif sur ma verge, effectuant quelques va-et-vient en me mettant à genoux devant elle.

– Prête?

– Toujours ce besoin de bavasser, lieutenant…

– À ton avis, Elena, chuchoté-je en empoignant ses chevilles sans hésitation. Si je me penchais entre tes cuisses et j'y enfouissais la langue…

Mes doigts se resserrent. Elle cesse une seconde de respirer, le souffle bloqué dans sa poitrine, avant d'exhaler bruyamment. Son pouls palpite dans sa gorge et je savoure le léger mouvement de hanches qu'elle effectue dans ma direction. Un appel à mettre mes mots à exécution.

– Qui serait le plus bavard de nous deux?

– Tu veux lancer les paris? me provoque-t-elle.

Elle couine de surprise lorsque je tire avec rudesse sur ses jambes pour la ramener contre moi. Du bout de la langue, je lèche sa peau, remontant le long de sa cuisse pour la mettre au supplice.

– Plus tard, peut-être, révélé-je dans un murmure. Pour l'heure, la patience n'est plus mon fort.

Surtout pas quand je désire quelqu'un depuis aussi longtemps. Je pose mon pouce sur son clitoris et son corps frémit. Elle mord sa lèvre inférieure en poussant un petit cri rauque, fixant mon doigt continuer son chemin vers son entrée. Lorsque ses yeux trouvent les miens, je comprends qu'elle a déjà abandonné l'idée de jouer. Je la titille, sans la pénétrer complètement. Admirant la rougeur qui échauffe ses joues face à ce geste. Elle est trempée, réceptive et toujours disciplinée. Ses mains sont désespérément agrippées au coussin au-dessus d'elle.

– Tu as besoin que je t'apprenne comment faire? me nargue-t-elle, la voix éraillée.

Je rigole et m'allonge pour retrouver ma position initiale contre elle. Mes coudes me soutiennent et aucune barrière ne nous sépare. Mon gland effleure sa chair humide sans que je ne m'enfonce entre ses cuisses. Elle glapit, son talon rencontre de nouveau mes fesses de manière brusque pour m'inciter à prendre les choses en main. Je le lui refuse en souriant.

Je veux qu'elle me supplie.

Alors pour jouer un peu avec elle, je guide mon sexe, touchant son clitoris de tout son long au point de la faire se tordre dans mes bras. J'avoue que je suis au bord de l'implosion et il n'y a pas que pour elle que c'est un doux calvaire. Mes reins chauffent tandis que je continue de la caresser du bout de la queue.

– Est-ce que tu es en train d'essayer de me punir, Darcy? gémit-elle.

Ses hanches commencent à imprimer un va-et-vient, comme si elle s'attendait à ce que je dérape pour me trouver enfin en elle.

– Tu crois mériter une punition?

Elle rigole, ne quittant pas les ondulations de mon sexe fermement maintenu dans mon poing. Puis ses yeux voilés de désir se braquent dans les miens.

– À toi de voir, lieutenant. Mais s'il faut te supplier alors...

Je la pénètre d'un coup sec et sa phrase meurt dans un cri. On grogne tous les deux de plaisir et je prends ses mains. Elle plante ses ongles dans ma paume alors que je réitère une poussée.

Sa peau glisse contre la mienne et elle halète. Je me délecte du son que fait sa respiration, m'amusant avec ses lèvres, léchant son corps, étourdi. J'abandonne ses poignets et ses doigts ne se font plus prier et longent les muscles de mon dos. Je m'enfonce plus fort. Elle hoquette.

– Encore.

J'y vais avec lenteur, me retenant d'abandonner toute maîtrise pour la prendre plus vite et plus fort. Elle me griffe de désaccord.

– Je sais que tu peux mieux faire, ronronne-t-elle. Et que tu n'as pas du tout envie d'être délicat…

Elle accède à mon cou qu'elle suce et malmène avec les dents. Mon membre palpite dans l'étau chaud de son sexe et je la pénètre avec brutalité.

– Oui. Putain, débite-t-elle.

Me maintenant sur un bras, j'enroule mes doigts autour de son cou et son souffle ricoche contre mon visage. Elle tente d'attraper mes lèvres, mais je les lui refuse.

– Je te déteste tellement, grondé-je en continuant mes à-coups profonds et incisifs.

Comme si je cherchais à la blesser.

– Je sais, lâche-t-elle, hors d'haleine. Moi aussi.

Elle mord ma lèvre inférieure et je la laisse faire, accueillant son baiser dans une expiration salvatrice.

– Je te déteste d'avoir sans cesse essayé de me pousser à bout.

Je soulève l'une de ses cuisses pour changer d'angle et m'enfonce à nouveau dans un gémissement rauque.

– Tu gagnais toujours, susurre-t-elle. À chaque fois que je t'ai défié, c'est toi qui l'emportais.

J'augmente ma cadence, ne sachant plus qui de nous deux est le plus en train de suffoquer.

Je te déteste de me faire te désirer autant, Elena.

Je braque mon attention sur elle. Son regard flou. Sa bouche entrouverte, d'où sa respiration peine à sortir, ses cheveux éparpillés sur le matelas. J'aime l'odeur qu'elle dégage. Ce mélange entre les effluves de son gel douche et sa transpiration. Le ballottement de ses seins à chacune de mes pénétrations.

– Je t'ai détestée à la seconde où je t'ai vue sur ce trottoir, avoué-je.

Elle me fixe, prête à perdre la tête à cause de mes va-et-vient. Enivrée par le début de sa jouissance. Je sens les parois de son sexe se refermer autour de ma queue et ça me fait aller plus vite.

Parce que je te voulais trop pour que ce soit raisonnable.

– Continue, psalmodie-t-elle.

Je m'enfonce frénétiquement entre ses cuisses, enfouissant mon visage dans ses cheveux pour me perdre. Je suis incapable de faire attention à ce que je gémis à son oreille, son prénom peut-être, inlassablement. Je ne sais même pas si elle écoute tout ce que je raconte, dans le délire de ma perdition. Mes à-coups deviennent plus brefs et elle jouit avant moi en hurlant mon nom. J'éjacule juste après dans un râle, la gorge en feu, les muscles raides et la respiration lourde. Je m'effondre, complètement désarticulé et satisfait.

Sans aucun regret ni remords.

20

Dax

J'ai le souffle encore précipité et sifflant quand je récupère mon jean sur le sol. Très professionnelle et distante, Elena a déjà commencé à se rhabiller en silence, pendant que je digère, encore troublé, ce qu'il vient de se passer.

J'ai toujours été très à l'aise après avoir tiré mon coup. De manière générale, je ne m'éternise pas et j'ai une excuse toute faite pour ne pas avoir à rester. S'il y a bien quelque chose avec lequel je ne suis pas confiant, c'est parler après le sexe. Les gens ont souvent tendance à se confier. Étaler leurs états d'âme et exprimer ce qu'ils ressentent l'esprit rendu brumeux par l'orgasme. Et il n'y a pas moment plus vulnérable. Aujourd'hui, je ne déroge pas à ma règle : il faut que je me casse.

La limite a été franchie.

Impossible de faire marche arrière.

Impossible de nier ce qu'il y a entre nous. Même si je n'arrive toujours pas à mettre de mots dessus et que je ne compte pas me faire des nœuds au cerveau pour le comprendre. L'agitation qui me gagne est déjà suffisamment déroutante. Et si je reste une minute de plus ici, c'est ma peau en plus de la sienne que je risque.

Je boutonne mon pantalon, observant les alentours pour mettre la main sur ma chemise et ma veste, avant de me rappeler qu'on a commencé dans la salle de bains. Je me réinstalle sur le lit pour enfiler mes chaussures, une pression compresse ma poitrine et je n'arrive pas à m'en défaire. Elena quitte la chambre et revient quelques secondes plus tard, mes affaires dans les mains. Mon flingue trône fièrement au-dessus de la pile et elle dépose le tout à côté de moi. Toute trace de la fièvre et du désir qui m'a animé plus tôt a disparu. J'ai la sensation d'être ni plus ni moins qu'un client qui vient de prendre ce qu'il voulait depuis une éternité. Je sors la clé de ma veste.

– Tiens, dis-je, la voix encore enrouée. Rappelle-toi, tu copies tout ce que tu peux.

– Je sais.

En la voyant si froide et détachée, je me crispe, déstabilisé, mais surtout frustré et en colère. Je me redresse en la dévisageant. Elle porte un sweat-shirt noir, qui ne semble pas lui appartenir, et un short ample qui tombe au milieu de ses cuisses. Ses cheveux, encore humides de la douche, sont remontés dans un chignon maladroit et je ne peux m'empêcher de la trouver *mignonne*, plantée devant moi et les yeux rivés dans les miens. Ce qui ne lui correspond plus depuis une éternité. Parce que ça implique un côté un peu naïf, candide et enfantin. En la voyant, les hommes auraient plutôt une propension à dire qu'Elena est sauvage, sexy, canon. Désirable. Un fantasme.

Et ça ranime ce sentiment de rage qui ne cesse de s'éveiller lorsque je pense à ce qu'elle fait. Ce pour quoi elle est *payée*. Ce pour quoi on l'a infiltrée à la Niche. Vendre son corps. Ses services. Se taper des hommes par dizaines. Je récupère ma chemise, que je passe sur mes épaules, essayant de prendre le dessus sur mes émotions.

– Ne foire pas.

– Si tu n'as pas confiance en moi, réplique-t-elle, tu peux donner cette mission à ta collègue.

– Kelman ne fait plus partie de l'équation. Et de toute façon, elle sera avec moi aujourd'hui.

Elle ne retient pas une grimace de mépris.

– Tu as rendez-vous avec elle ?

– Oui.

Nos regards se croisent et une soudaine tension crépite entre nous. Pas celle dont on a l'habitude, purement sexuelle. C'est plutôt de la nervosité et beaucoup de non-dits. Mon téléphone sonne, faisant éclater le trouble et je me précipite dessus pour décrocher sans vérifier le nom de mon correspondant.

– Aleksev, réponds-je en continuant de fixer Elena.

– On a un problème.

Je fronce les sourcils en reconnaissant la voix de Marwan.

– Quel genre ?

– Rejoins-nous au Carlisle. On vient d'être appelés. Le service d'étage a trouvé un corps.

Mon sang se glace et mes tempes bourdonnent. L'information ne fait qu'un tour. Le Carlisle. C'est l'hôtel où j'ai donné rendez-vous à Jodie. J'ose un coup d'œil vers ma montre. On doit s'y retrouver dans un peu moins de quatre heures. Impossible qu'elle y soit déjà.

Impossible que ce soit justement son corps qu'ils aient retrouvé.

Pas vrai ?

Sinon ça voudrait dire qu'on n'a pas seulement une taupe dans le service, mais dans l'équipe. Et qu'on est tous en danger. Elena encore plus que les autres.

– J'arrive !

Je raccroche, ne demandant aucune précision à Yanis. Il vaut mieux que je garde la tête froide, que je sois en pleine possession de mes moyens, sinon, il n'y a pas de meilleure façon de faire une erreur de jugement. Sur une scène de crime, il faut être à cent pour cent. Même si tout un tas de trucs se chamboulent dans ma tête. Même si je sais qu'en quittant cet endroit, je laisse Elena en proie à unc organisation criminelle qui n'emploie pas des enfants de chœur.

– Tiens-moi au courant dès que tu peux, ordonné-je. Et surtout sois prudente !

J'attrape ma veste dans la précipitation, vérifie que mon arme est dans son étui, puis sors de la chambre. J'entends Elena sur mes talons qui trottine.

– Qu'est-ce qu'il se passe ?

– Tu m'as entendu ?

Je me tourne vers elle pour lorgner son poignet.

– Où est la montre ?

– À côté de mon téléphone qui charge. Je l'ai retirée pour prendre ma douche…

– Ne l'oublie surtout pas, c'est bien compris ?

– Oui ! grogne-t-elle.

Elle me semble étonnamment conciliante, si le terme peut un tant soit peu convenir. D'habitude, il me faut un moment avant de lui faire entendre raison, ou plutôt je n'y arrive jamais, sauf quand j'ai eu un marché à lui proposer. Elena est un électron libre, elle n'aime ni les ordres, ni les contraintes. Faut croire que mon humeur fébrile suffit à la faire abdiquer. Je l'attrape par le bras et un soubresaut dans la poitrine, les réminiscences d'un souvenir, d'une sensation familière de notre dérapage, me surprend. Je la toise, la respiration sifflante.

– Je ne plaisante vraiment pas, Elena. Tu es en danger, plus que n'importe qui. Alors fais attention à toi.

Et je m'en voudrais s'il t'arrivait quelque chose.

Mais je ne le dis pas.

– Tu ne peux pas partir sans me dire ce qu'il se passe, me somme-t-elle. Qui était au téléphone ? Jodie ?

– Non, avoué-je. Et ça pue.

Je lui lance un dernier regard et quitte son appartement au pas de course. Dévalant l'escalier en mode automatique, incapable de penser à autre chose qu'à ce qui m'attend au Carlisle.

Des putains d'emmerdes.

***

Des dizaines de voitures de journalistes sont déjà stationnées devant l'entrée de l'hôtel et je fais des pieds et des mains pour accéder au périmètre de sécurité. Je montre mon badge aux deux gars qui sont en train de contenir la foule et pénètre dans l'enceinte de l'établissement. Les équipes sont dispersées dans le hall bruyant. Des collègues prennent des dépositions et d'autres ne cessent de faire des allers et retours pour être en renfort dehors. J'ai un regard circulaire tout autour de moi. Ce n'est pas la première fois que je viens ici, il nous arrive souvent de donner des rendez-vous dans des suites à nos indics. C'est plus discret qu'au bureau de police et ça leur permet de justifier leur présence. D'ordinaire, les réservations sont faites en leur nom, parfois en plein milieu de la journée, parfois durant les soirées. On essaie de changer au maximum, les hôtels ne manquent pas à Sokal.

– Aleksev ! me hèle une voix.

Je tourne la tête sur la droite et remarque Belling et Valenz de l'autre côté. Je me précipite vers eux, la mine grave.

– Qui a prévenu la presse ? demandé-je.

Comme s'il s'agissait de la question la plus pertinente.

– Si seulement on le savait, soupire Valenz. Le chef est furieux.

– C'est la merde, mec, ajoute Belling. C'est l'agent Kelman là-haut.

Je ne peux pas dire que je me sois vraiment *préparé* à cette éventualité, même si sur le trajet, je ne voyais pas d'autre issue. Il pince ses lèvres, à la fois peiné par la situation et gardant une certaine retenue. On ne doit jamais s'impliquer auprès d'une victime.

– Marwan et Lavoie sont déjà sur place, m'informe Valenz tandis que je me dirige vers l'un des ascenseurs condamnés. Chambre 412 !

Évidemment que c'est cette chambre.

Je hoche mécaniquement la tête et, une fois dans la cage, j'appuie avec fermeté sur le bouton de l'étage. Les portes se referment, me plongeant dans un silence lourd, coupé par le bruit erratique de ma respiration.

– Dax, te voilà enfin ! m'alpague Yanis dès que je foule le sol du couloir. T'as entendu l'info ?

– Oui, réponds-je en récupérant une paire de gants en latex. Fais-moi un topo.

Je passe la porte de la chambre grande ouverte. L'air est étouffant. Ça sent la sueur, le sang séché et la mort. L'équipe de la police scientifique est sur le qui-vive et photographie chaque centimètre carré, abandonnant derrière elle des cavaliers de marquage sur les indices. Une chaise renversée, des fringues étalées au sol, une bouteille de champagne ouverte, quelques restes de nourriture, deux verres minutieusement emballés dans des sachets de prélèvement. Puis le corps. Complètement nu. Allongé sur le lit. Vu les traces de coups, les diverses coupures, entailles plus ou moins visibles, et l'état dans lequel est son visage… Elle n'a rien de *paisible*.

– La femme de chambre a trouvé son corps vers dix heures. Elle pensait que la chambre était vide, parce qu'il y avait la plaque de porte accrochée à la poignée pour que le ménage soit fait, m'indique Yanis.

Ezra se greffe à notre binôme en silence. L'air sombre, il observe les équipes s'affairer à récolter les données.

– Elle a été battue à mort, annonce-t-il.

J'expire. Un poids plombe mon estomac, menaçant de me faire vomir sur la moquette. Plus je regarde le corps inerte de notre collègue, plus ses traits se dissipent. Et je n'arrive pas à me retirer de la tête l'image d'Elena, à sa place. Est-ce que je serai réellement capable de la protéger? Est-ce que c'est judicieux de la laisser prendre des initiatives avec tout ce qu'il se passe? Jodie a été tabassée jusqu'à ce qu'il n'y ait plus un seul signe de vie en elle.

Putain. Putain. Putain.

– J'ai vu des caméras dans le couloir, vous êtes déjà en train de récupérer les images? quémandé-je.

– Oui, m'informe une voix familière. Celles du couloir et de tout le reste de l'hôtel.

Je me tourne vers le chef du SPD qui range son téléphone à l'intérieur de sa veste.

– Le médecin va aussi vérifier qu'il n'y a aucune trace d'agression sexuelle. Les prélèvements partent en labo dès que la police scientifique sort d'ici. Il semblerait qu'il y ait des traces ADN utilisables. Il y avait quelqu'un avec elle.

– Notre principal suspect?

– Difficile à dire, à ce stade.

– On aura les concordances dans les prochaines heures, m'informe

Ezra. Pour l'instant, les causes de la mort sont les coups répétés sur la tête. Ce qui aurait provoqué un traumatisme crânien important. Elle n'est pas morte tout de suite.

Je déglutis d'amertume. Je n'arrive pas à y croire. J'avais rendez-vous avec elle, dans cette chambre. Il n'a jamais été question de nourriture et de champagne. Ça n'a pas de sens qu'elle y soit allée plus tôt. À moins que ce soit un coup monté, une fausse piste pour nous faire perdre notre temps sur cette scène de crime tandis qu'elle a été assassinée ailleurs. Mais pourquoi précisément dans *cet* hôtel, dans *cette* chambre? Seules cinq personnes étaient au courant du rendez-vous et toutes sont dans cette pièce. L'une d'entre elles est morte. Est-ce qu'elle aurait lâché l'information? Est-ce que c'est ce qui l'aurait fait tuer?

– De quand date le décès?

– Moins de vingt-quatre heures, mais le médecin ne veut pas se prononcer sur une estimation plus fiable tant qu'il n'a pas fait d'autopsie, me répond Yanis.

Après une longue heure, le corps de Jodie est finalement enfermé dans un sac mortuaire et une équipe est chargée de le transporter jusqu'à la morgue. Sans la dépouille, la pièce n'en est pas moins oppressante.

– On a récupéré les vidéos de surveillance, chef, annonce Valenz en nous retrouvant.

Il a un coup d'œil vers le lit vide.

– Bien, déclare mon père. Que deux équipes restent sur place.

Il se tourne vers les gars et moi.

– Retournez au bureau et faites visionner les vidéos par le service informatique. Voyez s'ils trouvent quelque chose. Qu'ils se mettent sur le dossier en priorité. Insistez bien. Il nous faut des réponses dans les plus brefs délais. C'est urgent.

– Si tu veux mon avis, on ne va rien trouver du tout, signalé-je.

À tous les coups, les bandes auront été effacées.

– Essayez quand même.

***

Il est presque six heures passées quand Samuel, du service informatique, arrive avec les vidéos. Tous regroupés dans la salle de projection, les lumières éteintes, on attend qu'il les lance.

– Je peux déjà vous dire que la recherche a été rapide, dit-il en récupérant une télécommande.

– Rapide ? ricane Yanis dans notre direction. Ça fait sept heures qu'on patiente comme des cons.

Je n'esquisse même pas un sourire devant sa tentative de vanne. Bien trop concentré sur les minutes qui vont suivre. J'ai la sensation qu'elles vont être décisives. Comme s'il m'avait entendu, Samuel croise mon regard. Il semble se crisper légèrement, ce qui me surprend un peu. Puis il met en route le projecteur et les premières images apparaissent.

– Il s'agit du couloir du quatrième, précise-t-il en laissant les premières secondes défiler. Nous avons commencé par vérifier l'identité de chaque personne qui y passait pour affiner nos recherches.

– Des comportements suspects ? l'interroge le chef.

Le coude contre la table, il a tourné son siège pour faire face à l'écran et ses doigts sont posés sur ses lèvres. Il n'a pas touché au dossier devant lui. Il est soucieux. On l'est tous.

– Aucun. L'agent Kelman est arrivée à cinq heures vingt du matin dans le hall.

Je tique face à l'heure à laquelle elle s'est présentée sur place. Ça n'a aucun sens. Il passe la vidéo pour nous montrer la silhouette de notre collègue. Je fronce les sourcils. Elle est habillée comme la veille et a plusieurs heures d'avance sur notre rendez-vous.

– Elle se présente à l'accueil, mais est seule jusqu'à ce qu'elle accède à la chambre.

Il retourne sur la vidéo de l'étage concerné et on y voit Jodie marcher, sans une once de crainte, jusqu'à la porte de sa suite. Elle ne vérifie pas si quelqu'un la suit et ouvre à l'aide de sa carte.

– Un homme arrive huit minutes plus tard.

Je me penche, me reposant sur mes coudes pour avoir une meilleure vision. L'image n'est pas d'une netteté incroyable, c'est souvent le cas avec les vidéos de surveillance. Beaucoup de pixels qui floutent les détails, mais le plus gros est là. Un gars est de dos et déambule au pas de course à l'étage. Il me paraît familier sans que je ne puisse mettre le doigt dessus. On ne voit pas son visage, bien que, de temps en temps, son profil se détache. Il a l'air de parler avec quelqu'un par-dessus son épaule, mais personne ne le suit.

– Impossible d'avoir une image de l'individu à l'entrée de l'hôtel. Et il en est de même avec les accès de secours et du personnel.

– Vous avez un visage? le questionne enfin mon père.

La tension est palpable. Samuel me regarde une nouvelle fois et je hausse un sourcil un peu confus.

– On le connaît? déduis-je.

Il hoche la tête en soupirant.

– Je suis désolé.

Et un visage apparaît à l'écran. Mon cœur dégringole dans ma poitrine et tout l'air dans mes poumons disparaît dans un claquement de doigts. Je suffoque en me redressant vivement.

– C'est impossible! aboyé-je.

Ma voix tremble, et tous mes muscles aussi. Je ne cesse de fixer l'extrait de la vidéo qui passe en boucle. Le suspect qui entre dans la chambre, vérifiant que la voie est libre avant de s'y engouffrer. Le suspect qui ressort quelques minutes plus tard. Trente, pour être exact. Ne se cachant d'aucune caméra, alors qu'il a tout fait pour les esquiver juste avant, et qui quitte l'hôtel sans être inquiété.

Ce suspect, c'est *moi*.

Tout s'arrête. À commencer par mon cœur, avant de partir dans une course folle. J'ai l'impression que tout le monde peut l'entendre battre dans ma poitrine. Il résonne jusque dans mes oreilles. Je sens le regard de chaque personne présente dans cette pièce, posé sur moi, tandis que mes yeux restent rivés sur l'écran du vidéoprojecteur. Je me dis que c'est forcément une plaisanterie. Le service informatique est en plein délire, ils me font une mauvaise blague et tous les collègues vont entrer dans la salle de réunion en hurlant qu'ils m'ont bien eu.

Mais rien ne se passe.

Je me sens pris au piège.

– Darcy, assieds-toi, m'ordonne la voix froide de mon père.

Il ne me regarde pas, tapotant ses doigts contre le bois de la table de réunion. D'un signe du menton, il invite Samuel à poursuivre.

– Nous ne s…

– Ces images sont truquées ! m'emporté-je en lui coupant la parole. Vous n'allez pas croire ces conneries, pas vrai ?

– Darcy !

Le chef se tourne enfin, arrimant ses yeux familiers aux miens dans une menace silencieuse. Je suis resté debout, le corps raide et tous les sens en alerte. Les autres n'osent pas bouger un orteil et je fulmine devant leur manque de jugeote. Leur absence de réaction.

– Le costume de la vidéo est exactement le même que celui que je portais hier, à leur putain de soirée, argué-je. Évidemment que c'est un piège. À tous les coups, ils m'ont vu me balader dans les couloirs et ils ont récupéré les images qui les intéressaient pour les foutre sur celles du Carlisle.

Mon père pivote vers l'informaticien, touchant machinalement le dossier qu'il a apporté et qu'il n'a toujours pas ouvert.

– Samuel ? Des traces de trucage ?

– Les équipes sont dessus.

Je me crispe.

– Et elles ne pouvaient pas être *dessus* avant de nous les présenter ? fulminé-je. Vous ne pouviez pas vous assurer de la véracité des preuves que vous nous fournissez ?

– La réunion est ajournée, tonne le chef. Que tout le monde sorte, sauf Marwan, Lavoie et Aleksev.

Les flics se lèvent d'un seul homme, non sans me lancer des coups d'œil furtifs et curieux avant de sortir dans un brouhaha timide. Je m'affale sur ma chaise en les ignorant, passant une main nerveuse sur ma nuque tendue.

Putain.

– Samuel, vous pensez avoir terminé dans combien de temps?

– Je ne saurais vous dire, boss. S'il y a eu falsification des enregistrements, ça a été bien fait.

– *S'il y a eu falsification*? répété-je, sur la défensive. Tu es en train de mettre ma parole en doute?

– Non, lieutenant, rétorque-t-il. Je précise seulement que mon travail consiste à présenter des faits. À vous de faire votre propre déduction.

Une déduction qui peut me coûter ma liberté. La rage gonfle en moi, mêlée à une panique que je n'arrive pas à endiguer.

– Très bien, vous pouvez disposer, Samuel. Il va de soi que l'analyse des cassettes est urgente et l'emporte sur toute autre affaire en cours.

– Oui, boss.

Il me lance un dernier regard contrit avant de disparaître par la porte, pendant que nous restons tous les quatre dans un calme morne et pensant. Ma respiration n'a pas repris de rythme régulier et je passe mon poing contre ma poitrine pour me masser.

– Il faut que vous sachiez quelque chose, messieurs, commence mon père en ouvrant son dossier. Les résultats de l'expertise au sujet des traces ADN dans la chambre d'hôtel me sont parvenus avant la réunion.

Il fait glisser les feuilles vers Marwan et Lavoie, les yeux braqués dans les miens.

– Ils sont formels.

– Putain, jure Ezra.

– C'est pas vrai, lâche Yanis de concert.

Je leur tire les feuilles des doigts, loin d'être stupide au point de ne pas comprendre ce qu'il en est.

La vidéo n'est pas suffisante.

Pour faire plonger un homme, il faut prouver qu'il était sur la scène de crime.

Il faut son ADN.

Et celui retrouvé au Carlisle est le mien.

Toute ma rage meurt entre mes lèvres. Je suis livide. Effaré. Abasourdi. Incapable de réfléchir de manière cohérente tandis que mon monde vacille. Je fixe le document en espérant me tromper sur toute la ligne, mais c'est écrit noir sur blanc. C'est limpide et sans aucun doute possible. *Ils* m'ont eu. Ils vont réussir à me faire tomber pour le meurtre de Jodie sans que je n'aie eu le moindre soupçon concernant leur machination.

Moi.

Le flic qui veut faire sauter leur réseau. Qui se croyait invincible. Capable de tous les foutre en taule pour leur saloperie.

Baulieu m'a vaincu.

– Voilà ce qui va se passer, annonce le chef sans une once d'inquiétude dans la voix.

Son fils est le principal suspect, et de loin, pour assassinat et il ne réagit pas. Il reste impassible, d'un professionnalisme légendaire. Sans émotions. Alors que je suis en train de tout perdre. Tout ce pour quoi je me suis battu, tout ce qui m'a offert une légitimité à ses yeux.

– Marwan et Lavoie, vous reprenez le dossier Maslo. Vous avez son numéro?

– Oui, répond Yanis.

– Bien. Vous l'informez que vous êtes ses interlocuteurs directs, désormais. Interdiction d'entrer en contact avec elle, Darcy. Tu vas me rendre ton insigne et ton arme de service.

Sous l'effet de l'effarement, j'obtempère, mutique. Je retire mon badge de ma ceinture et mon glock de son étui, les doigts tremblants. Dans un autre contexte, je me serais battu. Je me serais acharné à prouver mon innocence. Mais comment rivaliser avec toutes ces *évidences*?

J'ai envie de vomir.

Je ne l'ai pas tuée.

Je n'ai rien fait!

Mais des hommes ont été accusés pour moins que ça et mis au trou des années.

Je suis foutu.

– Ce n'est qu'une mise à pied, Darcy. Et parce que tu es mon fils, je n'ordonne pas de mise en garde à vue.

– Je devrais me réjouir? craché-je.

– On va te sortir de là, mec, tente de me rassurer Ezra. C'est un coup monté, on le sait tous.

Je renifle, sceptique. Sa tentative de réconfort me glisse dessus, sans provoquer aucun effet.

– On te préviendra pour que tu repasses au bureau dans les prochaines heures pour ta déposition. En attendant, je te demanderai de ne pas quitter la ville.

– Pour aller où? ricané-je. Je n'ai rien à me reprocher.

– Il faut tenir les journalistes le plus loin possible de toute cette histoire. Et on attend le retour du service informatique.

– Et les empreintes de Dax, chef? demande Yanis. Comment ont-ils pu les truquer?

– Ils ne les ont pas truquées, me braqué-je. J'étais chez eux hier soir. Ils ont pris mon flingue, mes empreintes sont partout sur le manche. J'ai laissé mon portable, j'ai porté un masque que j'ai *touché*. Ils m'ont offert un putain de verre. S'ils ont été capables de monter une fausse vidéo, je te laisse imaginer ce qu'ils peuvent faire d'autre.

– À quelle heure es-tu rentré de la soirée? m'interroge Ezra.

– Une heure, peut-être deux. J'étais chez moi, seul. Forcément.

Puisque je ne me suis pointé chez Elena qu'à dix heures et que cette foutue vidéo de surveillance me fait être à l'hôtel à cinq heures du matin. Bordel, je *dormais*. Du moins, j'essayais, avec toutes les émotions de la soirée.

– Et si vous pistiez mon téléphone? proposé-je.

– Tu aurais très bien pu le laisser chez toi, me contredit mon père. Ce ne sera pas une preuve suffisante pour le juge. Donc pour l'instant, on ne fait rien. Tu rentres chez toi et tu attends.

J'attends.

J'attends que mon sort soit scellé.

Putain. C'est un cauchemar.

21

Elena

Les doigts agrippés au lavabo de la chambre, j'ai un air de déjà-vu. Moi, salement amochée, qui observe les dégâts qu'ont causés les coups sur mon corps. Sauf que cette fois, je me maintiens parce que mes jambes sont tellement faibles que le moindre mouvement brusque me ferait perdre l'équilibre. Je pivote doucement vers la baignoire pour ouvrir le robinet et grimace sous la sensation pénible que ça provoque.

Bon sang. Le rite d'initiation était brutal. Il m'a laissé des traces pendant des jours et une douleur lancinante dans les côtes.

Ce que je viens de subir?

Tellement pire.

Darcy venait juste de partir et je m'étais rhabillée avec mes affaires du matin. Ils ont défoncé la porte d'entrée dans un bruit sourd et ont pénétré chez moi à trois. Pour être honnête, je ne m'y attendais pas. J'étais persuadée qu'ils ne s'en rendraient compte que bien plus tard. J'étais partie depuis moins de trois heures. La première gifle m'a quasiment déboîté la mâchoire et je suis tombée au sol. Après quelques coups de pied bien placés, ils m'ont attrapée par les cheveux et m'ont mise de force dans une voiture. À partir de là, j'étais dans mon monde. J'avais qu'une chose en tête : aller jusqu'au bout de ma mission. Encaisser. Rester alerte. Le corps relâché. La bouche fermée pour ne pas envenimer la situation et, surtout, profiter de l'inadvertance d'un des gardes pour le voler. C'était la première étape de mon plan : me procurer un de leur badge. Ma victime a été toute trouvée :

ce connard de Marlon Spears. Le type rigide, méthodique et sadique. Il n'y est pas allé de main morte.

Je ravale mon sanglot de rage.

Le plus dur n'a pas été de le détacher de sa ceinture, parce que je savais qu'ils allaient être tellement acharnés à me faire souffrir qu'ils ne feraient pas attention à mes gestes, mais de le cacher ensuite. Au dernier moment, je me suis rabattue sur le plus simple et l'ai glissé dans l'une de mes manches, priant pour qu'il ne tombe pas sur la route.

Le pas incertain, j'entre dans l'eau de mon bain. Elle brûle ma peau couverte d'ecchymoses et j'y plonge complètement la tête, noyant les larmes qui commencent à se déverser sur mes joues tant je me sens faible et désarticulée. Il faut que je me reprenne. Il faut que je pense à la suite. Je n'ai atteint que la moitié de mon but. Le plus dur reste à faire. Après de longues minutes, je finis par sortir de la baignoire, flageolante mais requinquée. J'ai tout juste le temps de récupérer ma serviette que l'accès à la chambre de Saphira s'ouvre. Elle a un hoquet de stupeur en me voyant.

– Putain Elena, mais qu'est-ce que tu t'infliges?

– Tout va bien, marmonné-je entre mes dents serrées. Juste quelques égratignures.

Elle me fixe de la tête aux pieds, le visage blême et la mine peinée.

– Alors, tu vas m'aider à accéder au local d'enregistrement?

– Tu ne m'as pas laissé le temps de t'expliquer ce matin, s'exclame-t-elle. Il n'existe pas.

Je fronce les sourcils, les bras enroulés autour de ma poitrine comme un maigre rempart de protection.

– Comment ça, *il n'existe pas*?

– C'est le bureau de Marius, le QG.

Je pousse un long soupir.

Évidemment.

Je contourne le paravent pour rejoindre mon lit et plonge ma main sous l'oreiller pour en tirer le badge. Celui que j'ai subtilisé à Marlon Spears pendant qu'il me tabassait. J'avais bien remarqué que certaines portes ne s'ouvraient qu'avec ça et, dans un moment de lucidité, je me suis dit que la salle d'enregistrement, quelle qu'elle soit, devait forcément être équipée du même genre de boîtier.

– Et son bureau, on peut l'ouvrir avec *ça*?

Saphira se précipite vers moi pour me prendre l'objet des mains. Elle ouvre la bouche et les yeux grands, de surprise.

– Comment tu l'as eu?

– *Il* était concentré à autre chose. J'ai juste trouvé une ouverture.

Elle ne dit rien, mais je sais qu'elle comprend. Bien sûr, comment il en serait autrement? Elle a vécu la même chose. Elle a enduré la même épreuve de force, de domination.

– Ça te permettra d'entrer, c'est certain. Mais il faut pouvoir y aller. Personne ne quitte le bureau des yeux. Même quand Baulieu est au club.

– J'ai juste besoin qu'ils fassent leur ronde du soir. Ça me laissera suffisamment de temps pour accéder au sas privé. Il y a un digicode et je sais que les gardes sont plus longs à reprendre leur poste de ce côté.

Elle lève un sourcil.

– Alors ce n'est pas une blague, tu bosses vraiment pour les flics?

Je hausse les épaules, gémissant malgré moi à la suite de la douleur qui irradie dans mes côtes. Chaque mouvement, chaque respiration est un supplice. Ils ne m'ont pas ratée.

– Longue histoire.

– Ils ne te laisseront pas louper le club.

– T'as vu l'état dans lequel je suis?

– Ça ne suffit pas pour justifier ton absence. Ils ont des clients pas très regardants et à tous les coups, ils trouveront l'idée de te faire souffrir encore plus alléchante. Ils sont barbares, ça ne devrait plus t'étonner.

Je me renfrogne, presque sur le point de paniquer tant j'ai l'impression que la situation m'échappe à cause de cette nouvelle information. Il faut que je sois dispensée. C'est l'un des points clés pour la réussite de mon plan et je ne pense pas que j'aurai d'autres occasions d'y aller.

– Je trouverai quelque chose, éludé-je. Il faudra que tu laisses la porte de ta chambre ouverte avant de partir.

– Je le ferai.

Je retire ma serviette pour enfiler difficilement des vêtements, coinçant le badge volé dans mon soutien-gorge avant d'enfiler un jean.

– Je voulais te montrer quelque chose, reprend-elle.

Je l'entends s'avancer vers moi, mais je ne me retourne pas, galérant à passer un pull par-dessus ma tête. Quand j'y arrive enfin, je remarque qu'elle a faufilé une main devant moi. Dans cette main, elle tient un téléphone.

– Qu'est-ce que tu fous avec ça?

Elle glousse.

– Franky est à chier pour faire des fouilles. Il suffit de lui couler quelques regards appuyés et il oublie jusqu'à son prénom.

– Tu l'as depuis combien de temps?

– Un moment. Mais là n'est pas la question. Lis.

Elle me fait un signe du menton et j'attrape le téléphone en plissant les yeux. Mon crâne me fait un mal de chien, mais j'arrive à me concentrer pour lire le gros titre : « Le petit meurtre du Carlisle ».

Mon doigt fait défiler brièvement l'article jusqu'à tomber sur une photo. La même que, quelques semaines plus tôt, Darcy et ses coéquipiers m'avaient montrée.

– C'est pas possible, soufflé-je.

Jodie Kelman. Morte.

– Ils ont trouvé son corps ce matin. Battue à mort. Ça te parle?

– *Ils* l'ont tuée.

– Je ne sais pas ce qu'elle avait fait, mais oui. Ils l'ont butée. Ça ne fait aucun doute.

– Elle était avec nous, avoué-je.

Elle pince les lèvres.

– Eh bien, ils ont fini par l'apprendre.

Bon sang. Pourquoi ne me l'a-t-il pas dit? Je m'agenouille pour attraper le téléphone que je garde moi-même sous la table de chevet. Saphira ne semble pas plus étonnée que ça en me voyant le sortir et je l'allume. Trois nouveaux messages d'un numéro inconnu me surprennent.

[Le lieutenant Aleksev est mis
à pied.]

[Interdiction de le contacter.]

[On reprend l'affaire. Ezra Lavoie.]

C'est quoi ce délire?

Instinctivement, j'appuie sur le journal d'appel pour composer le numéro de Darcy. Je tombe directement sur la messagerie.

– Putain, grogné-je.

– Elena, tu d…

Saphira est coupée par des voix dans le couloir.

– Ils arrivent.

Mon cœur a un loupé avant de partir au galop.

Par réflexe, elle attrape les deux téléphones de mes mains et se carapate dans sa chambre. Elle referme tout juste derrière elle que la porte de la mienne s'ouvre avec fracas sur Oscar Simard.

– Bonnie, grince-t-il. Tu as l'air en forme.

– J'ai besoin de voir un médecin, dis-je.

Sa bouche frémit de dédain et il me détaille d'un œil vil.

– Il n'est pas disponible.

– Je ne peux pas aller travailler ce soir.

Il ricane froidement.

– Tu vas écarter les cuisses comme la pute que tu es. Je n'en ai rien à foutre si tu as quelques bobos. Tu as voulu faire la maligne en sortant d'ici, on va te montrer que, dans la Niche, il y a des règles à respecter. Et l'une d'entre elles est de satisfaire le client, coûte que coûte.

– Alors quoi, je vais baiser vos habitués avec cette tête? le défié-je.

– Tu vas surtout apprendre à fermer ta grande gueule, Bonnie. Une bonne fois pour toutes ou la prochaine fois, on tapera tellement fort que tu n'ouvriras plus les yeux. Si tu es dans cet état, c'est de ta faute. Ne l'oublie pas. Tu as de la chance d'être en un seul morceau, d'autres ont perdu bien plus en jouant avec nous.

Je déglutis, prenant sa menace en pleine figure.

J'aurais pu être vendue.

J'aurais pu disparaître.

J'aurais pu finir comme Jodie.

Parce que c'est le sort qu'ils réservent aux cas récalcitrants. Aux traîtres. À celles qui ne rentrent dans aucun moule. Et je coche toutes les cases.

– Pourquoi tu n'es pas encore en bas, Bonnie ?

Oscar se tourne vers la voix nasillarde dans son dos, debout dans le couloir. Il n'a pas refermé derrière lui et Janet Baulieu se tient dans l'encadrement de la porte. Difficile de savoir si elle est surprise de me voir dans cet état, dégoûtée ou si elle n'en a rien à faire. Mais elle effectue un pas à l'intérieur de la pièce et m'avise.

– C'est donc à ça que tu ressembles après ta trempe, signale-t-elle.

Elle lance un coup d'œil amer vers Oscar.

– Vous n'auriez pas pu épargner son visage ?

– Elle va se maquiller.

Janet claque sa langue contre son palais et se place devant moi. Ses doigts glacés glissent sous mon menton et elle relève ma tête pour me contempler de plus près. Ses yeux perçants me sondent.

– Elle reste ici, somme-t-elle.

– Elle est parfaitement capable de travailler, marmonne Simard.

– Peut-être, mais elle fera honte à la Niche. On emploie des femmes capables de provoquer du désir chez un homme en un seul regard. Avec sa mine, elle va juste les faire fuir.

J'ai envie de sourire. De tirer la langue en direction d'Oscar comme une enfant qui vient de remporter l'accord de l'un de ses deux parents, après qu'ils se sont disputés devant elle. Mais je ne fais rien. Je ne réagis pas. Priant intérieurement pour qu'elle ne change pas d'avis. Pour que Simard n'ait pas des arguments implacables et qu'il me faille user de stratagèmes pour ne pas quitter l'hôtel.

– Mets de la glace sur tes bleus. Tu n'auras pas de passe-droit demain. Tu auras intérêt à redoubler d'effort et à nous faire oublier l'argent que l'on va perdre à cause de toi, ce soir.

– Oui, Janet.

Elle fait demi-tour et lorsqu'elle bifurque dans le couloir, je me retrouve seule avec Oscar. Il me toise, hargneux. Néanmoins, il ne dit rien et après avoir récupéré la clé dans ma serrure, il referme derrière lui. S'assurant de bien verrouiller ma porte sur son passage.

C'était prévisible.

***

Ça va être une véritable course contre la montre, mais je n'ai plus le choix que d'y aller.

Après un dernier regard à ma chambre, je rejoins celle de Saphira. Je n'ai pas pu prendre la clé USB de Darcy avant qu'ils me ramènent de force ici et si je ne retrouve pas mon téléphone, tout mon plan tombe à l'eau. Je tente de refouler la panique qui gonfle dans ma poitrine et observe ce qui m'entoure.

La pièce ne diffère pas de la mienne. Même agencement, mêmes meubles, même taille, mais l'odeur est la sienne. J'ouvre les tiroirs, essayant de faire le moins de bruit possible tout en me pressant. Mon temps est compté et je n'ai qu'une seule chance. En moins de deux minutes, je mets la main sur mon téléphone. Simplement enfoui dans la housse de son coussin à côté du sien. Je vérifie que la batterie n'a pas lâché. Ça va être limite, mais je n'ai pas d'autre option. J'enclenche la poignée de la porte pour sortir. Elle cède. J'ai envie de sauter de joie, mais je contiens mon émotion. Je passe une tête timide, vérifiant que la voie est libre. Les bourdonnements de mon cœur résonnent dans mes oreilles. Je me sens fébrile, moite de peur, mais l'adrénaline palpite dans mes veines.

Du nerf, Elena. Tu n'as pas toute la soirée.

J'atteins l'ascenseur personnel de Baulieu au rez-de-chaussée, priant pour que la longue heure à patienter avant de me mettre en route ait été utile. J'ai travaillé pour obtenir toutes ces informations. J'ai étudié. J'ai observé. J'ai compté. Marius arrive toujours au club trente minutes après ses filles. C'est un principe. Il soigne ses entrées. La voie *devrait* être libre.

Devrait. Parce que je ne suis pas à l'abri d'un imprévu.

Le cœur au bord des lèvres, j'entre dans la cage d'ascenseur et appuie énergiquement sur le bouton du premier. Quand enfin les portes se referment sur moi, j'exhale. La montée est à la fois rapide et interminable. Le tintement strident de l'appareil retentit et je croise les doigts pour que personne ne se trouve dans le sas, le souffle coupé par l'anxiété. L'antichambre est vide.

Merci.

Maintenant, il faut que les gardes soient en roulement. À pas de loup et les jambes flageolantes, je m'approche de l'accès au petit couloir qui donne sur le bureau de Baulieu. Je n'entends rien, mais ils pourraient tout aussi bien ne pas parler et se regarder dans le blanc des yeux.

J'inspire un grand coup et ouvre, prête à tout. Je ne vois que la porte blindée, le boîtier métallique et les deux caméras qui se rivent sur moi, attirées par mes mouvements. Sans plus attendre, je sors le badge pour le passer sur la fente. D'abord, l'accès m'est refusé et je crois défaillir. Puis, je me rends compte que sous l'émotion, je n'ai pas coincé la carte dans le bon sens. Je recommence et le bruit satisfaisant d'un verrou qui lâche vibre.

Oui. Bordel!

Je m'engouffre dans le bureau en refermant derrière moi. La pièce est plongée dans le noir, seules les lumières de la ville filtrent depuis les fenêtres. La facilité avec laquelle tout fonctionne me fait hésiter, mais l'urgence relègue mes doutes dans un coin enfoui de ma tête. Il faut que je sois alerte.

Focus. Rester focus!

Je sursaute en entendant des voix derrière la porte blindée, me crispant légèrement avant de voir qu'elle reste close. J'avance dans la pénombre, allant jusqu'à l'ordinateur, posé sur le bureau. J'essaie de l'ouvrir, sans succès. Un code est demandé et je sais que c'est peine perdue que de le chercher. Il doit y avoir autre chose. Il y a forcément autre chose. J'ouvre les tiroirs, je consulte les dossiers dans les armoires. Ce ne sont que des chiffres, des factures, des données dont je ne maîtrise pas les tenants ni les aboutissants. Je prends pourtant des photos que j'envoie dans la foulée au numéro de mon nouvel interlocuteur. Je me réjouis de voir que mon réseau est au top et que tout arrive à destination sans effort. Je continue sur ma lancée, m'attaquant à l'énorme bibliothèque dans l'angle. C'est étonnant, car Baulieu n'a pas l'air d'être un homme qui lit beaucoup. Je parcours les titres des yeux, tirant sur certains livres pour les ouvrir et m'assurer qu'il n'y a pas un sens caché. Puis, alors que je ne m'y attends pas, le dos de l'un des bouquins me résiste et quand je force pour le tirer, c'est un loquet qui grince et la bibliothèque se scinde en deux. Je me tends, regardant par-dessus mon épaule pour m'assurer que le bruit n'a pas alerté les gars dans le couloir. Je pousse un peu plus sur l'ouverture pour y pénétrer.

– C'est pas vrai, murmuré-je avec étonnement.

Des dizaines d'écrans vidéo sont exposés dans une petite salle adjacente. Je suis stupéfaite par toutes ces images. L'hôtel, les couloirs, le club, les rues tout autour du bâtiment. Je perçois les deux agents d'à côté. Au centre, un ordinateur alimenté par une tour est allumé sur une barre de recherche et je me penche sur le clavier pour taper le premier mot qui me passe par la tête.

Client.

Des centaines de noms apparaissent sous forme de dossiers. J'écarquille les yeux et lève mon portable pour continuer les clichés. Je fais défiler le curseur, filmant de temps en temps lorsque je double-clique sur certaines lignes.

Erland Stevenson.

Pourquoi ce nom m'est familier?

J'ouvre le dossier. Des photos, des vidéos, des fichiers textes y sont dispersés. J'appuie sur la fiche *identité*.

– C'est le juge? soufflé-je avec stupeur. Quel enculé!

J'essaie de lire tout ce que je peux, les yeux attirés par tout un tas d'informations jusqu'à ce que l'une d'entre elles me fasse tiquer. Pas la plus pertinente pour l'enquête, mais la plus surprenante à mes yeux. *Tache de naissance sur l'aine*. Je lance une vidéo avec la date de la veille, curieuse. Je *me* vois sur un lit, accueillant *Monsieur*.

Monsieur? Ce mec est le putain de juge Stevenson?

Je secoue la tête, dépitée, et retourne en arrière pour me concentrer sur le reste. Des factures, des courriers, des contrats sur lesquels son nom est surligné. Je ne comprends rien et finis par revenir sur la liste principale. Je remarque l'identité de certaines personnalités publiques, des mecs qui passent à la télévision, des grands chefs d'entreprise dont j'ai déjà entendu les noms, le son de la voix. Je reconnais même certains clients.

– T'as de sacrées informations, Marius, tu m'étonnes que tu te prends pour le roi du pétrole.

Puis mon attention est attirée par le dossier *Aleksev*. Je place le curseur dessus et clique, occultant tout le reste. Il y a principalement des vidéos et je mets en route la première. Il est au club avec un tas d'autres flics, ils semblent avoir fait une descente. Le film est rapide, un peu flou, mais des zooms sont réalisés sur sa tête. Je reviens en arrière et inspecte les dates. Dans une vidéo de la veille, on le voit dans le couloir, tandis que je suis dans son dos. On le voit devant la chambre d'Hamel. On le voit ressortir, parler avec Jodie et je manque défaillir, la trouille au ventre.

Ils nous ont vus. Ils ont assisté à notre fouille. Ils savent que je travaille avec la police. Ils sont au *courant*, alors pourquoi est-ce que je suis encore en vie?

– Putain, marmonné-je, paniquée. C'est la merde. C'est vraiment la grosse merde.

Mes doigts se mettent à trembler et je lance une œillade dans mon dos, de peur de voir débarquer quelqu'un. Il n'y a plus aucun doute possible, si je reste une minute de plus dans cet hôtel, je suis en danger de mort. Néanmoins, je ne lâche pas la raison pour laquelle je suis ici et ouvre une autre vidéo. Ce sont les mêmes images que celles que je viens de regarder, mais le décor change. Comme une superposition de deux endroits différents. Ça ressemble à un autre hôtel. Je suis sûre de l'avoir déjà vu, mais j'en ai visité tellement que je suis incapable de trouver où il se situe. Alors je filme de nouveau, envoyant chaque seconde au sergent Lavoie en vérifiant que tout arrive à destination. Ce qui est étonnant, c'est qu'il ne me répond pas. Darcy, à sa place, serait déjà en train de me faire un détail de tout ce dont ils ont besoin pour l'enquête. Mais Darcy est mis à pied.

Ça, encore, c'est un mystère.

Je m'apprête à reprendre là où je m'étais arrêtée quand j'entends la porte s'ouvrir. Je me fige instantanément. L'accès depuis le bureau est encore ouvert. Je n'ai pas le temps de trouver un endroit où me dissimuler que Simard pénètre dans la salle d'enregistrement. Et il n'est pas tout seul.

– Je savais que tu allais être une vraie plaie, *Bonnie*.

Je manque d'air. La terreur me submerge et j'ai un mouvement de recul. Mon dos bute sur les écrans de surveillance, tandis que je dévisage Oscar. Les deux types dans son dos gardent l'issue.

À cet instant précis, je sais que, si je sors, ce ne sera pas sur mes deux jambes.

Est-ce que la mission en valait la peine?!

– T'es arrivée comment? aboie-t-il.

– C'était ouvert.

Il me donne une claque magistrale et tous mes muscles se tendent. La douleur est d'autant plus vive que j'ai déjà le corps en miettes.

– Qu'est-ce que tu crois, Bonnie? Qu'on est aveugles? Qu'on n'a pas compris que tu bossais avec le flic?

– Je ne vois pas de quoi tu parles, sifflé-je en bougeant la mâchoire pour faire cesser l'élancement.

En vain.

– Tu ne vois pas? ricane-t-il.

Il fait un pas de plus pour se coller contre moi, tirant sur mes cheveux d'une poigne ferme afin de me faire lever la tête vers lui. Je grimace de douleur. Son souffle ricoche contre mon visage tuméfié et il me toise. Son regard me fait peur. La lueur funeste que j'y décèle me terrifie. Il va me tuer, je le sais. Est-ce que ce sera rapide? Non. Ils aiment faire passer le message.

Ils ont battu Jodie à mort.

Ils ont crevé un œil à Saphira.

Ils vont me faire *tellement* pire.

– On sait tout. Chacun de tes faits et gestes était épié. On avait le flic dans le collimateur depuis un bout de temps et quand tu es arrivée comme une fleur, ça m'a mis la puce à l'oreille. Peut-être que Baulieu avait des œillères, mais j'ai vu ton double jeu dès le départ. On t'a surveillée, en sachant parfaitement que tu ferais des erreurs, que tu nous aiderais inconsciemment à le faire tomber, lui.

Il se marre et je tressaille, essayant de camoufler l'effroi qui me tiraille face à la perversion que je décèle dans ses iris. Ils se sont servis de moi.

– Ce n'est pas un petit lieutenant et une pute qui vont niquer notre business. Vous croyez que vous allez tous nous faire tomber?

Il tire plus fort sur ma tignasse, malmenant mon cuir chevelu.

– Aleksev est fini. Après ce qu'on a laissé dans la chambre du Carlisle, il peut dire adieu à son badge de flic et à sa liberté.

Je déglutis.

Le petit meurtre du Carlisle.

Le cadavre de Jodie.

Darcy mis à pied.

– Vous lui avez collé le meurtre sur le dos, soufflé-je.

– Oui. Et bientôt, il en aura un autre.

Il m'arrache le téléphone des mains et triture les touches.

– Tu vas l'appeler et lui donner rendez-vous. Il te croira hors de danger donc il se pointera seul.

– Pourquoi? Vous avez peur que, s'il sait que vous m'avez chopée, il débarque avec la cavalerie? osé-je, la voix pleine de défi. Quel courage.

Je tente de me défaire de sa prise, la nuque tordue et souffrante.

Il ne me lâche pas et me donne un coup de poing sur le visage, le portable en première ligne. Je pousse un cri sous le choc, essayant de me débattre, sans succès.

– Appelle-le ! Et tu as intérêt à te la fermer et à t'en tenir à ce que je te dis !

Je sens les larmes couler le long de mes joues. En temps normal, je ne me laisse pas submerger par mes émotions. Pourtant, là, je ne retiens rien. Je me sens tellement acculée, prise au piège, que je ne vois aucune chance de me sortir d'ici vivante. Je récupère le portable, les doigts tremblants, et compose son numéro.

– Il ne va pas répondre, murmuré-je.

– Si. Parce que c'est toi et qu'on sait tous les deux ce que ça implique. Alors dis-lui de te rejoindre à l'entrepôt de Belwink dans trente minutes. Il va falloir que tu sois convaincante, parce que s'il y a quelqu'un d'autre avec lui, c'est une balle entre les deux yeux.

Oscar active le haut-parleur et, après quelques sonneries dans le vide, la voix de Darcy me fait éclater un peu plus en sanglots.

– Elena ? s'étonne-t-il.

Je ne réponds rien et Oscar éloigne le téléphone pour me menacer d'un seul regard.

– Elena, je n'entends pas très bien. Tout va bien ?

Je renifle.

– Allô ? s'impatiente Darcy.

– Retrouve-moi à l'entrepôt dans trente minutes et sois seul, débité-je, la voix chevrotante.

– L'entrepôt ? répète-t-il. De quoi tu parles ? Bon sang, tu ne devrais même pas m'appeler, Elena. Tu es encore à l'hôtel ? Putain, je n'ai plus accès à ton traceur. J'ai été renvoyé, tu as reçu un message de Lavoie ?

– L'entrepôt, reprends-je plus fermement. Rejoins-moi à l'entrepôt Belwink.

Un silence accueille ma demande et il pousse un soupir à travers le combiné.

– Tu déconnes ? L'endroit où on a retrouvé notre indic ?

J'ose un regard vers Oscar et son sourire antipathique me fait froid dans le dos. Il hoche la tête et je balbutie :

– Seul, Darcy.

Simard m'arrache le téléphone des mains et raccroche avant que je n'ajoute quoi que ce soit.

– Vérifiez ce qu'elle a fait avec ça et débarrassez-vous des preuves, ordonne-t-il à ses deux sbires en leur filant le portable.

Il relâche mes cheveux et agrippe violemment mon bras. Je suis tellement courbaturée que je ne sens plus rien. La douleur a anesthésié la douleur.

– Toi et moi, on va faire un petit tour, Bonnie.

22

Dax

– Allez, décroche ! m'agacé-je sur mon téléphone.

J'entre dans ma voiture pour allumer le contact, déposant mon portable sur son socle en relançant un appel. L'entrepôt Belwink est à environ une vingtaine de minutes de chez moi et… Putain ! Ça va mal finir. C'est une certitude et ça me fout en l'air d'avoir merdé à ce point. D'avoir mis Elena en danger en tout état de cause, sans jamais penser à faire marche arrière parce que c'était la mission notre priorité. Depuis le temps que je me casse la tête pour démanteler la Niche, j'en ai oublié l'essentiel de mon métier.

Et voilà où ça nous mène.

Voilà où ça *la* mène.

Son coup de fil n'a rien d'une formalité. Le ton qu'elle a employé était si différent de celui qu'elle utilise quand elle s'adresse à moi. Moins combatif. Plus chaotique. Elle n'était pas seule, elle n'était pas dans son état normal, elle n'allait pas *bien*. Et j'ai le pressentiment que son retour à l'hôtel a été plus dangereux que ce qu'elle laissait entendre. Après notre infiltration dans la chambre d'Hamel, la découverte du corps de Kelman, mon accusation qui me place au rang de principal suspect et ma mise à pied, ce n'était qu'une question d'heures avant qu'elle ne soit la prochaine victime.

Merde !

Bien sûr que je savais ce qu'elle risquait. Une mission d'infiltration pour une agent expérimentée est déjà d'une complexité hors norme, alors pour une femme sans formation, c'était voué à l'échec ! Je l'ai toujours su et ça ne m'a pas empêché de lui proposer un marché pour qu'elle intègre la Niche et nous aide. Alors pourquoi j'ai cette impression d'étouffement qui m'obstrue la gorge ? Cette angoisse qui grimpe à mesure que je prends conscience qu'elle ne sortira peut-être pas vivante de cet enfer ?

Je n'aurais jamais dû partir de chez elle ce matin. Je n'aurais jamais dû la laisser retourner à l'hôtel. J'aurais dû annuler la mission bien avant. Il était évident qu'Elena allait finir sur cette fichue liste morbide, avec tous les cadavres qui nous tombaient sur les bras.

– Allô ? lâche Ezra, essoufflé. Dax, je suis désolé, mais je n'ai pas le temps de...

– Ils ont kidnappé Elena.

Le ton que j'emploie marque l'urgence dans laquelle je me trouve. Je libère l'air que je retenais dans mes poumons, tandis qu'il marque une pause.

– Tu déconnes ?

– Non. Je viens de l'avoir, répliqué-je dans la précipitation.

Mes doigts sont crispés autour du volant et je slalome dans les rues de Sokal, incapable de faire baisser la pression dans mes veines. Je regarde à peine les signalisations, me concentrant uniquement sur la route en ignorant ma vitesse.

– Elle m'a donné rendez-vous à l'entrepôt Belwink.

– Celui où on a retrouvé Rudolf Blaise ? s'inquiète-t-il. Et tu comptes faire quoi ?

Je n'ai pas le temps de répondre qu'il enchaîne :

– Fais pas de conneries ! Tu ne peux pas y aller seul, Dax, tu n'es même plus armé et ton insigne a sauté !

– Elle est en danger, insisté-je. Il me faut une équipe.

Je l'entends grommeler, mais je ne distingue pas ce qu'il raconte. Il y a un bruit monstre autour de lui et d'autres voix s'élèvent tandis qu'il reprend la communication.

– C'est le branle-bas de combat, annonce-t-il. Toutes les équipes sont sur le pont. On organise une descente à l'hôtel et au club, simultanément, grâce aux infos que nous a filées Elena.

Après tous ces mois à bosser d'arrache-pied pour démanteler la Niche, je ressens, certes, une pointe de satisfaction et beaucoup de soulagement, mais je ne peux m'empêcher de trouver le timing à chier. Si l'opération va distraire les hommes du réseau, elle risque surtout de monopoliser les équipes dont j'ai besoin tout de suite.

– Ezra, le supplié-je. Trouve-moi quelqu'un.

Ce n'est pas mon genre d'implorer pour quoi que ce soit. En général, je ne m'embarrasse pas d'un refus. Si je suis persuadé d'être sur la bonne voie, j'agis en solo et je pense aux conséquences plus tard. Ce soir, c'est suicidaire de faire cavalier seul, j'en ai parfaitement conscience. Et j'ai vraiment besoin d'aide.

– Dans combien de temps? répond-il après avoir gardé le silence durant ce qui m'a semblé une éternité.

J'avise l'horloge numérique sur mon tableau de bord.

– Quinze minutes.

– Impossible, signale-t-il, c'est à l'autre bout de la ville.

– Je sais, réponds-je avec une voix lasse.

Parce que c'est aussi une réalité : ils n'arriveront peut-être pas à temps.

Il souffle avant de s'éloigner de son portable pour héler Marwan.

– Va prévenir le chef, on part à Belwink!

Puis de manière plus mesurée, il me dit :

– On sera là dans vingt minutes. Sois prudent, Dax.

Je raccroche pour me concentrer sur la route, cloisonnant mon esprit comme je le ferais en service, pour ne pas me laisser submerger par mes émotions. Du moins, j'essaie, car plus les kilomètres défilent, plus des images se faufilent dans ma tête. Je me fais mille scénarios de ce que je risque de retrouver au hangar. La possibilité qu'*elle* ne soit plus en vie à mon arrivée me rend fébrile et j'accélère davantage, le cœur au bord des lèvres.

Quand, enfin, j'atteins l'entrepôt abandonné, le portail scellé par la police est grand ouvert. Je m'y engouffre, ne voyant rien d'autre que la carcasse du bâtiment désaffecté et les restes de la Rubalise délimitant la zone de l'ancienne scène de crise. J'ai l'impression de revenir plus de trois semaines en arrière. Sauf que, cette fois, il n'y a aucune équipe sous mes yeux. Aucun gyrophare, aucune lumière. Seulement l'obscurité et le silence pesant de la nuit. Avant de sortir de la voiture, j'ouvre ma boîte à gants pour récupérer un taser et une lampe torche. J'ai le réflexe de passer une main dans ma veste pour m'assurer que mon flingue est bien rangé, jusqu'à ce que je me rappelle les événements de ces deux derniers jours. Tout ce qui m'a mené ici, non armé, seul, espérant bêtement avoir une chance de sauver une fille que j'ai moi-même foutue dans la gueule du loup. Je prends une longue inspiration, remarquant avec surprise que mes jambes titubent dès que je quitte l'habitacle. Je n'ai pas peur qu'il m'arrive quelque chose à moi, mais je crains que ce soit déjà trop tard et qu'il lui soit arrivé quelque chose à *elle*. Je traverse ce qui, à une époque, devait être un parking, pour rejoindre l'entrée. Tout est calme et le halo de ma lampe éclaire le chemin que j'emprunte sans réfléchir, la respiration sifflante. Je passe sous les rubans de sécurité et en me redressant, j'entends un bruit, au moment même où une cagoule s'enfonce sur ma tête et où un corps me ceinture. Ma lampe tombe par terre et je tente de me débattre comme je peux. Un coup de poing percute mon estomac et je me plie en deux sous la douleur. J'étouffe un juron, le souffle bloqué dans ma gorge.

– Si tu bouges encore, c'est une balle dans la tête, me menace un type. *Capiche*?

– Oui, marmonné-je à contrecœur tout en tentant de reprendre ma respiration.

Sans me fouiller, on me pousse en avant et je chancelle, les bras coincés dans mon dos. Mes yeux cherchent une source de lumière, quelque chose sur lequel s'ancrer, mais je ne vois rien et manque de trébucher tandis qu'on me retient. L'un de mes assaillants se marre. Pas le même que celui qui m'a parlé, si j'en crois le timbre de sa voix. J'essaie alors de me concentrer sur ce que j'entends. Le bruit du tissu qui se froisse à mesure que l'on avance, les chaussures qui tapent contre le sol en bitume, je perçois la chaleur de la pression ferme sur mes poignets. Ils ne doivent pas être plus de deux, celui qui me maintient les mains dans le dos et celui sur ma gauche, dont je sens l'odeur ténue d'une eau de Cologne. Après avoir bifurqué à plusieurs reprises, je suis contraint de m'arrêter par une main plaquée contre mon torse. Mon dos bute contre le type derrière et il grogne de désapprobation.

– Tu te rappelles ce que je t'ai dit tout à l'heure? lâche le gars à côté de moi.

Je hoche juste la tête et la cagoule est arrachée sans ménagement de mon visage. Je suis brièvement aveuglé par un spot très vif. J'arrive à percevoir une chaise vide, au centre, et une silhouette juste derrière, qui reste en retrait.

– Lieutenant Aleksev, prononce une voix rêche et acerbe.

L'homme se décale sous la lumière et j'ai tout le loisir d'admirer les traits anguleux de son visage. Il n'est pas difficile de reconnaître qui il est, pour l'avoir filé des heures durant et avoir placardé sa photographie sur l'un des murs du local. Avec ses cheveux gominés, son costume gris anthracite qui a dû lui coûter le dernier mois de mon salaire et ses chaussures cirées, il a plus l'air de s'être perdu au milieu d'un quartier malfamé que d'en être à sa tête. Mais ne jamais juger un livre à sa couverture.

Ce mec est l'un des pires de la Niche.

– Où est-elle, Simard?

Il ricane.

– La vidéo vous a plu? me demande-t-il en ignorant ma question. Nous avons essayé de prendre votre meilleur angle.

– Pas terrible, non, rétorqué-je, sarcastique. Vous auriez pu mieux faire.

– On s'améliorera, avec le temps.

Il arque un sourcil joueur avant de faire un signe du menton. Quelqu'un dans mon dos me donne un coup de pied dans le mollet et je tombe sur mes genoux en grognant, puis on me force à me relever pour m'asseoir sur la chaise. Le canon froid d'une arme se braque sur ma tempe et je cesse de remuer. Je devrais sûrement frissonner de crainte, mais l'adrénaline annihile tout. Je continue de dévisager Simard avec hargne, ignorant la main menaçante qui se presse sur mon épaule pour m'intimer de ne pas bouger. Au SPD, on a tous été formés pour gérer ce genre de menaces. Avec notre métier, on n'est jamais à l'abri d'être pris pour cible, d'être échangé contre un otage ou simplement de se retrouver au milieu d'une fusillade. Mais l'entraînement et la réalité sont deux choses aux antipodes. Et savoir que je suis sans défense est d'autant plus frustrant. Tous mes membres sont libres, mais le fait qu'ils soient nombreux et armés tandis que je suis seul et sans défense me suffit pour ne pas cligner d'un cil. Je dois me montrer docile pour gagner du temps, espérer la voir et nous sauver. Je sais que, si je bouge, ils prendront un malin plaisir à tirer.

– Maintenant que vous êtes bien installé, on va pouvoir commencer.

Je tressaille face à son timbre. Il a l'air de jubiler et mon anxiété se réveille.

– Commencer *quoi*? m'étranglé-je.

– Notre petit jeu.

Une boule d'angoisse obstrue ma gorge tandis que mes yeux dévient vers le bruit d'une porte qui claque. Ma mâchoire se contracte d'appréhension. Je ne sais pas ce qu'on me réserve, et je n'aime pas ça. Je distingue des silhouettes au loin, malgré le projecteur braqué devant mes yeux, et quelques gémissements arrivent jusqu'à moi. La paume rugueuse de mon assaillant migre sur ma nuque et m'oblige à rester immobile, le canon, désormais chaud au contact de ma peau, toujours enfoncé contre ma tempe. Une chaise est placée en face de la mienne, puis un corps y est balancé avec brutalité. En reconnaissant Elena, je manque de me lever pour foutre mon poing dans la gueule du premier type qui se mettrait sur ma route, mais le flingue se presse plus fermement contre ma tête.

– Ne m'oblige pas à me répéter, me défie une voix à mon oreille. J'ai la gâchette facile.

Je me raidis et, impuissant, j'observe Elena se faire ligoter les poignets sur les accoudoirs et les jambes aux pieds de la chaise à l'aide d'une corde. Elle n'est pas habillée de la même façon que ce matin. Disparus le *hoodie* difforme et le short de survêtement. Son jean est taché de sang et la bretelle de son débardeur a été arrachée sous la violence de ce qu'elle a dû endurer. Mon cœur se serre quand mon regard croise le sien. J'y lis sa détresse. Ses joues sont baignées de larmes. Son visage est tuméfié, des bleus marquent la peau de son cou, de ses bras et je devine qu'ils ne sont pas tous dus à la raclée dont elle a écopé en rentrant à l'hôtel ce soir. Lorsqu'ils l'ont trouvée, ils l'ont certainement violentée. Et je m'en veux de ne pas l'avoir empêchée de mettre à exécution son plan. Je savais ce qu'elle encourait et je ne l'ai pas retenue, parce qu'il fallait que l'enquête aboutisse.

Putain, mais qu'est-ce que j'ai fait ?!

Une nausée me surprend et je déglutis avec difficulté, incapable de détacher mon attention d'elle. Mes poings se serrent de colère. Il y a encore quelques heures, j'étais dans son lit, contre elle, en elle… J'aurais pu nous éviter ça, j'aurais pu anticiper le danger, mais je n'ai rien fait. J'ai foncé tête baissée, obnubilé par l'unique chose qui m'empêche de dormir depuis des mois : démanteler ce réseau de merde. La rage sourde qui gonfle dans ma cage thoracique a un goût amer, parce que tout ça ne serait pas arrivé si je n'avais pas décidé que ce serait *elle*, en première ligne.

Et à cet instant précis, je me déteste de lui avoir fait subir ça.

Je me déteste de l'avoir impliquée.

Je me déteste pour tout ce qu'ils lui ont fait.

– Ça va ? soufflé-je.

Elle hoche imperceptiblement la tête et ma culpabilité grimpe en flèche. Je ne pense plus qu'à une chose, la venger.

Oscar se marre en caressant la tête d'Elena comme on le ferait avec un animal que l'on récompense ou une *chienne*.

– Elle avait hâte que tu arrives, annonce-t-il avec un sourire sadique. N'est-ce pas, Bonnie ?

Elle ne répond pas alors il lui tire les cheveux en arrière au point de la faire haleter de douleur.

– Laissez-la, éructé-je en amorçant un mouvement pour me relever.

Un bras s'enroule autour de mon cou, me maintenant sur le siège au point de me faire manquer d'air. Après quelques secondes, j'obtempère en levant les mains en l'air, en signe de reddition, vers le type au flingue dont la bouche s'est pincée de mépris. Ma respiration se saccade sous l'inquiétude. Mes doigts me font souffrir de trop se contracter pour former un poing que je songe à enfoncer dans sa mâchoire. J'ai juste envie de faire souffrir cet enfoiré qui se joue de nous.

– On dirait bien que vous n'allez pas pouvoir pleinement vous exprimer, ici, lieutenant, s'amuse Oscar.

Je le toise et il sourit. Il m'a à sa merci et il se délecte de ma soumission. Il relâche brusquement Elena et elle grimace sous l'effet provoqué dans sa nuque malmenée. En me fixant droit dans les yeux, Oscar lui donne un coup violent entre les deux omoplates, qui la fait crier de douleur. Mes jointures blanchissent alors que je serre le rebord de ma chaise, et je fulmine, les narines dilatées, les muscles contractés. Le type a relâché sa prise autour de mon cou, mais sa présence dans mon dos suffit à me faire ployer.

– Vous tremblez, Aleksev, se marre le second de Baulieu.

J'expire en le toisant, prêt à me redresser pour lui arracher son rictus diabolique avec les ongles. Mais le glock de son sbire est toujours imprimé contre ma tempe et je ne suis pas certain d'avoir le temps de sortir le taser dans ma veste avant que la balle ne traverse ma boîte crânienne. Je n'arrive plus à détacher mon attention d'Elena. Si elle a l'air terrorisée et fatiguée, je lis aussi beaucoup d'agressivité dans son regard. Comme à chaque fois que je l'ai croisée. Elle a toujours eu cette lueur, cachée au fond de ses iris, qui me rendait fou. Cette détermination, cette force de caractère qui ne la faisait se soumettre à rien, ni à personne, à moins qu'elle l'ait pleinement décidé. Savoir que, malgré la situation qui est en train de nous échapper à tous les deux, elle ne baisse pas les bras, me force au respect. Ça nous fera peut-être grappiller quelques minutes avant l'inévitable.

– Vous allez me le payer, grogné-je.

– Payer quoi? répète-t-il d'une voix tranchante.

– Ce que vous lui avez fait! aboyé-je.

Le rire arrogant de Simard ricoche sur chaque fibre de mon corps. Je hais ce type, viscéralement.

– Nous savons, vous et moi, que ça n'arrivera pas. N'est-ce pas? Vous avez déjà essayé, lieutenant. Mais regardez où ça vous a mené.

Il sort un couteau et je me mets à paniquer. Je sais que ce mec est fou, qu'il est prêt à tout. Ce n'est plus Elena que je fixe, mais la pointe de la lame qui commence à frôler ses avant-bras. Je cesse de respirer et me risque à jeter un regard sur elle, qui ne m'a pas quitté des yeux, affolée. Sa terreur provoque en moi un sentiment incontrôlable. Je le sens, je commence à perdre pied. Mes muscles se mettent à trembler de fureur.

– Vous ne pensiez tout de même pas vous servir de cette pute pour votre enquête minable? La faire entrer et sortir de la Niche juste en claquant des doigts?

Il glisse le couteau entre ses seins et j'avale de travers, le ventre noué par la torture que représente la scène qui se déroule devant moi, n'étant plus en mesure de me défaire des gestes précis d'Oscar. Des marques qu'il laisse volontairement. Il n'appuie pas au point de la faire saigner, mais suffisamment pour rendre son intention limpide : il joue avec des règles que je ne connais pas. Et ça me fout une trouille bleue.

– Si?

Il ricane à nouveau comme une hyène, jubilant face à mon mutisme.

– Vous savez ce qu'on leur fait, aux chiennes qui nous la mettent à l'envers? À celles qui se croient plus intelligentes que la moyenne au point d'essayer de nous doubler?

Il enfonce la pointe de son couteau au niveau de la clavicule d'Elena. Elle grimace en geignant, fermant les yeux à la première pression, alors qu'il tourne son manche sur lui-même jusqu'à faire perler une goutte de sang. Je m'agite et le type derrière moi replace son bras autour de ma gorge que j'essaie de dégager. Je tente de me débattre en donnant un coup de buste vers l'avant, en vain. Le cran de sécurité de l'arme effectue un léger cliquetis à mon oreille et je me statufie.

La bile remonte à nouveau dans ma trachée et je suffoque quand Simard commence à érafler les bras d'Elena. Les paupières closes et les dents plantées dans la peau de ses joues, tout son corps s'est crispé. Elle se prépare à recevoir sa sentence, sans bouger. Sans crier.

– Ne faites pas ça…

Ma voix n'est qu'une supplique.

– C'est trop tard pour supplier, Aleksev.

Il effleure la jugulaire d'Elena et je manque de défaillir. La bouche grande ouverte, aucun son ne sort.

– Je veux que tu sois aux premières loges.

Il continue de parsemer le corps d'Elena avec des entailles, tantôt légères, tantôt plus importantes. À chaque fois qu'une nouvelle apparaît, j'ai l'impression que c'est mon cœur qu'il est en train de découper. Elle n'a pas rouvert les yeux, n'a pas fait un seul mouvement de recul face à la douleur qu'il lui inflige tandis que je suis en train de devenir malade de le regarder faire, sans pouvoir réagir.

– Que tu la contemples se vider de son sang.

– Ne faites pas ça, putain! m'emporté-je.

Il éclate à nouveau de rire, basculant sa tête en arrière. Ses cheveux virevoltent à mesure de ses spasmes et sa glotte tressaute. Il prend du bon temps, il s'amuse, il a gagné. Et il le sait. Son couteau remonte le long du visage d'Elena et, dès qu'il atteint le dessous de son œil, elle ouvre les paupières. Paniquée. Une bribe de l'histoire de Saphira qui a perdu un œil pour avoir désobéi me submerge. Je sais qu'elle y pense aussi.

J'expire lourdement. Impossible d'ignorer ce qu'il se passe dans son regard, dans le mien…

Des milliards d'excuses.

Des milliards de regrets.

– C'est déjà trop tard, débité-je dans la précipitation. À l'heure où je te parle, tous nos hommes sont en train de faire une descente dans ton précieux club et ton hôtel de pourritures.

Ça a le mérite de lui faire tourner la tête vers moi et la lame quitte sa cible. J'en profite pour continuer, conscient pourtant de ne pas être en position de force.

– On sait très bien ce qu'ils vont y trouver, pas vrai?

Ma voix se veut confiante et froide, mais elle est loin d'être aussi provocante que je le souhaiterais. Oscar fait un pas en direction de ma chaise, faisant tourner entre ses doigts le couteau dans une menace latente. Il se penche en avant, les traits déformés par la colère. Son haleine ricoche sur mon visage et il me toise.

– Rien. Du. Tout, persifle-t-il.

Il se rapproche ensuite de mon oreille et j'appréhende de sentir la lame suivre le même chemin.

– Parce que vous aurez beau essayer, vous ne vous débarrasserez jamais de nous. À Sokal ou ailleurs, vous n'imaginez pas le nombre de membres que nous avons. Nous sommes comme des mauvaises herbes : plus vous tenterez de nous arracher, plus nous repousserons en nombre.

Il se recule, me dévisage et son poing s'écrase contre ma joue en manquant de me faire tomber de la chaise. Ses gars me retiennent et un second coup que je ne vois pas venir me secoue. Sans me laisser le temps de souffler, on me remet droit sans ménagement. Je cligne des paupières, reprenant conscience de tout ce qui m'entoure. Je remue les muscles de ma mâchoire engourdie, la touchant du bout des doigts en fusillant le mec qui se replace sur ma gauche. Le cri d'Elena me fait détourner la tête aussitôt dans un geste brusque. J'ai à peine le temps de voir le couteau creuser une seconde longue traînée sur l'un de ses poignets que je me relève, mon coude partant se loger contre le nez du mec qui tient un flingue avant de me ruer sur Simard, profitant du bref moment de répit que m'offre ma liberté de mouvement. Faisant fi du fait que le mec peut se relever à tout instant. Perdant de vue qu'il fallait juste que je gagne du temps pour que les gars nous viennent en aide. Oubliant qu'avec mon impulsivité, je viens peut-être de nous tuer tous les deux.

Oscar et moi tombons à la renverse, ses pieds se prennent dans la chaise d'Elena et j'entends un coup de feu un peu lointain. Je suis fou de rage, obnubilé par mon besoin de vengeance. De prendre le dessus. De la mettre hors de danger. J'ai les jambes qui encadrent la silhouette du second de la Niche, les mains en appui sur sa gorge que je serre de toutes mes forces. J'admire, dans un rictus sadique, les couleurs disparaître de son visage. Ma frustration, mon sentiment d'impuissance, de faiblesse, de défaite à l'idée d'être incapable de la sauver, tout disparaît, pour laisser place à une seule chose : l'envie de voir son arrogance flancher. De faire apparaître de la crainte dans ses pupilles dilatées et qu'il se rende compte que, désormais, c'est moi qui joue. Que c'est moi qui suis en position de force. Que c'est peut-être moi qui vais gagner et qu'il n'aura plus aucun pouvoir sur elle. Je n'entends rien de tout ce qui se passe autour de moi. Un liquide chaud me goutte sur les avant-bras. Du sang. Mais je n'y fais pas plus attention, je n'ai mal nulle part. Cependant, l'odeur de l'hémoglobine ainsi qu'une voix qui me crie dans les oreilles me sortent peu à peu de ma torpeur. Pour autant, je garde ma prise autour du cou de Simard. Qu'on me bute. Qu'on me tire dessus. Je ne lâcherai pas. Puis ce sont des bras qui encerclent mes épaules et qui me tirent avec force en arrière. Je tombe presque à la renverse et mon coude cogne contre la chaise. Je constate l'effervescence autour de nous. Les équipes qui s'agitent et qui sécurisent le périmètre, le corps raide de l'un des types dont une balle a traversé la tête, le deuxième, agenouillé par terre et déjà menotté tandis qu'Ezra maintient désormais Simard en me faisant un signe de la tête.

– Les renforts sont arrivés, Dax.

Ma fureur s'évapore d'un coup et je pivote vers Elena, toujours attachée, la tête tombant en avant. Je remarque que c'est son sang qui macule mon pull. Je glisse vers elle. Mes doigts poisseux repoussent les cheveux qui recouvrent son visage. Ses yeux restent clos et mon cœur tambourine dans ma poitrine.

– Elena, m'étranglé-je. Ouvre les yeux.

Je tente de secouer ses épaules pour qu'elle me donne un signe de vie.

– Elena, tu m'entends?

Je détache de mes doigts tremblants les cordes autour de ses membres froids. La panique me saisit et l'urgence de mes gestes me rend maladroit. Son corps choit contre moi et je la retiens comme je peux, les genoux rendus douloureux par la position que je leur inflige, avant de l'allonger sur le sol glacial.

– J'ai besoin d'un médecin ! hurlé-je par-dessus le boucan dans le hangar. Un médecin !

J'essaie d'appuyer sur la plus grosse entaille à son poignet, parfaitement positionnée sur l'une de ses veines qui ne cesse de se vider. Mes paumes rougissent sous le liquide chaud que je n'arrive pas à contenir et je renifle de rage, de panique, le cœur terrassé par la culpabilité.

Tout est ma faute.

23

Dax

Les yeux rivés sur l'ambulance qui quitte les lieux, je laisse l'une des secouristes désinfecter mon arcade après qu'elle s'est assurée que je n'ai subi aucun signe de traumatisme crânien. Il ne leur a pas fallu plus de quelques secondes pour me rejoindre dans l'entrepôt. Ils avaient été appelés en même temps que les renforts et attendaient que le périmètre soit sécurisé avant de pouvoir y pénétrer. À l'instant où ils ont repéré Elena, ils l'ont embarquée, éloignant toute personne de leur chemin. Moi y compris. Je n'ai pas entendu un seul mot de leur diagnostic. Est-ce que son pronostic vital est engagé? Est-ce qu'elle était encore inconsciente quand ils l'ont fait monter dans le véhicule d'urgence? Ce dont je me souviens, c'est de son corps inerte. Elle n'a pas bougé. Pas ouvert les yeux.

– Bonne nouvelle, dit la fille dont le tissu de la blouse touche ma joue tant elle est proche de mon visage. Je ne vais pas avoir besoin de recoudre.

Je ne réponds rien. Incapable de dévier mon attention de la route sombre par laquelle les urgentistes ont disparu avec *elle*.

– Je vais désinfecter la plaie avant d'y mettre une suture adhésive.

– Faites ce que vous voulez, maugréé-je.

L'alcool qui brûle ma chair à vif ne me fait esquisser aucune grimace, je reste stoïque et de marbre. Même si ma tête me fait souffrir le martyre. Même si chaque muscle de mon corps est douloureux. Même si j'ai l'impression d'avoir été passé sous un trente-six tonnes et que la seule chose dont j'ai besoin, c'est qu'on me dise comment elle va.

– Ça va, mec?

Ezra s'adosse contre la porte ouverte du camion à l'arrière duquel je suis assis et je lui jette un coup d'œil rapide.

– Tu sais où est-ce qu'ils l'ont emmenée? demandé-je au lieu de répondre à sa question.

– À l'hôpital de Meryl.

Je hoche la tête, me rendant compte que ce simple geste me provoque une douleur atroce derrière les paupières. Je n'ai pas été passé à tabac, je n'ai reçu que quelques coups, mais il semblerait que mon corps ait décidé que c'était suffisant pour me faire chier.

– Merci d'être venus, avoué-je. J'espère que vous ne vous êtes pas foutu dans la merde avec mon père.

Ezra sourit et secoue la tête.

– Le chef a donné son accord, admet-il en plongeant ses mains dans les poches de sa veste. Et il m'a donné ça pour toi.

Il me tend mon badge. Mon premier réflexe est de froncer les sourcils, confus. Ça ne fait que quelques heures que j'en ai été privé, mais bordel que ça fait du bien de le revoir!

Cet insigne pour lequel je me suis battu.

Cet insigne dont je suis fier et qui ne me quitte pas depuis toutes ces années.

Puis, j'ai un mouvement de recul. Mon ego capricieux se braque. Je ne mérite pas de le récupérer.

J'avale ma salive de travers.

– Aux dernières nouvelles, je suis toujours accusé de meurtre, signalé-je avec amertume.

– Il semblerait que les charges aient été revues.

La secouriste finit par se décaler et je lui lance un regard interrogateur.

– Vous pouvez y aller, conclut-elle. Mais surtout, si vous sentez quoi que ce soit, douleur, nausées, étourdissements, allez directement consulter les urgences.

Ça ira.

Je ne dis rien et descends du camion pour faire face à Ezra. Il a gardé mon badge dans la main et le triture.

– Tu vas le prendre ou tu attends une invitation officielle?

Je le lui arrache pour le ranger dans mon jean. J'ai l'impression qu'il me brûle à travers le tissu de mon pantalon et j'ai envie de l'en sortir pour le balancer le plus loin possible. Je ne devrais pas avoir le droit de le prendre. Pas comme ça. Pas aussi facilement. Pas après avoir échoué si lamentablement. Pas après avoir rendu la vie d'Elena si misérable.

– Tu m'expliques? le sommé-je.

– Sur la route. J'ai besoin d'un café avant de retourner au poste.

Je lui emboîte le pas, observant les alentours sur les traces de Yanis.

– Marwan est où?

– Il est rentré avec l'équipe chargée des suspects. Tu veux bien être mon taxi?

– Rêve, lâché-je en lui balançant mes clés de voiture. Tu conduis. Je suis crevé.

Il rigole en réceptionnant maladroitement mon trousseau et on rejoint ma voiture, garée entre deux véhicules de police. Je lance un dernier regard circulaire sur la scène, grouillant d'agents et de vie, qui est loin de ressembler à celle que j'ai eue en début de soirée. De nouvelles équipes de scientifiques ont investi les lieux, et plusieurs brigadiers sont en train de baliser la zone. Toute la chaîne est parfaitement huilée, identique à chaque scène de crime, mais, pour la première fois, je suis l'une des victimes. Je soupire en m'asseyant sur le siège passager.

– Dépose-moi à l'hôpital.

Ezra m'avise en silence, alarmé par mon timbre désemparé. Je ne me laisse pas souvent submerger par mes émotions. Il allume le contact alors que je fixe droit devant moi, sentant le poids de son attention sur mon profil.

– Le chef va vouloir que tu sois là pour le débrief.

– Là, tout de suite, j'en ai plus rien à foutre du débrief, Ezra, balancé-je froidement. Je veux juste que tu me déposes à Meryl et que tu profites de ce *putain* de trajet pour me raconter ce qu'a donné votre descente. Que tu me dises qu'on n'a pas fait tout ça pour rien. Que tu me rassures sur le fait que, si jamais Elena en a payé de sa vie dans cet entrepôt dégueulasse, entre les mains de cette enflure de Simard, ça n'aura pas été vain. Tu peux faire ça?

Je ne le regarde toujours pas, une main soutenant ma tête lourde. Je cale mon pied contre la boîte à gants et entends mon collègue soupirer.

– Bien sûr mec, déclare-t-il. Bien sûr que je peux faire ça.

Il s'engage en dehors du parking, laissant derrière lui une traînée de poussière et les lumières de gyrophares qui clignotent dans les rétroviseurs.

J'ai besoin de la voir.

***

– Je suis désolée, monsieur, mais les consignes sont claires. Toute visite, chambre 2882, est interdite.

Je tape du poing contre le comptoir de l'accueil en faisant sursauter l'infirmière. Elle recule sur sa chaise à roulettes, en m'observant de son air suffisant. Je la toise, agacé.

– Oui, merci, raillé-je. Les ordres, vous les tenez de nos équipes.

– Alors vous êtes bien placé pour savoir que je ne peux y déroger, sous aucun prétexte.

– Un problème? s'enquiert Ezra en se calant à mes côtés.

Je pivote légèrement la tête vers lui en arquant un sourcil. Il range son téléphone dans la poche intérieure de son blouson et nous avise chacun notre tour, l'autre conne et moi. Je suis une boule de nerfs, de rage, de fatigue, de lassitude et tout est en train de me faire perdre les pédales. Qu'il soit encore là alors qu'il a un débriefing de prévu, aussi.

– T'es pas parti?

Il lève les mains vers moi en riant.

– Tout doux, Dax. Pas besoin de sortir les crocs, j'ai dit que je restais avec toi.

– C'est stupide, marmonné-je.

Je passe une main fébrile dans mes cheveux, puis sur mon visage. On ne s'est pas arrêtés prendre un café, et là tout de suite, j'en aurais bien besoin d'un.

Ça et d'accéder à cette foutue chambre pour savoir comment elle va. Il faut écrire au gouverneur, pour ça, ou quoi?

– Je disais à votre collègue, énonce l'infirmière d'une voix dédaigneuse, que les visites dans la chambre 2882 sont interdites jusqu'à nouvel ordre.

Ezra soupire, je sens son regard bifurquer vers moi, mais je ne lâche pas la mégère des yeux.

– Nous sommes agents du SPD, précise-t-il en sortant son insigne. Nous avons toutes les autorisations étant donné qu'il s'agit de l'une de nos collègues, en soin.

Mon cœur se comprime en l'entendant parler ainsi d'elle.

– J'entends bien, monsieur, mais la patiente n'a pas encore effectué tous les examens et, tant que le médecin de garde n'a pas donné son feu vert, ni vous ni personne n'aura accès à sa chambre en dehors du personnel médical.

– Putain, m'emporté-je.

– Dax.

La paume d'Ezra se pose sur mon avant-bras et je lève les yeux vers lui. Furieux.

– Va nous chercher deux cafés, tu veux? prononce-t-il. J'essaie d'avoir des renseignements sur son état de santé.

Je m'apprête à répliquer que je ne suis pas serveur et qu'il peut très bien aller les chercher lui-même, les cafés dégueulasses d'hôpital, mais la pression de sa main se fait plus insistante.

Je capitule en soufflant.

– Très bien.

Il hoche la tête et je l'abandonne à l'accueil, déambulant comme un fauve en cage jusqu'à la machine. Je sors mon portefeuille pour récupérer de la monnaie et l'insère dans la fente avant de commander deux gobelets. L'odeur n'a rien à voir avec du café, mais j'imagine que ça fera l'affaire. Je m'affale sur l'un des fauteuils vides de la salle d'attente et fixe Ezra qui revient vers moi. Je lui tends son breuvage fumant.

– Alors? m'impatienté-je.

– Son pronostic vital n'est pas engagé, annonce-t-il.

Et la chape de plomb dans mon estomac se volatilise. Comme ça.

Pouf.

Je respire.

Elle est vivante. Elle est vivante. Elle est vivante. Je me le répète inlassablement, comme si me le dire une seule fois ne suffisait pas pour me faire redescendre en pression. Comme si, à force de me le répéter, j'allais y croire. Après l'avoir vue, immobile et livide, je n'arrive pas à me sortir cette image de la tête.

Elle est vivante.

– Le médecin est plutôt confiant, même si elle a perdu beaucoup de sang. En revanche, ils sont inquiets par rapport au traumatisme crânien qu'ils lui ont détecté. C'est pour ça qu'ils lui font des analyses complémentaires et qu'on n'a pas le droit de la voir.

Il s'assoit à côté de moi, buvant une gorgée en grimaçant. Moi, j'essaie de m'empêcher de traverser chaque couloir de cet établissement qui pue le désinfectant pour mettre la main sur le numéro 2882 et m'assurer que tout ça n'est pas une blague.

– Bon sang, c'est quoi ce truc immonde ?

– De l'ersatz de café, signalé-je en pointant la machine responsable du doigt. C'est tout ce qu'il y a.

Et je n'y ai pas touché. Mais avec la boule qui s'est logée dans ma gorge, je ne risque pas d'avaler grand-chose. J'inspecte la pendule de la salle d'attente et doute qu'elle fonctionne correctement. Ça ne fait que vingt minutes que je suis là ? Putain.

– J'irai nous acheter quelque chose de meilleur plus tard.

Il bascule la tête en arrière, la cognant contre le mur dans son dos, et je continue d'observer les allées et venues dans le hall d'entrée. Mon regard passe à plusieurs reprises sur la standardiste qui m'ignore ostensiblement, faisant comme si elle était débordée.

– Je suis tellement crevé, déclare Ezra.

Je le soupçonne de vouloir faire la conversation.

– Tu n'es pas obligé de rester, réponds-je platement. Ça va t'attirer des ennuis.

– Non. Le débrief est reporté à demain matin à la première heure.

Je jette un regard confus par-dessus mon épaule. Il a toute mon attention.

– Les équipes sont en train d'interroger les suspects arrêtés pendant les descentes.

Quand il m'annonce ça, je prends conscience qu'il ne m'a rien raconté durant le trajet vers l'hôpital. Ou si, il a peut-être commencé à me dire quelque chose dans la voiture, mais j'étais tellement concentré sur le chemin qu'il nous restait que je n'ai fait attention à rien d'autre. Alors il a juste tracé, parce que c'était la seule chose qui m'importait.

– Baulieu s'est évaporé, révèle-t-il. Interpol est sur le coup, sa fiche a été distribuée à toutes les polices aux frontières, les aéroports et les routes. S'il quitte le pays, nous avons peut-être une chance de le rattraper.

– Vous avez trouvé suffisamment pour faire plonger les autres ?

Il termine son gobelet d'une traite.

– Ouais. Le bureau de Marius est la caverne d'Ali Baba.

Il soupire et je triture les petites peaux de mes doigts dans un réflexe. Mon pied ne cesse de taper contre le sol. Je suis content de ce que j'entends, même s'il est évident qu'on ne mettra sûrement jamais la main sur Baulieu, l'enquête semble avoir été une réussite.

Au moins une chose pour laquelle je pourrais me réjouir.

– Stevenson est foutu, annonce-t-il. Elena nous a envoyé des vidéos de lui, qu'on a retrouvées dans les ordinateurs de la Niche. Si tu avais vu ce que faisait ce gros porc avec les filles.

Je secoue la tête, dégoûté et le cœur lourd d'entendre *ce* prénom sortir de la bouche de mon collègue. Pas une trace d'un seul médecin et les minutes s'égrènent comme des heures.

– Je ne veux pas savoir. Qui d'autre ?

– Rowland Pols, de la chaîne télévisée. Impliqué aussi. Le diplomate Hunti, aussi. On a retrouvé des informations au sujet de Green. Des preuves de trajets, de réservations d'hôtel, de transactions. Il est bon pour pourrir en taule.

Je soupire de soulagement, enfonçant ma tête entre mes mains.

– Et on a trouvé aussi les vidéos truquées qui t'ont incriminé pour le meurtre de Jodie.

Je me redresse aussitôt pour lui faire face, la respiration sifflante.

– Tout le monde me croit enfin?

– Tout le monde a toujours cru en toi, Dax. C'était juste la procédure.

Je renifle, sceptique.

– Je pense que ton père te le confirmera de vive voix demain matin, mais tu n'es plus inquiété.

– D'où le badge, remarqué-je.

– Ton arme t'attend sagement dans ton casier.

J'esquisse un sourire. Le premier de la journée.

– Pour le reste, beaucoup de données sont inutilisables, ou dossiers vidés. À mon avis, il savait qu'on arrivait. Tu te doutes, des centaines de filles sont encore portées disparues, et je ne crois pas qu'on va pouvoir remettre la main sur elles. Le réseau est tellement dense.

Je me racle la gorge, oscillant entre dépit et joie. Même si c'est une victoire, il y a quand même ce goût amer de savoir qu'elle n'est pas totale. On en a peut-être sauvé, mais beaucoup sont et resteront dans les griffes du trafic. Personne ne pourra rien pour elles, c'est trop tard. Et je ne préfère pas m'attarder sur le sentiment de frustration que ça provoque en moi.

– Yanis est rentré chez lui?

Ezra s'agite. Je fronce les sourcils.

– Quoi? demandé-je, sur la défensive.

– Je dois peut-être me monter la tête...

Ma bouche se pince et j'observe mon collègue dont la mine s'est rembrunie.

– À propos de quoi? insisté-je.

– Yanis, révèle-t-il. Il est... Je ne sais pas.

Il tire sur le col de son pull en se redressant légèrement sur son siège.

– Il a l'air à cran.

Je ricane, tout d'un coup adouci. Bon sang, c'est bien le genre d'Ezra de faire des caisses pour pas grand-chose. *À cran*. J'ai cru qu'il allait me dire qu'il faisait des trucs louches au boulot, du style récupérer des pièces à conviction pour les dissimuler ou que son comportement était limite avec les gamins. Un truc grave.

– On était tous à cran, le reprends-je. Ça fait des mois qu'on bosse pour faire tomber ce réseau. Ces derniers jours ont été un enfer pour tout le monde et Yanis s'est autant impliqué que nous.

Il mordille sa lèvre inférieure, la tête rivée vers le sol.

– Ouais, soupire-t-il. Ça doit être ça.

Quand il relève les yeux, une lueur brille encore dans ses iris. Du doute. Mais il me sourit, et en un clignement, elle a disparu.

– Tu devrais rentrer chez toi, Ezra. Tu es fatigué.

– Quoi ? rétorque-t-il, moqueur. Tu ne veux pas que je sois aux premières loges lorsque ta petite copine sera réveillée ?

Mon pouls cesse de battre et je le dévisage. Il éclate de rire et vu la chaleur sur mon visage, je suis persuadé de rougir.

Putain. Je ne rougis jamais.

Je n'ai pas 15 ans.

– Ce n'est pas ma petite copine, grogné-je, mal à l'aise.

– Tu n'as jamais appelé Pam.

Je me renfonce dans mon siège, remarquant à ce moment que je n'ai pas touché à mon café, que j'ai posé par terre. Il doit être froid et je l'éloigne du bout du pied en croisant les bras. Ezra ne loupe aucun de mes gestes et continue de se marrer.

– Il n'y a rien entre nous.

Traduction, entre Elena et moi. Puisque de toute évidence, j'ai oublié jusqu'à l'existence de cette Pam.

– Non, plaisante-t-il. Bien entendu.

Il lance un regard circulaire sur l'endroit où nous sommes avant de terminer sa contemplation en me fixant, moi. Il hausse un sourcil amusé.

– Rien du tout.

Je lui fous mon majeur sous le nez, ce qui le fait rire de plus belle. Et finalement, je me détends un peu. Sa présence m'apaise, me fait du bien, en attendant que ce fichu médecin se pointe.

Il a plutôt intérêt à se magner, parce que ma patience a des limites.

24

Fin de la mission
Elena

Après une nouvelle vérification de mes constantes, de mes réflexes et le changement de mes pansements, l'infirmière sort. La porte derrière elle reste entrouverte et quelqu'un toque doucement. Je reste allongée, à demi surélevée dans le lit d'hôpital et fixe l'ombre se matérialiser. Je mentirais si je disais ne pas ressentir de déception et une pointe d'incompréhension en voyant les deux agents pénétrer dans ma chambre. Le sergent Lavoie me salue et je hoche la tête en retour, avant de maugréer sous le rappel de mes douleurs. Il se plante au pied de mon lit, tout en inspectant les environs. Marwan s'adosse contre le mur sans un mot, gardant les mains plongées dans son pantalon. Il a bonne mine. Meilleure que son collègue.

– Ils ne vous laissent pas dormir au SPD ? dis-je. Tu ressembles à rien, Lavoie.

Il esquisse un rictus amusé en levant le menton dans ma direction.

– J'ai passé beaucoup d'heures dans cet hôpital, avoue-t-il. Une chose est sûre, je ne me suis pas autant reposé que toi.

J'esquisse une moue amusée, sachant parfaitement qu'il fait référence au fait que les médecins m'ont placée dans un coma artificiel quelques jours, le temps de favoriser la guérison de mon corps et ses traumatismes. J'ai quand même l'impression d'avoir la gueule de bois la plus sévère de tous les temps. Ma gorge me brûle et ma tête pulse à chaque mouvement que je lui inflige. Cligner des yeux est une torture. Et les deux cicatrices que je devine sous le bandage de mon poignet me grattent. En somme, j'ai connu des *repos* meilleurs. Je fixe la porte par réflexe, m'attendant à voir arriver Darcy, avant de comprendre que, si ce sont eux qui sont là, c'est qu'il y a une raison.

Je n'ai pas vu Darcy quand je me suis réveillée, ce matin. Mon dernier souvenir a été de le regarder plonger tête la première sur Simard après que ce salopard s'est amusé à me taillader les veines. J'ai cru que c'en était fini pour nous deux. Darcy avait une arme pointée dans le dos. J'ai perdu connaissance sous l'effet de la douleur dès l'instant où les deux hommes se sont mutuellement renversés sur le sol et que le premier coup de feu a retenti. J'ai essayé de rester éveillée le plus longtemps possible, mais je n'ai pas pu lutter. Mon cœur se serre face à l'éventualité qu'il lui soit arrivé quelque chose de grave.

– Où est le lieutenant Aleksev ? Est-ce qu'il va bien ? m'inquiété-je.

– Des trucs à régler au poste, me répond Lavoie sans plus d'explications.

La manière si détachée qu'il a de m'annoncer ça me fait l'effet d'une claque. Parce qu'il vient de sous-entendre que le lieutenant, pour qui j'ai collaboré dans cette infiltration qui aurait pu me coûter la vie, a des choses plus urgentes à faire que de venir s'assurer que je vais bien. Moi. La fille qu'il a volontairement mise en danger pour le bon déroulé de leur enquête. Et ça me blesse.

– Comment tu te sens ? me demande-t-il.

– Je suis dans une forme *olympique*, raillé-je pour cacher que son aveu tacite m'affecte. Comme tu peux le constater, j'attends l'ordre de votre prochaine mission suicide avec impatience.

Il rigole et mon début de sourire sarcastique m'arrache une nouvelle grimace de douleur. Lavoie fait un pas vers ma table de chevet sur laquelle l'infirmière a laissé un verre d'eau et quelques médicaments. Il prend les comprimés et me les donne. Je les avale en le remerciant silencieusement. Je ne le quitte pas des yeux, ne pouvant me retenir de vouloir que ce soit un autre qui se tienne près de moi.

– Il va nous falloir ta déposition.

J'arque un sourcil en les détaillant tous les deux, chacun leur tour.

Marwan n'a toujours pas ouvert la bouche et il me dévisage comme si j'avais quelque chose sur le visage. C'est quoi son problème, à lui?

– Pourquoi vous avez besoin de ma déposition?

– La mission a été un succès, me rassure aussitôt le sergent en voyant mon trouble. Ce n'est qu'une formalité. Bien que les charges qui pèsent déjà sur Oscar Simard soient suffisamment graves pour l'inculper, nous avons besoin des détails qui t'ont amenée jusqu'à l'entrepôt.

Je glisse une main à l'arrière de ma nuque, oubliant que le cathéter sur le dessus de ma main entrave mes mouvements. Les fils se mêlent dans mes cheveux, réveillant mes douleurs aux côtes. Je bataille pour me défaire devant les deux agents, immobiles.

Il ne s'est peut-être pas écoulé plus d'une demi-heure entre l'appel que Simard m'a obligée à donner à Darcy et le moment où il est enfin arrivé. Trente minutes. J'étais loin de me douter que ça pouvait paraître des heures lorsqu'on est prisonnière d'un psychopathe sadique et sans une once d'humanité. Il me semble avoir repris pied quand ils m'ont assise sur une chaise, en face d'un Darcy entravé par un glock et qui avait l'air bouleversé. Sur le coup, je n'ai pas réagi. Difficile d'être cohérente dans l'état dans lequel je me trouvais. J'avais du mal à respirer, mes côtes avaient été malmenées, écrasées, battues, j'avais des douleurs dans le dos, la nuque et mes tempes bourdonnaient. Je m'acharnais juste à tenir le coup parce que je savais que c'était lui le suivant et que je voulais lui faire gagner du temps. Puis le petit jeu d'Oscar a commencé et mes défenses ont peu à peu cédé.

Ma gorge s'assèche face à ce souvenir et je laisse retomber mon bras en déglutissant.

– Je suis fatiguée. Est-ce qu'on ne peut pas faire ça plus tard?

– Je sais, Elena, répond le sergent. Je suis désolé, mais nous avons besoin de ta version. Nous ne serons pas longs.

J'expire lourdement. Je ne saurais dire ce qu'ils ont mis dans les cachets que j'ai ingurgités il y a quelques minutes, mais mes muscles se ramollissent et une sensation de plénitude commence à m'envahir.

– Qu'est-ce que vous avez besoin de savoir?

– Lorsque tu m'as envoyé des messages, dans la nuit de mercredi à jeudi, où étais-tu ?

– Dans le bureau de Baulieu.

Il note dans un calepin qu'il vient de sortir de la poche arrière de son pantalon.

– Où ça, dans le bureau de Baulieu ?

– Derrière la bibliothèque, confessé-je en fermant les yeux.

Les bribes décousues des événements se mettent à affluer. Mon cœur s'emballe dans la seconde et les machines auxquelles je suis reliée, aussi. La peur que j'ai ressentie, l'adrénaline de me faire surprendre, la panique lorsque Simard s'est pointé, le sentiment d'échec et de renoncement quand il m'a fait quitter l'hôtel. J'en ai encore mal au ventre, cette douleur d'effroi qui prend aux tripes quand on sait qu'on est foutu. Qu'on ne peut rien faire pour empêcher ce qui nous tombe dessus. Pourtant, je ne suis pas du genre à ressasser ou à m'apitoyer sur mon sort. Des mauvais clients, j'en ai connu, mais j'ai toujours eu la faculté d'oublier. D'aller de l'avant. Néanmoins là, je savais que j'allais mourir et je n'étais pas prête. Je ne voulais pas l'accepter. Et me savoir dans ce lit d'hôpital, sauvée, *vivante*... ça fait beaucoup d'émotions à gérer. Je déglutis en rouvrant les paupières.

– J'ai réussi à y accéder parce que j'ai volé le badge de l'un de ses gardes. Je me suis arrangée pour ne pas aller travailler, ce soir-là, et dès que j'ai constaté que la voie était libre, je me suis faufilée jusqu'à son bureau.

Je marque une pause pour me pencher vers la table et récupérer péniblement le verre d'eau encore plein. J'en bois deux lentes gorgées et me réinstalle, les doigts qui triturent le rebord du gobelet en plastique. Ma respiration se calme et le moniteur reprend un rythme régulier. J'essaie de me concentrer sur ce que j'étais en train de dire.

– J'ai fouillé partout et d'un coup, en bougeant un livre, la bibliothèque s'est ouverte. Vous avez dû le voir par vous-mêmes ensuite.

– Oui, me confirme-t-il. Mais il faut que ce soient tes mots.

Je pince les lèvres et tourne légèrement la tête en entendant du bruit dans le couloir. Les pas ne font que passer devant la porte et je me racle la gorge, essayant de cacher mon trouble dès que je me tourne vers les agents. Ils n'ont rien loupé.

– Il y avait une salle d'enregistrement, reprends-je. Des dizaines d'écrans, des ordinateurs, des images en temps réel. J'ai pris des photos et je te les ai envoyées. Puis j'ai commencé à ouvrir les dossiers, à taper des mots-clés sur la page d'accueil pour accéder à des informations.

– Tu as tapé quoi ?

– Client, pour commencer.

– Et qu'as-tu vu ?

Je claque ma langue contre mon palais.

Bon sang, ça risque d'être long.

– Des dossiers avec des tas de noms que je ne connaissais pas, d'autres qui étaient familiers. Certains ont été mes clients, en dehors de la Niche, j'en ai reconnu d'autres. J'ai vu le juge Stevenson.

Il hoche la tête, satisfait.

– Continue.

Je me masse les paupières. La douleur qui me tenait éveillée tout à l'heure a disparu et mon corps se relâche de plus en plus. Laissant place à une fatigue extrême que j'ai du mal à endiguer. Dormir me ferait du bien. Et arrêter de parler de tout ça, aussi.

J'ai envie de passer à autre chose.

D'oublier que j'ai failli y rester et que ça n'a eu l'air de faire peur à personne mis à part moi.

– Tu as vu le dossier d'Aleksev, reprend-il pour m'inciter à en faire de même. C'est bien ça ?

Entendre son nom fait tressauter ma mâchoire et mon cœur dans ma poitrine a un loupé. Ce qui n'est pas discret, puisque je suis toujours branchée à une machine qui enregistre chacun de mes battements de cœur. J'inspire un grand coup pour reprendre contenance et faire cesser les bips bruyants et révélateurs de mon trouble. Chassant du mieux possible la dernière image que j'ai de lui. Son regard, d'un bleu limpide, affolé. Je le revois, assis sur cette chaise, menacé par un flingue. Impuissant et fébrile, face au couteau que Simard s'amusait à balader sur mon corps. Il avait l'air fou. Il avait l'air inquiet. Terrorisé à l'idée qu'il m'arrive quelque chose.

Alors pourquoi est-ce qu'il n'est pas là?

– Tout va bien?

Je sursaute en voyant une infirmière entrer dans la chambre et se précipiter vers moi.

– Oui, l'informe Lavoie à ma place. Nous sommes simplement en train de l'interroger.

La jeune femme inspecte les branchements, vérifie le holter cardiaque collé contre ma poitrine et les paramètres de la machine. Je rougis en voyant les pulsations provoquées par mon emballement.

– Vous devriez la laisser se reposer, messieurs.

– Nous n'en avons plus pour très longtemps.

Elle fronce les sourcils en me lançant un coup d'œil.

– Sonnez-moi si vous souhaitez que je les fasse sortir, me dit-elle.

Ignorant les deux hommes dans son dos qui se mettent à grimacer, je hoche la tête et elle me fait un dernier sourire avant de repartir. J'expire un grand coup.

– Qu'as-tu fait, ensuite? insiste le sergent.

– J'ai ouvert le dossier du lieutenant Aleksev.

Je ne retiens pas la froideur dans mon ton et avale les dernières gorgées d'eau pour faire passer la bile dans ma gorge.

Je lui en veux de ne pas être là.

Mais pour quelle raison valable il se pointerait? Aucune. On a couché ensemble, et alors? Il a été mon chef pendant trois semaines, et alors? Il est venu à Belwick parce que je le lui avais demandé et qu'il y était tenu. Il ne me doit plus rien maintenant que la mission est terminée. Son enquête est un succès. S'il a fait venir ses collègues pour ma déposition, c'est que la situation est aussi claire que de l'eau de roche de son côté.

Ce qu'il s'est passé entre nous ne signifie rien et il n'a plus besoin de se forcer à me côtoyer.

Alors pourquoi est-ce que j'ai l'impression qu'on m'a arraché le cœur de la poitrine pour l'éviscérer avant de l'y remettre, à vif?

– Tu as trouvé quoi à l'intérieur, Elena? Concentre-toi, s'il te plaît.

– Il y avait des renseignements à son sujet, des vidéos de surveillance de ses passages au club, à l'hôtel.

– C'est là que tu as trouvé les deux vidéos similaires?

– Oui, m'agacé-je.

– Et après, quand est-ce qu'Oscar Simard est arrivé?

– À ce moment-là.

Mon corps se crispe et le moniteur s'emballe encore. Bon sang, j'ai envie de le passer par la fenêtre. J'ai envie que Lavoie et Marwan se barrent, qu'ils me foutent la paix, qu'ils me laissent dormir, que je puisse mettre tout ça derrière moi une bonne fois pour toutes et recommencer à vivre.

– Qu'a-t-il fait en te voyant dans le bureau de Marius Baulieu?

– Il m'a fait appeler le lieutenant pour qu'il nous rejoigne à Belwink. Après quoi…

Je m'arrête une seconde, posant la main sur ma cage thoracique que je malaxe. Je ne pensais pas qu'en parler allait me faire revivre de manière aussi vive les émotions qui m'ont traversée cette nuit-là. Jusque-là, ma mémoire ne m'a pas fait défaut, mais tout d'un coup, j'ai du mal à me rappeler avec certitude de la suite.

– Tu veux qu'on arrête?

Oui.

– Non.

Ce n'est pas moi qui ai répondu à la question d'Ezra, mais Marwan dans son dos. Il a un mouvement de recul, semblant prendre conscience de la virulence de sa réponse.

– On a besoin de sa déposition, précise-t-il. Elle doit se reposer, il ne faudrait pas qu'on l'embête une seconde fois à ce sujet.

– Très bien, abdiqué-je.

Ezra hausse les épaules et rouvre son carnet, prêt à écrire.

– Dans la voiture, ils n'arrêtaient pas de me poser des questions, de me frapper, de me faire les pires menaces.

Je ferme les yeux. Je sens encore l'odeur de son eau de Cologne.

La rudesse de son poing qu'il s'amusait à enfoncer au même endroit plusieurs fois en riant. Il aurait pu ouvrir la portière pour me faire tomber sur le bitume et me rouler dessus, ça aurait été la même torture. Il tapait où ça faisait mal, il savait ce qu'il faisait. Il voulait me faire craquer. Faire céder mes défenses en me balançant toutes ces choses qu'ils avaient toujours sues.

Toujours. Sues.

Putain.

– Est-ce qu'ils ont dit quelque chose à propos de l'enquête? m'interroge Yanis.

– Je crois qu'ils avaient le lieutenant Aleksev dans le collimateur depuis un moment, les informé-je.

– Tu crois ou tu es sûre? insiste-t-il.

Je soupire, massant de nouveau mes tempes pour faire un dernier effort. Je n'étais déjà plus dans un état normal, à ce moment-là, et je ne suis plus très certaine de la façon dont les événements se sont déroulés.

– Pas de pression Elena, me rassure Ezra.

– Ils n'avaient pas l'air de savoir que j'étais impliquée dans votre enquête, me souviens-je. Mais lorsqu'il est venu au club, ils ont compris.

– Avant ou après que tu intègres l'hôtel?

– Avant.

Il lance un regard vers Yanis, visiblement pas au courant de la petite virée nocturne de Darcy dans le club. Ni de ce qu'il y a fait, avec Belle.

– C'est pour cette raison qu'ils m'ont fait intégrer l'hôtel aussi rapidement, ricané-je, amère. Ils ne voulaient pas, mais dès qu'ils ont vu Darcy se pointer au club et qu'on avait l'air de se connaître, ils ont commencé à douter. C'est aussi pour ça qu'il a reçu une invitation à leur soirée.

– Pour le piéger, comprend le sergent.

– Oui. Et Jodie était dans le coup.

Les deux agents se tendent.

– Comment ça? s'alarme Lavoie. Tu veux dire qu'elle a tout manigancé avec Baulieu?

Je secoue la tête, ravivant la barre qui tape contre mon front.

– Simard m'a dit qu'ils avaient réussi à la faire travailler pour eux. Il n'y a jamais eu de clé USB, c'étaient des conneries pour que vous veniez au club et qu'ils vous piègent.

– Putain!

– Les enfoirés, marmonne Marwan. Et ils ont donné d'autres noms?

– Non. Juste elle. Lors de la soirée, ils ont récupéré les empreintes d'Aleksev, ils nous ont enregistrés nous déplacer chez Hamel. Ils savaient tout. Ils n'ont rien fait, parce qu'ils attendaient le bon moment avant de nous couler.

J'avale difficilement ma salive, la bouche sèche et le crâne lourd. Ça fait beaucoup d'informations à assimiler, beaucoup de souvenirs à dévoiler. Je ne suis même pas certaine d'en avoir retenu la moitié, tant les événements me paraissent encore flous et brumeux. La panique nous fait occulter tellement de choses.

– En lui collant le meurtre de Kelman sur le dos, ils savaient que ça allait mettre un frein à l'enquête, constate Ezra. Et tu étais la dernière pièce de leur plan.

Je clos les paupières, basculant le haut du corps en arrière contre mon coussin. Je me sens étourdie tout d'un coup et je me contente de marmonner entre mes lèvres :

– Il devait porter le chapeau pour ma mort aussi.

Je ne sais pas ce qu'ils se disent après ça, car je m'endors complètement et en me réveillant plus tard, la chambre est vide. J'entends, dans le brouillard de mon esprit, des voix se disputer dans le couloir, mais je tombe de sommeil avant de reconnaître qui que ce soit.

***

– Je peux entrer?

Je sors la tête de la petite salle de bains d'hôpital et fais face à Saphira. Une brusque bouffée de soulagement me prend à la gorge et je me précipite dans ses bras pour la saluer.

– Doucement, pouffe-t-elle. Tu vas te faire mal, idiote!

Je me recule, les mains sur ses épaules pour la regarder de la tête aux pieds, plusieurs fois d'affilée.

– Tu vas bien?

– C'est à toi que je devrais demander, ça fait une semaine que tu es enfermée dans cette chambre.

Elle fait un mouvement de menton vers la porte close dans son dos.

– Encore un peu et je croirais rencontrer une célébrité, glousse-t-elle. Tu as vu le nombre d'agents dans le couloir?

Je lève les yeux au ciel en soupirant.

– M'en parle pas, c'est comme ça depuis que je me suis réveillée dimanche. Ils t'ont laissée entrer sans problème?

– Oui. Faut croire que j'ai eu le passe-droit de l'ancienne chienne.

Elle me fait un clin d'œil et je rigole.

– Quel privilège, ironisé-je.

– Tu as eu l'autorisation du médecin?

Elle montre du doigt les quelques affaires sur le lit que j'ai commencé à ranger dans un sac en tissu que le sergent Lavoie est allé me chercher dans mon appartement.

– Oui. Il était temps, parce que je ne supporte plus ces murs.

– Comment tu te sens?

La lueur inquiète dans ses yeux et son timbre me font soupirer. Je recule pour m'asseoir sur le rebord du matelas et elle vient s'installer à mes côtés, écartant les fringues d'un geste de la main.

– Contente que tout ça soit terminé.

– La Niche est sur toutes les chaînes de télévision, annonce-t-elle. Ils ne parlent que de ça depuis que les flics ont confirmé son démantèlement jeudi matin. Toutes les photos des gens impliqués dans le trafic sont en train de circuler. Le juge, les chefs d'entreprise, les filles, tu verrais le bordel.

Lavoie et Marwan me l'avaient déjà appris, mais j'ai été interdite d'écran durant mon séjour à l'hôpital. Impossible de savoir les retombées de l'enquête, impossible d'en connaître les tenants et les aboutissants malgré mon insistance. Les seules choses dont j'ai été mise au courant sont ce que la police a bien voulu me dire. Personne n'est revenu me voir depuis ma déposition, pas même Dixie ou les frères Green, qui ont été refoulés à chacune de leurs tentatives. Je n'ai eu le droit qu'à des coups de téléphone succincts, surveillés. Comme si j'étais une fugitive.

Témoin sous protection policière.

Je ne sais pas ce qui est pire. Parce que je viens de quitter une prison et il est plus qu'évident que je vais droit dans une seconde, pour une durée inconnue. Mes muscles se raidissent d'appréhension. Ça ne se finira jamais.

– Ils ont une trace de Baulieu ?

– Aucune, admet-elle. Ou en tout cas, rien qui n'ait été divulgué aux journalistes. Et ton beau flic, il en dit quoi ?

Je suis contente de ne plus avoir de holter qui surveille mon rythme cardiaque. Pas de bip irrégulier. Pas de pulsation sonore. Pas de machine qui s'emballe au rythme du loupé que fait mon cœur à la mention de Darcy.

Depuis quand il me rend aussi faible ?

Un moment, pour être honnête. Mais avant, j'arrivais encore à contrôler mes émotions. Là, j'ai quatre semaines de galère sur les épaules et ça me fout en rogne. Il ne mérite même pas une once d'attention vu la façon dont il me traite depuis que son enquête est finie. Comme si je n'existais pas.

Saphira décèle cependant le trouble sur mon visage parce qu'elle fronce les sourcils en pinçant les lèvres.

– J'ai fait une boulette.

– Pas du tout, la reprends-je. Tout va bien. Et il ne m'a rien dit.

J'esquisse un sourire gêné que je tente de camoufler par un rire que je veux amusé. Pourtant, Saphira ne lâche pas l'affaire et reprend :

– Je vois. Vous ne parlez pas quand il passe te voir.

Elle me donne un coup de coude complice et lance un regard appuyé vers le lit sur lequel nous sommes assises.

– Tu ne perds pas de temps. J'espère qu'il est doux avec toi.

– Sophia, la rabroué-je. Il n'y a rien du tout…

Je ravale la boule dans ma gorge.

Amertume.

Colère.

Je n'ai été qu'un pion. Rien de plus.

– Et il n'est pas venu.

– Ah bon? s'étonne-t-elle. Je l'ai croisé dans les couloirs pourtant, je pensais qu'il sortait de ta chambre.

J'aimerais ne pas cesser de respirer. J'aimerais que mon palpitant ne parte pas au quart de tour. J'aimerais que l'espoir ne gonfle pas en moi à ce point. Parce que tout éclate dès lors que je me rends compte que si Aleksev était vraiment à l'hôpital, il n'y aurait pas de raison qu'il ne passe pas me voir. Après tout, quand on oublie notre écart, mû par un désir purement charnel, il a été mon chef durant cette mission. On pourrait en discuter. On pourrait clore le sujet en se félicitant pour notre succès. On pourrait… Je ne sais pas, prendre des nouvelles l'un de l'autre, comme des collègues qui viennent de traverser quelque chose d'important.

On aurait pu mourir, dans cet entrepôt pourri. Putain!

– Tu as dû te tromper, réponds-je avec froideur et avant qu'elle n'ajoute quoi que ce soit, j'enchaîne : comment vont les autres filles?

Elle m'observe une minute, semblant réfléchir à quelque chose avant de se raviser sous mon regard insistant. Elle opine derechef.

– Difficile à dire. Ça a foutu une sacrée merde, cette histoire.

– Personne ne les aide?

C'est bien de vouloir faire sauter un réseau jugé inhumain et dangereux, mais c'est encore mieux quand un plan est mis en place pour aider les personnes touchées. Et pour le coup, les prostituées sont les premières victimes de Baulieu.

– Si, affirme-t-elle. Elles ont été mises en relation avec des associations, des psychologues et on est toutes passées devant un médecin.

– Mais ils vous ont laissées partir, remarqué-je.

Elle hoche la tête et je grimace de dégoût. Rien ne changera jamais.

– Quand tu as vécu toute ta vie sans rien attendre en retour, tu t'adaptes. Tu le sais aussi bien que n'importe qui.

– Mais Baulieu est encore dans la nature ! Et il contrôle toujours la moitié de Nude, m'alarmé-je. Ils veulent quoi, qu'une nouvelle Niche voit le jour dans les semaines à venir ?

Elle soupire en passant une main dans ses cheveux. Elle les a laissés détachés et je fais enfin attention à la façon dont elle est habillée. Un jean simple avec des baskets et un sweat. Elle ne porte pas de maquillage et son œil en verre brille plus que le second. Elle paraît jeune et n'a plus rien à voir avec la jeune femme que j'ai croisée au début du mois, dans ce club, forcée de vendre son corps.

On dirait une Mme Tout-le-Monde.

Sans histoire.

Sans passé sombre.

– Certaines ont intégré un foyer, signale-t-elle, d'autres sont retournées dans la rue. C'est tout ce qu'elles connaissent. C'est déjà une victoire d'avoir fait tomber la Niche.

– Je sais.

J'expire, un peu déçue.

– Et toi, tu vas faire quoi ?

– J'ai quelques idées.

– Et tu ne vas rien me dire ? m'offusqué-je devant son sourire équivoque.

Je lui pince le bras et elle éclate de rire.

– C'est encore un peu tôt, confesse-t-elle. Mais qui sait, peut-être qu'il y aura une nouvelle ère, après la Niche.

J'ouvre la bouche, puis la referme, fixant attentivement ma collègue pour deviner, derrière son rictus fier, le fil de ses pensées.

– Sophia, la préviens-je. Ne me dis pas que…

– Je ne te le dis pas alors, se marre-t-elle en se redressant.

Au même moment, la porte de la chambre s'ouvre et on pivote toutes les deux vers l'intrus. Un blouson en cuir sur le dos, le lieutenant Marwan a son holster accroché aux hanches et une paire de lunettes de soleil posée sur le dessus de la tête. Tenant dans la main droite un gobelet fumant, il inspecte la pièce avant de poser son attention sur Sophia et moi.

– C'est l'heure de partir, m'annonce-t-il.

– Tu rentres chez toi ? me demande la blonde à mes côtés tandis que j'obtempère sans broncher en récupérant mon sac.

– Non, se contente de dire Marwan à ma place. Et pas la peine d'insister, Ramazanov, elle ne sait pas non plus où on l'emmène.

– Vous déconnez ?

J'enfile mon sac sur mon épaule, oubliant momentanément que j'ai encore quelques douleurs physiques qui m'empêchent d'être en pleine possession de mes moyens. Mon visage se tord sous la douleur et je siffle entre mes dents.

– J'intègre le programme de protection des témoins, dévoilé-je.

Le lieutenant grogne en me dévisageant et je l'ignore.

– Apparemment, c'est la récompense après avoir sauvé la ville du vilain et évité la taule à un gosse de 17 ans.

– Elena, s'agace Marwan. On y va.

Sa main libre est posée sur le chambranle de la porte et il tape son pied contre le sol en me fixant. Je lui fais un sourire espiègle et me tourne vers Saphira. Décidément, ce sont les critères obligatoires pour entrer dans le SPD de Sokal, d'être froid et sec.

– Quand je reviens, tu auras intérêt de me parler de ce projet, la menacé-je.

– Promis.

Elle m'étreint en faisant attention à ne pas me faire mal et je sors de la chambre en suivant le flic. Ne sachant ni où je vais ni pour combien de temps je quitte Sokal.

– Je pourrais avoir un téléphone ? m'empressé-je de demander. J'ai besoin d'appeler Dixie.

Même si j'ai émis l'éventualité que je ne repassais pas par la maison dans les prochains jours, ça me fera du bien d'entendre sa voix.

– Plus tard.

Il ne s'arrête pas une seconde, passant devant le bureau d'accueil sans un regard et, malgré moi, j'ai les yeux qui traînent. Espérant secrètement reconnaître une silhouette, un profil familier, en vain.

Ma mission est finie. Je devrais être heureuse. Me sentir *presque* libre. Alors pourquoi je me sens aussi misérable ?

25

Elena

La voiture se gare dans l'allée d'une résidence banale. Le quartier n'a rien à voir avec ce que je connais à Sokal, plutôt du type bon chic bon genre, calme et familial. On dirait qu'il est tout droit sorti d'un film et je fixe la pelouse parfaitement entretenue de la maison qui se dresse face à moi.

Quel enfer.

– C'est là que je vais habiter? maugréé-je.

Marwan coupe le contact en m'ignorant et sort le premier pour ouvrir le coffre. Je le vois depuis le rétroviseur récupérer plusieurs sacs, que je soupçonne de contenir des affaires à moi qu'ils sont allés prendre dans mon appartement. Je n'ai pas eu la force de leur dire qu'ils pouvaient chercher ce qu'ils voulaient, ça ne rendra pas la situation plus agréable. *Putain*. Je me sens prise au piège à nouveau. Je le savais, ils m'avaient prévenue. Mais j'avais le secret espoir d'y échapper. De rentrer chez moi une fois toute cette merde derrière nous, et reprendre ma vie comme avant. Retrouver mes repères, mes habitudes, ma famille. Le sergent Lavoie pivote sur son siège et avise les traits tendus de mon visage.

– C'est temporaire, me rassure-t-il. Quelques jours, semaines tout au plus.

– Combien?

– Je ne sais pas, soupire-t-il. Tant que le procès n'a pas commencé, on ne peut pas risquer de te laisser dans la nature.

– Je sais, grogné-je. Mais tu as vu la gueule de la rue? On dirait un magazine de publicité pour les mères au foyer.

Il rigole tandis que je reste sur mes gardes. Je ne vais pas tenir une seule journée dans cette réplique parfaite de Wisteria Lane. Pas moyen.

– C'est tranquille et sans histoire, ajoute-t-il. La maison appartient au SPD. Nous possédons plusieurs propriétés, qu'on utilise comme logement de fonction ou planque, pour nos témoins ou indics. Seule une petite poignée d'agents sont au courant de leur localisation.

– Ça n'empêche que le quartier craint.

Il rit de nouveau et je souffle d'exaspération. Je n'aime pas cet endroit. À une époque, quand j'avais encore l'âge d'avoir des rêves et des illusions, je me prenais à imaginer ma vie dans ce genre de rue. Une maison avec une clôture, un jardin assez grand pour y construire une cabane, y mettre une balançoire sur laquelle j'aurais passé tous mes après-midi. Peut-être même un chien, avec qui je me serais amusée à jouer, dans la neige, les feuilles de l'automne, sous le soleil d'été. Et un homme et une femme, aux visages flous et sans contours, que j'aurais pu appeler *parents*. Je ne suis plus une petite fille. J'ai bien grandi et je n'ai connu que Sokal dans toute sa splendeur. Je ne corresponds pas à ce type de quartier. Ce n'est pas moi. Et j'ai envie de m'en éloigner, vite.

– Tu t'y feras.

Le coffre claque dans un bruit sourd qui me fait sursauter et Marwan tape contre la carrosserie, se penchant par la fenêtre pour faire signe à Lavoie de bouger.

– Vous vous magnez? s'agace-t-il.

Je lorgne le pare-brise. La haie nette. La devanture blanche sans accrocs. Les rideaux bleus tirés. Il manque la famille parfaite debout, devant l'entrée, prête à m'accueillir, pour parfaire le cliché. J'inspire un grand coup pour me donner du courage et quitte l'habitacle à mon tour. Quand je les rejoins, ils sont en train de bavarder sur un sujet qui m'échappe.

– Qui de vous deux a la chance de me babysitter? ironisé-je.

Le lieutenant Marwan me lorgne de biais.

– Aucun de nous.

Il n'ajoute rien et entre dans la maison sans la déverrouiller. Pour un repère sécurisé, il y a une première faille dans le système. Qui ne ferme pas la porte à clé ? Personne. À moins qu'il y ait déjà quelqu'un dans la maison.

– Aleksev, on est là !

Je manque de trébucher sur la marche du perron. Mon cœur vient de faire lui aussi un raté et, dans la foulée, il s'emballe dans ma poitrine. *Boum-Boum-Boum-Boum*. Les battements tambourinent à mes oreilles, à tel point que je crois avoir rêvé le nom prononcé par Marwan. C'est peut-être mon subconscient qui me joue un tour, à trop avoir pensé à *lui* durant mon séjour à l'hôpital. À son absence. À son silence radio. À ce que nous avions partagé avant que je ne me jette dans la gueule du loup. Une étreinte qui m'a foutu la tête à l'envers.

Puis des pas lourds font grincer l'escalier et une silhouette apparaît à l'angle d'un mur.

Il est là.

Je n'ai pas halluciné. Ce n'est pas une blague.

Son regard plonge instinctivement dans le mien. Il me déstabilise. Il me retourne le bide. Il me ramène une semaine en arrière, mais cette fois, plus aucune trace d'inquiétude, plus aucune trace de peur, rien d'autre que de l'indifférence sur son visage placide. Il a toujours eu cet air insolent, un brin agacé. C'est sa marque de fabrique, c'est ce qui me rendait folle dès que je me retrouvais avec lui. C'est ce qui me faisait le taquiner davantage pour essayer de voir son masque s'effriter sous mes répliques acerbes. Aujourd'hui, ça me blesse plus que je ne voudrais l'admettre, de le voir si détaché.

– Qu'est-ce que tu fous ici ? balancé-je froidement.

– Je travaille.

Sa voix me fait tressaillir. Rauque. Entêtante. Ses yeux se détournent et je respire enfin, la poitrine douloureuse. J'ai fui l'attachement, d'aussi loin que je me souvienne. Les hommes n'ont été que des pions, des clients passagers dans ma vie. Bruce a été le premier avec qui je me suis autant investie. Notre relation était basée sur la confiance, la réciprocité. C'était simple.

Darcy, lui, a tout bouleversé sans que je n'aie d'emprise dessus. Un boulet de canon dévastateur. Je n'avais pas remarqué à quel point il avait imprégné ma vie jusqu'à maintenant. Il semble si imperturbable alors que je suis là, devant lui. Que j'ai failli crever sous ses yeux à cause d'une enquête qu'il m'a forcée à mener. Et il n'a même pas pris la peine de venir s'assurer que j'allais bien. Pas une seule fois. Pas une visite. Pas un appel. Pas un message.

Rien.

Il s'est juste servi de moi et, maintenant qu'il n'a plus besoin de mes services, il ne s'embarrasse pas de mes états d'âme.

J'ai juste été trop conne de lui faire confiance.

– Trois, juste pour moi ? minaudé-je. Je vais commencer à croire que vous avez une idée derrière la tête, messieurs.

La mâchoire de Darcy se tend et j'ose un regard séducteur vers les deux autres agents. Après tout, c'est ce que je suis pour eux, non ? Une aguicheuse. Et je ne vais certainement pas me laisser piétiner par un type qui m'a juste utilisée pour son enquête, m'a foutue dans son lit et s'est débarrassé de moi à la première occasion en me refourguant à ses collègues.

Il m'a eue une fois, il ne m'aura pas une seconde.

– Non. Nous, on s'en va, m'annonce le sergent.

J'arque un sourcil.

– Quoi ? Vous voulez dire que je vais rester seule ? m'exclamé-je exagérément, une main sur la poitrine. Vous me flattez, que d'honneur. Ça m'étonne que je n'aie pas un collier équipé d'une puce GPS.

– Parce que tu ne seras pas seule, me reprend Darcy.

J'ignore le soubresaut dans ma cage thoracique et pivote vers lui.

– C'est toi qui te dévoues, mon cœur ?

Sa bouche se tord dans un rictus amer face à mon arrogance et il croise les bras contre son torse. Les muscles de ses avant-bras dénudés se contractent, et mon attention dévie une seconde sur ses veines gonflées.

– Tu préfères le collier ? Ça peut aussi s'arranger.

Il ne se défait pas de son sourire ironique et j'ai une soudaine envie de lui décrocher une droite dans la mâchoire. Ce n'est pas censé être un parfait inconnu, qui a la charge de protéger le témoin? Un mec qui ne m'a jamais côtoyée et que personne n'associerait à moi. Pas celui pour qui je me suis lancée dans toute cette histoire! C'est quoi, ce bordel?

– On va vous laisser, ajoute Ezra, un sourire au coin des lèvres. Dax, si tu as besoin de quelque chose, tu as nos numéros.

Après un dernier signe dans ma direction, les deux hommes sortent avec Darcy sur les talons. Je ne perçois pas ce qu'ils se disent, seulement le bruit des portières qui se ferment et du moteur qui gronde. En moins d'une minute, il n'y a plus aucun bruit hormis celui de ma respiration sifflante. Mes affaires ont été abandonnées contre un mur et j'observe ce qui sera ma nouvelle maison.

Ma nouvelle prison.

– Ta chambre est au premier.

Je sursaute et sa voix grave s'infiltre dans tous mes muscles. Je ne l'ai pas entendu revenir et me tourne vers lui. Il a enfoncé ses mains dans les poches avant de son jean délavé et reste sur le paillasson, gardant une distance raisonnable. Rien ne transparaît, il reste de marbre alors que je peine à contenir tout ce que je ressens de le voir là, devant moi. Tout ce que ça provoque dans ma poitrine de savoir qu'on est seuls dans cette maison de banlieue et qu'il n'y a plus rien qui nous lie.

Plus d'enquête. Plus de démantèlement. Plus d'infiltration.

Je ne suis qu'une épine dont il n'a pas réussi à se débarrasser et avec laquelle il est coincé.

– Troisième porte à droite. Fais comme chez toi.

– Ça va durer combien de temps, cette mascarade?

– Le temps de l'enquête, répond-il du tac au tac.

– Je ne parle pas de ça, Darcy.

Il ne répond pas et continue de m'observer de loin.

Je me suis battue contre chaque homme qui a tenté de rentrer dans ma vie. Contre le manque d'emprise que les sentiments impliquaient. J'ai envie de me dire que ce n'est qu'une passade, ce qui crépite au creux de mon ventre. Que bientôt, quand il rentrera chez lui et que je retournerai à Nude, tout ça sera derrière nous. Mais difficile de se ressaisir quand l'objet de ses désirs n'est qu'à quelques centimètres.

Et qu'il nous donne envie de tout envoyer bazarder, à commencer par nos règles à la con. Je suis déjà dedans jusqu'au cou. Les foutus sentiments et le manque d'emprise.

C'est trop tard.

– Pourquoi tu es là, Darcy? demandé-je dans un souffle.

Il fronce les sourcils et je ne peux m'empêcher d'admirer ses yeux si bleus.

– Je t'ai dit que je travaillais.

Son dédain me percute de plein fouet. Je ne suis que ça. Un boulot. Une tâche à cocher sur une liste avant la fin de la journée et je me déteste de le laisser m'atteindre.

– Je croyais que tu avais été mis à pied, me braqué-je.

– Ce n'est plus le cas.

Il ne réagit pas face à mon agacement et ça ne fait que m'énerver davantage. Debout devant la porte d'entrée close, il se contente de me toiser et ma confusion laisse place à la fureur.

– J'imagine que ton père doit être fier de toi, pour cette enquête, craché-je.

Il pince les lèvres.

– Très.

J'ai envie de rire. C'est une putain d'ironie. Moi, personne ne m'a félicitée d'avoir failli y passer. Alors que je n'avais rien demandé, ce sont eux qui sont venus me chercher.

– Il faut dire que tu as tout fait pour que ce soit un succès. *Ton* succès. Quitte à me mettre en danger.

– Oui.

Il me contourne pour rejoindre la cuisine ouverte. Je sens l'odeur masculine de son déodorant, qui fait trembler mes membres et ravive les palpitations dans ma poitrine.

Bordel.

D'un geste brusque, il ouvre le réfrigérateur et en sort une bière qu'il décapsule contre le rebord du plan de travail.

– Et c'est accepté de boire en service ? le provoqué-je.

Sans me lâcher des yeux, il boit plusieurs gorgées. Je ne peux m'empêcher de fixer sa pomme d'Adam monter et descendre à chaque déglutition.

– Non, affirme-t-il. Pas plus que de baiser une fille avec qui je devais bosser, et pourtant je l'ai fait.

Son aveu flotte dans l'air comme une menace. Un couperet. On se toise et pour la première fois, je sais à quoi il pense. Parce que ce sont les mêmes images qu'il fait naître en moi. Notre étreinte fiévreuse, notre lâcher-prise qui m'a autant retourné la tête que le cœur. Ce qui ne m'arrive jamais avec un homme, parce que j'aime le contrôle et la maîtrise. Darcy est impulsif et imprévisible. Tout ce que j'ai toujours fui et qui pourtant, me rend vivante à ses côtés.

– Tu n'es qu'un pauvre con, le rabroué-je.

– T'es coincée avec moi, *mon cœur*. Ordre du boss.

Je grimace en croisant à mon tour les bras contre ma poitrine. Je le surprends à loucher discrètement sur le renflement de mes seins. Je ne suis pas aussi dénudée que toutes ces fois où j'ai surpris ses yeux sur mon corps, pourtant la sensation est électrisante.

– T'as dû faire un truc qui l'a contrarié pour te retrouver bloqué avec moi.

Ses lèvres s'ourlent dans un rictus. Mon estomac fait un twist et j'inspire une goulée d'air.

– Je ne suis pas allé bosser de la semaine.

– Et en quoi ça me concerne ?

– Je ne sais pas, Elena, révèle-t-il. À ton avis, qu'est-ce que j'aurais pu faire, alors qu'on venait de démanteler le réseau contre lequel j'enquête depuis des lustres ? Où est-ce que j'aurais pu être, ailleurs que sur la chaise de mon putain de bureau ? Dis-moi.

Il me dévisage et je ne me détourne pas jusqu'à ce que l'information me percute. Il n'a pas bougé. N'a pas repris de bière. N'a pas cillé. Il me regarde assimiler ce qu'il vient de me balancer en pleine figure. Je me sens défaillir. Il ne peut pas sous-entendre qu'il était dans les couloirs de l'hôpital alors qu'il agit comme un connard depuis tout ce temps.

Il n'a pas le droit.

Et malgré moi, la confidence de Saphira me revient.

– Je ne te crois pas.

Ça ressemble à une plainte et je ne fais rien pour la ravaler. Il expire lourdement, fixant la bouteille entre ses mains.

– T'as raison. Ne me crois pas.

Il redresse la tête pour buter dans mon regard. Il m'aspire, ne me laissant pas d'autre choix que d'affronter tout ce qu'il dévoile dans ses yeux trop bleus. Il éructe de lui une rage sourde. Les muscles de ses épaules tremblent et je n'ose pas faire un pas dans sa direction de peur qu'il explose, avec moi sur le passage.

– Je ne sais pas pourquoi je me fais chier avec tout ça, profère-t-il. Tu n'es rien d'autre qu'une fille dont on s'est servis pour couler la Niche. À la seconde où on sortira de cette maison, c'est dans la rue que tu retourneras, écarter les cuisses pour tous les gros tocards de Sokal. Pas vrai?

Mon souffle se coupe et je me prends sa haine en pleine face. Je n'avais jamais eu honte de mon métier. Je ne m'étais jamais laissé rabaisser, parce que c'est comme ça que je gagne ma vie, et on ne peut pas juger quelqu'un qui essaie de s'en sortir. J'ai l'impression d'avoir du verre pilé dans la gorge et ce n'est pas aux endroits sur lesquels Simard s'est acharné que j'ai mal. C'est dans l'organe qui tambourine dans ma poitrine comme un cheval au galop.

Je devrais le féliciter d'avoir gagné. Il m'a eue. Droit au cœur.

– Va te faire foutre, Darcy.

– Toi d'abord.

Je lui fais un doigt d'honneur et me précipite sur mes affaires, grimaçant lorsque je me penche un peu trop brutalement pour les récupérer et que ça éveille une douleur dans mes côtes.

– Elena, m'appelle-t-il. Attends.

Je ne reconnais plus sa voix. La froideur a laissé place à un son éraillé. Agité. Je monte l'escalier sans me retourner. Il ne me suit pas et j'entre dans la chambre en claquant la porte dans mon dos. Folle de rage.

Va. Te. Faire. Foutre.

26

Dax

Je passe la corde à sauter par-dessus mon épaule tout en remontant l'allée. J'ai le souffle encore un peu sifflant et je sens ma transpiration perler dans ma nuque. Mon tee-shirt en Lycra est moite et la petite brise de ce début de matinée s'infiltre sous mon short de sport. D'un geste rapide, j'essuie mon front avec le dos de ma main et passe la porte d'entrée. Je manque de me prendre quelqu'un en passant l'embrasure.

Elena.

Ma respiration s'arrête et je fais un pas en arrière, mettant une distance entre nous tandis que son odeur familière s'engouffre dans mes poumons. J'expire bruyamment, avant de remarquer sa tenue.

– Qu'est-ce que tu fous?

– Je vais courir, lâche-t-elle présomptueusement. Ça ne se voit pas?

Elle tente de me contourner, mais je lui barre le passage en la dévisageant.

– Hors de question.

– Quoi, tu as le droit de faire du sport et pas moi?

Elle croise les bras contre la poitrine et mon attention dévie sur son poignet. Elle a retiré son bandage, mais un pansement est encore présent et je devine le sparadrap qui dépasse. Mon cœur se serre en repensant à ce qu'elle a traversé. À ce que cet enfoiré de Simard lui a fait. À son corps, inerte sur cette chaise au beau milieu d'un hangar minable.

Ma gorge s'assèche et je déglutis.

Tout est de ma faute.

J'ai failli la perdre, comme j'ai perdu ma mère, et ça me fout en l'air, ces sentiments que ça a éveillés en moi. Je ne m'attendais pas à m'inquiéter à ce point. À souffrir à l'idée qu'elle disparaisse. Et pourtant, c'est ce qui est arrivé. C'est ce que j'ai laissé faire et ça me donne envie de vomir.

J'ai toujours agi comme un enculé, c'était mon moyen de défense, ma façon de tenir les gens éloignés. Je ne voulais pas m'impliquer. Avec personne. Parce que je savais que la vie que je menais ne permettait pas aux gens de rester. Je suis flic. Mon boulot est ma raison d'être. Depuis que je suis gamin, j'ai vécu avec un homme qui a toujours fait passer ses convictions avant tout le reste. L'amour et les sentiments n'ont jamais été inclus. Combien de soirées j'ai passées seul, à attendre qu'il rentre. Combien de missions il a acceptées le jour de Noël, lors de mes anniversaires…

Et ça me fout la trouille d'avoir pris conscience qu'il y avait une faille dans ma carapace. Elle est plantée devant moi.

– Interdiction de sortir de cette baraque, craché-je. C'est bien clair?

– Tu ne vas pas me garder prisonnière ici, Dax!

Elle a l'air furieuse et je suis parfaitement lucide sur le fait que j'abuse. Peut-être.

– Je vais me gêner.

Je referme la porte, m'assurant de verrouiller pour confirmer mes dires. Quand je pivote vers elle, elle n'a pas bougé. Ses bras sont toujours croisés et il exulte d'elle une certaine fureur. Je ne devrais pas la trouver si belle, mais je ne peux pas m'en empêcher. Je m'interdis peut-être de la faire entrer dans ma vie, mais je ne peux pas m'interdire de la désirer. Et je compte bien continuer à garder un œil sur elle, Marius est toujours dans la nature et, tant que le procès n'a pas eu lieu, elle ne mettra pas un seul pied dehors. Je suis là pour m'en assurer.

– J'ai besoin de sortir de là.

– T'es en convalescence, répliqué-je.

– Je vais très bien.

Sa bouche se tord dans un rictus las.

– Tu as failli mourir.

– Oui, mais je ne suis pas morte ! hurle-t-elle.

Je me prends sa réponse comme une claque. Un rappel brutal. Non, elle n'est pas morte. Et malgré des jours entiers à attendre qu'elle se réveille de son coma artificiel, je n'en ai pris conscience qu'à la seconde où elle est entrée dans cette maison. Qu'elle était bien là. Qu'elle avait survécu.

– Ça ne change rien, déclaré-je calmement.

Je suis surpris de réussir à garder une contenance, vu ce qui fait rage en moi. Cette dualité. Cette bataille entre mon cœur et ma raison, sans que je ne sache qui va l'emporter. Mon cœur me pousse vers elle, me crie de lui demander pardon. Pardon de ne pas avoir su la protéger. Pardon de ne pas avoir empêché ce qui lui est arrivé. Pardon de ne pas avoir été là à son réveil. Ma raison me retient. Elle et moi ne sommes pas compatibles. Elle fait naître en moi des sentiments trop contradictoires. Trop forts. Elle me rend faible, elle me fait perdre mes moyens. Je fais respecter les lois, elle ne fait que les transgresser. Et son métier… Non. Putain. Il en est hors de question.

Jamais.

– C'est vraiment comme ça que ça va être ? persifle-t-elle.

Elle avance dans ma direction, mais je n'ose pas reculer, car je sens la porte dans mon dos et battre en retraite serait le signe qu'elle me touche. Je ne peux pas lui permettre de voir cette faiblesse.

– Comme *quoi* ? demandé-je.

– Tu vas me dicter ma conduite.

Elle fait un nouveau pas.

– Me contraindre à suivre *tes* règles.

– Oui.

Elle s'arrête à quelques centimètres seulement, envahissant mon espace personnel en grande pompe. Je la sens partout. Sa chaleur, son odeur, sa présence. Elle m'électrise et je ne peux m'empêcher d'avoir envie de la plaquer contre moi pour mordre cette bouche trop rose. Et certainement trop bavarde. Mes yeux restent plantés dans les siens, sa tête est renversée en arrière, parce qu'elle ne veut pas lâcher la première malgré notre proximité. Son souffle percute le mien et on se toise.

– Je ne suis plus en mission, lâche-t-elle. Tu n'as plus d'ordre à me donner.

– Tu es sous ma protection.

– Va te plaindre à ton père, dans ce cas, me provoque-t-elle.

Je ricane. Ça ressemble davantage à un grognement animal. Je suis frustré, ça s'entend et elle ne doit pas l'avoir loupé non plus. Sinon elle ne chercherait pas à me pousser à bout. Elle voit très bien qu'elle est sur le point de me faire céder, mais je ne pense pas qu'elle sache ce qui l'attend justement, si je craque.

– T'es sous procédure, Elena. Que tu le veuilles ou non, ça implique des règles que tu te dois de respecter.

– Sinon quoi ? Tu vas m'attacher dans le sous-sol ?

– Me tente pas.

– Tu fais chier, jure-t-elle en se reculant.

– Je fais mon travail.

– J'emmerde ton travail ! éructe-t-elle. Tu n'as que ce mot-là à la bouche ! Mais c'est à cause de ton précieux travail qu'on en est là aujourd'hui. C'est toi qui m'as forcée à intégrer la Niche, toi qui m'as mis la pression pour que j'aie des résultats le plus rapidement possible au risque de tout foirer, toi qui les as mis sur ma route en te pointant au club !

Ma mâchoire tique à ce souvenir. Je me rappelle très bien ce qui m'a poussé à me rendre là-bas. Ce n'était pas seulement parce que j'avais bu, ni parce que j'avais été renvoyé pour la journée ou que je voulais contrôler l'avancée de la mission. Non. Je cherchais à la voir. À m'assurer qu'elle allait bien. J'ai mis en danger sa couverture, aveuglé par mon besoin de protection, de contrôle, et c'est ce qui a failli lui coûter la vie. Ma négligence, mon manque de professionnalisme. Si je n'avais pas craqué pour elle, si je n'avais pas laissé ces sentiments me submerger, Baulieu ne l'aurait pas soupçonnée.

Il n'aurait pas fait le lien.

Elle n'aurait pas été en danger.

– Tu savais dans quoi tu t'embarquais, répliqué-je.

Plus pour me convaincre moi, qu'*elle*.

– Tu ne m'as pas laissé le choix !

– Et pourtant tu ne m'as pas demandé d'arrêter, déclaré-je.

Elle fronce les sourcils, dégoûtée.

– Alors quoi, tu es ce genre de type ? À prendre les silences pour un consentement ? Tu t'es servi de moi, Dax. Tu m'as misée pour la bonne réussite de ton enquête, sans te soucier de ce qu'il pouvait m'arriver. Tu m'as fait perdre mon job, mes clients et presque la vie. Tout ça pour quelle récompense ?

Elle pointe un doigt vers moi, sans me toucher, sans avancer. Il transpire d'elle une souffrance que j'ai du mal à tolérer, enfouie sous toute cette colère justifiée. Je ne peux pas lui en vouloir d'être aussi furieuse. J'ai agi comme j'agis toujours : sans penser aux conséquences de mes actes. Mais savoir que je l'ai blessée me laisse un goût amer et je n'ai que trois mots à lui dire pour me rattraper. Trois mots qui n'arrivent pourtant pas à sortir de ma bouche.

– Pour que tu aies le culot de ne pas te pointer à mon réveil et t'assurer toi-même que j'allais bien ! persifle-t-elle. Après tout ce que j'ai encaissé pour ta putain de mission, celle que personne dans ton équipe n'a été capable de mener à terme sans *mon* aide. Et tu me lâches à la seconde où vous démantelez le réseau parce que quoi ? Je ne suis qu'une moins-que-rien ? Une prostituée que vous avez utilisée et qui ne sait qu'écarter les cuisses ? À quoi bon s'éterniser sur mon cas, maintenant que vous avez eu ce que vous vouliez tous.

Elle ne cache pas sa rancœur et ça ranime le mépris que je ressens pour moi. J'ai passé la semaine à l'hôpital. J'ai à peine dormi, en attendant les conclusions médicales, en suivant l'avancée de ses soins, justifiant à qui voulait l'entendre que j'avais besoin qu'elle se réveille pour me donner sa version. Dans le fond, j'avais juste envie d'être près d'elle et de m'assurer que je n'avais pas tout foutu en l'air. J'ai toujours détesté les hôpitaux, parce que ça me ramenait des années en arrière lorsque les médecins avaient annoncé que ma mère n'avait pas survécu à sa blessure. Un coup de couteau qui a perforé son poumon droit après un vol à main armé dans les rues de Sokal. Elle a étouffé durant tout le trajet jusqu'aux urgences, j'entends encore le bruit de sa toux. De sa douleur. Je revois les larmes qui perlaient dans ses yeux lorsqu'elle est tombée à la renverse. Il était hors de question de revivre ça.

Cette perte.

Cette douleur physique.

Mais quand Elena s'est enfin réveillée, je n'ai pas pu me résoudre à aller la voir. Parce que si elle en était là, c'était parce que j'avais merdé et que je l'avais entraînée avec moi. Je devais la protéger une bonne fois pour toutes et c'était plus simple de barricader mon cœur plutôt que de continuer d'agir de cette façon.

Il fallait que je cesse mes conneries. D'être égoïste. Je devais arrêter de la tourmenter. De m'acharner sur elle. De l'empêcher de vivre sa vie. De lui interdire d'être qui elle est juste parce que ça ne correspond pas à ce que je veux. L'enquête était finie, je n'avais plus aucune raison d'être près d'elle.

– Tu allais bien, certifié-je.

– Tu n'as pas demandé.

– Si. Mais je ne suis pas rentré dans ta chambre. Là est la différence.

– Pourquoi?

Je pousse un soupir las.

Ne me force pas à le dire.

– Parce que.

– Ce n'est pas une réponse. Parle-moi, ordonne-t-elle sèchement.

Je secoue la tête en me décalant de l'entrée et la contourne en faisant attention à ne pas la frôler. Je me précipite vers la cuisine ouverte, cherchant un moyen de m'occuper les mains et l'esprit avant de dire ou *faire* quelque chose que je vais regretter.

– Tu fuis, me provoque-t-elle.

Je l'entends me suivre et je n'ai pas besoin de me retourner pour savoir qu'elle est proche. Je sens sa présence dans toutes mes fibres.

– Cette conversation n'a aucun sens.

– Parce que tu n'aimes pas la direction qu'elle prend.

Fébrile, j'attrape un verre dans l'un des placards au-dessus de ma tête et verse de l'eau du robinet. Je le bois cul sec, sans pour autant être capable de faire passer la grosseur dans ma gorge. Je me sens acculé. Impuissant. J'ai besoin de sortir d'ici avant d'exploser.

– Et quelle direction elle prend, selon toi? marmonné-je, en essayant de reprendre ma respiration.

– Celle qui mène droit à ce que tu ressens.

Je ne retiens pas mon ricanement et pivote vers elle. Son front est barré par une ride contrariée et je la jauge sans défaillir. Tout, plutôt que de la laisser voir qu'elle m'a percé à jour. Tant pis si je la blesse, je ne vais certainement pas m'engager sur ce terrain-là.

– Je ne ressens rien, Elena. Ni pour toi ni pour personne.

– Je ne te crois pas.

– Tu devrais.

– Comme j'aurais dû te croire quand tu as suggéré avoir passé ta semaine à l'hôpital?

Mon corps entier se raidit. C'est ce que je lui ai laissé entendre hier, quand elle est arrivée dans cette maison et que j'étais à bout de nerfs. J'ai lâché cette information, parce que ça me rendait dingue qu'elle croit que je l'avais à ce point négligée. Puis j'ai regretté. Il ne fallait pas qu'elle sache, parce que ça impliquait que je lui dise ce que je pensais et je n'étais pas prêt. À étaler mes sentiments pour elle. À être honnête. À m'ouvrir et avoir *cette* conversation.

Pas plus que je ne le suis aujourd'hui.

– Je n'ai pas envie de parler de ça avec toi.

Mes poings se serrent sur mon verre et je me détourne pour le déposer dans l'évier avant de le faire éclater dans ma paume. Je mérite sa rage. Après tout ce que je lui ai fait, toutes les horreurs que je lui ai dites… Mais ça ne rend pas la situation plus facile à accepter.

– Putain, tu n'es même pas capable de me regarder dans les yeux! Tu es pathétique.

– Tu veux quoi au juste? m'emporté-je en levant les bras en l'air.

Elle ne cille même pas. Ni sous le haussement de ma voix ni face à mes gestes brusques.

– Que je te dise que ça m'a rendu malade de te voir inconsciente sur cette chaise, les veines ouvertes ? Au point d'avoir envie de crever moi aussi, si tu ne te réveillais pas ?

Sa poitrine se met à vibrer et elle me fixe sans parler, les yeux plantés dans les miens à attendre que je déverse tout ce que j'ai sur le cœur. Mes bras sont retombés le long de mon corps et je serre les poings pour essayer de contrôler le tremblement rageur de mes mains.

– Que j'ai eu envie de chialer comme un gosse en voyant l'ambulance t'emmener parce que je savais que tout était de ma faute ? C'est ça que tu veux entendre, Elena ?

Elle ne répond pas et je passe une main frustrée dans mes cheveux courts. Je fais les cent pas, comme un lion fou en cage. Mes aveux ne me soulagent pas. Ils ne font qu'ouvrir une brèche dans l'armure que je me suis forgée que je n'arrive plus à refermer.

– Je ne gère pas tout ça. Les nanas, les relations, les sentiments, je ne connais pas. Ma raison d'être, c'est mon taf, et je n'avais certainement pas prévu de…

Je m'arrête, prenant conscience de ce qui s'apprêtait à sortir d'entre mes lèvres.

– Tu t'attendais pas à quoi ? s'impatiente-t-elle.

Elle fait un pas vers moi et je recule, gardant le silence.

– Tu ne t'attendais pas à quoi, Darcy ?

Je prends une inspiration et en la toisant, j'annonce :

– Je ne m'attendais pas à éprouver autant de choses pour une fille qui parle trop et dont le métier est de satisfaire tous les hommes de la ville.

Elle semble tiquer face au choix de mes mots. C'est un aveu déguisé en insulte, parce que je ne sais pas faire autrement que d'être blessant lorsque je suis au pied du mur.

– Il ne te dérangeait pas mon métier quand tu m'as *baisée*, débite-t-elle.

Comme s'il n'y avait que ça qu'elle avait retenu. Comme si les termes sentiment, affection, attachement, ne faisaient pas partie de notre vocabulaire et que, même s'ils planent au-dessus de nos têtes, c'est plus facile de s'accrocher à ce qu'on a toujours connu. Notre ego.

– Tu te trompes. Il m'a toujours fait péter les plombs.

– Je n'arrêterai pas d'exercer pour toi.

– Je ne te le demande pas, rétorqué-je du tac au tac.

– Alors qu'est-ce que tu attends de moi ?

– J'en sais rien, putain !

J'ai envie de frapper sur quelque chose, de déverser mes nerfs et ma frustration, mais Elena fait un pas dans ma direction. Ça a pour effet de m'arrêter net, ma respiration siffle entre nous et on se défie du regard. Ses yeux sont ombrageux, déchaînés.

– Si, Darcy. C'est bien ça le problème. Tu sais très bien ce que tu veux, mais tu es incapable de l'accepter.

Sur ce, elle quitte la cuisine en me laissant en plan et j'expire tout l'air coincé dans mes poumons.

Bien sûr que je sais.

27

Elena

C'est officiel, si je ne trouve pas quelque chose à faire, je vais vriller. On est là depuis moins de vingt-quatre heures et je suis au bord de la crise de nerfs. Ce n'est pas tant de tourner en rond qui m'agace, bien que je n'aie jamais eu l'habitude de ne rien faire. C'est de savoir qu'à chaque fois que je tente de m'occuper l'esprit, il y a cet homme insupportable à moins de trois mètres de moi. Après toutes les choses affreuses qu'on s'est balancées au visage, toutes ses confessions à demi-mot, ses sentiments voilés restés sur la surface… Ils sont là, on en a tous les deux conscience, mais aucun de nous ne les remet sur le tapis. C'est comme essayer de contourner un iceberg. On en voit le bout, mais on est loin d'en deviner la partie immergée. Et le heurter fait des dégâts qu'on ne soupçonne pas. C'est ainsi que je me sens depuis notre conversation de ce matin. Chamboulée.

J'ouvre le réfrigérateur pour en sortir la bouteille de jus d'orange. Je bois sans me servir de verre, juste pour le plaisir de l'entendre souffler dans mon dos quand je la referme avant de la ranger. Je sens son regard sur ma nuque et ça me fait frissonner.

– Un problème, lieutenant? ironisé-je en pivotant vers lui.

Il porte l'un de ses éternels pantalons cargo, qu'il met pour aller bosser, et son holster est accroché à ses bretelles. Depuis hier, il se contentait de trimballer son arme à moitié enfoncée à l'arrière de son jean. Je hausse un sourcil surpris en le détaillant, essayant de faire fi de la réaction dans ma poitrine.

Le reste de l'iceberg. Gros. Imposant. Impossible à enfouir.

Bordel. J'en avais besoin de ce footing. Même si je sais que je ne suis pas en pleine capacité. Même si je sais que j'avais plus de chance de terminer le tour du quartier en marchant, les poumons brûlants et la respiration erratique à cause de l'effort brutal, ça m'aurait fait du bien. Ça m'aurait fait sortir d'ici. Ça m'aurait fait prendre mes distances. Je ne sais pas combien de temps il nous reste à tenir entre ces murs, lui et moi, mais si rien ne change, ça va éclater. Entre nous. Comment? Je ne sais pas, mais ça ne sera peut-être pas beau à voir.

– Tu sors?

– J'ai rendez-vous au bureau, annonce-t-il sans me regarder dans les yeux.

Il attrape sa veste sur le portemanteau de l'entrée et l'enfile en me tournant le dos.

– Et je suis censée faire quoi, en attendant? dis-je. Tu vas me menotter au premier radiateur de la maison pour m'empêcher d'en faire de même?

Il ne réagit pas à ma provocation et ouvre la porte. Un homme qui m'est totalement inconnu se tient sur le seuil et jette un coup d'œil vers moi. Il hoche la tête pour me saluer tandis que je le dévisage gravement. Il a une trentaine d'années, tout au plus. Cheveux châtain clair, il ne porte pas d'uniforme de police. Trop voyant dans un tel quartier. Mais son blouson est bombé à l'endroit où son arme pend et sa posture, quelque peu hautaine, donne le la.

– Voilà les menottes, constaté-je avec dégoût.

Aucun d'eux ne tient compte de mon commentaire.

– La voiture est dans l'allée, lieutenant.

– Merci, Willem.

Darcy lance un regard par-dessus son épaule pour me fixer. Je n'ai pas bougé, les bras croisés contre ma poitrine, je continue de les toiser. D'où sort ce mec? Est-ce qu'il est dans la rue depuis tout ce temps?

Darcy reporte son attention sur son collègue et lui donne les clés de la maison.

– Elle ne quitte cette maison sous aucun prétexte, ordonne-t-il. Fais bien attention à elle.

J'ignore les picotements que sa dernière demande provoque en moi et réplique, d'un timbre acerbe :

– Ce n'est pas ton job, de faire attention à moi ?

Je perçois ses épaules se tendre, mais il reste le visage tourné, feignant de ne pas se sentir concerné par ma remarque. On sait pourtant tous les deux que ça le touche, de savoir que son boulot est remis en question.

– Je sais, lieutenant, acquiesce Willem. Je gère.

J'esquisse une moue faussement amusée quand le fameux Willem ose me détailler une nouvelle fois. Il ferait bien de se tenir sur ses gardes. Il n'a aucune idée de qui je suis et d'à quel point je peux être convaincante si je veux obtenir quelque chose. Darcy devrait le savoir, mais Darcy joue les connards.

– *Elena*.

Sa voix ferme qui prononce mon prénom, après tant d'impassibilité, a quelque chose d'électrisant. Mon cœur tressaute et se met à battre plus vite. Je reviens sur terre en un claquement de doigts.

Satanés sentiments incontrôlables.

– Je ne plaisante pas quand je te demande de ne pas sortir, m'avertit-il droit dans les yeux. Ne fais pas de conneries, tu sais très bien pourquoi tu es ici.

Mon sourire se fane et se transforme en une moue d'irritation. Je sais parfaitement ce que je fais dans cette maison et, s'il croit que je suis stupide au point de me mettre à nouveau en danger, il se fout le doigt dans l'œil. Je compte bien lui prouver qu'il n'y a qu'avec lui que les choses se passent mal. Vu que le seul problème dans cette pièce est sur le point de partir.

Ça va faire des vacances à mes nerfs.

– Je sais, lieutenant, imité-je Willem. Je gère.

Il soupire, me parcourt une dernière fois de haut en bas, semble hésiter une longue seconde, puis sort. Quand il ferme derrière lui, je pourrais dire que je me sens soulagée. Que je recommence à respirer, à me sentir libre, à ne plus me savoir sous *sa* surveillance. À ne plus me sentir oppressée par ce qu'il me fait ressentir. Mais c'est faux.

Totalement faux. La seule sensation qui m'étreint, c'est un vide. Et une légère peur de me savoir *seule*.

Darcy a peut-être un nombre incalculable de défauts, mais il a toujours fait attention. Je peux me mentir à moi-même sur des tas de choses, mais je dois admettre que je n'aurais fait cette mission avec personne d'autre que lui, parce qu'il est peut-être borné, têtu et impétueux, mais il est impliqué. Il est soucieux que les choses se passent correctement, selon *son* plan.

Et maintenant qu'il me laisse avec Willem, un parfait inconnu comme je pensais trouver en arrivant dans cette maison, je ne me sens pas rassurée. Je mords l'intérieur de ma joue en continuant de reluquer l'agent. Il est toujours planté dans l'entrée et plonge ses mains dans les poches de sa veste. Son arrogance du début a laissé place à une certaine timidité et ça me donne envie de me marrer. Ce mec est un agneau et j'hésite entre rire ou pleurer de frustration, de savoir que Darcy se rabaisse à me faire surveiller par un type pareil. Je veux dire, il ne fait peur à personne et je suis prête à parier qu'il n'a jamais tiré une seule fois avec son arme. À tous les coups, il n'a même jamais vu de femme à poil de sa vie. Et vu la façon dont il détourne les yeux dès qu'ils croisent les miens, il est évident que je l'intimide. Il doit très bien savoir ce que je fais de ma vie.

– Bon, bon, bon, dit-il dans un petit ricanement gêné. Vous voulez faire quelque chose ?

– Je ne suis pas une gamine qu'on doit occuper, me rebiffé-je au point de le faire sursauter.

Sérieusement ? C'est ça mon chien de garde ? C'est une plaisanterie.

– Je ne voulais p…

– Laissez tomber, le coupé-je.

Je m'apprête à lui fausser compagnie avant de revenir sur mes pas, frappée par une idée.

Il pourrait m'être utile.

– En fait, si, il y a bien une chose.

Il me fixe avec confusion avant de secouer la tête en fronçant les sourcils.

– Vous n'avez pas le droit de sortir.
– Je sais, répliqué-je. Ce n'est pas ce que je demande.
– Vous voulez quoi, dans ce cas?

Je souris de toutes mes dents, avançant vers lui comme un chat avancerait sur sa proie. Il y a une chose pour laquelle j'ai toujours été douée : la manipulation. Et Darcy vient de m'offrir la victime parfaite. Je pourrais lui retourner le cerveau pour qu'il me fasse quitter cette maison étouffante, mais je ne suis pas suicidaire. Par contre, je compte le faire craquer sur une chose que Darcy m'aurait refusée à coup sûr.

– Prêtez-moi votre téléphone.
– Mon téléphone?

J'ai envie de lever les yeux au ciel devant son air hébété, mais me retiens. S'il sait que je le prends pour un demeuré, il va se braquer et rien de bon ne ressort d'un homme lorsque son ego et sa fierté ont pris un coup. Qu'il soit inoffensif ou pas.

– Oui. J'aimerais appeler quelqu'un.
– Le lieutenant a consenti à ça?

Je tente de masquer la boule de nervosité qui obstrue ma gorge et réplique d'un ton assuré :

– Bien sûr! Vous l'avez entendu, sa seule requête est de ne pas me laisser sortir. Passer un appel téléphonique n'a jamais été une interdiction.

Willem pince les lèvres en m'avisant. Merde! Je tente le tout pour le tout :

– Appelez-le si vous le souhaitez. Mais je doute que ça lui fasse plaisir d'être dérangé pour une demande aussi mineure.

Il réfléchit en tentant de soutenir mon regard. Willem a l'air de douter, mais l'une de ses mains ressort de son blouson avec un téléphone portable. Je manque de foncer vers lui pour le lui arracher, mais j'attends qu'il avance de lui-même. Dans le fond, je jubile de voir que ça a été aussi facile.

– Vous n'avez le droit qu'à un seul appel, me prévient-il.

Il s'est cru dans une série télé… Je ne suis pas en garde à vue! Quelle plaie.

– OK.

Ses paupières se plissent légèrement, puis il enchaîne :

– Et vous le passez ici.

L'euphorie d'avoir réussi à obtenir son téléphone se dissipe pour faire place à de l'animosité. Il se fout de ma gueule?

– Willem, je ne suis pas une délinquante!

– Non. Mais on n'est jamais trop prudent. Il se pourrait que les antennes-relais soient piratées, qu'une information compromettante vous échappe ou pire, que...

– Très bien, l'arrêté-je en tendant la main avant qu'il ne se rende compte qu'il a probablement fait une connerie plus grosse que lui. Je passe mon coup de fil ici et je masque votre numéro.

Il hoche la tête, heureux, et pose le portable dans ma paume tendue.

– Bien.

Je le lui prends et, après avoir été dans les réglages, je compose le numéro de Dixie, priant pour qu'elle décroche. Les tonalités résonnent à mon oreille et je me détourne de l'entrée, faisant quelques pas dans le salon, impatiente.

– Allô? fait une voix à l'autre bout du fil.

J'expire bruyamment, un sourire énorme sur les lèvres et une chaleur familière explose dans ma poitrine quand j'entends son timbre.

– C'est moi, Dix.

– Lena?

Je rigole, un son entre le rire et un couinement disgracieux. Du revers de la main, je frotte mes yeux embués. Je suis beaucoup trop sensible en ce moment. Mais ça fait tellement du bien de l'entendre!

– Oui, réponds-je sans me départir de ma joie. Je suis contente de t'avoir au téléphone.

– Bon sang, Lena! s'exclame-t-elle. Tu vas bien? Tu es sortie de l'hôpital? Ils ne m'ont pas laissée venir te voir. Je suis venue... Je suis venue tous les jours, et pas une seule fois on ne m'a permis d'entrer dans ta chambre. J'ai eu la peur de ma vie quand j'ai vu les infos!

Mon cœur se serre et je mords l'intérieur de ma joue par réflexe, essayant de refouler la boule logée dans mon ventre en percevant sa détresse. À l'hôpital, ils n'ont pas eu besoin de m'expliquer pourquoi la police avait empêché Dixie de venir me voir. Elle n'était pas légalement de ma famille, certes, et le fait que je sois sous surveillance n'était qu'une raison parmi d'autres. Saphira a eu l'autorisation. Mais Dixie est une *Green*. Et avec le démantèlement de la Niche, de nouvelles preuves sont apparues contre Tobias. Ce ne serait pas étonnant qu'on me fasse passer à la barre pour témoigner contre lui et ils ne veulent prendre aucun risque en me laissant voir sa femme. Même si je sais que Dixie n'a rien à voir avec toute cette histoire. Même si elle est plus qu'une sœur pour moi, ils prennent leurs précautions après tout le mal qu'on s'est donné pour la réussite de l'enquête.

Et ça m'emmerde d'admettre qu'ils ont raison de faire attention. Je ne pouvais juste pas rester sans nouvelles jusqu'au procès, qui se tiendra je ne sais quand. Darcy a décidé de la jouer en solo, alors moi aussi. Dixie est ma famille, qu'ils le veuillent ou non.

– Je vais bien, la rassuré-je. Quoi que tu aies entendu, tout va bien.

– Dis-moi qu'ils t'ont fait sortir de la ville, Lena. Ils disent que Baulieu court encore dans la nature et avec les gars, on pense qu'ils ne mettront jamais la main sur lui. Il sait ce que tu as fait avec les flics ?

Je m'affale contre le canapé, basculant la tête en arrière pour fixer le plafond. Je me sens mise à l'écart, dans cette maison. Mise à l'écart de la vie de famille qu'ils continuent à avoir à Sokal, sans moi. Mise à l'écart de la suite de l'enquête, de ce que les journalistes ont dégoté comme informations. De tout ce qu'il se passe depuis que je suis revenue dans la vie réelle. Je n'ai pas osé allumer la télévision depuis mon retour, peut-être que j'ai besoin de faire semblant que rien n'a changé, justement, alors que tout est différent.

– Je suis en sécurité, me contenté-je de dire pour ne pas l'inquiéter davantage.

– Pendant combien de temps ?

– Jusqu'au procès, affirmé-je en triturant maladroitement une mèche de cheveux. Je ne peux pas te dire où, mais tout est sous contrôle.

– OK, soupire-t-elle. OK. Très bien. Je ne pose pas d'autres questions à ce sujet, mais dis-moi comment tu vas, vraiment? Comment tu te sens, après toute cette histoire?

J'inspire un grand coup, me rendant compte que mes mains ont commencé à devenir moites. Je me sens fébrile. Une déferlante de souvenirs me prend aux tripes. Baulieu. L'hôtel. Le club. Les passes. Le bureau. La bibliothèque. La voiture. Les coups... C'est la première fois depuis ma déposition que j'y repense. Du moins, que je prends le temps d'y repenser avec minutie, de revivre ce cauchemar. Le soir, j'arrive à faire abstraction de tout ce qui m'a poussée jusqu'ici. J'ai réussi à instaurer une barrière mentale à la seconde où Yanis et Ezra ont cessé leur interrogatoire. J'avais besoin de tout mettre derrière moi, de penser à l'avenir, de penser à ce que j'allais faire après. Et c'est aussi la première fois que quelqu'un me demande *réellement* comment je vais.

– Je n'ai pas de réponse, confessé-je. Je pense que ça va.

Je passe une main tremblante sur mon visage. J'ai juste besoin de reprendre le contrôle de ma vie.

– Tu sais que je suis là, si tu as besoin de parler, Léna. Tu as récupéré un téléphone à ce que je vois! Tu vas pouvoir m'appeler plus souvent!

Je rigole en me retournant. Willem n'est plus dans l'entrée, mais je suis certaine qu'il écoute ma conversation d'une oreille. Il ne ressemble peut-être pas au policier de l'année, mais il ne doit pas être très à l'aise à l'idée que je dévoile quoi que ce soit par inadvertance. Ça nous mettrait tous dans une situation compromettante, mais moi encore plus que lui. Il peut se tenir tranquille, je ne vais pas faire de faux pas.

– Il est à l'agent qui assure ma sécurité.

Il y a un silence et quand Dixie reprend la parole, je sens un sourire dans sa voix.

– J'espère qu'il est grand, beau et qu'il est prêt à donner sa vie pour toi...

J'éclate de rire en imaginant Willem tel qu'elle le décrit.

– Pas vraiment, avoué-je.

Puis c'est une autre vision qui me saute aux yeux et mon rire se meurt.

Lui n'y ressemble pas, mais celui qu'il remplace correspond un peu trop à mon goût à cette description. À quelques mots près : je ne pense pas qu'il donnerait sa vie pour moi.

– Si on parle du type avec qui tu as fait ton infiltration, insiste-t-elle en glapissant. Je t'en prie, j'ai des yeux!

Avec toute cette histoire, j'avais oublié que Dixie avait déjà eu affaire à Aleksev lorsqu'il s'est occupé de l'enquête sur Tobias. Je déglutis avec difficulté. Bordel. Elle a toujours eu un sixième sens aiguisé. Si je réussissais à lui cacher certaines choses, c'est parce qu'elle ne voulait pas connaître la réponse. Mais on ne refuse rien à sa meilleure amie *enceinte* et si je ne veux pas la vexer, il va falloir que j'y mette du mien ou que je détourne la conversation.

– Ce n'est pas lui, déclaré-je. Et vous, comment vous allez? Tu n'as toujours pas fichu Harvey à la porte?

– Tu crois que je ne te vois pas arriver avec tes gros sabots, Elena Maslo? me reprend-elle.

Je ravale mon rire, tout d'un coup nerveuse.

– Dix…

Elle claque sa langue contre son palais et je ferme les yeux, massant mes tempes, plus vraiment certaine de vouloir poursuivre cet échange. Est-ce que Willem peut arriver et me demander de lui rendre son téléphone? Avec un peu de chance, ça aura plus d'impact que si je feins une soudaine urgence. J'ai déjà du mal à m'occuper depuis hier, alors faire croire que j'ai un truc plus important à faire que de parler à ma meilleure amie, que je n'ai pas vue depuis des lustres, c'est mission impossible. Je n'ai pas la force de me battre.

– Balance, continue-t-elle. Il se passe quoi avec ton flic?

– Ce n'est pas mon…

Je m'arrête et pousse un lourd soupir.

– Ce n'est pas ce que tu crois.

Je ne sais même pas moi-même que croire. Ma tête est en mode sourdine depuis des jours et je peine à mettre des mots sur mes maux. En réalité, je les ignore. C'est plus simple et ça me permet de garder une maîtrise apparente.

– Pour l'instant je ne crois rien, s'amuse-t-elle. Tu ne veux pas me raconter ou tu ne peux pas ?

– Il n'y a rien à dire, plutôt, répliqué-je.

– Menteuse.

Je glousse en ramenant mes genoux contre ma poitrine. Même si le sujet ne me plaît pas, même si je ne suis pas à l'aise avec la tournure que prend cette conversation, ça me fait tellement de bien d'avoir Dixie au téléphone. D'entendre son rire, le son de sa voix, son bonheur. Je me sens à la maison, une fraction de seconde. Comme si rien ne s'était passé, comme si je n'étais jamais partie. Comme si j'étais avec elle, en ce moment, assise sur un siège de la cuisine.

– Je t'assure.

– Tu as couché avec lui !

– Pour qui tu me prends ? fais-je mine de m'offusquer.

Elle explose de rire.

– Je prends ça pour un oui. Quand ? C'était pendant votre mission ou avant ?

– Tu sais très bien, réponds-je.

Si ça avait été avant, elle l'aurait su, parce que je couchais déjà avec Bruce. Il savait que je me prostituais, mais entre nous, c'était exclusif le temps que ça a duré. Si j'avais vu un autre homme en dehors de mes clients, il aurait été le premier au courant, ce qui signifie que Dixie aussi. Et j'ai du mal à croire qu'une chose pareille aurait été possible avec Darcy *avant* la mission. Cette enquête a tout exacerbé entre nous. Ça n'a fait que rendre la pression plus oppressante. C'est comme une Cocotte-Minute qu'on aurait laissée sur le feu pendant des années jusqu'à ce que l'eau se mette à bouillir d'un coup. Tellement qu'il n'y aurait pas d'autre option que le débordement. Même si, vu ce qu'il s'est passé, je parlerais plutôt d'explosion.

Je resserre mes jambes, sentant des picotements entre mes cuisses dus aux réminiscences de notre nuit.

– Laisse-moi deviner, tu as fait la spéciale Lena et tu l'as envoyé balader à la seconde où tu as eu ce que tu voulais de lui.

Je grogne. Je crois que, pour le coup, je ne saurais dire lequel d'entre nous a fait la *spéciale Lena*. Et ça ne fait que renforcer mon irritation. Je sais gérer un homme en transit, mais beaucoup moins celui qui tente de me virer de sa vie après avoir chamboulé la mienne.

– Pour qui tu me prends? marmonné-je.

– Tu fais ça à chaque fois qu'un homme entre dans ta vie.

– Et je te rappelle ce que je fais dans la vie? Les hommes sont mon quotidien.

– Je ne parle pas de ces hommes-là, Lena.

Je me crispe.

– Qui veut d'une pute comme petite amie? rétorqué-je, sur la défensive. Personne.

– Bruce.

Je clos les paupières en expirant. Je revois son visage quand il m'a demandé de sortir avec lui au restaurant. Je revois sa tristesse lorsque j'ai décliné, préférant le faire sortir de mon lit une bonne fois pour toutes plutôt que de me lancer dans ce genre d'aventure de couple. Je n'avais pas de regrets à l'époque, je n'en ai toujours pas.

– On n'était pas compatibles.

– Et avec ton flic? quémande-t-elle.

Je ne réponds pas, triturant du bout des doigts la couture de mon legging. Le même que je portais ce matin en espérant aller courir pour m'éloigner de *mon flic*.

– Arrête, dis-je. Quoi que tu essaies de faire, Dix. Arrête.

– J'ai toujours su que tu allais finir par repousser Bruce.

Je grogne de frustration.

– Tu ne vas pas arrêter, murmuré-je.

– Et aujourd'hui encore, je m'interroge jusqu'à quand tu vas mettre de côté ta vie amoureuse à cause de vieilles blessures.

– Il n'y a *aucune* blessure, m'agacé-je.

J'ai grandi. Je me suis endurcie. J'ai changé. J'ai fait table rase du passé, parce que rien n'est pire qu'un passé qui nous enchaîne et nous empêche d'avancer. Et je n'aime pas que Dixie remette le sujet sur la table, après tout ce qu'on a fait pour ne plus jamais être associées à ça : deux fillettes misérables et sans famille.

– Ce n'est pas parce que tu vas ouvrir ton cœur à quelqu'un qu'il va forcément t'abandonner, Lena. On n'est plus à l'orphelinat. On n'est plus des gamines qui rêvent d'être importantes aux yeux de quelqu'un, de faire taire leur solitude, de trouver un foyer, des gens avec qui grandir.

– Tu dis ça comme si ça avait encore un impact dans ma vie, alors que ça fait des années que j'ai décidé de ne plus rien attendre de personne, justement.

– C'est ce qui t'a fait te prostituer ! Ton manque de confiance, ta peur de l'engagement, ton besoin de contrôle. Tu as trouvé la seule chose qui te permettait de te tenir éloignée des gens, parce que tu savais que personne ne pouvait accepter ça.

– *Ça*, répété-je, déroutée. Tu le prononces comme si tu avais un problème, tout d'un coup, avec le fait que je vendais des services sexuels.

– *Jamais* ! Je m'en contrefous du nombre d'hommes qui passent dans ton lit, de ce que tu fais pour gagner de l'argent, pour t'en sortir, mais je refuse que tu prennes ce métier comme excuse pour ne rien fonder avec personne.

Je sens mon cœur battre sous mes doigts à mesure que les déclarations de ma meilleure amie font leur chemin. Elle n'a jamais mâché ses mots, et je n'en attends pas moins d'elle. Mais ça ne rend pas ses vérités plus faciles à encaisser, à digérer.

– Sympa le rendez-vous, Dix, craché-je. Tu me diras combien je te dois pour l'analyse !

Elle soupire et je l'imagine lever les yeux au ciel.

– Je ne dis pas ça pour que tu m'en veuilles ou que tu te vexes. Mais tu n'es pas devant moi et je sais pourtant au son de ta voix que quelque chose ne va pas. Il m'a fallu deux minutes pour mettre le doigt dessus sans que je n'aie à prononcer *un seul* prénom.

– Tu te trompes, m'agacé-je.

– Non. Il y a encore quelques semaines, si j'avais eu un tel discours, tu m'aurais raccroché au nez. Tu aurais fait les kilomètres qui nous séparent pour venir me dire mes quatre vérités, parce que tu ne supportais pas qu'on porte un quelconque jugement sur tes choix.

– Ça n'a pas changé, si je pouvais, je serais devant chez toi pour te botter le cul.

Elle ricane.

– Je t'ai toujours admirée, respectée, soutenue quel que soit ce que tu décides. Tu es ma meilleure amie, ma sœur, ma famille, Elena. Et je me suis toujours promis de ne jamais interférer dans ta vie comme ils l'ont toujours fait durant notre enfance. Mais laisse-moi te donner un conseil : quand on a une porte de sortie, on a deux options. Soit on la prend, la tête haute, soit on reste enfermé, à ses risques et périls.

Je fronce les sourcils, confuse.

– C'est ta façon de me dire d'arrêter le trottoir?

La simple idée de changer de vie me terrifie autant qu'elle me soulage. Je n'ai rien connu d'autre, je n'ai pas fait d'études, je n'ai pas été à l'école, je n'ai même jamais travaillé nulle part. Je ne suis moi-même que dans la rue. Mais je mentirais si je disais que ça ne m'avait pas traversé l'esprit de faire une pause…

– Après ce qu'il s'est passé avec la Niche, tu ne peux pas t'attendre à ce que tout revienne à la normale!

– J'en ai parfaitement conscience et ils ont été très clairs là-dessus avant de m'embarquer dans leur enquête, m'agacé-je. Mais je ne vois pas le rapport avec…

Je ne dis pas son nom, mais elle comprend parfaitement.

– C'est toi qui as fait le lien, Lena. Parce que les deux sont liés, pas vrai? Et dans ton monde, ils sont incompatibles. Tu ne lui donneras jamais de chance tant que tu n'arrêteras pas ce que tu fais, mais arrêter, c'est prendre le risque de le laisser entrer dans ta vie.

J'ai envie d'attraper un coussin et de crier dedans comme une adolescente, mais je me contente de garder mon sang-froid pour rétorquer :

– J'en sais rien.

– Si, tu sais. Et il faut que tu te choisisses. Ou tu sors, ou tu restes enfermée. Mais tu ne peux pas rester devant la porte sans prendre aucune décision.

– Bon sang, on dirait vraiment une psy, grommelé-je.

– Ça fera cent cinquante, se marre-t-elle. Je n'accepte que les espèces.

– Tu es trop chère !

– Les bons conseils n'ont pas de prix.

Je rigole et sans plus attendre, le ton de la conversation change. Elle me raconte tout ce qu'il se passe à la maison. Les nouvelles frasques d'Alan et son changement de boulot. Bruce qui a ramené une femme mariée. Harvey, qui devient le futur père le plus étouffant de la terre. Le garage, qui roule, mais qui a grandement besoin d'une experte comptable.

– Le poste est pour toi.

– Je sais, ris-je. Ma réponse n'a pas changé.

Mon avenir est si troublé, si flou, que rien ne me paraît plus abstrait que de décider de ce que je veux faire *après*. Je n'ai jamais eu le luxe d'avoir le choix.

– Pas même un tout petit peu ?

– Tu me fatigues, plaisanté-je.

Après ce qui me paraît n'être que quelques minutes, je finis par raccrocher. Il n'y a aucune trace de Willem et j'abandonne le portable sur la table basse, sans prendre la peine de le chercher dans la maison. Ce n'est pas bien grand, il doit être quelque part et ce n'est pas à moi d'assurer la surveillance. Je monte à l'étage pour rejoindre ma chambre, les mots de ma meilleure amie tournant en boucle dans mon esprit. Je m'allonge sur mon lit, la tête enfouie dans l'oreiller, et fixe le ciel à travers la fenêtre. Je ne saurais dire combien de temps je reste ainsi, ou à quel moment je m'endors, mais je suis réveillée en sursaut par la porte qui s'ouvre avec fracas. Je pivote vers l'intrus, m'attendant à voir Willem et à le renvoyer hors de ma chambre, mais je me redresse brusquement en constatant que ce n'est pas lui.

– Marwan ? m'étonné-je. Qu'est-ce que tu fabriques là ?

Il n'a pas retiré son manteau et semble agité. Il observe la fenêtre et l'ensemble de la pièce, le torse qui monte et descend au rythme de sa respiration. Il est essoufflé.

– C’est monter l’escalier qui te met dans cet état? me moqué-je en me relevant. Va falloir arrêter de zapper le footing du mardi matin.

Il fronce les sourcils en me dévisageant.

– On n’a pas de footing le mardi matin.

– Je m’en tape, le rabroué-je. Qu’est-ce que tu fous dans ma chambre?

– Darcy n’est toujours pas rentré?

– Non, Willem est…

Je ne termine pas ma phrase, parce que la seule chose que je vois, c’est l’arme qu’il décroche de ses bretelles pour la pointer droit sur moi et la panique me bloque la poitrine.

C’est quoi ce délire?!

28

Dax

La communication coupe sans que personne ne décroche. Je soupire d'agacement et fais défiler mon journal d'appels pour joindre Ezra à la place, un œil toujours rivé sur la route. Il répond dans la foulée.

– Ouais, Dax ?

– Je n'arrive pas à joindre Yanis, dis-je. Je suis en route, mais je vais avoir du retard, il y a un putain de camion devant moi qui roule à trois à l'heure.

Je me retiens de klaxonner pour la cinquième fois. Il y a un monde fou en ce milieu d'après-midi et j'en viens à regretter d'avoir pris cette route.

– Pour aller où ? me demande-t-il.

Je l'entends mâcher son chewing-gum de l'autre côté du fil, tout en pianotant sur son ordinateur. On est jeudi, il n'y a que moi qui ne suis pas au poste de police.

– À la réunion, réponds-je abruptement. Celle *hyper urgente* au sujet de la vidéo du Carlisle et pour laquelle mon père a eu la lubie de faire venir tout le monde.

Il y a un court silence durant lequel je ne perçois ni mastication ni clavier.

– Il n'y a pas de réunion, Dax.

– Mais si, m'impatienté-je. Yanis m'a appelé tout à l'heure. Le chef nous attend pour seize heures !

– Yanis ne travaille pas aujourd'hui, mec. Et toujours pas de réunion prévue.

Je fixe l'écran de mon téléphone, suspendu au tableau de bord, avec confusion. Je n'ai pas rêvé, il m'a appelé pour me dire que le service informatique avait trouvé l'identité de la personne sur les vidéos de surveillance sur lesquelles mon visage avait été ajouté. Il m'a annoncé que mon père voulait impérativement que je vienne, que Willem pouvait prendre ma place le temps que je fasse l'aller-retour. Je ne comprends pas pourquoi il aurait menti. Je sens une boule de rage se former dans ma cage thoracique à l'idée d'avoir été appelé pour rien.

Marwan va me payer sa mauvaise blague!

– En fait, reprend Ezra, il n'était pas là non plus hier et personne n'arrive à le joindre.

– Mais de quoi tu parles?

Mes mains se crispent sur le volant et je m'acharne sur la pédale d'accélérateur pour tenter de passer devant ce camion de misère. Mon cerveau est en ébullition. Yanis sait que je suis en planque. Il sait que me faire quitter une maison sous protection, c'est risqué. Il ne l'aurait pas demandé si ça n'avait pas été important.

– Je te dis ce que je sais, lâche Ezra. Yanis n'est pas au boulot depuis deux jours. Il n'y a aucune réunion prévue et je ne sais pas ce que tu fous sur la route alors que tu devrais être dans la maison avec Elena pour la *protéger*.

Je sens mon cœur remonter dans ma gorge comme si j'allais me mettre à dégueuler de stress, à la seconde où une suspicion me traverse l'esprit. Et ça me fait l'effet d'un film qu'on rembobine et dont on essaie de se refaire chaque minute. S'accrochant à un détail, une information qui nous aurait échappé, pour comprendre d'où vient le doute. Mais je n'arrive pas à lui trouver une raison logique, hormis l'impression tenace que tout est lié et que j'ai bien merdé. Puis je repense à ce qu'Ezra a suggéré à l'hôpital et que j'ai écarté sans la moindre défiance.

– Il nous a doublés.

– Quoi? bafouille Ezra, inquiet.

– Yanis! hurlé-je. Putain! Il nous a tous baisés!

Je tape violemment sur le volant avant que, d'un geste brutal, je fasse déraper la voiture sur l'asphalte pour faire demi-tour. Mes pneus crissent et j'ignore les conducteurs énervés qui sont obligés de faire des écarts pour m'éviter. Le gyrophare a été retiré de la boîte à gants, mais ça ne m'empêche pas de slalomer dangereusement entre les voitures en vrombissant. Les vitres baissées, je fais de grands gestes pour que les gens se décalent et, alarmés par mes appels de phares répétitifs, la plupart m'obéissent. Je me sens pris dans un étau. Je n'arrive pas à respirer, mon sang pulse dans mes tempes et j'essaie de faire redescendre la pression en m'imposant un exercice de respiration. Je me laisse rarement submerger par ce genre d'émotions négatives et néfastes. Le stress mal géré est une plaie, dans notre métier. Cependant, je n'arrive pas à endiguer cette sensation qui m'étreint au point de me faire mal.

Ce n'est pas possible ! Ce n'est pas possible ! Ce n'est pas possible !

– Dax, tu ne veux pas prendre trente secondes pour te calmer et m'expliquer ce qu'il se passe? insiste-t-il. Tu m'appelles pour me parler d'une réunion qui n'existe pas et ça a l'air de te mettre dans un sacr… *Merde*.

Il a l'air de réaliser, lui aussi.

– Il doit y avoir une erreur, débite-t-il en tapant frénétiquement sur les touches de son ordinateur. Laisse-moi regarder un truc.

La seule erreur, c'est qu'on n'a pas compris que tout dans cette enquête était un tas de merde. Si en plus on ajoute notre collègue *et ami* dans la case « taupe potentielle », c'est qu'on a vraiment, vraiment fait n'importe quoi.

– Je suis en train de vérifier l'agenda du chef, mes e-mails… Il doit y avoir une trace de cette réunion.

– Grouille-toi de la trouver, parce qu'on ne risque pas d'aimer la réponse si ce n…

– Aucune trace, révèle-t-il. Putain Dax, s'il en est vraiment…

Ouais, ça paraît fou. Et pourtant, c'est ce qui rend la chose possible, parce que tout arrive toujours lorsqu'on s'y attend le moins. C'était l'idée de mon père de me mettre à la tête de la protection des témoins d'Elena. Il pensait que jamais Baulieu n'allait se douter que *je* serais avec elle. Dans ce genre de protocole, on s'arrange pour que ce soit quelqu'un d'un autre service. Quelqu'un qu'on ne peut pas assimiler au témoin, pour brouiller les pistes. Rendre sa traque difficile. Ce serait trop facile, sinon. Ce serait trop évident. Et souvent, ça ne nous effleure même pas l'esprit.

– Merde !

– C'est bien toi qui me disais qu'il agissait de manière étrange, ces derniers temps, remarqué-je, de plus en plus contrarié.

– J'ai surtout dit qu'il était à cran, et tu m'as envoyé me faire foutre avant même que je n'émette une hypothèse.

J'ai été un connard, parce que le seul instant où il m'en a parlé, je ne pensais qu'à Elena, allongée dans un lit d'hôpital et les veines ouvertes. Les conneries de Yanis et les doutes d'Ezra étaient le cadet de mes soucis. Encore une fois, je n'ai pas réfléchi. Je n'ai pas *écouté*. J'en ai fait qu'à ma tête.

– Mais ça t'a effleuré l'esprit ?

– Évidemment ! admet-il. J'ai soupçonné tout le monde dans cette affaire.

– Putain, tu bosses avec lui ! le réprimandé-je comme s'il n'y avait qu'un seul fautif. Si tu avais des doutes, il fallait les vérifier, il fallait en parler et surtout ne laisser *personne* te faire penser le contraire. T'es flic, tu aurais dû suivre ton instinct !

– Je n'avais aucune preuve !

– Tu as quoi alors ? crié-je, de plus en plus sur les nerfs.

– Des éléments qui relèvent plus de l'intuition que de faits.

Je ne décélère pas, faisant fi de l'aiguille qui s'emballe sur mon tableau de bord. La route est dégagée et je ne fais plus attention à rien hormis aux kilomètres qui me séparent de ma crainte. J'ai laissé Elena seule parce que *Yanis* m'a demandé de quitter mon poste. Il m'a appelé et m'a convaincu d'un mensonge. Il y a sûrement une excuse logique derrière. Quelque chose qui n'implique pas forcément notre collègue dans ce qu'on soupçonne. Mais j'ai besoin d'en avoir le cœur net. S'il arrive quoi que ce soit à Elena par ma faute, parce que je n'étais pas là pour l'empêcher… Je vais vriller.

– Dis-moi tout ce que tu sais, balancé-je. Tout ce qui t'a mis la puce à l'oreille. Maintenant.

Ezra soupire dans le combiné et je perçois sa tension.

– Ça a commencé durant nos planques, déclare-t-il. Il insistait toujours pour prendre des horaires précis. Au départ, ça ne me paraissait pas louche, je lui faisais confiance et je m'endormais la plupart du temps. C'est à ça que servent les filatures à deux.

Il expire bruyamment, se rendant compte que sa dernière phrase ne sert qu'à tenter de le rassurer *lui*.

– Quoi d'autre?

– Des détails. Des coups de fil louches, des silences radio parfois pendant plusieurs heures, des façons de réagir... Ça s'est intensifié dès qu'Elena est arrivée à la Niche, mais je mettais ça sur le fait qu'on était tous à bout de nerfs avec l'enquête.

Je passe une main nerveuse dans mes cheveux. Ce ne sont pas que des *futilités*. Dans le langage d'un flic, c'est un comportement suspect. C'est ce qui nous fait nous concentrer sur une piste. Et je ne comprends pas pourquoi Ezra ne m'en a pas parlé plus tôt. Ne serait-ce que pour dissiper les doutes, pour faire une recherche, poser quelques questions, s'assurer qu'il n'y avait rien avant d'écarter toute suspicion. C'est le b.a.-ba.

– Fait chier, maugréé-je. J'espère vraiment qu'on se trompe.

Parce que je ne suis pas certain de bien réagir si j'apprends qu'il a vraiment aidé la Niche. On lui faisait confiance. Il bossait sur l'enquête avec nous. Je l'ai laissé s'occuper de la surveillance et de la sécurité d'Elena parce que je le pensais fiable. Et je risque d'avoir envie de tout éclater, à commencer par sa tronche, si je le trouve là-bas. J'ai mis plus d'une heure à faire la première partie du trajet. J'en mets moins de trente à arriver dans notre rue. J'essaie de ne pas brusquer ma conduite pour ne pas alerter le voisinage et me gare le plus en amont possible. Les fenêtres de la maison sont hors de portée, mais je distingue son toit.

– Tu es sur place? finit par me demander Ezra, avec qui je suis resté au téléphone.

– Affirmatif.

– J'ai envoyé une patrouille, signale-t-il. On n'est jamais trop prudents.

– Merci.

Je raccroche et vérifie machinalement que mon arme est chargée avant de sortir, les jambes raides et tous les sens en éveil. Je longe le trottoir, me collant le plus possible aux différentes haies qui clôturent les jardins du pâté de maisons. En arrivant devant l'allée qui mène à la nôtre, je retire le cran de sécurité de mon flingue. L'arme au poing, je passe en automatique. Mes pas se font discrets, mon regard est sur le qui-vive et j'avance en faisant attention à chacun de mes mouvements. J'accède à l'arrière de la bâtisse en contournant le garage, là où il n'y a pas de vis-à-vis. Je ne perçois aucun bruit hormis ceux de la nature et ça fait gonfler mon inquiétude. Il faut que je me calme. Il faut que je me ressaisisse. Je ne peux pas me louper. Si ça se trouve, tout est dans notre tête et il n'y a aucun danger. J'inspire un grand coup et m'approche. La porte du vestibule est verrouillée par un code d'accès qui change toutes les quatre heures et je le compose sans que les touches n'émettent de son. Le verrou cède et j'entrouvre l'accès. Il n'y a rien à l'intérieur mis à part de la nourriture et une machine à laver. Je traverse pour rejoindre la seconde porte, celle qui donne dans le couloir du rez-de-chaussée, à l'abri. La maison est silencieuse et j'ai un mal fou à ne pas faire grincer mes chaussures sur le sol. Mon souffle se raréfie à mesure que j'avance. Le salon est vide, mais rapidement, je distingue un homme installé sur le canapé, la tête reposée contre l'appuie-tête. Je braque mon arme sur sa tempe, menaçant.

– Bouge pas, chuchoté-je, ou je tire.

Il ne réagit pas et je fais le tour du sofa sans le lâcher, pour constater que, d'un, il s'agit de Willem, et de deux, il n'est pas conscient. Mes craintes redoublent. J'appuie mon index dans son cou, prenant son pouls avant d'observer ce qui l'entoure. Une bouteille d'eau est ouverte sur le centre de la table basse, à côté de laquelle un verre encore plein est posé. Un deuxième tient maladroitement dans la main de Willem.

Putain. À tous les coups, il a été drogué, cet idiot.

Un bruit étouffé depuis l'étage me fait sursauter et je pivote vers l'escalier. Gardant mon arme en joue, j'atteins les marches que je monte sans plus attendre. Intérieurement, je félicite le chef du SPD d'avoir décidé de mettre de la pierre plutôt que du bois grinçant. J'arrive au premier sans faire de bruit et une voix que je ne connais que trop bien s'élève depuis une chambre.

Celle d'Elena.

– Tu t'es bien foutu de notre gueule.

– Tu connais le milieu mieux que personne, Elena, à quoi tu t'attendais?

Mon sang se glace et ma fureur explose.

Yanis.

– À rien, vous êtes tous des pourris, je l'ai toujours su.

Il rigole et je continue mon avancée vers la porte grande ouverte. Je ne sais absolument pas quelle configuration je vais trouver en arrivant, si l'effet de surprise fera réagir Yanis, s'il sera de dos, de face, facile d'accès, armé, menaçant. Beaucoup d'inconnues qui ne me font pourtant pas reculer. Je n'ai plus peur, je veux juste agir vite et que tout soit terminé avant qu'il n'y ait d'autres dégâts. Je veux qu'Elena soit hors de danger. J'inspire un grand coup et me poste devant le chambranle, le glock rivé dans la pièce. Son flingue est pointé sur Elena.

– Lâche ta putain d'arme, Marwan! gueulé-je.

Il tressaille à peine, les épaules raides, il garde Elena dans son viseur et son regard pivote dans ma direction. Il fronce les sourcils en me dévisageant. Je ne lis aucune sympathie dans ses yeux et l'homme qui se tient en face de moi n'a rien à voir avec celui que j'ai côtoyé durant ces deux dernières années.

– J'aurais dû me douter que t'allais revenir trop vite.

– J'ai appelé Ezra, trou du cul.

Sa mâchoire se raidit d'agacement.

– Que tu sois là ne change rien, énonce-t-il en se concentrant de nouveau sur Elena.

Elle n'a pas bougé de devant le lit, pas même pour tourner son attention vers moi. Elle reste rivée sur chaque mouvement qu'effectue Yanis. Je vois son index bouger sur la gâchette et je me crispe des pieds à la tête.

– Ne m'oblige pas à tirer, aboyé-je. Tu sais très bien que je le ferai.

– Je sais! hurle-t-il.

Sa main armée ne tremble pas, en revanche, la seconde passe

furieusement sur son front et il oscille, le regard fou, entre Elena et moi. Je jette un coup d'œil rapide vers elle pour m'assurer qu'elle n'est pas blessée, mais je ne m'attarde pas. Bien trop conscient que si je me laisse interrompre, je risque de m'inquiéter davantage pour elle et de perdre de vue mon objectif. C'est le risque, quand l'affectif s'ajoute à l'équation.

– Mais tu ne comprends rien, Dax!

Ses épaules tressaillent et je vois la première faille.

Il ne veut *pas* être là. Il y est obligé et ça va rendre la prise de contact plus aisée.

– Si je ne comprends pas, réponds-je doucement, explique-moi.

– Non.

Je pousse un léger soupir, essayant de faire cesser les battements dans ma poitrine qui m'empêchent d'avoir les idées claires. Je sais négocier : à l'école de police, on nous a appris à désamorcer ce genre de situation critique. Une prise d'otages de tout type. J'en ai connu plusieurs dans ma carrière, mais aucune ne ressemblait à ça. Parce qu'aucune ne concernait une femme que j'aime.

J'avale difficilement ma salive et me force à ne pas me laisser distraire. Il n'y a que Yanis. Il n'y a que lui, ses requêtes, son but et son arme qui comptent.

– Parle-moi, Yanis. Tu sais que ça peut s'arranger, quoi que tu fasses.

Sa bouche se tord dans une grimace. Il n'est pas dans son état normal. Ça se sent. Ça se voit. Je le *connais*. Il n'est pas un simple étranger avec qui je veux échanger. Je n'ai pas besoin de créer de lien, de gagner sa confiance. Je dois simplement le sensibiliser, lui faire lâcher prise, le faire flancher. Et je connais son talon d'Achille.

– Tu peux encore tout arrêter. Tu peux encore déposer ton arme et rentrer voir ton homme.

– Ne mêle pas Gaël à ça, se braque-t-il instantanément.

Son arme tressaute et je fais un pas vers lui, de peur qu'il tire. Ma deuxième main est levée pour l'inviter à rester tranquille et je tente de récupérer un contact visuel. Il y a toujours une chance sur deux que jouer sur l'affectif fasse l'effet inverse, mais je sais que je viens de le déstabiliser. Je continue d'avancer lentement sur le côté pour qu'il me voie. Qu'il détourne son attention d'Elena.

– OK, OK, tout doux. Je m'excuse, je n'aurais pas dû parler de lui.

– Tu ne comprends pas, répète-t-il. Je n'ai pas le choix !

– On a toujours le choix, prononce Elena dans un souffle.

Sa voix fait gronder ma poitrine. Elle n'a pas l'air d'être inquiète, ou du moins, elle ne montre rien. Elle se tient juste là, dans l'expectative, prête à mourir pour la deuxième fois en moins de dix jours, comme s'il n'y avait que ça dans sa vie. Le danger et les menaces. Mais cette fois, je ne suis pas impuissant. Je ne subis pas. Je maîtrise l'environnement. Je sais ce que je fais et je vais le faire bien.

– Comme tu as eu le choix d'intégrer la Niche ? indique-t-il. Tu as vite oublié que c'est lui, qui t'y a forcée. Il n'en avait rien à foutre que tu crèves, que tu tapines ou que tu sois entre les griffes de Baulieu.

Ses yeux interceptent les miens et pendant un instant, je perds de vue ma cible. Ça ne m'a jamais laissé *indifférent*. De la « forcer ». De l'obliger à se prostituer dans un lieu tel que la Niche. J'ai juste refoulé ces émotions le plus loin possible pour ne pas me polluer l'esprit. J'ai fait semblant, parce que je pensais que la mission passait avant tout.

– J'avais le choix, répond-elle sans me lâcher. J'aurais pu dire non et laisser Alan assumer ses actes. J'aurais pu passer un accord avec Baulieu, accepter d'aller en prison pour racolage. J'aurais pu prendre un autre chemin, mais ce n'est pas pour autant que ça aurait été le bon.

C'est à moi qu'elle parle. C'est à moi qu'elle avoue cette vérité. On aurait tous les deux pu faire les choses différemment, mais ce n'est pas pour autant que si on avait une seconde chance, on ne ferait pas les mêmes erreurs. C'est la réalité. Il y a des choses plus importantes que nos états d'âme.

– Tu te voiles la face, ma pauvre fille, crache-t-il en nous ramenant à l'instant présent. Il n'y a rien que tu puisses refuser à Baulieu. Si Dax ne t'avait pas fait entrer, tu y serais allée quoi qu'il arrive. De gré ou de force.

À ces mots, tout s'éclaire dans mon esprit.

– Il te tient, déploré-je. Tu fais ça parce que Baulieu a quelque chose sur toi.

Yanis s'agite et son front se met à perler de transpiration.

– Il a des choses sur chacun d'entre nous.

– À quel point il te fait chanter? précisé-je.

– À ton avis? grogne-t-il.

Je ne réponds rien. Yanis semble sur le point de craquer.

— Si je ne vais pas jusqu'au bout, c'est Gaël qui va le payer de sa vie. Tu penses que j'aurais accepté, sinon? T'es à Sokal, et dans cette putain de ville, on est tous ses pantins!

– Baulieu n'est plus rien du tout.

Yanis rigole en me dévisageant. J'ai toute son attention et j'en profite pour me déplacer légèrement afin qu'Elena soit dans mon dos. Pas assez pour empêcher une balle de l'atteindre, mais suffisamment pour que je puisse m'interposer en cas de danger.

– Tu es aveugle, Dax. Baulieu a tout. Vous ne le retrouverez jamais, parce que même ses plus proches fidèles ne savent pas où il est. Mais lui sait nous trouver. Je ne serais pas là sinon.

– Pourquoi es-tu là, justement?

Je l'observe serrer les mâchoires et respirer bruyamment par le nez. Il n'a pas l'air d'avoir remarqué l'endroit où je me suis positionné, car il est nerveux et son attention, distraite. Je n'ose pourtant pas jeter une œillade à Elena dans mon dos, de peur qu'il ne se rende compte qu'il a perdu du terrain.

– Pour finir le travail.

Ma gorge se serre. Est-ce que si j'étais arrivé dix minutes plus tard, il aurait *fini le travail*? Je secoue la tête pour chasser l'image qui s'y loge et, d'un geste discret, j'enroule ma main autour du poignet d'Elena, comme pour m'assurer qu'elle est bien là. Je la sens tressaillir sous ma paume, mais je ne la relâche pas.

Il ne lui arrivera rien, je m'en fais le serment.

– Baulieu est parti, la Niche a coulé. Il n'y a rien à finir. *C'est* fini.

J'aimerais me convaincre, mais avec Baulieu en fuite, je sais qu'à la seconde où on mettra un pied à Sokal, on courra un risque. Il est tapi dans l'ombre, ce n'est qu'une question de temps avant qu'il surgisse de nouveau. Yanis ricane.

– La Niche a coulé, mais Baulieu a un empire. Vous l'avez momentanément freiné, mais ça ne va pas durer. Il a tout gardé. Les preuves qu'il détient sur ses clients, l'ascendant sur les filles. Son pouvoir n'a pas disparu.

– On sera là pour qu'il ne se relève jamais.

– Tu es utopiste, ironise-t-il. Tu as des rêves inaccessibles, Dax.

Il pointe Elena, faisant remuer son arme chargée et dont la sécurité a été retirée. Une balle pourrait partir à n'importe quel moment. Mes doigts se serrent plus fermement autour de son avant-bras.

– Tu crois pouvoir détruire Baulieu, tu crois pouvoir défier ton père indéfiniment sans aucune conséquence, tu crois pouvoir ignorer les lois, attendre d'une pute qu'elle abandonne tout pour toi.

Je me fige et Yanis le remarque.

– Tu pensais que personne ne l'avait vu? Ton béguin pour cette fille? Putain. Baulieu lui-même l'a compris à l'instant où tu t'es pointé dans son bar.

J'ai un mouvement de recul, comme un enfant pris en faute, et je sens Elena dans mon dos se tendre. Son souffle s'accélère et je me refuse à la regarder. Je sais parfaitement que j'ai fait une connerie qui nous a coûté plus qu'on ne le croit, je n'ai pas besoin de le lire dans ses yeux à elle.

– C'est toi qui lui as dit qu'elle bossait pour nous?

– Je n'ai pas eu besoin, siffle-t-il. J'ai repoussé l'échéance autant que j'ai pu pour nous faire gagner du temps, parce que, quoi que tu penses, j'avais envie d'y croire moi aussi. Mais t'as merdé en allant la voir, ce soir-là. Ça a foutu Baulieu en rogne et tu es devenu sa priorité.

Ses paroles me laissent de marbre. S'il avait tant envie d'y croire, il aurait pu tenter de me mettre en garde, de me mettre sur la piste toutes ces fois où Baulieu nous a contournés. Toutes ces fois où il s'en est sorti sans encombre. Ce n'est qu'un menteur, un joueur de poker qui cache son jeu et ne dévoile que ce qu'il veut bien nous laisser voir.

– Tu l'as laissé me mettre le meurtre de Jodie sur le dos, lui reproché-je.

– C'était trop tard. Jodie était condamnée. Elle a plongé dès qu'elle est entrée au service de Marius. Je n'ai rien pu faire pour la couvrir. Soit elle disparaissait, soit ils se servaient d'elle.

– Elle les a aidés ?

– Elle n'avait pas le choix ! s'emporte-t-il. Ils ont menacé de la tuer si elle ne les aidait pas. Elle a cru pouvoir s'en sortir si elle coopérait, mais elle n'a été qu'un pion qu'ils ont sacrifié dès qu'ils en ont eu l'occasion, parce qu'elle en savait trop.

– Bordel ! C'est vous qui leur balanciez nos plans ? Nos fouilles ? Nos descentes ? Vous leur donniez les informations pour qu'ils aient toujours un coup d'avance !

Toutes les pièces du puzzle s'imbriquent et je bous de fureur. Même lorsque nous pensions avoir la maîtrise d'une situation, ce n'était qu'un leurre. On s'est fait avoir comme des bleus.

– Le juge Stevenson nous a couverts. Lui non plus n'a pas eu le choix. Ils ont des moyens de pression sur tout le monde, Dax.

– Pourquoi me foutre le meurtre de Kelman sur le dos ? répété-je avec véhémence. Il leur suffisait de me buter. Et Elena, ils auraient pu la faire disparaître un nombre incalculable de fois. Pourquoi s'être autant acharnés ?

Du bruit résonne depuis la rue. Des voitures qui crissent. Des gyrophares dont les lumières remontent jusqu'à la chambre. Yanis devient fébrile et je maintiens ma prise sur mon arme pour le garder en visu, tout en serrant le poignet d'Elena entre mes doigts. Je ne fixe que lui, de peur qu'il ne fasse partir une balle de manière désespérée avant que les renforts ne se pointent.

– Yanis ! Pourquoi ?

Mon cœur palpite, mon corps est en alerte. Il faut qu'il reste concentré sur moi, seulement sur moi.

– Ils voulaient Elena, continue-t-il en s'éloignant de la fenêtre. Ça faisait longtemps qu'il cherchait à la faire rentrer dans ses rangs. Sa détermination, son expérience, tout le respect qu'elle éveillait à Nude, ça leur faisait de l'œil. C'était une excellente recrue. Ils l'auraient eue à l'usure, mais pour ça, il fallait que tu dégages. Tu devenais trop encombrant, tu mettais ton nez partout et ça commençait à nuire à leur business. Te tuer n'aurait fait qu'alimenter l'enquête, il fallait être plus judicieux.

– Je n'étais pas le seul sur le dossier, quelqu'un d'autre aurait pris ma place sur l'affaire et ça n'aurait rien changé.

– Ton père nous aurait mis sur le coup, Ezra et moi. Je te laisse faire la déduction tout seul.

– Ezra avait déjà des soupçons, il n'aurait pas permis que tu sabotes tout.

Il lève les yeux vers le plafond que l'on entend craquer. Il y a du monde sur le toit de la maison. Yanis me fusille du regard. Il sait que c'est terminé.

– Maintenant dis-moi qui a tué Kelman?

– *Moi.*

À cet instant précis, le verre de la fenêtre éclate et trois bonbonnes sont lancées dans la chambre. J'ai le réflexe de faire barrage sur le corps d'Elena, mais une fumée épaisse et blanche se propage en vitesse, nous aveuglant tous les trois sans qu'on ne puisse rien y faire. Je tousse, protégeant mon visage tout en essayant d'avancer pour ne pas perdre Elena et Yanis. Mais des cris sont proférés et des silhouettes pénètrent partout dans la pièce. Je vois des points rouges de laser fendre le nuage opaque et on me hurle dans les oreilles.

– Elena! m'époumoné-je, malgré la douleur dans ma trachée causée par les fumigènes.

Je suis attrapé fermement et on me pousse dans le couloir sans ménagement. Des hommes me passent devant tandis qu'on me force à descendre l'escalier sans me retourner avant de me projeter à l'extérieur de la maison. Ma gorge est toujours brûlante et en arrivant dans le jardin, je remarque plusieurs voitures et vans, garés. Ezra est aux côtés de mon père, et d'autres hommes en uniforme d'intervention se regroupent. Mon attention dévie vers le toit, où des sangles pendent dans le vide, avant de fixer la porte d'entrée où je m'attends à voir Elena sortir.

– Darcy, ne reste pas là, s'exclame mon père.

– Où est-elle? hurlé-je en regardant tout autour de moi.

Sa poigne m'agrippe l'épaule et il me bouscule jusque dans une voiture sans répondre. Quand la portière se referme, je vois Yanis quitter la maison, les mains au-dessus de la tête. Il est désarmé, mais ça ne fait pas baisser la pression dans ma cage thoracique pour autant. Où est-elle? La portière derrière moi s'ouvre en me faisant bondir et son corps est jeté à son tour sur la banquette arrière où je suis installé. La voiture démarre en trombe, avec à sa tête, deux types vêtus de noir. Je me précipite vers Elena pour prendre son visage en coupe. Elle a l'air essoufflée, troublée, mais n'a aucune blessure apparente. Mon pouls se calme.

– Tu vas bien?

Elle lève les yeux et tout s'arrête. Mon monde, de tourner. Mon cœur, de battre. Mes craintes, de me submerger.

J'ai failli la perdre. Deux fois.

Je plonge sur ses lèvres avec désespoir. Accueillant son goût, son odeur, son soupir comme une libération. Elle me répond en agrippant mes poignets et enfonce ses ongles dans ma peau. Je trouve sa langue sans ralentir, incapable de contenir le tumulte qui gronde en moi.

Oui. Putain. On est bien vivants.

29

Darcy

Ils nous ont emmenés au Devenport. Un hôtel sur la quinzième avenue à deux pas du tribunal. Le quartier est sous haute surveillance et les agents qui l'encadrent, sous tension. À l'instant où la voiture s'est arrêtée devant les portes d'entrée, Elena a été escortée à l'intérieur. De mon côté, j'ai été emmené dans une salle de conférences où Moren et Reese, deux de mes collègues, m'attendaient. Le visage grave, ils ont eu l'air d'avoir autant de mal que moi à digérer la nouvelle : on s'est fait berner comme des pigeons. Sacrée équipe de bras cassés. On mériterait de retourner quelques mois à l'école de police, vu ce qu'on en a retenu.

Après quelques échanges rapides, on a été appelés pour suivre en temps réel l'interrogatoire de Yanis. Il s'est mis à table en un temps record, en quelques minutes, il a balancé tout ce qu'on voulait savoir. Depuis quand il donnait des informations à Baulieu, ce dans quoi il avait été impliqué, les différents trafics sur lesquels il a dû fermer les yeux. Lorsqu'il s'est mis à répondre aux questions plus précises, je me suis demandé comment on avait pu passer à côté de toute cette merde. Comment est-ce qu'il avait pu agir ainsi sans que personne ne soupçonne quoi que ce soit? Comment ont-ils réussi à soudoyer Jodie Kelman sans que ça n'éveille aucune méfiance de notre part avant qu'il ne soit déjà trop tard?

Je croyais en elle, comme j'ai toujours cru en Yanis.

Je me suis fait avoir comme un con.

Je n'ai pas fait attention à ce que j'avais sous les yeux. Deux agents corrompus, un juge pourri jusqu'à la moelle, une clé USB qui n'a jamais existé et un Baulieu intouchable.

Et la sensation d'avoir été trompé mêlée à la culpabilité de ne rien avoir vu ne m'a pas quitté depuis que je suis arrivé dans la suite qu'ils m'ont dégotée à l'hôtel. Je revois Marwan pointer son flingue sur Elena. Je me revois en planque avec lui, lui remettre le dossier de l'infiltration lorsque j'ai été mis à pied, le laisser organiser la déposition, le trajet vers la résidence de protection. Tellement de choses pour lesquelles j'ai eu confiance… Et qui auraient pu dégénérer, me glisser entre les doigts sans que je n'aie aucune emprise dessus. C'est surtout ça qui me rend furieux. De savoir que j'aurais été incapable de l'en empêcher, parce que je ne *savais pas*. C'était mon taf, de savoir.

J'ouvre rageusement la fiole de whisky que j'ai trouvée dans le petit réfrigérateur et en avale la moitié en une gorgée sans rechigner sous la brûlure de l'alcool.

Yanis Marwan bossait pour Marius Baulieu depuis *un an*. Bien avant qu'on ne commence l'enquête pour suspicion de trafic d'êtres humains. Bien avant qu'on se décide à infiltrer Jodie. Bien avant que tout ça ne parte en couille. Il lui a donné des informations confidentielles bien avant qu'on ne mette en place toute notre stratégie. Il l'a informé de nos descentes, de nos plans, de nos avancées sur l'enquête. Chacune de nos planques était connue. Tu m'étonnes qu'on n'ait jamais rien vu de probant. Baulieu nous montrait ce qu'il voulait. Il nous manipulait avec une facilité déconcertante. Et ça me donne envie de gerber quand je pense qu'il aurait pu lui donner l'identité d'Elena à l'instant où nous avons décidé de lui faire infiltrer le réseau.

Tout ça n'aurait servi à rien.

Elle aurait pu mourir ce soir-là, tandis que je venais de la forcer, après une nuit de passes, à se rendre au club pour convaincre Marius. Le rituel d'intégration aurait pu lui être fatal et on n'aurait jamais pu clôturer notre affaire.

Mais Yanis ne l'a pas trahie. Sa bonne conscience lui jouait des tours, d'après ses dires. Il ne supportait plus ce qu'il était obligé de faire, alors il a tenté de détourner certaines informations de Baulieu pour nous donner du répit.

Inconsciemment, c'est bien *moi* qui l'ai commise, cette bourde qui aurait pu tout foutre en l'air.

Et je n'arrive pas à faire passer la boule dans ma gorge, depuis que j'ai entendu Yanis le confirmer. Elle est là, enfouie. Grosse comme une balle de tennis. J'ai beau m'enfiler des mini-bouteilles depuis que je suis revenu, elle ne passe pas.

À dire vrai, je ne sais pas à qui j'en veux le plus. Lui, ou moi.

Lui de nous avoir trahis avant même qu'on envisage cette opération. Moi de l'avoir grillée, *elle*. On a tous les deux agi comme des enculés.

Je bois le reste du whisky d'une traite et me redresse pour prendre une autre fiole. J'ai besoin d'anesthésier toutes ces émotions. Cette culpabilité qui nourrit mes failles, mes doutes. Lorsque j'ouvre le mini-bar, je déchante. C'est la dernière. Il n'y a vraiment rien à boire, mais je ne risque pas d'avoir la permission de sortir de cette suite pour me prendre un verre digne de ce nom. Je suis enfermé. Parce que même si j'ai toujours mon insigne et mon arme, je suis désormais un témoin sous protection. Le temps que le procès s'achève.

Je vais être appelé à la barre pour donner ma version des faits. *Toute* la version.

J'attrape la fiole de gin que je décapsule avant de porter le goulot à la bouche. La chaleur piquante le long de ma trachée me rappelle que tout est bien réel. On a tous les deux nos torts. À des degrés différents. Quand Yanis va passer une partie de sa vie derrière les barreaux pour complicité, moi je ne sais pas comment rattraper mes fautes auprès de la seule femme que j'ai envie de laisser entrer dans ma vie.

Qui fait *déjà partie* de ma vie.

– Putain.

Je m'affale dans le fauteuil, laissant retomber ma tête en arrière pour fixer le plafond. L'alcool aurait dû annihiler mes pensées, pourtant j'ai l'impression qu'il les exacerbe à m'en retourner la tête.

On frappe à la porte. Quelques coups donnés sans grande conviction.

Pendant un moment, j'hésite à ignorer l'intrus, mais quand les coups se font plus brutaux, je pousse un long soupir en me relevant. D'un pas lourd, j'accède à la porte et en ouvrant, je ne suis pas surpris de voir mon père. Le coup d'œil qu'il lance vers la table basse me fait lever les yeux au ciel. J'ai l'impression d'avoir 14 ans et de me faire surprendre avec ma première bière.

– Je suis coincé ici, alors ne me fais pas chier avec ta morale. J'ai rien d'autre à foutre.

– Dormir, suggère-t-il en entrant à ma suite. Ce serait plus judicieux.

Il referme derrière lui et je retourne m'avachir sur mon siège.

Dormir non plus n'est pas une option. Je n'ai pas envie de fermer les yeux et de me laisser envahir par des images que j'aimerais oublier. Des milliers de moments que je remettrais en question. J'en connais bien une, d'option, qui m'irait à merveille, mais on ne m'a pas donné le numéro de *sa* chambre et, de toute façon, je ne sais pas si je suis capable de faire le premier pas. Je l'ai embrassée, oui. J'en avais besoin. La sentir, la toucher. Il fallait que je m'assure qu'elle était toujours là. Vivante. Elle y a répondu avec ferveur, avec la même urgence que moi. Mais, dès que nos lèvres se sont séparées, le mur de glace s'est reformé. Comme si les dernières minutes ne s'étaient pas passées. Comme si tout ça n'avait été qu'un mirage. Les remparts se sont érigés. Impénétrables. Et je ne sais pas comment les briser.

Je ne sais pas faire.

– Je n'ai pas sommeil.

Il s'assoit sur le sofa deux places à un mètre du lit et m'avise.

– Tu as écouté la déposition de Marwan?

Je hoche la tête. Je n'en ai pas perdu une miette, mais je n'arrive toujours pas à y croire. À me faire à l'idée qu'il est impliqué. Si lourdement impliqué.

– Il a passé un accord.

D'où la rapidité de ses aveux. J'aurais dû m'en douter.

– Et alors? demandé-je en fronçant les sourcils.

Mon père hausse les épaules avant de caler ses bras le long des coussins.

– On a accepté son deal.

Je déglutis avec difficulté, les dents serrées.

– Qui est?

– L'immunité, contre la réitération de son témoignage au procès.

Je me crispe dès le premier mot. Une colère s'immisce dans mes veines à la simple idée qu'on ait consenti à écouter sa requête. Il nous a trahis. Ce n'est pas qu'une petite information qu'il a balancée, mais un dossier *complet*. Un truc de deux tonnes qu'on a mis des plombes à construire. Il nous a tous mis en danger sans se soucier des conséquences, il n'a pensé qu'à sa gueule. Il ne mérite même pas une remise de peine, putain!

– Tu déconnes? m'insurgé-je. Vous allez le laisser s'en tirer?

Mes poings se contractent pour retenir mon envie d'envoyer valdinguer tout ce qui se trouve sur la table. Mon père pince les lèvres en se penchant en avant et pose ses coudes sur ses cuisses pour me fixer.

– S'il parle, les mecs qu'on a coffrés prennent perpète. On ne peut pas se permettre de lui refuser.

– Vous aviez déjà ses aveux! grondé-je.

Dans quel monde on vit, pour que ce mec s'en tire en toute impunité? Je me passe la main sur le visage, désemparé. C'est une blague!

– Darcy, il s'agit de Marwan, me reprend-il. Avant ses conneries, il était un agent respectable.

J'expulse un rire sans joie en toisant mon père.

– S'il est acquitté, quel message passe-t-on? Sois flic, fous-la-nous à l'envers sans rien risquer, tu ne mettras jamais un pied en taule! On marche sur la tête, c'est du grand n'importe quoi!

Quelle réussite, cette enquête! Un fiasco de A à Z.

– Le nouveau juge y a consenti? reprends-je sans que mon père ne réagisse. Ou la justice non plus n'en a plus rien à foutre.

– Le gouverneur a donné son accord, le juge a suivi.

– Génial, marmonné-je. Tu vas me dire que Simard a aussi passé un deal et qu'ils vont lui proposer deux ans avec sursis, tant qu'on y est?

Il ne cille pas face à mes reproches, joignant ses doigts les uns avec les autres en soupirant. Il s'agace de mon insolence, mais je n'en ai rien à faire. Le terme de cette histoire est une farce.

– Non. Simard va plonger pour son implication, Hamel et Janet Baulieu aussi. Quant à Green, c'est fini pour lui. La partie civile va demander la peine maximale pour tout le monde.

– Et je suppose que Baulieu est toujours introuvable?

– Tout ne peut pas fonctionner comme sur des roulettes, Darcy. Tu le sais très bien. Un jour, peut-être, on mettra la main dessus.

– Ou pas, lâché-je.

Je me penche en avant et récupère la mini-bouteille de gin, que je termine cul sec. Ça ne me fait plus aucun effet et j'en savoure chaque goutte. Mon père m'observe faire sans se départir de sa froideur habituelle. Son masque flegmatique dont il ne se défait jamais depuis trois décennies.

– Ou pas, concède-t-il. Les hommes tels que Baulieu sont intouchables tant qu'ils ont du monde pour les protéger, mais ils ne sont pas invincibles toute leur vie. Il faut garder espoir, ça finira par payer. On a quand même bien bossé.

Je me gausse devant sa conclusion de l'affaire. Je n'ai pas l'impression qu'on ait *bien bossé* et j'ai plutôt un goût amer en bouche.

– Ne me dis pas que tu es là pour me féliciter, raillé-je.

– Ça serait si mal que ça?

Il me prend de court et un long silence nous enveloppe. Nos yeux s'arriment et j'essaie de lire ce qu'il ne me dit pas. Je suis surpris par cette honnêteté et le dévisage. Mon père, me lancer des fleurs? Il y a de ça quelques semaines, je n'aurais même pas imaginé que ça puisse arriver même dans mes rêves les plus fous. Mais maintenant qu'il est planté devant moi, dans cette chambre d'hôtel où je suis prisonnier pour une durée indéterminée, puisqu'on ne sait pas combien de temps va durer ce procès, je doute de tout. Même de mes propres convictions.

– Tu as peut-être fait des erreurs, Darcy, ajoute-t-il. Peut-être même qu'elles auraient pu te coûter la vie, à toi et à cette prostituée.

Le terme ricoche contre ma peau. Il la lacère jusqu'à atteindre ma poitrine et une douleur vive s'éveille. J'ai moi-même déjà utilisé ce terme sans me soucier un seul instant de la blesser, car elle n'a jamais eu honte de ce qu'elle était. C'était sa condition, c'était elle. Une pute de Sokal. Mais l'entendre, aujourd'hui, dans la bouche de mon père, comme si elle se réduisait à ça, comme si elle n'avait pas participé à cette opération au péril de sa vie, pour nous, ça me fait mal. Mes lèvres se tordent dans un rictus dédaigneux.

– Mais je tiens à te féliciter p…

– Elena, le coupé-je brusquement. Tu peux l'appeler par son prénom, elle a autant mérité ton respect que tous les hommes qui ont bossé sur cette affaire.

Il me toise en silence. J'ai attendu toute ma vie la reconnaissance de mon père, je me suis acharné sur mon travail, j'ai fait en sorte d'être le meilleur, qu'il n'ait d'autre choix que de voir le flic brillant en moi. Je voulais être indispensable. Je voulais simplement être à la hauteur. J'ai trop longtemps espéré être à la hauteur. Mais je me rends compte que ça fait un bout de temps que j'ai arrêté d'attendre son approbation. J'ai passé l'âge d'avoir besoin de l'avis de mon père pour me sentir exister. Je sais ce que je vaux et l'entendre me féliciter ne fait pas l'effet auquel je m'attendais.

– Je suis passé la voir avant de venir ici.

Pour le coup, ça m'en bouche un coin. Il ne me lâche pas des yeux et il voit parfaitement la réaction de son aveu sur mon visage. La surprise. L'envie. La jalousie.

– Je l'ai remerciée pour son travail. Je me suis excusé pour les méthodes que nous avons employées afin qu'elle intègre l'équipe.

Une boule de frustration se bloque dans ma gorge. C'est moi qui aurais dû être celui qui s'excuse. Celui qui lui dit merci d'avoir accompli ce qu'elle a entrepris en si peu de temps. D'avoir mené à bien ce qu'on attendait d'elle sans jamais faillir. Mais j'ai été trop con pour mettre de côté mes démons et faire ce pas vers elle.

– Comment va-t-elle? l'interrogé-je, sans pouvoir me contenir.

Il esquisse une moue amusée en se relevant, ignorant volontairement ma demande. L'inquiétude me gagne et je me mets sur mes jambes pour le suivre.

– Tu as bien bossé, mon fils. Je suis fier du travail que tu as fourni et je tenais à ce que tu le saches.

Il avance tranquillement vers l'entrée de la suite. Je le talonne sans rechigner, sans tout à fait réaliser ce qu'il me dit pour la première fois de ma vie. Je devrais exulter, bomber le torse et me dire que j'ai atteint mon but. Mais la seule chose à laquelle je pense, c'est qu'il n'a pas répondu à ma question et que ça tourne en boucle dans ma tête. Avant de poser la main sur la poignée, il se tourne une dernière fois. J'ouvre la bouche pour lui demander de me répondre, de me dire comment il l'a trouvée, mais il me coupe l'herbe sous le pied.

– Chambre 324, au bout du couloir. Tu devrais aller lui demander toi-même.

Puis il sort et je reste planté devant la porte qui se referme seule, incapable de bouger. Mon cœur tambourine, mais mon cerveau a du mal à faire le lien.

Au bout du couloir.

Au bout du couloir.

Au bout du…

Je me retourne, regarde tout autour de moi jusqu'à poser les yeux sur ma carte.

– Et puis merde !

Mes gestes sont précipités et vifs lorsque je l'attrape et je me rue dans le couloir. Il y a des agents, mais ils ne s'opposent pas à me voir sortir de ma suite sur le qui-vive, à la recherche d'une indication sur le numéro des chambres. Je longe les murs jusqu'à atteindre ce que je cherche depuis le début.

324.

Je cesse de respirer et frappe deux grands coups secs. J'ai des tas de mots qui se bousculent dans mon esprit. Des excuses, des remords, des dizaines de phrases qui s'entrechoquent dans ma tête et que j'ai envie de lui dire. Pourtant, dès qu'elle ouvre et que je la vois, vêtue d'un sweat trop grand et d'un short de sport, j'oublie tout.

Bordel.

Je la détaille, la langue collée contre mon palais et mes excuses au bord des lèvres sans pouvoir articuler quoi que ce soit de cohérent. Elle fronce les sourcils, un léger sourire étirant le coin de sa bouche parfaite.

Elle est belle.

Et elle me rend fou.

Je fais un pas vers elle. Puis un second. Elle ne recule pas.

– Tu sais qu'il va falloir parler? murmure-t-elle.

Je plaque ma main contre sa nuque sans pouvoir me retenir et elle bascule sa tête en arrière pour garder ses yeux plantés dans les miens. Je sens ses soupirs contre mon visage et j'exhale.

– Je sais.

Elle fait un bond et m'embrasse, agrippant mon tee-shirt pour me tirer avec elle dans la chambre.

Fini de fuir, Darcy Aleksev.

30

Elena

Après avoir enfilé mon sweat par-dessus ma tête, je fixe le reflet que me renvoie le miroir. J'ai du mal à me reconnaître. À passer outre mes cernes prononcés, le creux de mes joues, le teint blafard de ma peau, les marques marron foncé d'anciens bleus. Je semble plus jeune et, il y a quelques semaines, j'aurais sauté sur le maquillage pour me cacher. Je me serais assurée de paraître souriante, confiante, prête à en découdre. Il y a quelques semaines, je me prostituais six jours par semaine dans Nude pour vendre mes services. J'ai l'impression que c'était à des années-lumière. Je ramène mes cheveux en arrière pour les attacher sommairement avant de sortir de la salle de bains.

La douche de trente-cinq minutes ne m'a pas détendue. J'étouffe dans cette suite et mon premier réflexe en arrivant a été de me sortir un truc à boire. J'ai louché sur les fioles mises à disposition une bonne dizaine de minutes, avant de me tourner vers le téléphone fixe de la table de chevet. Je suis directement tombée sur la femme de l'accueil et je n'ai pas eu le temps de lui demander de composer le numéro de Dixie, qu'elle a catégoriquement refusé tout appel vers l'extérieur de l'hôtel. *C'est la procédure*, m'a-t-elle dit. Ce sont les ordres et elle ne pouvait pas y déroger. Je lui ai raccroché au nez, folle de rage.

Mes yeux divaguent une nouvelle fois vers le réfrigérateur. Il me suffit d'ouvrir la porte, de sortir une mini-bouteille et ça fera passer ma soirée. Peut-être qu'avec un peu de chance, la combinaison fatigue-alcool va me faire dormir. Il n'y a pas d'autre option. Pas de possibilité de sortie, pas de contact avec qui que ce soit mis à part les agents qui circulent dans les couloirs. Rien. Nada.

– Je. Déteste. Ma. V…

Je sursaute en entendant quelqu'un frapper à ma porte. À tous les coups, c'est un type qui vient me prendre la tête sur la tentative d'appel de tout à l'heure, sur l'interdiction de se balader devant la fenêtre plus d'une minute ou de *respirer*. Puisque désormais plus aucun de mes faits et gestes ne m'appartient. Je traîne les pieds jusqu'à l'entrée et ouvre sans réfléchir.

Ce n'est pas un type lambda.

Mon cœur fait un loupé dans ma cage thoracique quand je vois Darcy se tenir sur le seuil et je ne peux retenir un léger sourire. Celui qui se faufile quand on est heureux, mais qu'on veut le cacher. Celui qui dévoile un peu trop notre faiblesse. Notre baiser dans la voiture continue de planer, parce qu'aucun d'entre nous n'a l'audace de faire le premier pas pour en parler. On ne fait que retarder l'échéance. Comme on le fait depuis des lustres.

Et le voir debout devant moi, si sombre, les yeux plantés dans les miens, si bleus, si troublants, m'ébranle, provoquant une vague de chaleur sur ma peau.

Bon sang, je ne m'attendais pas à être aussi dingue de cet homme avant qu'il ne dégomme tout dans ma vie. Ma détermination, mes principes, mes résolutions. C'est une évidence qui n'a fait que grossir, chaque jour durant, chaque minute passée, chaque seconde depuis qu'il me regarde sans rien dire. Il fait un pas sans que je ne fasse un mouvement de recul. Il m'étudie et, ne me voyant pas réfractaire, il en effectue un nouveau.

– Tu sais qu'il va falloir parler? chuchoté-je.

Loin d'être certaine de vouloir m'embarquer dans *la* conversation. Là, tout de suite, il n'y a qu'une chose qui tourne en boucle dans mon esprit. Mettre le temps en suspens et profiter de sa présence.

De ses mains. De sa peau. De sa bouche. Et tout oublier. Ne rien ressentir d'autre que ça. Ce *truc* qui crépite entre nous.

Il attrape ma nuque d'un geste ferme et je le dévisage, impatiente.

– Je sais.

Sa voix provoque une nuée de papillons dans mon estomac et, n'y tenant plus, je parcours les derniers centimètres qui nous séparent en me mettant sur la pointe des pieds. Ma bouche s'écrase contre la sienne et je faufile mes doigts sur son tee-shirt pour le tirer avec moi dans la chambre. La porte claque dans son dos et, *enfin*, il me touche. Ses mains chaudes longent mes clavicules, mes épaules, avant de glisser sous mes cuisses. D'un mouvement rapide, il me soulève et j'enroule mes jambes autour de ses hanches. Je frissonne, tandis que sa langue rejoint la mienne, jouant avec elle dans une frénésie brûlante. Il mord ma lèvre inférieure, recueillant chacun de mes soupirs dans ses baisers enivrés. Il me garde dans ses bras jusqu'à atteindre le lit. Un genou posé contre le matelas, il me bascule et je retombe. Notre étreinte cesse et je l'observe me surplomber. Il a l'air à bout, usé, au point que je me rappelle que Marwan ne m'a pas seulement trahie, moi. Il les a surtout trahis, eux. Il l'a trahi, lui. Et si j'ignore la vraie relation qui les liait, je ne parviens pas à oublier ses traits lorsque je l'ai vu pénétrer la chambre où j'étais retenue prisonnière, il avait l'air *blessé*. Tiraillé par la haine et la douleur de la découverte.

Je tends un bras pour attraper le bord de son tee-shirt et le ramener vers moi. Sans se faire prier, il se laisse choir sur mon corps en s'appuyant sur ses coudes. Je profite de sa proximité pour caresser le contour de ses yeux où se forment de petites rides, puis redescends mes doigts sur son visage anguleux. Il expire bruyamment, abaissant les paupières avant de les rouvrir dès que mon pouce s'attarde sur sa bouche.

– Que veux-tu que je te fasse? chuchoté-je.

Une fraction de seconde, son visage change. Sa mâchoire se crispe et ses sourcils se froncent. Il me toise froidement, faisant gronder ma poitrine. Merde, qu'est-ce qu'il se passe? Qu'est-ce que j'ai dit?

– Je ne suis pas un *client*, Elena, réplique-t-il en se redressant.

Mon ventre se tord sous la violence de son ton. Il abandonne le lit sur lequel je suis étendue et se poste devant. Debout, les muscles tendus. Un instant, je pense que c'est simplement son ego qui l'a mis en colère. Celui du mâle alpha qui se rend compte qu'il n'est pas le seul à avoir eu mes privilèges. Puis je me rends compte que c'est plus que ça. Il est touché de savoir que ça ait pu me traverser l'esprit. De comprendre que je me comporterais toujours de cette façon, serviable au lit, parce que c'est ce que je suis. C'est ce que j'ai toujours été. Combler mes partenaires pour qu'ils en aient pour leur argent fait partie de mon quotidien depuis cinq longues années. Ça ne changera pas si facilement. Je me cale sur mes avant-bras pour le contempler, essayant de ne pas le brusquer. Il est évident qu'il y a encore certaines choses avec lesquelles il a du mal. Qu'il reste des non-dits, des sentiments inavoués, de l'appréhension. Le tout flotte comme un épais nuage qu'on ne peut pas ignorer.

– Je sais, réponds-je calmement.

– Tu n'as pas eu l'air de faire la différence, pourtant, me reproche-t-il en faisant un signe vers le matelas. C'est ce que tu leur disais à tous, quand ils venaient te voir?

Je pousse un long soupir peiné, me positionnant sur les genoux pour tenter de me mettre à sa hauteur. Il n'a pas bougé et me fusille du regard. Ma main remonte le long de son torse avant d'atteindre sa nuque. Je la presse fermement, sans le lâcher des yeux.

– Parfois, signalé-je. Mais c'est aussi ce que je demande à l'homme avec qui j'ai envie de faire l'amour, ce soir, parce que je veux lui faire plaisir.

Il attrape mon poignet pour m'éloigner et je sens ma poitrine devenir douloureuse devant son rejet.

– Darcy…, le supplié-je.

– Ne me traite pas comme un client, répète-t-il, la voix ferme. Je ne le suis pas et je ne le serai jamais. C'est clair?

Ma bouche se pince dans une moue agacée et je donne un coup brusque sur le bras qu'il tient toujours dans sa paume pour le libérer. Il est furieux et si ça avait été un autre que lui, je l'aurais envoyé se faire chier. Je n'ai jamais forcé un homme et je ne me suis encore moins abaissée à devoir me justifier sur mon passé. S'il ne sait pas tolérer ce que j'ai fait de ma vie, il n'a rien à faire dans mes draps. J'ai couché avec plus d'hommes qu'il ne peut imaginer. C'est un fait. Mais c'est *ma* vie.

Néanmoins, il y a ce *truc* entre nous. Ce qu'on est incapables de prononcer, de définir mais qui nous tient. Qui nous obsède. Alors, sans le quitter des yeux, je déboutonne son pantalon, les gestes téméraires et impétueux. Parce que je lui en veux d'agir de cette façon, mais je ne veux pas perdre ce qui s'est développé entre nous. Je ne veux pas ignorer cette affection que je ressens pour lui. Cette attirance qui me pousse dans ses bras. Il mord l'intérieur de sa joue et je sais qu'il se retient de me dire autre chose, mais je l'en empêche d'un simple regard.

– Je ne t'ai *jamais* considéré comme tel, murmuré-je en plongeant la main dans son caleçon.

Malgré notre échange, son érection est restée intacte et je savoure la douceur de son gland sous mes doigts. Il tente de ne pas soupirer d'aise, parce qu'il n'arrive pas à rendre les armes, et ça ne me fait que tomber davantage. Cette hargne qu'il y a en lui, ce défi qui ne cesse d'éclore entre nous. C'est une lutte perpétuelle et j'en apprécie chaque instant avec beaucoup trop d'entrain.

– Je pensais que c'était clair, continué-je en effectuant une pression sur sa hampe.

Il tressaille et j'admire le muscle de sa mâchoire tiquer. C'est le début de sa reddition.

– Mais je vais le rendre plus clair encore…

J'avance sur les genoux jusqu'au bord du lit et mords son menton. Il pousse un grognement de contentement étouffé. Je lèche l'endroit que je viens de martyriser, puis continue en descendant vers son cou. Sa tête bascule en arrière, mais il garde les bras le long du corps. Il s'interdit encore de me toucher, parce qu'il sait que, dès qu'il va se le permettre, il ne pourra plus faire marche arrière. Se cacher derrière ses doutes. Se cacher derrière des reproches pour s'empêcher d'assumer.

Il me veut, mais il ne sait pas encore de quelle façon. C'est tout ou rien, il en a parfaitement conscience.

– Tu veux être *spécial*, Darcy? Tu veux me faire des choses que personne ne m'a jamais faites?

Il gémit. Je le branle un peu plus fort et ses hanches accompagnent imperceptiblement mes mouvements. Il n'est déjà plus passif et je souris contre son oreille. De ma main libre, j'attrape l'un de ses poignets pour l'amener vers moi. Il n'émet aucune résistance quand je lui fais passer la barrière de mon short de pyjama. Je n'ai rien en dessous et dès qu'il sent à quel point je suis moite et réceptive, il émet un couinement guttural de satisfaction à m'en donner la chair de poule. *Cède-moi*. Je pose ma paume sur sa main et j'accompagne ses doigts rêches pour qu'il me caresse. Il effleure mon sexe sensible et une petite décharge fait trembler mes jambes.

– N'utilise que tes doigts, chuchoté-je.

Je recommence le mouvement. Un frôlement lent et superficiel. Presque tous les hommes que j'ai connus se sont servis de mon corps par pur égoïsme. Pour assouvir leurs pulsions. Dans la rue, il est rare qu'un client prenne le temps de s'assurer que je passe un bon moment. Je suis payée à la prestation et, s'ils cherchaient à me faire déborder sur d'autres demandes précises, ils ne s'attardaient pas sur mes propres désirs. C'était souvent urgent et primitif. Parce que ce n'était que du sexe. Ils n'en avaient rien à faire que je prenne mon pied ou que ce soit agréable.

Mais, avec lui, c'est tellement *plus que ça*.

Je relâche sa main qui me pénètre d'un doigt puis remonte pour contourner mon clitoris plus fermement. Je gémis en affermissant ma prise autour de son membre. Il abandonne toute retenue et je sais qu'il lâche prise à l'instant où son visage réduit la distance avec le mien et que sa langue s'enfonce dans ma bouche. Son bras s'enroule autour de mes hanches pour me presser contre son torse et son index dans ma culotte navigue entre mes cuisses. Mes muscles s'engourdissent sous l'effet que ça provoque.

– Quoi d'autre? chuchote-t-il contre mes lèvres.

Il ne prononce pas mes propres mots. *Que veux-tu que je te fasse?*

Mais ça en a le même sens, et on le sait tous les deux. J'ouvre les yeux pour m'accrocher aux siens. Ils sont voilés par la convoitise et je manque de défaillir tant je veux qu'il me prenne. Ce qui ne m'était jamais arrivé avant lui. Le sentir gonflé contre moi me donne envie de plus. Mais j'aime cette configuration. J'aime savoir qu'on peut y aller doucement. Que ça peut être si différent.

– Vas-y lentement, le guidé-je.

Et je pourrais tout aussi bien lui dire autre chose.

Tu vois, tu n'es pas mon client. Je n'ai jamais abandonné les rênes, de la façon dont je le fais avec toi.

Donner des indications est tout nouveau pour moi. J'ai pris l'habitude de suivre les réactions de mes partenaires et de m'y plier. De m'y accommoder pour rendre l'expérience inoubliable. Pour eux. Jusqu'à maintenant, je ne m'étais même pas rendu compte que je l'avais fait même avec Bruce. Malgré les échanges que nous avions, mutuels et consentis. Malgré ses caresses, sa tendresse, ça n'était pas plus que ça. Je n'ai jamais cherché *plus* que ça. Là, tout est nouveau. Darcy va et vient en moi dans un rythme tortueux qui fait vibrer chacun de mes muscles. Ma respiration se saccade et je me cambre pour soulager les vagues d'excitation.

– Comme ça ?

– Oui, fais-je, la voix chevrotante.

Sans retirer sa main, il me pousse par l'épaule pour m'allonger. Je perds l'accès à son sexe et, quand je lève le menton pour le fixer, il ne regarde que moi. Mon visage, ma bouche entrouverte qui soupire d'aise. Il enfonce un autre doigt qui me fait m'arc-bouter de plus belle.

– Ne ferme pas les yeux, prononce-t-il. Regarde-moi.

Je me rends compte avoir clos les paupières sous le plaisir et obéis à sa requête. Les hommes ont toujours pris les commandes, au lit, mais avec lui tout est si différent. Naturel. Et je me laisse porter, grisée par les sensations qu'il me fait découvrir. Il passe sa main sous mon sweat pour me le retirer, dévoilant mes seins nus. Il englobe l'un de mes tétons et la sensation se répercute entre mes cuisses. Aucun son ne parvient à sortir de ma gorge. Pour autant, je ne loupe pas une miette du spectacle de la fine couche de salive sur ses lèvres pleines et de sa langue qui me goûte.

Il est en train de me faire perdre pied.

– Merde, juré-je.

Il mordille ma peau et se délecte de me voir réagir en me tortillant de plaisir. Il empoigne son érection tout en continuant de me tourmenter. Je fixe son poing qui fait disparaître sa queue. Au départ, ses gestes sont traînants. Il s'accommode à la cadence de ses doigts en moi et je me mets à onduler avec lui. Puis son rythme évolue. Il devient plus prompt et nos gémissements de plus en plus bruyants se mêlent. Je ne peux plus m'arrêter de contempler ses mouvements, entre ses doigts qui entrent et sortent en moi, et sa poigne autour de son sexe gorgé. Il nous masturbe sans discontinuer. Je n'ai plus aucune notion du temps. Il n'y a que lui et ses râles, son corps entièrement vêtu qui me surplombe, chaud et imposant. Ses yeux qui ne cessent de me contempler. Il m'embrasse, léchant ma lèvre inférieure avant de la prendre entre ses dents. Je jouis à l'instant où il enroule sa langue autour de la mienne, étouffant mon orgasme dans son baiser. Tout mon corps se contracte dans des spasmes rapides et il se répand sur mon ventre dans un grondement rauque.

Nos respirations sont erratiques et je peine à réguler les battements frénétiques de mon cœur. Il se retient d'une main pour ne pas s'affaler sur moi et nos regards s'interceptent sans plus pouvoir se lâcher. La fièvre finit par s'estomper et il me lance un petit sourire, heureux. Ça fait fondre mon cœur dans ma poitrine.

Et c'est tellement déroutant, cette chaleur qui m'enivre.

Il se recule en remontant son caleçon et sans boutonner son jean, puis se dirige vers la salle de bains. Il revient avec une serviette humidifiée et il essuie les traces de son plaisir sur mon ventre avant de balancer le tout sur le sol de la chambre. Encore un geste inédit pour moi, et ça me trouble. Cette intimité. Je récupère mon sweat-shirt en boule pour l'enfiler, soudainement un peu gênée.

Maintenant, il faut qu'on parle.

Fini de se cacher derrière tout un tas d'excuses.

Si, quand on avait couché ensemble, j'avais réussi à garder un certain flegme, remettant mon masque impassible comme ma seconde peau, ce soir, ce n'est pas pareil. Il y a tellement de choses qui ont changé. Tellement de mots qu'on doit se dire. Je m'assois en faisant retomber mes jambes à l'extrémité du matelas, tandis qu'il reste debout devant, visiblement aussi dérouté que moi quant à la marche à suivre.

Ça ne nous ressemble pas, cette nervosité. On a toujours été dans le conflit, quand on se retrouvait ensemble. À se chercher, se quereller.

– J'ai de la tequila dans le réfrigérateur.

Il émet un rire grave qui me colle des frissons.

– Tu veux nous faire picoler?

– Peut-être que la conversation sera plus facile à avoir.

Il pince ses lèvres en se reculant jusqu'à pouvoir s'installer sur l'un des fauteuils près de la table basse. Les coudes posés contre les genoux, il triture ses doigts en respirant fort. Il a encore les joues rougies par l'orgasme et mes cuisses continuent de picoter à la suite de son contact.

– Tu n'es pas un client, Darcy, me lancé-je la première, réaffirmant ce que je lui ai dit tout à l'heure. Tu ne l'as jamais été.

Il redresse aussitôt son visage, le regard lourd de sens. J'y lis beaucoup de culpabilité, mais je secoue la tête pour le faire taire avant qu'il ne dise quoi que ce soit.

– Laisse-moi parler. J'ai besoin que tu le saches, parce que je ne veux pas me battre avec toi sur ce sujet toute ma vie.

– Parce que tu veux déjà m'avoir à tes côtés *toute ta vie*? blague-t-il.

Mais ça ne sonne pas aussi amusant qu'il l'aurait voulu, même si ça nous fait sourire tous les deux. Il y a trop en jeu pour faire de l'ironie.

– Je sais que ça va te traverser l'esprit à chaque fois qu'il y aura un rapprochement entre nous. Maintenant, plus tard, tout le temps. Dès que tu voudras me toucher, dès que tu auras envie de moi. Tu vas te demander si je simule avec toi, comme j'ai toujours simulé avec eux.

Son visage se tord de dégoût et je claque la langue contre mon palais, parce que c'est le genre de conversation que j'ai toujours voulu fuir. Celle où je dois me justifier, rassurer, trouver les mots pour *retenir* un homme. De manière générale, dès que j'en parlais, c'était pour dissuader.

Je n'ai pas envie que Darcy me repousse à cause de ça.

Mais je ne veux pas non plus avoir à changer pour lui.

Pour personne.

– Tu vas vouloir savoir si ce que tu me fais me fait vraiment plaisir ou si je fais semblant juste pour assouvir ton désir. Tu vas tenter de me faire dévoiler les positions dans lesquelles les hommes aiment me prendre, si je fais des choses qui ne me plaisent pas, ce que j'aime le plus, le moins.

– Je suis désolé pour tout à l'heure, révèle-t-il. Pour ce que ça vaut, je n'aurais pas dû réagir de cette façon.

– Mais tu l'as fait, prononcé-je. Et si ça n'avait pas été aujourd'hui, ça aurait été un autre jour. Parce que tu ne changeras pas ma façon de voir le sexe ou de me comporter au lit. J'ai des réflexes et je ne veux pas me contenir juste parce que tu vas douter.

Il passe les mains dans ses cheveux courts, frottant énergiquement son crâne en respirant fort.

– Je ne veux pas que tu te retiennes, lâche-t-il. Bon sang ! Je veux que tu sois à l'aise, je veux que ce soit différent d'avec tous les autres types que tu as baisés.

– Mais *c'est* différent, le contredis-je. Tu le sais parfaitement.

Il m'observe en silence, les dents qui malmènent l'intérieur de sa lèvre.

– Et peut-être qu'il faut aussi parler de *ça*. De ce qu'il y a entre toi et moi. Parce que c'est l'une des raisons pour lesquelles ce n'est pas comparable avec ce que j'ai vécu auprès des autres hommes.

Je fais un aller-retour entre nous du doigt.

– On n'est pas obligés de le définir, indique-t-il en haussant les épaules. Aucun de nous n'a jamais ressenti quelque chose de similaire.

– Non. Mais est-ce que tu es prêt à faire avec mon métier, quoi qu'il y ait entre nous ?

J'ai l'air confiante lorsque je pose cette question, mais à l'intérieur, c'est le chaos. J'appréhende sa réponse, guette son regard. J'ai très vite compris, en exerçant cette activité, que la vie à deux n'était pas pour moi. Je ne voulais pas avoir à rendre des comptes à qui que ce soit et aucun mec n'a envie de partager sa vie avec une prostituée. Alors la décision a été rapide à prendre.

– Oui.

Il ne réfléchit pas. Ça sort d'un coup, avec conviction. Je le scrute attentivement. Il soupire en se mettant debout pour me rejoindre.

– Elena, il faut que tu saches une chose qui me paraît essentielle avant de continuer cette conversation.

Il s'accroupit pour attraper délicatement mon visage entre ses mains. Ses yeux se plantent dans les miens pour me happer.

– Je suis désolé.

Je déglutis, le souffle court.

– Je suis désolé de t'avoir blessée, de t'avoir fait souffrir, pour toute cette histoire d'enquête, mes mots, mon comportement de connard. Je suis terriblement désolé de m'être servi de toi. J'ai été le pire des enfoirés et j'en ai parfaitement conscience.

– Je sais, réussis-je à dire dans un croassement.

La boule dans ma gorge m'empêche de formuler autre chose et je renifle, parce que je suis plus touchée que je ne voudrais l'admettre.

– Tu me plais. J'ai envie d'être avec toi, quoi que soit notre relation. Toi tout entière, avec ton passé, ton présent et ton avenir. Que tu veuilles continuer ton activité ou pas. Tu fais ce que tu veux, parce que je serai à tes côtés de toutes les façons. Comme amant, comme partenaire, comme tout ce que tu voudras bien me donner.

Il se tait en m'avisant et j'esquisse un sourire fier, cachant comme je peux à quel point sa déclaration est en train de tout saccager dans ma poitrine dans un raz de marée.

– Est-ce que c'est ta façon de me dire que tu es amoureux de moi, Darcy ?

Il ricane et mon ventre fait un twist.

– Peut-être, admet-il dans une moue amusée.

Je me mets à vraiment sourire cette fois.

– OK, peut-être que moi aussi alors.

Il rigole en relâchant mon visage pour poser ses mains sur mes genoux.

– Donc le *truc* est défini ? m'interroge-t-il en caressant ma cuisse du bout du doigt.

Mon sexe réagit instinctivement et pulse sous l'effet de sa voix grave. J'expire lourdement, ce qui le fait rire davantage.

– Le *truc* est très clair. Et le *truc* me plaît beaucoup.

– À moi aussi, chuchote-t-il en approchant ses lèvres des miennes. Embrasse-moi.

– Tu parles toujours autant avant de baiser ? le provoqué-je.

Alors que je reprends les mots employés lors de notre première étreinte, sa bouche se tord de délectation et il écarte mes jambes pour s'introduire entre elles. Je sens son érection chaude contre le tissu de mon short et j'expire d'envie.

– Attends que je mette ma langue sur toi, *mon cœur*. Tu seras celle qui aura le plus de choses à dire.

– Encore beaucoup de bl…

Il s'empare de mes lèvres et me tire sur le matelas pour me retirer mon short en vitesse. Dans la foulée, sa langue disparaît de ma bouche et s'aventure langoureusement beaucoup plus bas.

Putain. De. Merde.

31

Sept semaines plus tard
Elena

Il est quasiment impossible de traverser le tribunal sans qu'une caméra et des dizaines de micros se braquent dans notre direction. La tête baissée vers le sol, je tente de me frayer un chemin avec l'aide des agents de police qui nous escortent. Je n'ose pas jeter un coup d'œil derrière moi pour voir si Darcy est toujours là, de peur de donner l'opportunité à un journaliste de détourner mon attention. Devant moi, le chef du SPD essaie de répondre aux questions qu'il peut, les moins problématiques pour l'image de la police, les plus évasives pour ne pas donner davantage de grain à moudre. Après sept semaines d'un procès surmédiatisé, ils sont tous à l'affût de la moindre de nos réactions.

– Que pensez-vous des peines de prison?

Je mordille ma joue. À mon goût, elles semblent trop légères compte tenu de certaines accusations, mais elles ont le mérite d'enfermer pour un long moment la majorité des accusés. *Même si Baulieu manque toujours à l'appel.*

– Êtes-vous d'accord avec la décision des jurés?

– Pourquoi l'un de vos agents s'est retrouvé impliqué? La corruption est-elle omniprésente dans vos locaux?

Je me prends un coup de coude dans les côtes qui me fait grimacer et j'observe la cohue dans laquelle nous sommes engloutis. Putain, mais barrez-vous!

– Bonnie!

Quand j'entends ce pseudo, mon corps se crispe et je me force à ne pas regarder vers le journaliste qui vient de me parler. Il colle l'embout en mousse de son micro à quelques centimètres de ma joue en criant :

– Un mot sur votre infiltration? Vous ont-ils forcée à faire des choses dont vous n'aviez pas envie?

Je cale ma main au niveau de mon visage pour empêcher le flash désagréable de m'agresser la rétine et ignore la question de l'homme qui continue de me héler sur ma droite. Un corps percute mon dos et je n'ai pas besoin de me tourner pour m'assurer qu'il ne s'agit pas d'un des reporters, car des doigts tièdes s'emparent de ma main libre pour l'emprisonner.

– Ne t'arrête pas, me chuchote Darcy. On est presque dehors.

Devant moi, le chef donne quelques coups d'épaule aux malheureux qui nous encerclent.

– Lieutenant, vous avez travaillé sur cette enquête plus que n'importe qui. Que ressentez-vous à l'annonce du verdict? Soulagement?

– Je ne répondrai pas à vos questions, gronde-t-il. Laissez-nous passer!

– Aleksev, pensez-vous que Baulieu sera retrouvé?

– Je n'ai rien à dire à ce sujet. Laissez la police faire son travail.

On réussit à atteindre l'extérieur après ce qui me semble une éternité, mais la foule ne désengorge pas et la sécurité fait des pieds et des mains pour nous faire traverser le parvis sans encombre. Plusieurs voitures aux vitres teintées sont stationnées devant et j'arrive à m'engouffrer dans l'une d'elles sous une salve de nouvelles questions. Lorsque les portes se referment, les cris étouffés des journalistes contre les carreaux du véhicule continuent de me faire grincer des dents.

– Bordel, quel enfer! marmonne Darcy.

Une main sur le dos du siège conducteur, il regarde par le pare-brise arrière pour s'assurer que son père et ses collègues ont eu le temps de s'enfermer dans les autres voitures, puis se penche vers l'homme au volant.

– Ne perdons pas de temps, sinon ils risquent de nous bloquer la circulation.

– Oui, foutons le camp d'ici.

Il démarre, faisant attention à ne pas écraser les aventureux sur le bord de la route, et lorsqu'il s'engage dans la rue, la foule se calme. Je pousse un long soupir de soulagement. Depuis l'ouverture du procès, ça n'a pas arrêté. Lors de nos arrivées, tout comme à nos départs, les journalistes n'ont cessé de nous harceler pour obtenir des déclarations. Les ordres ont été clairs : ne parlez à personne. Toute communication officielle doit être validée par les avocats de la partie civile, le service juridique du SPD et seul Livio Aleksev a l'autorisation de faire des annonces. Ça m'allait parfaitement, j'étais déjà obligée d'assister à tout ce cirque, il ne fallait pas non plus qu'ils attendent de moi que je donne un avis. Il aurait été franc et tranché. Peut-être trop. Sûrement trop. Tous les membres de la Niche sur le banc des accusés méritaient le maximum et ça n'a pas été le cas. Ils n'ont pas fait traîner la procédure judiciaire. Tout a été expéditif, le nombre d'audiences et de témoignages restreint, les jugements précipités, pour faire le moins de vagues possible et limiter les conséquences, malgré le retentissement de l'affaire.

J'ai bien cru que je n'allais pas supporter d'être aux premières loges. Encore moins que chacun de mes mots soit noté, détourné, amplifié avant d'être placardé dès le lendemain dans tous les journaux de la ville. Toute cette médiatisation, ces critiques, ces jugements. Tout est épuisant. Puis chacun de nos faits et gestes a été passé au peigne fin, chacun de nos témoignages relayé sur les chaînes d'information. Un réseau de prostitution de cette ampleur, les personnalités compromises, la police corrompue, un juge sujet à du chantage.

Ce connard de Stevenson n'a pris que du sursis. Malgré les faits avérés de mise sous silence, ses tentatives pour détourner l'attention de la police, d'empêcher des descentes, des fouilles approfondies. Il a été révoqué, n'a plus le droit d'exercer son métier d'homme de loi, mais il est libre. Une belle justice !

– Vous souhaitez que je vous dépose à quelle adresse ?

Darcy me lance une œillade. C'est officiellement terminé. L'affaire est derrière nous, la Niche a sauté, la procédure de protection de témoins a pris fin et je suis libre de rentrer chez moi si je le souhaite. Après tout ce temps, j'ai le droit de *décider* où je vais. Ce que je fais. Pourtant, la réponse tarde à venir. Qu'est-ce que je veux faire? Où est-ce que je veux aller? Merde. Je n'en ai aucune idée. Voyant ma confusion, Darcy me précède.

– 3028 Pepper Street.

Chez moi.

– Non.

Ma remarque le surprend et le flic nous regarde depuis le rétroviseur. Il nous avise l'un et l'autre, attendant qu'on se décide quant au trajet qu'il doit emprunter. La circulation est dense et il profite d'un arrêt au feu rouge pour ouvrir la barre de recherche sur son GPS.

– Allons chez toi, dis-je simplement.

Si Darcy est surpris, il n'en montre rien et se contente de hocher la tête en indiquant à son collègue :

– 212 boulevard Land.

Puis sa main glisse sur la banquette arrière et il attrape la mienne. Juste comme ça. Comme pourrait le faire un homme avec la femme qu'il aime. Et ça fait virevolter mon estomac. La prise chaude de Darcy sur moi est un rappel constant de la réalité dans laquelle je suis. Néanmoins, je ne parviens pas à me faire à l'idée de tout ce qu'il s'est passé. De ce vide. De ce retour brutal à ce que doit être ma vie. J'ai eu beaucoup de moments pour réfléchir à ce à quoi allait ressembler *mon* retour à la vie réelle. Est-ce que je voulais vraiment reprendre les choses telles que je les avais laissées? Est-ce que j'avais envie de retrouver Nude? Mes passes, les hommes et leurs désirs? Je serre plus fermement les doigts de Darcy dans les miens. Le souvenir encore brûlant de notre étreinte de ce matin échauffe l'intérieur de mes cuisses. Il est évident qu'on avance à l'aveugle, lui et moi. On a vécu presque sept semaines enfermés dans une tour d'ivoire, sortant uniquement pour les heures de procès et le reste du temps dans nos suites. Tantôt la sienne, tantôt la mienne. On s'est pris la tête, souvent. Parce que tout était inconnu pour nous. On a parlé, des heures. De son passé, du mien, de choses qu'on n'avait jamais dites à personne. On a appris à naviguer en eaux troubles, à conjuguer à deux dans un environnement neutre. Notre vie a été mise entre parenthèses. Et nous voilà jetés dans la fosse sans plus aucun repère, hormis une certitude : on saute ensemble.

– Ça va?

J'esquisse un sourire et il se pince les lèvres, caressant le dos de ma main à l'aide de son pouce. Je ne vois pas la route défiler, je regarde distraitement par la fenêtre. La voiture ralentit devant un immeuble que je ne connais pas et Darcy est le premier à détacher sa ceinture de sécurité.

– Merci, Foster.

Il tapote l'épaule du policier et me fait un signe de tête pour m'inviter à sortir. Je le suis en silence, savourant le calme qui nous entoure malgré l'animation dans la rue. Sur le trottoir, personne ne s'arrête sur nous. Après avoir été le centre de l'attention pendant des semaines, ça me fait tout drôle de reprendre pied.

Tout est vraiment fini.

– Par ici.

Il cale sa main sur mes reins et me pousse vers l'entrée du bâtiment. Il compose un code rapidement et la grande porte en bois s'ouvre sur un couloir. Dans d'autres circonstances, j'aurais observé tout ce qui m'entoure, mais j'ai simplement besoin de m'enfermer à double tour quelque part et de retrouver ce que j'ai connu ces dernières semaines. Une bulle familière et sereine. Et oublier mes doutes. Parce que rien n'a changé. Tout va redevenir comme avant.

À l'étage, Darcy s'arrête devant l'une des deux portes et insère sa clé en me regardant.

– Je ne sais plus comment j'ai laissé l'endroit, admet-il.

Il déverrouille et j'observe le loft qui apparaît devant moi. Une bouffée enivrante me prend par surprise. C'est chez lui. Ça sent son odeur. Épicée, légèrement âcre. Il me fait un geste pour que j'entre avant lui et, sans me faire prier, je pénètre dans son antre. Mes yeux dérivent sur les objets. Les meubles. Les cadres accrochés aux murs.

Pour la plupart, des photos de paysages. Aucune image de famille, de lui ou de quiconque. Ça pourrait paraître très impersonnel, mais ça lui ressemble. Un peu froid et austère d'apparence, mais finalement doux et chaleureux, parce qu'il y a tout ce qu'il faut.

C'est la sensation qu'il me fait ressentir chaque minute de plus passée en sa compagnie. Je pivote vers lui. Il n'a pas bougé de l'entrée. Les clés dans une main, il scrute mon visage. Comme s'il s'attendait à ce que je fasse une remarque sur l'endroit où il vit, comme s'il craignait que je juge ou que quelque chose me déplaise.

– Bienvenue chez moi, souffle-t-il sans me lâcher des yeux. C'est petit, mais j'y suis depuis tellement d'années que…

– C'est très bien, Darcy, fais-je en m'approchant de lui.

Je pose une main sur son torse et lève la tête pour ancrer mes yeux aux siens.

– Tu me fais visiter ta chambre ?

Sous-entendu, on n'est plus dans un hôtel, surveillés vingt-quatre heures sur vingt-quatre, sans possibilité de sortir en dehors des heures de procès et avec *tout* le nécessaire. Il ricane en fixant un point dans mon dos avant de revenir à moi.

– C'est un loft. Tu as dû voir ma chambre dès que tu es entrée.

– Je jugeais le bordel, répliqué-je. C'est toujours comme ça quand tu ramènes une fille chez toi ? Non, parce qu'il y a du travail à ce niveau.

Je fais une grimace de dégoût en déviant mon attention vers le sol où plusieurs paires de chaussures sont en tas. Il rigole de plus belle et le son vibrant de son rire ricoche dans ma poitrine.

– Ça fait un moment que personne n'est venu.

– Tu veux dire que toute cette tension sexuelle n'était pas le fruit de mon imagination ? ironisé-je. Tu étais frustré et tu déchargeais tout sur *moi*.

Son index se faufile sous mon menton et il attrape mon visage en approchant ses lèvres des miennes.

– Je me déchargeais sur toi parce que tu étais insubordonnée.

– Tu me voulais, rectifié-je en le défiant.

Il pouffe en se décalant pour abandonner ses clés sur la console et retirer son blouson. Il marche vers la cuisine ouverte et ouvre le réfrigérateur. Ses muscles sont visibles sous le fin tissu de sa chemise. J'ai eu envie de la lui retirer une bonne partie de la journée. Il faut dire que, même si on s'est côtoyés tout ce temps, nos rapprochements n'ont pas été au-delà de quelques caresses et préliminaires. Je n'avais jamais connu ça auparavant. C'était comme s'il nous fallait encore le temps de réaliser ce qu'il se passe entre nous.

– Tu aurais bien aimé avoir le dessus sur moi, s'amuse-t-il en décapsulant deux bières. Mais je peux t'assurer qu'au départ, tu me faisais péter un plomb parce que tu étais une peste, pas parce que tu étais désirable.

Je lève les yeux au ciel en le rejoignant de l'autre côté du comptoir. Il me passe une bouteille et j'avale une gorgée qui fait picoter mon nez.

– C'était la première fois qu'on me refusait une fellation, avoué-je à contrecœur. Je dois bien le reconnaître.

Il hausse les épaules, me fixant droit dans les yeux, un petit sourire conquis aux lèvres.

– Je suis à peu près sûr de t'en avoir refusé plus d'une, constate-t-il.

Je fronce les sourcils face à ce souvenir amer. Il n'a jamais été un flic facile à faire ployer et je ne lui en voulais que plus de me refuser cette petite victoire. Le voir céder était dans le top un de mes dernières volontés s'il ne me restait qu'un jour sur cette terre.

– Tu ne sauras jamais ce que tu as loupé.

– Tu crois? me provoque-t-il.

Je le défie du regard, léchant ma lèvre inférieure avant de prendre le goulot dans ma bouche avec provocation. Il déglutit en dévisageant les mouvements langoureux que je fais pour boire. Lorsque j'ai avalé une autre gorgée, je relâche ma prise et passe mon pouce sur la commissure. Le tout, sans qu'il n'en loupe une seule miette.

– J'en suis plutôt sûre.

Il abandonne sa bière sur la table haute et la contourne pour me rejoindre. D'un geste brusque, il attrape mon poignet et me fait descendre de la chaise. Je glousse en me laissant faire.

Si facile à impressionner.

– Je peux savoir ce que tu fais? minaudé-je.

– Je vais prendre une douche, annonce-t-il en me tirant à sa suite.

– Tu n'as pas besoin de moi pour ça.

Ma voix le provoque, mon arrogance le pousse à bout.

– Si.

Tout mon corps s'embrase. Je sais que je lui fais de l'effet, mais j'adore quand il s'en délecte. Qu'il annonce clairement, avec des mots, ce qu'il veut. Il s'affirme, me veut. J'engage un mouvement pour le suivre dès qu'il a le dos tourné. Il a à peine passé la verrière qui donne directement accès à sa salle de bains que je le plaque contre la porte de la douche. Avide de le toucher, de le sentir.

Fini de jouer.

Ma bouche se presse contre la sienne et il pousse un gémissement lorsque ma langue s'y enfonce.

– Putain, lâche-t-il. Je te jure que si, d'ici à cinq minutes, tu n'as pas ma queue au fond de la gorge, je vais devenir fou.

Ma main qui empoigne son sexe à travers son pantalon le frotte sans pudeur. Mon sourire enjôleur aux lèvres, je continue de le taquiner.

– Tu es prêt à supplier pour ça?

– Tout ce que tu voudras.

C'est le signal. Aucun homme ne m'a jamais répondu ainsi. En temps normal, je ne suis pas en droit de *vouloir*. Mes clients paient pour une passe durant laquelle je dois faire ce que *eux* veulent. J'attrape les pans de sa chemise que j'ouvre brutalement en faisant valser tous les boutons. Il se retrouve torse nu sous mes doigts experts. Je prends le temps d'admirer son torse ferme, ses muscles saillants, passant le bout de ma langue sur ma lèvre inférieure. Je redresse mon visage pour ancrer mes iris dans les siens. Le voile de désir dans son regard se répercute instantanément entre mes jambes. Mes doigts dévalent les courbes de ses pectoraux, ses abdominaux, avant de trouver sa ceinture. Avec douceur, je déboutonne son pantalon et fais glisser la fermeture Éclair au plus bas avant de lui couler une œillade. Il exhale et n'y tenant plus, soulève ma robe pour la passer au-dessus de ma tête. Tout se précipite. Il attrape ma taille et me déplace avec lui jusqu'à atteindre le lavabo. Peut-être que si j'avais la patience de le faire me supplier, je jouerais le jeu. Mais je suis à bout. J'ai envie de le goûter depuis une éternité, et maintenant que l'occasion se présente, je ne veux plus rien en travers de mon chemin. Pas même mes provocations. Pas même lui, accroupi entre mes cuisses. Et c'est pourtant l'une de mes expériences sexuelles préférées. Il tâtonne contre le tiroir et fouille à l'intérieur jusqu'à trouver une boîte de préservatifs. Peut-être que c'est notre façon de garder l'illusion qu'on contrôle la situation. Alors qu'on ne maîtrise plus rien depuis un moment.

Les sentiments sont là.

C'est une évidence.

Je tombe à genoux et déroule la capote sur son érection. Il n'a pas retiré totalement son pantalon et je halète d'excitation. J'aime cette urgence qui nous anime. Cet empressement. Cette fièvre qui ne cesse de gonfler lorsque nos peaux se touchent, sans retenue. Cette attirance palpable dès qu'on est dans la même pièce et qui nous rend si impatients. Si déchaînés. Quand je lève les yeux pour observer son visage, il n'a pas loupé un seul de mes mouvements. Le souffle court, il caresse ma bouche, puis glisse son pouce entre mes lèvres, que je suce. J'enroule ma langue autour de son doigt avec sensualité, attendant qu'il se lâche, qu'il réagisse. Il gémit, son membre tressautant entre nous, impatient. Le voir à ma merci fait vibrer mon sexe. Je commence à le branler lentement, accompagnant ses à-coups. Ses jambes tremblent et il se maintient au lavabo dans son dos, libérant ma bouche. Du bout de la langue, je lèche sa longueur et son réflexe est de me retenir par les cheveux.

– Tu veux que j'arrête ? le défié-je.

– Surtout pas.

Je reconnais le timbre éraillé de sa voix. Celui qu'il a dès que son désir prend le dessus sur le reste. Celui qui me grise. Me stimule. Me fait redoubler d'ardeur pour le plaisir de l'entendre, encore et encore. Je l'englobe jusqu'à la garde. Il exulte dans un gémissement profond. Mes va-et-vient sont rapides, incontrôlés. Je n'écoute pas mon expérience. Je me laisse guider par ses réactions, je réagis à ses expirations erratiques, ses grommellements incohérents. Sa main dans mes cheveux affermit sa prise. Ses hanches accélèrent la cadence et il pénètre ma bouche avec ardeur.

J'accueille ses râles, son effervescence. Les miens sont étouffés et mon excitation, exacerbée. J'aime le sentir, voir l'envie briller dans ses yeux, la passion faire trembler ses membres. Ça m'aguiche, me rend moite. Il finit par se retirer brusquement et me relève, venant emprisonner mes lèvres gonflées. Dans un enchevêtrement de mouvements, il nous enlève nos derniers vêtements avant de nous enfermer dans la douche.

La suite est tout aussi désordonnée. Chaotique. Il me prend contre la paroi, fort. Me murmurant tout un tas de propos salaces au creux de l'oreille. À quel point il aime me baiser, sans ménagement. Comme il en rêve depuis des semaines, lorsque les choses ont commencé à déraper entre nous. Dans cette douche, en se touchant sans pouvoir se retenir de penser à moi. Dans son lit, le soir, en plein milieu de la nuit parfois, chaud et tremblant. Ses allers-retours en moi deviennent saccadés et il psalmodie mon prénom jusqu'à ce que je jouisse violemment, avant de se répandre dans le préservatif à l'instant où je hurle son prénom, dans l'écho de son loft.

La bulle est restée intacte.

Et tout a changé.

Il est là. Il ne partira pas. C'est déjà le signe que ma réalité n'est plus celle que j'ai laissée.

32

Un mois plus tard
Dax

Il est une heure passée quand je gare mon SUV dans le garage de l'immeuble. Lorsque le moteur s'arrête, je pousse un long soupir. La journée a été particulièrement longue et j'accueille le retour avec soulagement. Même s'il est tard et que je sais qu'Elena doit dormir. Je regarde une nouvelle fois l'heure sur le cadran numérique de mon compteur avant de me pencher vers la boîte à gants pour en sortir les clés de son appartement.

On ne s'est pas vus depuis trois jours et je meurs d'envie de me faufiler dans son lit. Juste pour le plaisir de me coller contre son corps chaud et endormi, respirer l'odeur de son shampoing en enfouissant mon nez dans ses cheveux, écouter le bruit de sa respiration apaisée. Je sors de la voiture, verrouillant les portes avant de rejoindre l'ascenseur qui mène aux étages. J'arrive dans le couloir silencieux et coince la clé dans la serrure de sa porte. Elle s'ouvre dans un cliquetis et je pénètre sur le palier. Tout est calme et je n'ose pas allumer de lumière. Sans faire de bruit, je retire mes chaussures et ma veste. Je connais les lieux presque aussi bien que mon propre logement. Il faut dire que, depuis un mois, je ne compte plus le nombre de nuits où je me suis introduit chez elle pour la retrouver. Lorsqu'elle le peut, c'est elle qui me retrouve. Mais depuis trois jours, on s'ignore. Pas par manque d'envie ni par contrainte, mais surtout parce que la dernière fois qu'on s'est vus n'a pas été l'un de nos plus beaux souvenirs.

Je mentirais si je disais que je n'en suis pas *entièrement* responsable.

Ça fait quatre semaines que notre vie a repris son cours, que je suis retourné travailler dans l'ambiance pesante post-enquête, avec un Yanis aux abonnés absents et dont la trahison continue de nous mettre sur nos gardes pour tout. Quatre semaines qu'elle, de son côté, n'a pas repris contact avec ses clients de Nude. Ça aurait pu être une bonne nouvelle. Mais ça fait surtout quatre semaines qu'elle fait des allers et retours à Villeneuve pour voir Sophia. Je sais qu'elle tient une maison close depuis peu. À la fin du procès, elle a appelé Elena pour lui en parler. L'après-midi même, cette dernière était déjà en route pour la rejoindre sans que je sache pour quelle raison. Est-ce qu'elle y allait pour replonger dans la prostitution? Incapable de rester à Sokal à cause de tout ce que ça lui rappelle, tout en ne pouvant pas s'éloigner pour autant de ce qu'elle a toujours fait et su faire? Elle ne m'a jamais clairement dit qu'elle voulait arrêter, tout comme je n'ai jamais clairement demandé si elle comptait continuer. C'est resté un brouillard entre nous. J'avais accepté d'être avec elle quoi que ça implique. Alors, ces quatre dernières semaines, je l'ai regardée s'habiller pour se rendre à cinquante kilomètres de Sokal, sans oser lui demander qui elle allait voir. Le soir, je la tenais quand même dans mes bras, avec ce flou dans mon esprit, ces mille et une questions que je n'arrive pas lui poser. Je lui ai promis de ne pas me mettre en travers de sa carrière professionnelle, de la laisser gérer comme elle l'entend sa vie, ce qu'elle veut en faire, tout en sachant que je n'allais peut-être pas être le seul. Quand elle rentre, c'est moi qu'elle embrasse. C'est avec moi qu'elle est, entièrement, sans retenue.

Je m'arrête devant la porte close de sa chambre, les yeux habitués à l'obscurité, et enclenche la poignée. Une lampe de chevet est toujours allumée près du lit, comme si elle avait attendu que j'arrive, et sur le lit au milieu, son corps est endormi. Je m'adosse à la porte que je referme et reste un moment à l'observer, sans bouger, sans amorcer de pas vers elle.

Elle m'a tellement manqué.

Je passe mon pull par-dessus ma tête avant de déboutonner mon pantalon et de tout balancer sur le sol. En caleçon, je m'enfouis sous les draps. Mes jambes froides trouvent instinctivement le chemin vers son corps tiède et je la sens frissonner. Elle est réveillée. J'encercle son ventre, collant mon torse contre son dos. Mon visage se cale dans son cou et j'embrasse la peau sous son oreille.

– Tu en as mis du temps, murmure-t-elle.

– Je suis désolé d'être parti. De m'être énervé et d'avoir fui.

– Je sais.

J'inspire un grand coup, la laissant pivoter pour se tourner vers moi. Ses yeux endormis se braquent dans les miens et ma gorge se serre de douleur. Je l'embrasse, posant juste les lèvres contre les siennes pour me donner du courage, retrouver ce plaisir simple de l'avoir contre moi avant ce qui va suivre. Elle expire en recevant mon baiser.

– Mais je t'ai menti, dis-je en me reculant.

Mon regard ne la quitte pas et elle déglutit sans répondre. Attendant que j'aille au bout de mes pensées.

– Je déteste l'idée de te partager, Elena. Je déteste savoir que tu continues de voir tous ces hommes. Que même si tu es avec moi, une autre partie de la journée, c'est avec eux que tu es.

Elle fronce les sourcils en soupirant et son pouce longe ma pommette avant d'atteindre la commissure de mes lèvres. J'aime quand elle me caresse de cette façon. C'est doux et tendre, loin de tout ce que j'ai toujours connu. Déroutant, mais dans le bon sens.

– Je sais ce que tu vas dire, reprends-je en fermant les yeux. Je ne veux pas te forcer à quoi que ce soit, mais je voulais que tu saches que…

Je m'arrête, incapable de terminer ma phrase.

Que quoi? Que si elle n'arrête pas, c'est moi qui arrête tout? Non. Qu'elle peut continuer, parce que même si l'idée qu'elle vende des faveurs sexuelles me dégoûte, je ne supporterais pas de me séparer d'elle? Peut-être. Que j'ai besoin, désormais, qu'elle ne me cache rien, parce que savoir sera sûrement moins douloureux au quotidien, que de tout enfouir, cacher, éviter? Oui. J'apprendrai à vivre avec, à travailler sur moi, à compartimenter mes doutes et mes craintes pour apprendre à conjuguer avec cette partie d'elle.

– Arrête, déclare-t-elle calmement. Bon sang.

Elle soupire en se relevant du matelas, laissant le drap tomber sur ses cuisses pour dévoiler un débardeur fin et transparent. Dans d'autres circonstances, je l'aurais tirée vers moi pour lui montrer à quel point je la trouve séduisante, dans cet ensemble. À quel point elle me fait de l'effet. Mais ce n'est pas le moment, on a encore trop de choses à se dire.

– J'aurais dû tout te dire depuis le début. Tout ça ne serait jamais arrivé si j'avais pris le temps de te parler.

Elle passe une main dans ses cheveux détachés. Je tente de faire cesser les battements dans ma cage thoracique en fixant le plafond. Je sais que cette conversation ne va pas me plaire, mais je suis là pour l'avoir. Le Darcy d'avant aurait juste fui, parce qu'il n'a jamais été à l'aise avec les sentiments. Je ne le suis toujours pas, je navigue à l'aveugle, mais je veux apprendre avec elle.

– Je veux que tu me dises tout, désormais, admets-je. Même si ça fait mal, même si je vais très certainement haïr chaque seconde, même si j…

– J'ai arrêté de me prostituer à l'instant où j'ai quitté la Niche, annonce-t-elle de but en blanc en me coupant.

Ma bouche ne se referme pas, comme si elle allait continuer à débiter ce que j'étais en train de dire parce que mon cerveau n'a pas capté ce qu'Elena vient de lâcher. Je bute sur ses mots, ils s'entrechoquent dans mon esprit, s'emmêlent. Je cligne des yeux plusieurs fois, Elena est restée silencieuse, me fixant tandis que j'assimile ses aveux. Elle a l'air nerveuse.

– Tu *quoi*? répété-je, abasourdi.

– Je n'ai pas vu un seul homme autre que toi depuis que je suis sortie de la Niche, ajoute-t-elle. Je n'ai *vu* personne d'autre depuis qu'on a couché ensemble pour la première fois, dans mon appartement, il y a plus de trois mois.

Ses aveux me prennent de court et je me redresse à mon tour, quittant le lit pour me mettre debout. J'ai besoin de m'activer, j'ai besoin de faire quelque chose pour faire circuler mon sang et baisser la pression dans mes tempes. Tout se mêle dans ma tête, incompréhension, joie, soulagement, frustration.

– Je me fais des scénarios depuis toutes ces semaines à t'imaginer avec d'autres lorsque je ne suis pas là et toi tu me dis ça que *maintenant*?

Elle fronce les sourcils en me toisant. Elle n'est désormais plus sereine et son mordant reprend le dessus :

– J'allais t'en parler, il y a trois jours, quand tu as décidé de te barrer comme un connard en me faisant trente-six reproches.

– J'étais énervé ! m'emporté-je. Tu venais de me balancer que tu allais travailler avec Sophia dans son bordel ! Après avoir passé les quatre dernières semaines à faire des allers et retours là-bas pour faire je ne sais quoi !

– J'étais en train de m'associer à elle, s'exclame-t-elle, sur la défensive. C'est tout, et si tu avais pris cinq minutes pour m'écouter, tu aurais compris que c'était ça, l'idée ! Que je m'associe à elle, parce que tu es pris au service d'investigation criminelle et que je ne me voyais pas rester ici alors que tu allais partir à Villeneuve.

Mon irritation laisse place à la surprise, puis une bouffée de honte me submerge de m'être monté la tête à ce point. J'ai appris une semaine après mon retour au poste de police que le SIC avait demandé un transfert. Ils veulent me faire intégrer leurs rangs, soucieux de gonfler leur équipe de nouvelles recrues. Et mon rôle dans le démantèlement de la Niche les a impressionnés. Ils n'ont eu vent que de la partie succès, pas toute celle qui a merdé. J'ai encore cinq mois pour faire un tri dans mes affaires et donner mes dossiers à mes collègues. Autant de temps aussi pour réfléchir à ce que ça doit impliquer pour Elena et moi. J'essayais surtout de ne pas y penser, parce que, même si je meurs d'envie qu'elle me suive, j'appréhendais tout ce que ça allait impliquer de la rapprocher du business de Sophia. Mais désormais, tout vient de prendre une tournure à laquelle je ne m'étais même pas préparé. À laquelle je n'avais même pas *pensé*.

J'ai été un parfait abruti.

– Tu aurais dû me le dire !

Elle quitte à son tour le lit pour le contourner. En quelques enjambées, elle est plantée devant moi. La tête basculée en arrière pour m'observer droit dans les yeux.

– Tu passais ton temps au boulot, Darcy, me reproche-t-elle, la voix dure.

Je ne voulais pas précipiter les choses, c'était nouveau entre nous. Je voulais qu'on prenne notre temps.

J'inspire une goulée d'air, essayant de faire cesser les battements dans ma cage thoracique.

– Mais j'aurais dû te le dire, rectifie-t-elle. Je te le dis maintenant, parce que ça se concrétise. Et si tu veux toujours de moi, peut-être qu'on pourrait y aller ensemble, à Villeneuve.

Ma bouche tressaute en même temps que mes narines et tous mes membres. Sa proximité me rend fébrile, son odeur me titille et j'ai envie de réduire la distance entre nous pour l'embrasser. Me faire pardonner d'avoir douté d'elle. Elle coule un regard sur mon torse nu et mon caleçon noir. L'air appréciateur. Comme si elle lisait dans mon esprit.

– Ton affectation n'est que dans six mois ?

Je hoche la tête, de moins en moins capable de faire baisser mon excitation.

– Ça nous laisse le temps de nous excuser comme il se doit.

Elle esquisse un rictus railleur.

– Il n'y en a pas un pour rattraper l'autre niveau communication.

Je rigole.

– Qui se ressemble, s'assemble, *mon cœur*.

Elle lève les sourcils de défi.

– Alors, tu es prêt à ramper ?

– Et toi ?

Elle glisse sa main le long de mon ventre pour atteindre l'élastique de mon boxer. Elle tire dessus et il érafle mon gland. Je bande. Comment peut-il en être autrement ? Nos joutes verbales ont toujours été nos préliminaires. Je retiens son poignet, le pressant autour de ma main avant de faire un mouvement pour la tourner. Son dos se plaque contre mon torse et je plonge ma bouche contre son oreille. De ma main libre, je suis déjà en train d'ouvrir le tiroir de la commode pour en sortir un préservatif.

– Tu es sûre que tu vas tenir la cadence ?

Elle glousse.

– Tu veux parier ?

Je mords son lobe et elle m'attrape l'emballage des doigts. Je pense qu'elle va l'ouvrir pour me l'enfiler, au lieu de ça, elle le jette à l'autre bout de la pièce. Son coup d'œil par-dessus son épaule fait gonfler ma poitrine. Elle n'a pas besoin d'exprimer l'arrière de sa pensée. On ne voit personne d'autre depuis un moment et, avec la batterie de tests qu'on a tous les deux effectués à la fin de l'opération, il n'y a aucun doute sur le fait qu'on ne risque rien.

– Le dernier qui jouit choisit *notre* appartement à Villeneuve.

Je vois sa poitrine monter et descendre, le souffle court.

– Deal. Je ne vais te donner aucun répit.

Je presse son sein dans ma paume et elle gémit, bougeant ses fesses contre mon érection.

– Que le meilleur gagne.

***

– Je ne me suis jamais excusée, déclare-t-elle.

Sa tête est posée contre l'un de mes pectoraux et j'ai passé mon bras sous ma tête. Nos respirations sont encore un peu sifflantes et nos pieds sont enchevêtrés dans les draps. Ça a été, sans mentir, la meilleure partie de jambes en l'air de ma vie.

Ma première, sans qu'aucune protection ne me sépare de ma partenaire. La première qui compte à ce point.

– Tu viens de le faire, ricané-je, l'esprit encore brumeux.

Elle me donne un léger coup contre le ventre qui me fait rire, mais sa mine sévère me fait taire. J'arque un sourcil, confus.

– Au sujet de ce que j'ai dit à propos de ta mère, le jour de mon arrestation.

Je pousse un juron, mal à l'aise. Le nuage post-orgasmique vient de se dissiper comme un ballon que l'on éclate.

– Tu sais péter l'ambiance, il n'y a pas à dire.

– Darcy, je ne plaisante pas.

Je souffle, la main qui navigue dans son dos nu par réflexe. C'est devenu l'un de mes moments préférés, lorsqu'on vient de faire l'amour. D'ordinaire, je déguerpissais dans la seconde, mais pas avec Elena. Et maintenant, je ne partirai pour rien au monde. Ces instants hors du temps, je les affectionne trop pour m'en défaire.

Même si elle vient de le rendre maussade avec une seule mention.

– Je ne m'en souviens pas, mens-je.

J'ai un souvenir très net de cette journée. Je venais de l'arrêter, avant qu'Alan Beck ne débarque au poste parce qu'il avait été trouvé au volant d'une voiture volée. Ça avait été le point de départ de tout. Et ils avaient chacun leur tour fait des remarques à propos de ma mère qui m'avaient mis hors de moi, mais je m'étais contenté de serrer les dents pour ne pas leur montrer à quel point ça m'avait touché.

– Je suis désolée quand même. À l'époque, je n'avais aucune idée de ce qui lui était arrivé.

– Je sais, dis-je, la voix éraillée. Je ne t'en veux plus.

– Tu m'en as voulu.

Je souris.

– Je t'en ai voulu pour plein de choses. Tu as toujours été récalcitrante là où moi j'aimais l'ordre et la discipline.

– Faux, rétorque-t-elle en levant la tête pour m'aviser.

Je baisse la mienne et sa bouche se rapproche. Je n'ai qu'un centimètre à faire pour cueillir un baiser. Je me contente d'aspirer ses soupirs en la contemplant. Mon pouce a migré sur ses reins et je me délecte des frissons qu'il laisse sur son passage. Elle est toujours si réceptive.

Et elle est à moi. Tout entière. Sans condition.

Mon bras se serre plus fermement autour de ses hanches, par instinct.

– Tu m'adorais. Tu rêvais de moi. Tu me voulais, corps et âme.

– Ton corps, oui, remarqué-je en divaguant, songeur. Ton âme, bof.

À cette dernière réplique, je grimace et elle me donne un nouveau coup dans l'estomac, plus fort que le dernier. Je gémis, faussement blessé. Elle se relève légèrement, se mettant sur le ventre tout en se soutenant sur ses avant-bras. Ses cheveux tombent en cascade sur sa poitrine et chatouillent mon épaule. Je lui cale une mèche derrière l'oreille en souriant.

Elle se penche pour effleurer mes lèvres.

– Tu veux un secret? chuchote-t-elle.

Je hoche la tête, jouant avec sa bouche que je titille du bout de la langue pour la faire céder et qu'elle fasse disparaître la distance entre nous pour m'embrasser. Elle n'en fait rien et ne bouge pas.

– Je rêvais, moi aussi, de passer une nuit avec toi.

J'esquisse une moue fière en calant ma main contre sa nuque pour l'empêcher de s'éloigner.

– Ça tombe bien, des nuits, tu vas en avoir, parce que je n'irai nulle part. Et c'est *moi* qui choisis l'appart.

Puis je l'embrasse. Parce que les gestes sont toujours plus parlants que tous les mots du monde. Et je n'ai pas besoin de prononcer ces sept lettres pour qu'elle le comprenne.

Évidemment que je l'aime, comment pourrait-il en être autrement?

ÉPILOGUE

Huit mois plus tard
Elena

La tête penchée sur des chiffres, je n'entends pas tout de suite mon téléphone vibrer. Ce n'est qu'au bout du troisième message que je finis par relever les yeux sur l'écran. Dixie.

[On est dans le coin. La chambre
d'amis est dispo? Il y en a un qui
réclame sa marraine.]

Une photo accompagne son dernier message et j'esquisse un sourire en voyant la bouille adorable de mon filleul. Dixie a accouché pendant le procès. Apparemment, le stress causé par toute cette affaire et les nouvelles accusations à l'encontre de Tobias l'ont bouleversée. Qui ne l'aurait pas été, quand l'homme avec qui on pensait faire sa vie se retrouve à purger une peine trois fois plus grande que l'originale, pour implication dans un trafic d'êtres humains dans tout le pays. Du coup, avec de l'avance sur son terme, elle a donné naissance à un petit garçon. Chouineur, bruyant et usant comme tous les enfants de son âge. En somme, j'en suis tombée amoureuse dès que j'ai posé les yeux sur lui et que ma meilleure amie m'a annoncé vouloir que j'en sois la marraine. J'ai fondu en larmes, oubliant toute retenue au point de n'être que pleurs et reniflements quand elle m'a donné le petit dans les bras. Puis, j'ai vu son prénom. Connaissant Dix, je m'attendais à quelque chose hors du commun. Déjà petite, elle aimait sortir du lot. En revanche, je ne m'attendais pas à ce qu'elle aille jusqu'à appeler son garçon Blue. En un sens, c'est adorable, original et ça le rend spécial.

Mais il ne faut pas oublier que son nom de famille, de femme mariée, n'est autre que Green.

Bon sang, des larmes de joie, je suis passée aux larmes de rire. Et pourtant, je ne peux toujours pas m'empêcher de trouver cet assortiment ravissant. C'est stupide, mais attendrissant. Blue Green. Pauvre gamin, heureusement qu'il a une marraine à la hauteur, vu le cas désespéré de ses parents.

Je pianote rapidement une réponse avant de m'étirer sur mon siège. Les feuilles éparses des dernières dépenses du mois jonchent mon bureau. Dixie a fait sacrément la gueule quand je lui ai annoncé que je comptais faire de la comptabilité… dans une boîte qui n'était pas la sienne. On s'est pris la tête, et tenter de raisonner une jeune mère épuisée par l'allaitement, la maternité et toutes les nouvelles responsabilités, c'est mission impossible. Il m'a fallu presque deux mois pour lui faire comprendre que ce n'était pas contre elle, mais que je n'avais tout simplement plus envie de rester à Sokal. J'avais vécu trop de choses et j'avais besoin de prendre du recul.

Ironie du sort, pour une fille qui n'a jamais eu l'intention de se faire dicter sa conduite par un homme, c'est le mien qui a influencé mon choix. Darcy a été transféré dans un autre service. Apparemment, son travail dans la résolution de l'enquête lui a valu d'être repéré par le service d'investigation criminelle. Une branche dont je n'avais entendu parler que dans les films et qui se bat chaque jour contre les grosses têtes qui trempent dans l'illégalité. Il a pris cette opportunité comme une nouvelle chance et, à vrai dire, je n'ai pas réfléchi à deux fois. J'ai sauté le pas avec lui. Même si ça nous a valu quelques quiproquos.

Car, coïncidence ou non, le quartier général de son nouveau poste se trouvait dans la ville où Saphira, désormais uniquement Sophia Ramazanov, venait d'ouvrir son propre business.

Un bar à putes. Conforme à la loi, réglementaire, respectueux des filles, très regardant au sujet des clients et accepté par les forces de l'ordre. Depuis un moment, je n'étais plus en phase avec la vie de prostituée. J'avais commencé à m'en rendre compte en quittant la Niche et ça s'est confirmé après quelques semaines aux côtés de Darcy. Mais ça a été mon quotidien pendant tellement d'années, que quitter complètement le milieu a été une pilule difficile à avaler. Et me voilà, huit mois après, comptable dans une maison close avec pignon sur rue.

J'aime *cette* vie.

On frappe à la porte et je tourne la tête vers Sophia. Une main sur la poignée, elle s'est penchée dans l'embrasure pour me regarder.

– Il y a quelqu'un en bas pour toi, dit-elle dans un demi-sourire.

Je hausse un sourcil en observant l'écran de mon téléphone. Dixie ne m'a pas renvoyé de message et je doute qu'elle se soit pointée ici avec Blue. Puis, l'évidence me happe et j'émets un hochement de tête entendu.

– Tu peux le faire monter.

– Oh, couine-t-elle. Il est déjà monté !

Elle disparaît en gloussant avant qu'une silhouette ne la remplace. La porte se referme sur un Darcy tout de noir vêtu avec un pull à col roulé sur un chino. Il a enfoui ses mains dans ses poches et me scrute de l'autre bout de la pièce.

Bordel, il est beau.

– Lieutenant Aleksev, roucoulé-je en me redressant sur ma chaise. Que me vaut cette agréable surprise ?

J'avance dans sa direction, la démarche volontairement chaloupée et admire les mouvements incontrôlés de ses yeux sur mes jambes nues. Il a laissé pousser ses cheveux : toujours rasés très courts sur le dessus de ses oreilles, ils tombent sur son front. Ça lui donne un côté un peu sauvage que j'affectionne tout particulièrement.

– Jolie robe.

– Tu l'as vue ce matin quand je suis partie.

Il mordille sa lèvre inférieure dans un réflexe, obnubilé par mon avancée.

– Je ne crois pas te l'avoir dit.

– Si, ris-je en arrivant à sa hauteur.

Il enroule automatiquement sa main autour de mes hanches et en se rapprochant de mes lèvres, il murmure :

– C'est vrai, je suis bête. Je te l'ai même retirée.

– Tu aurais préféré que je ne la remette pas? le provoqué-je.

Il fronce les sourcils en resserrant sa prise.

– Tu sais qu'il aurait fallu que je te menotte au lit, si ça avait été le cas. On aurait eu un problème.

– Un gros problème, pouffé-je en cueillant son baiser dans une expiration libératrice.

Qu'est-ce que j'aime quand il débarque ici sans prévenir pour faire ça.

Il m'embrasse avec fougue, ne nous laissant d'autre choix que de reprendre notre souffle dans les respirations de l'autre. Pendant un moment, je pense qu'il va me pousser contre mon bureau pour me montrer à nouveau à quel point il aime cette robe. Ce ne serait pas la première fois qu'on se laisserait emporter par l'empressement ici. Ce n'est certainement pas Sophia qu'on choquerait et encore moins les filles avec qui je bosse. Pourtant, au lieu de faire ce que je rêve qu'il me fasse, il se recule en haletant.

– J'ai très, très envie de toi, mais je ne suis pas venu pour ça.

– Il t'arrive quoi, ricané-je. Tu es malade?

Il secoue la tête en souriant et glisse sa main le long de mon poignet pour enrouler nos doigts entre eux.

– Je voulais t'emmener manger.

– Manger, comme au restau? m'étonné-je.

– Oui.

Je bute une longue seconde sur son annonce. On ne fait jamais ce genre de choses. Sortir au cinéma, se balader en se tenant la main, prendre un verre en terrasse, *manger au restaurant*. Notre quotidien se résume surtout à des plats à emporter, des soirées à rester tard au travail, des étreintes express sous la douche, des enquêtes qui prennent toute la place, des week-ends qui n'existent pas, mais surtout, des échanges explosifs. Au début de notre relation, on a continué à habiter dans nos appartements respectifs, parce qu'on avait tellement pris l'habitude d'être seuls, que composer à deux a été mouvementé. Puis, on s'est rendu compte que nos nuits, on les passait ensemble. Sans exception.

Il pouvait rentrer à trois heures du matin, il me rejoignait, profitant de quelques minutes grappillées avant que son réveil ne sonne. Alors habiter ensemble a été la suite logique de tout ça.

Je n'échangerais notre façon de vivre pour rien au monde. C'est notre univers. C'est nous.

– Mais c'est ce que font les couples *normaux*, remarqué-je.

Il arque un sourcil en ouvrant la porte de mon bureau pour me faire sortir avec lui.

– T'as raison, concède-t-il. Je comptais juste prendre un sandwich en ville et bouffer dans la voiture.

J'éclate de rire.

– J'aime mieux ça.

Avant de descendre la première marche, il se retourne et me vole un baiser.

– Ou on peut rentrer à la maison, suggère-t-il en chuchotant.

Il embrasse ma joue avant de descendre dans mon cou. Je gémis en basculant la tête en arrière pour lui donner plus d'espace. Mes mains se sont posées sur ses épaules et je me retiens à lui comme je peux, les membres déjà flageolants d'excitation.

– Tu as combien de temps de pause ? soufflé-je.

– Quarante-cinq minutes. J'en ai déjà mis quinze pour venir, c'est noir de monde dans les rues.

Je me recule en récupérant ses poignets. Il m'observe, puis jette un regard vers la porte close au bout du couloir. Je n'ai besoin de rien de plus pour qu'il cède.

– Si je commande maintenant et qu'ils nous livrent ici, il nous reste vingt minutes.

– C'est *royal*.

Il se gausse et me soulève dans ses bras, enfouissant son nez dans mes cheveux avant de mordre ma peau. Dans de grandes enjambées, il fait demi-tour vers mon bureau. Il le referme du talon, récupérant l'accès à mes lèvres avec impatience.

– Je suis vraiment dingue de cette robe.

– Je sais que tu meurs d'envie de la retirer !

Il sourit de toutes ses dents. Ses doigts glissent sur la fermeture Éclair et il la défait en vitesse, faisant tomber le vêtement sur le sol dans un bruit étouffé. Il n'y a besoin d'aucun mot pour décrire ce que je lis dans ses yeux quand il me regarde. Pas plus pour expliquer ce qu'il se passe ensuite.

Ou peut-être que si. Et ça tient en cinq syllabes.

Darcy Aleksev. Celui qui continue de tout bouleverser dans ma vie.

Fin

REMERCIEMENTS

Tout d'abord, je tenais à dire un grand merci aux éditions Addictives et principalement à Juliette, mon éditrice, d'avoir cru en cette histoire, d'avoir donné cette chance à Darcy et Elena, de les avoir rendus meilleurs !

Merci à Julie et Virginie, d'être à mes côtés dans tous mes projets, d'être les amies que vous êtes et de me motiver, chaque jour un peu plus !

À Ellie Jade, d'avoir débarqué dans ma vie ! De t'être investie dans ce roman, et plus encore. Tu as permis à cette histoire de grandir et je suis heureuse d'avoir croisé ta route.

À ma sœur, de subir toutes mes idées et de m'épauler dans tout ce que je décide d'entreprendre.

À ma famille, mes amis, d'être toujours à mes côtés et à Soso, de me permettre de croire en mes rêves.

À vous tous, qui continuez de me lire et de me suivre. Cette aventure ne serait pas la même sans vous !

Extrait

TOXIC HELL

Anita Rigins

PROLOGUE

Hena

Tic-tac. Tic-tac.

Les seuls bruits qui résonnent entre ces quatre murs glacials sont ceux du mécanisme de l'horloge murale. Elle est dépourvue de tout ornement, comme le reste de la pièce, et comme le reste du commissariat de Lafayette. Il fait chaud, ce qui correspond bien à la température typique d'une fin de mois de juin en Louisiane.

Un frisson désagréable remonte le long de mon épine dorsale et je me recroqueville un peu plus sur ma chaise. Si seulement je pouvais disparaître à cet instant, me réveiller, sortir de ce cauchemar et me rendre compte que ce n'était que ça : un foutu cauchemar ! Mais c'est impossible. L'horreur qui a eu lieu est intimement liée à mon présent.

Mes yeux éteints fixent mes mains, posées sur la petite table en métal. Mes ongles sont à moitié arrachés, mais je ne m'attarde pas dessus. Je me focalise sur le sang séché qui recouvre ma peau. Je peux presque sentir le goût métallique à l'arrière de ma langue.

Oh, oui, l'abominable vérité s'impose à moi ! Je ne suis pas au milieu d'un cauchemar. Je suis bien éveillée et je n'ai pas d'autre choix que d'affronter ce qu'il s'est passé. Ce que j'ai fait. La vie que j'ai prise tandis que l'on me dépouillait de mon âme contre ma volonté.

La porte, sur ma gauche, s'ouvre dans un grincement. Je fixe l'inconnu qui pénètre dans la pièce. Le type d'une cinquantaine d'années tient un calepin dans la main droite et un stylo dans la main gauche. Il doit voir quelque chose de particulièrement triste sur mon visage, car il s'immobilise une seconde sur le seuil, le regard presque aussi hanté que le mien.

Ça doit être l'effet des bleus sur mon visage, ou peut-être de ma lèvre fendue. En pensant à cette dernière, je sens la douleur se réveiller. Mais je la laisse m'envahir. Elle m'aide à tenir et à me rendre compte que je suis bien vivante, que j'ai survécu. Dans quel état je me trouve ? Ah, ça, c'est une autre histoire ! Mon ventre me brûle, et je ne vous parle pas des autres parties de mon corps.

Le policier s'avance lentement dans la salle. Si lentement que je me demande s'il ne veut pas éviter de m'effrayer. Il ne sait pas que je ne ressens plus la peur depuis bien longtemps. Je ne ressens que la douleur qui me brûle de l'intérieur.

Douce, douce douleur, rejoins ma barque et aide-moi à naviguer en eaux troubles.

Le type pose son carnet et son stylo sur la table entre nous, puis tire sa chaise en face de moi. Je continue d'observer ses gestes. Il se gratte la gorge et triture ses cheveux gris avant de pousser le plus long soupir que j'ai jamais entendu.

– Bonsoir, Milhena. Je suis l'inspecteur Tate, se présente-t-il doucement.

– C'est Hena, le coupé-je de ma voix cassée. Juste Hena.

Plus jamais Milhena.

Je penche la tête sur le côté, observant les rides qui creusent son visage. Celle entre ses sourcils se démarque un peu plus des autres. J'ignore pourquoi je m'attarde sur ce détail insignifiant.

Mais une question tourne en boucle dans ma tête, et la réponse m'est vitale. Alors, mes lèvres meurtries s'ouvrent.

– Où est mon frère ?

Ma voix est rauque tant j'ai crié ces dernières heures. Les traits de l'inspecteur s'adoucissent. Il pose les deux mains à plat sur la table, bien en évidence. Je sens mes muscles se tendre. Je n'ai qu'une envie : prendre la fuite. Mais il n'y a aucune issue qui s'offre à moi.

– Votre frère va bien. Il est actuellement en train d'être examiné.

Examiner. Ils sont en train de l'examiner.

– Il n'aime pas qu'on le touche, craché-je en serrant les poings.

Ses traits s'adoucissent un peu plus, comme s'il était capable de comprendre quelque chose qui m'échappe. Il me prend pour une pauvre chose brisée. C'est vrai, mais je sais aussi que je suis forte. C'est cette dernière pensée qui m'a aidée à tenir durant ces deux derniers mois en enfer. Sans ça, mon âme arrachée ne m'aurait jamais été rendue. Ils n'ont pas réussi à m'en dépouiller. Je l'ai récupérée et je la garde précieusement.

Une âme meurtrie vaut mieux que pas d'âme du tout.

– Nous veillons à le toucher le moins possible, me rassure Tate. Mais, vu son état, un examen était nécessaire.

– Je veux voir Karl, annoncé-je.

Je prends une grande inspiration tant l'envie de voir le seul pilier que j'ai dans cette foutue vie est puissante. J'ai besoin de lui autant que j'ai besoin de respirer. Qu'on m'arrache le cœur, s'il le faut, mais qu'on me rende mon frère !

– Je vous emmènerai le voir dès que j'en aurai la permission. Mais d'abord…

Tate rapproche sa chaise de la table et ouvre son calepin. Plusieurs lignes noires apparaissent, et quelques gribouillis également.

– D'abord, reprend-il, je vais devoir vous interroger.

Je vois le chagrin sur son visage. Les excuses, également. Mais je n'ai pas besoin d'excuses. Je veux uniquement qu'on me laisse tranquille. J'ai besoin de redresser tous les murs possibles autour de moi avant que l'acide ne touche ma peau et que tout ne vole en éclats.

– Je n'ai pas envie de p…

– De parler ? me devance-t-il. Je le sais. Mais il le faut, Hena.

L'entendre prononcer mon surnom, c'en est presque agréable, en réalité.

Enfin, je crois. Ces derniers temps, j'ai fini par être dégoûtée de mon prénom.

– Il le faut, reprend l'inspecteur avec patience, parce que ça va m'aider à mener mon enquête. J'ai besoin de vous afin d'avoir les meilleures cartes en main, vous comprenez ?

Une enquête… Bien sûr. Parce que l'un d'eux est mort.

Et les deux autres courent toujours.

– Je veux qu'on laisse mon frère en dehors de tout ça.

– Mais ce qu'il a vécu et vu pourrait nous…

Je secoue la tête et serre les mains l'une contre l'autre, ne lui laissant pas l'occasion de terminer sa phrase.

– Si vous voulez que je vous aide à les retrouver, vous devez me promettre que vous laisserez mon frère en dehors de tout ça. Il a déjà assez souffert, asséné-je implacablement.

L'inspecteur pince les lèvres. Il ne me répond pas tout de suite, cherchant sûrement comment contourner mes exigences.

– Je vais essayer de le tenir à l'écart, me répond-il simplement.

Une réponse en demi-teinte. Je sais que si Tate n'a pas assez de détails pour son enquête, il ira voir mon frère. Mais ce dernier est complètement brisé. C'est donc à moi d'être assez forte pour deux. À moi de me plonger dans mes ténèbres, au cœur des souvenirs horrifiques qui me détruisent l'âme.

– Racontez-moi ce qu'il s'est passé ces dernières semaines, me demande gentiment l'inspecteur. Racontez-moi ce qu'ils vous ont fait à Délivrance.

Je serre les lèvres de toutes mes forces pour les empêcher de trembler. Je suis forte.

Je dois l'être. Hors de question de me briser maintenant.

Alors, j'inspire profondément et je lui raconte mon histoire. Mon calvaire au sein de la secte Délivrance.

addictives

Louve Baxter
Challenge the Boss

Rose Becker
Le Bébé, mon milliardaire et moi (aussi en poche)
Torride, sexy & dangereux
Dangerous

Aimée Bianca
B.O.S.S. Beau, Odieux, Sexy, Snob

Phoebe Campbell
Lui résister… ou pas

Mia Carre
Bad for You
Teach Me Everything
Charmant connard !

Mélodie Chavin
Campus Rules
Fucking Wedding
Coloc avec mon ennemi

Alexia Clemens
Red Python. Save Me

Sonia Eska
Ne me tente pas

Anne Ferra
One More Time

Emma Green
Toi + Moi : L'un contre l'autre (aussi en poche)
Toi + Moi : Envers et contre tout (aussi en poche)
Toi + Moi : Seuls contre tous (aussi en poche)
Call Me Baby – volume 1
Love Me if You Can
Kiss Me if You Can
Bliss. Le faux journal d'une vraie romantique – volumes 1 et 2
Jeux interdits
Jeux insolents
Jeux imprudents
Une toute dernière fois
Fallait pas me chercher ! – volumes 1 et 2
Corps impatients (aussi en poche)
Cœurs insoumis (aussi en poche)
Âmes indociles (aussi en poche)
Cent facettes de Mr Diamonds
Bliss. Le faux journal d'une vraie romantique – l'intégrale
(Im)parfait (aussi en poche sous le titre *Fais-moi une place*)
Love Me if You Can
Kiss Me if You Can
It's Raining Love !
The Boy Next Room
Call Me Baby – l'intégrale
Call Me Bitch – l'intégrale
PS : Oublie-moi !
Fallait pas me chercher ! – l'intégrale
Recherche coloc : emmerdeurs, râleurs, lovers… s'abstenir !
10 bonnes raisons de te détester !
Just 17
Love & Lies on Campus
Bien plus forte que toi !
If You Wanna Be My Lover…
The Boy on Fire
La Vie en vrai

Megan Harold
Breaking the Rules
Initiation with My Boss

Ludivine Hart
Arrogant & Tattooed

Amy Hopper
Gone Boy
Le Coloc

Charlie Lazlo
Mon insupportable boss

Sienna Lloyd
Mords-moi !

Caroline Mongas
Mariage forcé. Un contrat indécent

Zoé Murat
Boss Me Around (aussi en poche sous le titre *The New York Office*)

Clara Nové
Offside

Lina Parker
Campus at Sea

Gaëlle Sage
Kiss, Kill & Ride
Lost Rider
Arrogant Rider

Ana Scott
Dark Ride
Last Ride
Vicious Ride
The Dominant
Evil Ride
Sensual Stepbrother
Un enfoiré mais un coup d'enfer !
Say Yes to the Boss
Le Meilleur Ami de mon frère
Entre nous le chaos

Camilla Simon
Le voisin parfait est un enfoiré
Initiation with My Enemy
Le mec parfait est un inconnu… ou presque !
Le rockeur parfait est insolent et tatoué

Liv Stone
Love Lessons (aussi en poche)

Lisa Swann
Adore-moi !

Louise Valmont
Campus Initiation
Mon insupportable voisin !

Chloe Wilkox
Extreme Lover
Immoral
Dominant Boss. Apprends-moi
The Virgin's Price

Luv

Ana K. Anderson
Indompté
Scottish Bastard

Sophie Auger
Be with Me

Sonia Birdy
L'Initiation
Touchdown. Campus Star

Laura Black
Dark Initiation
Games of Desire
H.A.R.D. Hot, Arrogant, Rebelle, Déterminé
Sulfurous Bad Boy
Italian Boss

Margot D. Bortoli
Too Young

Anne Cantore
Promets-moi. Louise et Marco

Sarina Cassint
Avec toi… peut-être
Insolent Boss

Romy Cole
Never Kiss a Soldier

Mary Ann Davis
Coach Me Love

Gwen Delmas
Noël, toi & moi
Sex Friends. Pas de contraintes, que du plaisir !

Sarah Dheilm
Hot Reward
Elite Fighter

Eugénie Dielens
Imprévisible boss
The Boss Next Door

Cléa Dorian & Ninon Vars
Dark Love

Laurie Eschard
Love Naked

Lil Evans
Boss Affair

Lou Garance
Can You Keep a Secret ?
(aussi en poche)
Foutu coloc !
L'Infiltrée

Alexandra Gonzalez
Shades of You

Erin Graham
Teach Me Love
The Boss
Secret Stepbrother
Strong Addiction
Coloc avec mon boss
The Initiation
Un boss dans mon chalet

Joh Harper
Crazy Love
Broken but Alive

Marie Hayle
Under Control
Lover Next Door

Missy Heart
Dark Domination

Ellie Jade
About Last Night

Emma S. James
Under the Rain

Sara June
Rider in the Dark
Sexy Wild Rider

Emily Jurius
Love to Hate You

Antinea Kane
In Love with My Enemy

Allie Krown
High School Challenge

Marion Laurent
Mr Alpha
I Want You in My Bed!
My Fake Boy Friend

Pauline Libersart
Tiger. Entre ses griffes

Nina Loren
Breaking the Ice
Teach Me Again. Impossible Desire

Ella Lores
Mariée par accident à un connard arrogant rencontré la veille…
My Best Enemy
Fucking King

Jessica Lumbroso
Emma X. Secrète et insoumise

Émilie Maes
7 Days to Resist

Lili Malone
Coloc avec un inconnu

Mila Marelli
Dark Man in Love
Crazy Wedding

Mag Maury
My Hipster Christmas

Billie Morgan
Free Fighter

Aurore Nox
Foutu menteur!

Alix Parks
Never Kiss the Boss

Jeanne Pears
Insupportable coloc
Colocs & Sex Friends
H.O.T. Hypnotique, Obstiné, Ténébreux
The Most Insolent Man

Alexia Perkins
Arrogant Fake Lover

Sophie S. Pierucci
L'Inconnu de l'ascenseur
& Moi (aussi en poche)
My Stepbrother. L'initiation

Silvia Reed
Darkest. La dernière heure
Too Close

Anita Rigins
No Rules
My Rules
J'aime pas Noël ni les voleurs de taxis!
Toxic Hell

Jana Rouze
Effet de vague – saisons 1, 2 et 3

Isla A. Rowley
Le Coloc de mon frère

Caroline Sauvage
I Hate My Boss!

Ana Scott
À corps brisés (aussi en poche)

Adora Sky
Decadent Lover

Léana Soal
Fight & Hope

Cara Solak
Perfect Obsession

Izia Soley
Fauve
Initiation. On Your Skin

Liv Stone
Initie-moi. Mes jours contre tes nuits

Lena K. Summers
Perfect Bad Boy
Donovan, roi des connards

Kaly Swann
Austin. Breathe with Me

Oly TL
Jardin secret

Fanny Twice
Burning First Love

Anna Wendell
Arrogant Bad Boy
Apprends-moi le désir
Colosse. Le maître du jeu
Break Your Chains

Mina Zadig
Just Sex & Tattoos
Arrogant Highlander

New adult addictives

Sonia Birdy
California High School

Mélodie Chavin
Stepbro' Next Door

Juliette Duval
Falling for my Stepbrother

Sianna Milano
High School Initiation

Isla A. Rowley
Toxic Games

addictives POCHE

Rose Becker
Le Bébé, mon milliardaire et moi (aussi en grand format)
Désirs & Désastres

Marjorie Burbaud
The Campus Teacher
Foutu Highlander…

Olivia Dean
À lui, corps et âme – volumes 1 et 2

Sonia Eska
My Last Chance

Lou Everly
Bad Boy Crush

Lou Garance
Can you keep a secret? (aussi en grand format)

Erin Graham
Nos amours contraires
Back to Campus

Emma Green
Seuls contre tous (aussi en grand format sous le titre *Toi + Moi : Seuls contre tous*)
L'un contre l'autre (aussi en grand format sous le titre *Toi + Moi : L'un contre l'autre*)

Envers et contre tout (aussi en grand format sous le titre *Toi + Moi : Envers et contre tout*)
Corps impatients (aussi en grand format)
Cœurs insoumis (aussi en grand format)
Âmes indociles (aussi en grand format)
Fais-moi une place (aussi en grand format sous le titre *(Im)parfait*)

Kim Grey
Fausse fiancée & vrais ennuis

Megan Harold
Sublime-moi !

Charlie Lazlo
Kiss Me I'm Famous
The Duke

Aimée Lou
Royal Bodyguard

Zoé Murat
The New York Office (aussi en grand format sous le titre *Boss me Around*)

Jeanne Pears
Jamais avec mon coloc !

Sophie S. Pierucci
L'Inconnu de l'ascenseur & Moi (aussi en grand format)
Deep & Dark

Lise Robin
Forbidden Stepbrother

Ana Scott
À corps brisés (aussi en grand format)

Liv Stone
Love Lessons (aussi en grand format)

Alexane Tolley
The Boss Rules

Chloe Wilkox
Your Game, My Rules

Le plus troublant et transgressif des contrats...

Océane arrive en Australie comme jeune fille au pair chez Tiger et Sophia Sexton, un couple people ultramédiatisé qui contrôle son image dans les moindres détails.
À la fois fascinée et complètement déstabilisée par l'univers de luxe et l'atmosphère lourde de secrets des Sexton, Océane peine à se sentir à l'aise. Avec Tiger, l'alchimie est palpable et empreinte d'une tension sensuelle que la jeune Française n'a jamais connue auparavant. Le Tigre tapi dans son jardin secret semble plus prompt à bondir qu'à se laisser apprivoiser. Océane est-elle prête pour cela ?

Autrice : Lou Garance

Edisource – Éditions Addictives
100, rue Petit, 75019 Paris
Imprimé par FINIDR – Lipova cp. 1965 – 73701 Cesky Tesin,
République tchèque
Dépôt légal : mars 2023 – Achevé d'imprimer : janvier 2023
ISBN : 978-2-37126-548-6
Réf. contrat : ZDAX_001